南方人物周刊文丛

前辈

《南方人物周刊》编著

二十一世纪出版社
21st Century Publishing House
全国百佳出版社

图书在版编目（CIP）数据

前辈 /《南方人物周刊》编著. -- 南昌 : 二十一世纪出版社, 2012.8

（南方人物周刊文丛）

ISBN 978-7-5391-8007-6

Ⅰ. ①前… Ⅱ. ①南… Ⅲ. ①访问记—作品集—中国—当代 Ⅳ. ①I253

中国版本图书馆CIP数据核字（2012）第182876号

前辈 《南方人物周刊》/ 编著

策　　划	张　明
责任编辑	张　宇
出版发行	二十一世纪出版社 （江西省南昌市子安路 75 号　330009） www.21cccc.com　cc21@163.net
出 版 人	张秋林
经　　销	新华书店
印　　刷	河北环京美印刷有限公司
版　　次	2019 年 4 月第 1 版第 3 次印刷
开　　本	720mm × 1000mm　1/16
印　　张	23.5
字　　数	272 千
书　　号	ISBN 978-7-5391-8007-6
定　　价	38.00 元

赣版权登字—04—2012—612

《南方周末》报系文丛编辑委员会

目 录

学 界

艺　界

学　界

心坎里别是一般疼痛

——忆父亲与翦伯赞的交往

章诒和

翦伯赞（1898—1968）

著名历史学教育家，中国马克思主义历史科学的重要奠基人之一。曾任北京大学副校长，中国科学院哲学社会科学部委员。著作宏富，代表作品有《历史哲学教程》、《中国史论集》、《历史问题论丛》等。

再见到翦伯赞夫妇的时候，已是在1949年的北京了。两家均住在北京饭店的二层。我家住214号房间，是套间；翦氏夫妇住201号房间，是单间。

翦伯赞刚安顿下来，即让吴晗陪同，拜访北京大学的向达、俞平伯，辅仁大学的余嘉锡等著名学者、教授。这是礼节性拜访，彼此客客气气。但父亲说："这是老翦的高明之处。"

"你为什么说他高明呢？"母亲有些不解。

"当然高明哪！你想呀，他从前批判那些不问政治、专心学术的人，现在这些人都要和自己共事了。再说，他的'史纲'被不被这些人承认，还是个问题。"

1952年1月，中共展开了"三反"运动。它落实到民主党派和高等院校教授群体，便成为一个反复检查个人政治立场、学术观点和工作态度的思想改造运动。身为燕京大学哲学系系主任，同时又是中央人民政府委员兼民盟中央政治局委员的张东荪成为了运动的重点、民盟的焦点和社会的看点。在燕大与他一起列为改造对象的还有校长陆志韦，以及宗教学院院长赵紫宸。在这3个人里，张东荪的分量最重。对他的批判和处理，由统战部直接掌管，毛泽东亲自过问。

运动一开始，张东荪就轮流在燕大历史、哲学、国文、心理系（又称小文学院）检讨，一次又一次，次次通不过。这也毫不奇怪。民主观念浸入骨髓的他，从来就对“检讨、检查”之类的做法非常反感。鉴于张东荪的“检讨不老实坦白”和“对群众的批评置之不顾”，燕大以节约检查委员会名义在2月29日这一天举行了全校师生员工批评张东荪大会，“讨论他的三次检讨”。大会长达5个小时，共有25人发言。发言的内容显然是事先安排好的，主要是对其清算历史。

在这个大会上，已经调到历史系并有权代表历史系教师发言的是翦伯赞。他的讲话辞锋凌厉，指认张东荪所谓的“中间路线”完全是幌子，思想上是“一贯反苏、反共、反人民的”。张东荪敌视马克思主义的言行，是他发言的中心主题。为此，翦伯赞列举了以下事实作例证：一是张东荪在1931年出版的《道德哲学》一书里，就说“资本主义不会灭亡，共产主义不能实现。如实现则劳动者就都会饿死。”又说“把马克思主义列为学说，乃人类之奇耻，是思想史上的大污点。”二是在1934年出版的《唯物辩证法论战》一书里，张东荪说“马克思派的企图不但不会成功，其结果只弄成既非科学又非哲学的东西，终谓四不像而已。”三是1946年出版的《思想与社会》一书里，张东荪说“无产阶级专政是不民主的，结果必变成少数人的专制，而绝不是无产阶级专政。”除此以外，翦伯赞还揭发了张东荪私下里讲“解放三年来一直觉得不自由”等言论。

1952年官方进行高等学校院系调整，郑天挺调到南开大学，翦伯赞接替郑天挺出任北大历史系主任。上任之初，翦伯赞曾担心自己领导不好这样一个由三部分人（胡适旧部、蒋廷黻旧部、洪业旧部）合成的北大历史系教师队伍。但翦伯赞是统战高手，有调和鼎鼐的功夫。很快，系里的工作就上了轨道，大家相处也还不错。当然，经过院系调整，包括北大在内的高等院校之所以依据中共的意志恢复了秩序，还有另一层原因——那就是通过政治思想改造学习运动，批判亲美、崇美、恐美思想运动和三反五反运动，高级知识分子已无人存有抗拒新领导的胆量和勇气了。再说，他们之中谁不想保住教授的饭碗呢？

翦伯赞在行政领导工作方面还是顺利的，无论老、中、青，他都能善处。但教学业务方面则显现出和北大老教授的分歧。1952年秋季，系里讨论如何编写中国古代史教材讲稿。他主张按照自己的《中国史纲》的框架模式去编写，任何朝代都先讲经济基础，再述上层建筑；在上层建筑领域，先讲政治，再说军事、科技、文化。但不少教师心里是反对的，觉得凭空地先讲一些经济现象，反倒使历史的脉络变得模糊不清，应当把政治、经济、军事、文化等社会的各种因素揉和在一起，做综合性论述。

翦氏夫妇搬到北大燕东园后，父亲去探望过他。

回得家来，父亲高兴地向我们描述了他的居所，说："共产党给他的待遇不低呀！一幢小楼，有专车，有炊事员，有保姆，有秘书。我看，这是官员的规格，而非教授的享用。"但父亲又生发出另一番感叹："中共对知识不见得重视，受重视的是政治。对人的评价也多是政治性的。"其实，中共给他的待遇还真是从政治出发。只不过那时的父亲，不知道翦伯赞是中共党员。

院系调整后，在知识界紧接着进行批判胡适、批判《红楼梦》、批判胡风的运动。北大处在这些运动的中心，高级知识分子谁也别想跑掉。尽管翦伯赞在解放前也撰文批判胡适，但对于这样一些带有思想清洗和政治迫害性质的运动，身为系主任的他只限于政治表态、口头发言。运动的领导组织工作，均由系党总支负责。也就从这个时候开始，翦伯赞不能从容不迫且又游刃有余地协调和化解政治需要和学术良心之间的矛盾了。他毕竟是个学者、史学家。历史的思辨能力赋予他洞察现实的眼光，善良的本性让他保持着正直，而倔强的脾气又驱动着他发出了属于自己却并不怎么符合政治要求的声音。可以说，在北大历史系，脚踏政治、学术两只圈子的翦伯赞在竭力维护和保持两者之间的平衡。这特别体现在对青年教师的培养上。他一方面引导他们学习马列主义的具体理论，另一方面则强调对历史资料的广泛搜集。几年下来，到了反右前夕，他领导的历史系已经有了一批业务优秀的教学人才和骨干。1957年的夏季，毛泽东发动了反右运动，共产党和民主党派的"蜜月"正式结束。民盟、农工这两个民主党派，被毛泽东确认为运动的中心。身兼两党要职的父亲，自然被置放在运动中心的中心。自6月8日《人民日报》发表了题为“这是为什么？”的社论后，父亲便到处接受批判。批判会结束，身心疲惫不堪的他坐在沙发上发愣。愣上一阵子以后，又自语：“我怎么就错了？我这是错在哪里呀？”

翦伯赞和夫人戴淑婉

无人回答。

一天晚上，我在父亲的书房玩。

他对我说：“去把你妈妈叫来，有件事要商量。”

母亲来了，站立在大写字台一侧，问：“什么事？”

父亲说：“想叫翦伯赞来一趟，请这个历史学家分析分析我现在的问题。健生，你看怎么样？”

“好，太好了。”母亲十分赞同。我特别高兴，又能见到从娘胎里钻出来就认得的翦伯伯了。

洪秘书马上联系，得到的回话儿是：一定来，但最近很忙，具体会面的日子，通过电话商量。

这话，已经让父亲很知足了。一有电话铃响，父亲就竖起耳朵听，听听是不是翦家打来的。隔了两三天的样子，翦家的电话来了，说是当日下午来看章先生。父亲按捺不住兴奋！内心积攒了无数的话，无数个问。他自己要问个彻底，也要翦伯赞说个明白。

翦伯赞下午没有来。父亲坐不住了，东张西望，来回转悠。后翦家打来电话，说：晚上才能来。这样，父亲又催着开饭。于是，全家早早地围坐于东屋圆餐桌，顶着盛夏火一般的夕阳，大汗淋漓地吃着晚饭。父亲一句话不说，三刨两扒地把半碗米饭吞下，甩下筷子走了。那样子比情人约会还着急。

“月上柳梢头，人约黄昏后”。在银白的月色下，庭院中的假山、影壁、柳树叶、马尾松，呈现出怪异的姿态，花也格外地香——那是两棵高高的洋槐散发出来的。门铃响了。听到这声音，不知怎地我一整天的喜悦，突然没有了。而这时的父亲，眼睛里闪着光。

父亲事先跟母亲和孩子都打了招呼，谁也不准“参加会晤”，尤其是我。父亲事先也跟洪秘书交代了：翦伯赞来，引至西屋。西屋是啥屋？是父母的卧室，从不接待客人。虽有两张单人进口沙发，但那是供父母歇脚的。

不参加会晤，偷听总可以吧。我蹑手蹑脚地溜到西屋，躲在磨花玻璃门后面。在明亮的灯光下，翦伯赞那极其漂亮的浅灰色西服和极为鲜艳的绛紫色领带，差点没让我因吃惊而大叫！恐怕父亲也没见过老翦穿这套行头。我想：端正正，新崭崭的，翦伯怕是来和父亲告别的吧？再不，就是刚参加了什么重要的外事活动，来不及改戏换装了。

父亲把民盟、农工以及交通部从整风到反右的过程叙述了一遍，又把自己从整风到反右的表现讲解了一回。再把前两日在家里召开的“提意见会”的情况介绍了一番。翦伯赞仰头闭目，靠在沙发上，精神显然不够好。但父亲的每句话，他是听进去了。

接着，父亲问：“老翦，我不明白为什么自己突然成了政治上的右派？而且，这个右是用反党、反人民、反社会主义做注解的。”

翦伯赞不回答，眼睛却睁开，望着雪白的天花板。

“老兄，我请你来，就是想求得一个答案。没有答案，有个合乎逻辑、合乎事实的解释也可以。”

翦伯赞仍未开口。

“老翦，你知道吗？自从6月8号的《人民日报》社论登出来以后，我就不停地在检讨，承认自己犯了严重的政治错误。但是，在我的内心，没有一分钟是服气的。在思想上，没有一分钟是想通了的。”翦伯赞还是默不作声。

父亲有些激动了，站到他的面前，说：“我不揣测别人怎样看待我，也不畏惧老毛会怎样打发我。但我自己必须要把问题想通——”

翦伯赞唰地站起来，和父亲面对面，带着一股凶狠的表情，说：“你能做个老百姓吗？或者像个老百姓，称他为毛主席吗？”

父亲愣在那儿，一动不动。

翦伯赞捧起茶杯，一饮而尽。

“我叫他三声主席，再三呼万岁，他也不会视我为百姓。”父亲的语气凝重。

“讲对了。你的问题如果能从这里开始想下去，就想通了。”

父亲大惊，问：“为什么？”

“伯钧，你知道自己现在的地位吗？”说这话的时候，蒴伯赞解开西服上衣的纽扣，在房间徘徊。不知怎地，我觉得他此时很激动。

“我知道——部长，两个民主党派的负责人，还有政协副主席。”

翦伯赞直视父亲，说：“不，你现在是一人之下，万万人之上。搞明白了吗？”

“我不这样看自己。”

“你是不是这样看，已不重要。事实如此。”

“事实如此，那又怎么样呢？”

翦伯赞一手扶墙，背对着父亲。听到这个问话，猛地转过身来，正色道：“你怎么还不明白？愚蠢到非要叫我说穿？”

“要说穿，因为我现在是最愚蠢的。”

“我问你，‘一人之下，万万人之上’是个什么含义？”

“什么含义？”

“含义就是你们的关系变了。从前你和他是朋友。现在是——”说到此，翦伯赞有些迟疑。

“现在是君臣关系？君臣！对吗？”父亲毫不犹疑地替他把话说完。

翦伯赞不说对，也不说不对；不点头，也不摇头。

始终站立的父亲，缓慢地坐进了沙发。自语道：“懂了，全懂了。我们只有‘信’而无‘思’，大家只有去跪拜……”

翦伯赞的三言两语，像一只古旧却依然管用的探海灯，在父亲眼前顿放光明。

父亲拍着宽大的沙发扶手，说：“可笑之至，愚蠢之至。我居然还请民盟的朋友来提意见。”

翦伯赞很快结束了谈话，并告辞。

临歧握手，曷胜依依。翦伯赞怆然道：“半山新村的日子没有了。”

父亲说：“我很感谢，很感谢。”

是夜，月色如镜。我懂事了，也失眠了。君臣之说，让我感到父亲的未来定是凶多吉少。

夜深了，只见父亲披衣而起，走到庭院，惶然四顾——明知眼前一片汪洋，却无所之。

是呀，自古以来中国文人的抱负都建立在对君主的依附上。但对历代君主的认识和君臣关系构成的矛盾，又是他们事先缺乏思想准备的。包括像父亲、罗隆基这样的政治型文人，在参政前对君圣臣贤的关系也都存有不少想象的成分。而参政后，才在屡屡挫折中丢掉幻想——原来君与臣之间的不协调是绝对的。自己不是工具，便是点缀。所以，文人的责任感愈是强烈，遭到的打击也愈发惨重。

翌日，父亲吃早饭时，情绪颇好。对母亲说："希望已绝，人倒安心了。"

我听不大懂，遂问："什么希望？"

"还想当个左派的希望呀！"说这话的时候，父亲脸上竟泛出微笑。

又过了两日。晚饭后，见父亲没有到庭院乘凉，摇扇，便跑到书房去看他，想拉他到院子里散步。

我一把将父亲看的德文书阖上，用嘴对着他的耳朵悄声说："爸，我要告诉你一件事。"

"什么事？"

"那天翦伯伯和你在西屋的谈话，我都听见了。"

"你怎么听的？"

"还是偷听的呗！"

父亲无责言，亦无怒色。

我又说："爸，翦伯伯会不会把那晚上的谈话，汇报给统战部？"

如冰水激肤，父亲的手有些颤抖。他用一片怜爱的目光打量着我，说："也许会，也许不会。你想的这个问题，我居然没想到。"

我说："我们同学里面，就兴思想汇报，而且专门汇报别人。"

书房里寂无声息，与父女为伴者，荧然一灯。我和父亲甚亲，而心甚戚。

父亲注意到，在1957年7月14日至24日中国科学院召开的批判反社会主义的科学纲领【即章（伯钧）罗（隆基）以民盟中央名义制定的《对于有关我国科学体制问题的几点意见》】座谈会上，与父亲私交极深的院长兼会议主席郭沫若开口一个"章罗"，闭口一个"章罗"地批判着。而翦伯赞的通篇发言，一个右派的名字也没点。在发言结尾处，竟这样讲："我们这些高级知识分子（包括我在内）在大鸣大放期间都说了一点，走了点火，虽然大小程度各有不同，是不是都算右派呢？不是的。我的动机目的是要搞好研究工作，对党提些意见，虽然过分一些，偏激一些，不要紧，只要动机是好的，不是想搞垮党，搞垮社会主义，相反的是想搞得更好，那么言者无罪，而且今后还可以讲……”

到了9月18日，在由郭沫若主持的社会科学界批判右派的大会上，翦伯赞所作的题为《右派在历史学方面的反社会主义活动》的长篇发言里，调子大变。他说史学界“有少数资产阶级右派分子和具有右派思想的人，他们一直是在不同程度上抗拒马克思主义，反对共产党的领导，反对社会主义。这些人在过去几年中尚有所顾忌，在章罗联盟发动向党向社会主义进攻的前后，就明目张胆地发表了各种谬论，并假借学术名义对共产党进行政治性的攻击活动，彻底暴露了他的本来面目。”接着，他把揭发批判的矛头，对准了学术威望很高的雷海宗、向达以及荣孟源。

翦伯赞虽为北大历史系主任，但他一向关注全国史学界的走向和风气。他从雷海宗、向达、荣孟源的言论里，察觉到抵制以马克思主义观点方法研究历史的动向。这样的问题，对翦伯赞而言，自属于大是大非了。从一种权威理论的自负出发，也要责无旁贷地为马列主义史学进行规范性解释。故翦伯赞激烈指责他们。

反右运动后期进入处理阶段时，有人发现：北大历史系戴右派帽的人要比中文系少得多。究其原因，其中重要的一条——除了对向达等人的批判，翦伯赞这个系主任没有更多地涉及教职员工。翦伯赞毕竟和绝大部分的中国文人一样，本性善良。

1959年秋，父亲和翦伯赞重逢在东安市场里面的吉祥戏院。这是反右后的第一次会面。那晚演出的是福建莆仙戏，戏名叫《团圆之后》。写的是一个书生金榜题名，衣锦还乡。本该阖家欢乐，不想悲剧却由此开始。戏的结尾，是满台的绝望和死亡。我和母亲看得唏嘘不已，父亲也很不平静。

母亲边擦泪边退场，忽听后面有人在叫：“健生。”

回头看去，是翦伯赞夫妇，他们的一个儿子跟在后面。

我第一个迎了上去，大喊：“翦伯伯！翦伯母！”

翦伯母和母亲相拥在一起。

翦伯赞赶忙和父亲握手，问："伯钧，好久不见了。你的生活怎么样？"

"还好。"父亲答。

"还好，就好。"

"深松寒白石，僻路到人稀。"北京的秋夜，天空如洗，月色如银。他们并排而行，说着话，亲切又悠闲。其余的人都有意落在了后面……

在"古为今用，洋为中用"和"厚今薄古"的方针指引下，史学已将其本质抽剥到一种"武器"的特性解释。各种各样的观点及做法，便接踵而至。有人主张要以阶级斗争为红线贯穿中国历史；有人提出要打破封建王朝体系，以农民起义为纲；有人要求"以论带史"。乍一看，还以为史学界的学术思想十分活跃，实则，它已成为另一场政治狂飙的前奏。翦伯赞是主张教育为政治服务的，但他决不能容忍教育如此低级地服务于某项政策。翦伯赞是主张学术要运用马克思主义观点、立场，但他绝不能容忍学术如此卑贱地跪拜于权力。对于那时的教育革命和史学革命的种种做法，他有投入，有参与，有调适，但也有不满，有抵制，有排拒。其思想冲突非常激烈，内心变化也十分复杂。毕竟政治难以取代常识，环境无法窒息心灵。可以说，到了60年代，翦伯赞的思想发生了明显的转折。

毛泽东说："在中国封建社会里，只有这种农民的阶级斗争、农民起义和农民战争，才是历史发展的真正动力。"恰恰在这个根本性的问题上，翦伯赞主张"应该历史主义地对待农民战争。"他说："农民反对封建压迫、剥削，但没有、也不可能把封建当作一个制度来反对。农民反对地主，但没有、也不可能把地主当作一个阶级来反对。农民反对皇帝，但没有、也不可能把皇帝当作一个主义来反对……农民建立的政权，只能是封建性的政权。"并进一步说："王朝和皇帝是历史的存在，是不应该涂掉的，用不着涂掉的，也是涂不掉的。"

毛泽东说：在封建社会中，"只有农民和手工业工人是创造财富和创造文化的基本的阶级。"翦伯赞认为，必须承认和肯定秦始皇修长城、隋炀帝开运河的功劳。他说："筑长城、治黄河、开运河都是当时的劳动人民的劳动。秦始皇没有挑土，隋炀帝没有挖运河，但是他们却是这些巨大工程的发动者和组织者。"

对很多具体问题，翦伯赞毫不隐讳自己的观点。他多次参观和审查历史博物馆的陈列，常常是大发议论，甚至是边看边议。他说："要通过具体历史实际来提原则理论，不要以理论原则来套历史实际。"

60年代的翦伯赞很想效仿司马光，编写一部像《资治通鉴》那样的史著。着手如此浩大的编纂工程，当时北大历史系有的是人手，没有的是环境。1949年前的翦伯赞，能够脚踏政治、学术两个圈子。可到了60年代，他已经无法将政治与学术联系在一起了。正是在这样的思想背景下，父亲和他在内蒙的一座新兴小城，作了最后的会晤。

1961年的夏季，不知出于什么原因，中央统战部请了一大批高级知识分子去内蒙的海拉尔市避暑。其成员的政治面目各色各样，有左派骨干，有右派头目，有纯粹学者，还有统战干部。父亲被容许带着全家前往。

一日下午，突然有人敲门。母亲边说："请进！"，边去开门。

见翦伯赞立于门外，全家都傻了。

"翦伯伯！"我跑过去拉着他的衣袖，不放。

"伯钧，我特地来看你。"

"老翦，你怎么来了？"父亲喜出望外，兴奋不已，像分离很久的兄弟骤然晤聚。

翦伯赞告诉父亲：前不久，国家建立了一个民族历史研究工作指导委员会。经李维汉提议，受乌兰夫邀请，组团访问内蒙古。他知道统战部搞了一批高级知识分子和民主人士来这里避暑，便要了个名单。一看，上面有章伯钧3个字，便决定要来看一看。

父亲问："你还要看谁。"

"谁也不看。"翦伯赞问父亲："这几年，你的情况怎么样？"

"如老僧守庙。"

翦伯赞点点头，他或许能体味出这僧人般空寂底下，所隐藏的失落、耻辱、容忍，以及被极度压制的自由意志。

"民盟的情况呢？"

父亲提高了音调，说："这个问题，你应该去问李维汉。"

翦伯赞对母亲说："健生，这次和你们一起来的还有许多老朋友呀，大家又见面了。"

父亲不等母亲开口，即道："我和健生还有什么朋友？可怜！我能体谅他们。现在兴搞什么大跃进，放卫星，赶英超美。只有无知者才信这些奇迹。知识分子中即使有人不满，充其量也只能是腹诽耳议罢了。老翦，你是个史学家，该思考和研究这些问题。现在不思考、不研究，将来发生的事，恐怕连思考的时间和研究的余地都没有了。”

翦伯赞听父亲这样的议论，一句也不反驳。

客厅里出现了停顿的寂静。我面对着翦伯赞而坐，发现他竟也老了许多，头发更白了，抬头纹像刀刻一般，眼睛深陷，目光透达而忧郁，又像是在质疑什么。

我想打破这个沉闷的局面，便问：“翦伯伯，你好吗？”

“我不好！什么都不好！”他在说这话的时候，口气恶狠，目光怨毒，犹如一锅沸水渴望着横溢和宣泄。

我又说：“我当初考大学的时候，报考的第一志愿就是你的北大历史系。”

话刚出口，胸揣怨火的他，大声喝道：“学什么历史！考什么历史系！现在历史系的学生连句子都断不来。教育一塌糊涂，史学一塌糊涂，社会更是一塌糊涂。我看，没有什么事情是好的。”

父亲说：“听说，北京大学也要搞人民公社，把个大学办成科学、教学、生产、军事、劳动的联合基地。老翦，是这样吗？”

“什么基地？都是放屁！现在是工人不像工人，农民不像农民，学生不像学生，教授也不像教授。”

一切都哑默了，谁也找不出话题来。激动又惊骇的父亲，围着沙发踱来步去。

突然，翦伯赞直声对我说：“小愚，你出去。现在是我有很多问题想不通，要和你父亲谈谈。”显然，面对高举三面红旗的社会喧闹和政治盛景，他感受到的是残破与不安。引起内心痛苦的，可能远不止这些。

父亲连连向我挥手，我乖乖地出去了，拿着一本小说，坐在庭院安放的木椅上，等着，想着。

大约过了一个多小时，翦伯赞从招待所的大门匆匆走出。

我赶忙跑回房间。母亲正在收拾喝剩的茶水，父亲则一语不发地瞧着窗外出神。

我问父亲：“你和翦伯伯谈得好吗？”

“好。”

我想，一次会晤并不那么重要。重要的是翦伯赞已经在光彩的照耀和周遭的破败对比中，找回了自己；从政治需要的从属关系中，剥离出属于学者自己的本质。像晨曦梦回时的一弯晓月，散发着清朗、辽远和庄严。

几年后，“文革”爆发，导火索是被史学家吴晗的一出京戏《海瑞罢官》点燃。火苗甯出，翦伯赞不明底细为吴晗辩护，对前来采访的《文汇报》记者说：姚文元的批判文章“牵强附会”，态度极粗暴，完全是对吴晗的污蔑和陷害。“见一叶落，而知岁之将暮；睹瓶中之冰，而知天下之寒。”史学家的翦伯赞，偏偏不知。没过多久，聂元梓的大字报吹响了“文化大革命”的号角。北大历史系第一个被揪出来、被批斗的就是翦伯赞。罪名是“黑帮分子”加“反动权威”。向达、邵循正、周一良、邓广铭等人也都统统划为“牛鬼蛇神”，打入牛棚。

翦伯赞仍在北大。萋萋之纤草，落落之长松。他像草又似松，在寒风中苦苦挣扎。只要能挣过来，再不幸，也值得。社会的凉薄残酷，人生的孤凄无援，都掩埋于恬静、坚毅而又苍老的外表之下。

一次，孙儿翦大畏从南方跑到北京去探望他。进门便喊：“爷爷。”

他坐在椅子上，头也不转，只问了一句：“是大畏吧。”便不再说话，像一尊佛，参透了生死贵贱和荣辱。

1968 年 10 月，在中共举行的八届十二中全会上，毛泽东在讲话中说，对资产阶级学术权威也要给出路，“不给出路的政策不是无产阶级的政策。”老人家还以翦伯赞、冯友兰为例。说，今后还得让他们当教授，不懂唯心主义哲学就去问冯友兰，不懂帝王将相历史，便去找翦伯赞。又言，今后在生活上可以适当照顾。北大军宣队在向冯、翦传达了“最高指示”后，还把翦氏夫妇迁移到燕南园的一幢小楼，独家居住。他俩住楼上，派了个为他们服务的工人（杜师傅）住楼下。这时，谁都以为翦伯赞被毛泽东解放了，翦伯赞也以为自己获得了解放。

万万想不到：没过一周，致命之祸降临到他的头上。事情曲折复杂，核心是关于刘少奇的定案问题。1968 年尚未废黜的国家主席刘少奇，已内定为“叛徒、内奸、工贼”。具体罪行之一是曾与蒋介石以及宋子文、陈立夫勾结。30 年代在蒋、刘之间周旋的人，就是谌小岑、吕振羽和翦伯赞等人。于是，他就成为刘少奇专案组所搜取的有关此事的证据，或许还是惟一的证据。1968年12月4日，刘少奇专案组的副组长，一个叫巫中的军人带着几名副手，直奔燕翦南园。巫中向翦伯赞指明开始于1935年的国共南京谈判是刘少奇叛卖共产党的活动。翦所讲述的事实真相，巫中予以否认，并说："这个罪行党中央已经查明，判定刘为叛徒、内奸、工贼。不久将在'九大'公布。你只要就这件事写一份材料。加以证明，再签上字，就没你的事了。"翦伯赞再次否认那次谈判刘少奇有阴谋活动。

最后，巫中说：只给你3天的机会。3天后我再来。

12月18日下午，巫中带着一群人又来，审了近两个小时，翦伯赞拒绝作出违反事实的交代。巫中猛地从腰中拔出手枪，往桌上一拍，说："今天你要不老实交代，老子就枪毙了你！"

翦伯赞闭口不语。

巫中冲到跟前，把手枪顶在翦伯赞的鼻孔底下，大吼："快说，不说马上就枪毙你！"

革命一辈子的翦伯赞，从未经受过如此恐怖的革命。他却依旧回答："我没什么可以交代的了。"

为了继续恐吓他，巫中拿出笔记本写了几个字，交给同来的人（所写内容是叫他们先回家吃饭，再开车来接自己），让翦伯赞误以为是叫人来实行拘捕。即使如此，在巫中独留的时刻，他依然拒绝交代。

尽管巫中空手而归，翦伯赞却已有轻生之念。

绝望之心，生出决绝之念。

第二天，人们发现翦伯赞夫妇服用过量"速可眠"，离开了人世。他（她）俩平卧于床。两人穿着新衣服，合盖一条新棉被。在翦伯赞所着中山装的左右口袋里，各装一张字条。一张写着："我实在交代不去（出）来，走了这条绝路。我走这条绝路，杜师傅完全不知道。"另一张则写着："毛主席万岁！毛主席万岁！毛主席万万岁！"

一个坚毅顽强的人，就这样骤然消失。翦伯赞的马克思主义史学成果可能多有不足，但他的灵魂洁白如雪。古人云：进不丧己，退不危身。进不失忠，退不失行——这是一个很高的行为标准和道德规范，绝大多数人是做不到的。翦伯赞做到了，以生命为证。

贤淑娇小的戴淑婉也跟着走了。几十年来，作为妇道人家，柔弱的她只存在于小家庭。但在人生结尾处，竟是那么的耀眼。“柔软莫过溪涧水，到了不平地上也高声。”她以死鸣不平。

翦伯赞的自杀和字条，又像个死结打在我的心口，一直想解开，又一直解不开。对此，我请教了许多人。解释也是各种各样。翦伯赞的死，是对以暴力做后盾的中国一系列政治运动的无声抗议，更是对眼下这个以暴力为前导的“文革”的激烈反抗。而手书的“三呼万岁”又是什么呢？——是以此明其心志，为子女后代着想？是对“文革”发动者的靠拢，在以死对抗的同时，表示心的和解？抑或是一种暗示性诅咒？我总觉得翦伯赞不同于老舍，也不同于邓拓。他的手书“万岁”一定有着更为隐蔽和复杂的内容。一天，我拿这个百思不得其解的问题，去问陈徒手。研究当代文学的他翻查过大量的“文革”资料。

他说：这是中国知识分子“文革”中自杀的标准格式。

我想：需要多么酷烈的力量，才能将一个史学家的体魄挤压到标准格式里！

贾植芳　人字的最后一画

蒯乐昊　唐　毅

贾植芳（1915—2008）

著名作家、翻译家，比较文学学科奠基人之一。天生傲骨，一生四进监狱，曾任震旦大学中文系主任、复旦大学现代文学教研室主任。代表作品有《近代中国经济社会》、《贾植芳文集》、《俄国文研究》等。

让我渐渐意识到自己临近老年的标志，是在我接受的信件里，喜庆的帖子越来越少，而讣文却越来越多……我也常常到火葬场去参加告别仪式，每逢这种场合，像我这样拄着拐杖的三条腿角色一般都被安排在前面一排的位置上，面对墙上用黑边围绕的死者遗像低头默哀。每当这种时候，一种幽默感就会在我心里油然而生：火葬场里旧人换新人，独独墙上那颗钉子一成不变，今天挂了这张像，我们在底下低头默哀，明天还不知道轮到谁在上面谁在下面。

我觉得既然生而为人，又是个知书达理的知识分子，毕生的责任和追求，就是努力把"人"这个字写得端正些，尤其是到了离火葬场日近之年，更应该用尽吃奶的最后一点力气，把"人"的最后一捺画到应该画的地方去。

——贾植芳《一个老年人的自述》

一说起自己的传奇人生，贾植芳老人来了劲，泡茶，点烟，笑眯眯。他的养女贾英有点担心，几回悄悄地说：你们别逗着他讲，上回有人来采访他，老爷子一讲起来脑子会激动，亢奋，停不下来，一说说到晚上人走了他还不停，最后送到医院打了一支镇定安神的针，才算告停。

90 出头的人了，还记得自己童年的趣事，记得交往的每个朋友的籍贯，记得重大事情发生时当事人的衣着，一口浓厚难解的山西腔，说到得意处，自个儿先嘿嘿嘿地笑上了，全然不管我们听懂了没有。作家的几项职业特质：观察、记忆、性情，在他的身上依然保持完好。

但是听力已经无可挽回地衰退了。老人曾写文自嘲：人年轻的时候是动物，到老了就成植物了，不能跑东跑西了，走路要用拐杖，谈话要用助听器，成了《封神榜》里三条腿、三只耳的角色。这一天，贾老没戴他的“第三只耳朵”，我们的交谈，是靠指手画脚和趴在他耳边大叫完成的。

拒绝做顺民

“一个外国作家说，人经历过两种境界，就什么都不怕了，也就自由了，一是战争，一是监狱。我都经历过了。”天生傲骨的贾植芳，几乎每一次改朝换代或时代动荡，都要坐一次牢，罪名无一例外地是政治犯。

1936年，参加“一二·九”学生运动的贾植芳首度进班房，当时的审判是“危害民国、就地正法”；抗战后期在徐州搞策反，被抓进日伪的牢房；1947 年为进步学生刊物写文章，被国民党政府关押了一年多；1955 年，一场风暴把胡风和他的朋友都一锅端到监狱中去，贾植芳也未能幸免。

“一二·九”运动爆发之时，贾植芳积极投身于学生运动的大潮之中，游行、散发传单、高呼口号。当时的贾植芳正在北京美国教会崇实中学念书，他的文章经常在《京报》、《大公报》、《申报》上出现。一天凌晨，数名军警突然来到他的住所，将他带进了监狱。在监狱里贾植芳一直是个“刺头”，狱监给政治犯吃跟刑事犯一样的伙食，贾植芳怒摔饭碗，“我没犯罪，不吃这个，我要吃好饭！”硬是让看守所所长给他换了伙食。

在济南经商的伯父赶到北京，花钱将他保释出来。因为在牢里的“出格”举动，他被要求“随传随到”。为了避免再被抓进牢里，伯父让他到日本留学。

1967年秋，任敏从山西家乡农村来沪探亲时与贾植芳合影，贾其时正陷“文革”苦难中

在东京读书的时候，贾植芳结识了郁达夫、郭沫若、李春潮、覃子豪等人。在神田的内山书屋，贾植芳看见了上海生活书店出版的《工人与学习丛刊》，这是一个坚持鲁迅战斗文学传统的严肃文学刊物。贾植芳将他写的以国内监狱生活为题材的小说《人的悲哀》投给了丛刊。不久，他收到了30日元的稿费和主编胡风的来信。也是在这时，贾植芳开始与胡风有了书信往来。

在日本的中国留学生并不自由，进步青年的每次集会都会受到当地警方的高度关注。贾植芳到日本还不到一个月，一名叫春山的警察就来“拜访”，“我是警视厅亚细亚特高系的，您以后在日本的生活就由我来照料，请多多关照！”说完还鞠了个躬。

1937年，抗日战争爆发。春山由暗中监视变为了明目张胆的搜房。贾植芳知道在日本呆不下去了，于是悄悄地假道香港回国。

回国后，贾植芳参加了国民政府的留日同学训练班，那时他的最大信念就是抗日救国。他被分配到山西前线的第三军第七师。部队驻扎在中条山下，他担任宣传和翻译工作，也为后方的报纸写战地通讯。

“那时候，经常跟了部队没日没夜地行军，在枪林弹雨里奔来奔去，也不觉得害怕。有时候走长路，背上背了一个煮熟的牛腿，腰里挂了一个大酒壶，迷迷糊糊跟着队伍走，饿了割一块牛肉，渴了喝一口土造的白酒。人生就是这样一步步地走过来了。”

在山西前线，贾植芳目睹了中国社会的凋敝落后和国民党军队的腐败。他在给胡风的信中写道，“中国这个国家真太古老了，难道黑暗和腐化这东西真是上好的油漆一样，涂于这古老的壁上，怎样也擦不掉么？有人说黑暗是没有进步性而只有蔓延性，那么现在所该做的，也许只是‘防疫’的工作。”同时，他对这支军队产生了疑问。

山西前线打了胜仗，贾植芳写稿给后方，说聚歼日寇300。而国民党内部口径是歼敌3000。于是高层下令，“缩小我军战果，要查明记者，按军法处理。”贾植芳听到风声，便向部队请辞。军官威胁，如果离开军队，将以逃兵论处，马上枪毙。

1939 年，山西国民党军队里反共阴影越来越浓，在军队内部开始严厉打击“以抗战为名”的“共党分子”。贾植芳和许多青年学生被送到后方审查。他们刚过黄河，在河南渑池县休息的时候，贾植芳便在饭桌上策动众人离开军队，“大家愿意去西安的去西安，去延安的去延安！”

胡风的“死党”

> 能生师侠盗，敢死学哀兵。懒测皇天阔，难疑厚土深。欣夸煤发火，耻赞水成冰。大笑嗤奸佞，高声论古今。
>
> ——胡风《酒醉花赞——怀贾植芳》

贾植芳最早是在日本通过书信与胡风结交的。回国他辗转各地，两人始终缘悭一面，但书信从未断过。1939 年贾植芳到重庆，在信中告诉胡风已来渝，在一家报馆谋事。他并没有告诉胡风自己的住址，也没有打算拜访胡风。但胡风很热情，几乎跑遍了重庆大大小小的报馆，终于找上门来，并带来了贾植芳在山西前线时所写文章的稿费，两人从此建立了友谊。

在重庆期间，贾植芳经常跟胡风促膝长谈，有时在胡风租的房子里，有时在化龙桥一带的茶馆里，从文学到人生，从国内格局到国际形势，无所不谈。直到今日，贾植芳还在怀念与胡风一起到湖北点心店去吃的汤圆和豆皮。

贾植芳写过一系列短篇小说和杂文，并在《大公报》、《文汇报》、《联合晚报》等报刊上发表，文章矛头大多指向国民党政府。不久，贾植芳的第一本书——小说集《人生赋》出版，收入胡风主编的《七月文丛》。后来，胡风介绍贾植芳到《时事新报》主编文艺副刊《青光》。1947 年夏天，全国爆发了“反内战、反饥饿、反迫害”运动，刚过而立之年的贾植芳又亲身经历了一次学生运动。不久，他就被国民党中统特务抓住关押。

在狱中，特务以“提供胡风地址”为释放条件引诱贾植芳屈服，但贾植芳坚持说他根本不认识胡风。

该认识胡风的时候他说不认识，不该认识胡风的时候，他却死不改口，一口咬定自己跟胡风是朋友。贾植芳吟诗明志，“沧溟何辽阔，龙性岂易驯？”

1955年5月15日，就在报纸发表“胡风反革命集团”第一批材料的第三天，上海高教局领导以开会为名把贾植芳叫到了办公室，问贾植芳对《人民日报》上《关于胡风反革命集团的编者按语》有什么看法。

贾植芳说：报纸看是看了，但是意思我不明白。

领导直接问：胡风搞的什么阴谋？

贾植芳的脾气上来了：胡风按正常组织手续向中央提意见，又不是在马路上撒传单，怎么是阴谋呀？

领导质问：你还为胡风辩护！你跟胡风是什么关系？

我跟胡风是写文章的朋友，在旧社会共过患难，他在我最困难的时候帮助过我，就是这么个关系！

当晚，贾植芳就被带进了看守所。此后，他咬定自己跟胡风是朋友，死不改口，并为此受了整整11年的牢狱之灾，被批斗了近13年。

已经90高龄的贾植芳回忆起这一段，居然笑了：“我不后悔，我是胡风的朋友，我觉得非常光荣。”

知识分子的老婆

> 一九六三年十月，我突然收到了一个包裹，包裹的布是家乡织的土布，里面只有一双黑面圆口的布鞋，鞋里放着四颗红枣，四只核桃，这是我们家乡求吉利的习俗。虽然一个字也没有，但我心里明白，任敏还活着，而且她已经回到了我的家乡了。这件事使我在监狱里激动了很久很久。
>
> ——贾植芳《做知识分子的老婆》

贾植芳最得意他跟任敏的结合，“我们那个时候，就直接同居了！”他把“同居”两个字，咬得特别响亮。

当时知识分子反对“父母之命、媒妁之言”的旧式婚礼，任敏常在《七月》上读到贾植芳的文章，倾慕他的才华，相识之后，这个商贾人家的女儿，就自己跑到黄河边上的民房与他住在了一起。

上世纪 80 年代末，夫妇俩都是 70 开外的老公婆了，一次同到中山大学开会，招待所的服务员提出要看结婚证明，否则就不能开同一个房间。啼笑皆非之余，贾植芳突然想到，他们之间的结合，确实没有任何义务和法律的约束力，婚姻关系松散到连一纸婚书都无法出具。任敏却结结实实跟着他颠沛流离了大半生，这中间，还包括 5 年独自流放青海、11 年音讯隔绝、12 年南北分居，和大大小小的牢狱之灾。

年轻时候的任敏天真不谙世事，贾植芳的朋友胡风和夫人梅志都说她是“小孩子”，很喜欢她。胡风脾气暴躁，任敏有点怕他，说胡先生为什么要这么凶，胡风回答说，“你以为做知识分子的老婆容易哪？”

从 1942 年与贾植芳结合起，不到 3 个月，任敏就因丈夫“有共党嫌疑”而开始了逃亡生涯。1947 年，夫妻双双因“煽动学潮”遭国民党中统特务逮捕，26 岁的任敏第一次尝到铁窗的滋味；1955 年，贾植芳因参与“胡风反革命集团”获罪，任敏连坐，再次入狱。单位领导要她跟丈夫划清界限，她拒绝了，结果先被监禁 16 个月，不久流放到青海；1959 年，以莫须有的罪名第三次被捕，判刑 10 年。

在青海的监狱里，任敏每天要拆洗一大堆衣服和被褥，大西北的冬天，双手泡在冰凉的水里，十指都冻僵了。她常听人说，“有犯杀罪，却莫犯饿罪。”她却天天看着身边的人因饥饿而犯罪，因犯罪而饿死。

同监一位才旦卓玛阿姨，临死前想喝一杯牛奶，任敏就趁打洗衣水的时候，偷舀了公安局长家的一杯牛奶给老人喝，结果被罚戴了 10 天的背铐。10 天以后，任敏又被罚去抬监房饿死的女尸。困难时期的寒牢不断有罪犯饿死，任敏常常累得瘫倒在地。

从监狱出来以后，得不到贾植芳半点音讯，任敏决定申请回到丈夫老家去当农民，一来可以照顾公婆，代狱中丈夫略尽孝道，二来万一丈夫出狱，更容易找到自己。

在贾植芳的山西老家，任敏与乡人说得最多的一句话是：“我就是想等着出个结果。”这个信念一直支撑着她。1978 年，贾植芳结束监督劳动的生活，回到了复旦大学中文系。这对夫妻经过整整 23 年的天各一方，终于重新生活

在了一起。这一年，贾植芳62岁，任敏58岁。

1980年底，贾植芳正式平反，夫妻俩沽酒对饮，任敏这才把自己多年的经历告诉贾植芳。先生问："你为我吃了那么多苦，为何到今天才告诉我？"任敏说："你处境不好，心情不好，我怕告诉你，你会绝望。"

"任敏啊，你要好起来！"

> 我在这个您生活了84年的世界里，向您送行摇手，因为在不远的将来我们又将团聚，再次营造我们两人世界的家庭。
>
> 我相信在那另一个世界里，我们凭自己的体力和精神劳动，辛辛苦苦营造建立的家庭不会像您生前那样，一再受到政治暴力的摧毁与抢劫，这种有中国特色的生活悲剧。
>
> ——贾植芳《哭亡妻任敏》

平反后的贾植芳回到了复旦大学，投入到他热爱的文学研究工作中去了，任敏在家操持家务，帮助贾老整理资料，抄录手稿，贾植芳外出访问讲学，任敏也总是尽量跟随。这对半世飘零的老两口，总算过了十多年安稳、幸福的生活。

1997年，任敏突然患病，医院诊断为脑中风。

半个月后，任敏病情稳定回到了家中，贾植芳像孩子一样高兴。但幸福只延续了一个中午，任敏再次倒下了。第三年，任敏高烧不退，时有抽搐，医院发出了病危通知。贾植芳在学生的搀扶下来到病房，一手拄着拐杖，一手紧紧握着任敏的手，大声叫着她的名字。"任敏啊，以前别人整我们，我们没有办法，现在好了，我们一定不能被自己打倒！你要好起来！"入院以后从来没有反应的任敏，这时突然涌出了眼泪。

在观察室里，任敏每天的用药需花费500多元，钱到领药。旁观者都啧啧叹息，不知是同情病人还是惋惜那水样流出去的钱，甚至连医务人员私下都在嘀咕，人到如此，何必再花冤枉钱。在任敏生病的5年里，昂贵的医药费几乎将贾植芳拖得山穷水尽，但这位老人没有吐露过一句怨言，而是一声不响地整理起了自己的旧稿、日记、书信、回忆录以及各类散文，每天伏案，著述不已。出版社汇来的稿酬，看也不看就交给学生，说赶快，送到医院里去。

任敏奇迹般地闯过了生死关口，虽仍昏迷不醒，但是医院宣布她可以回家休养。这可把贾植芳老先生给忙坏了。他请来侄女管理他的家，又请了保姆专门照料病人，他每天亲自挑选水果，加上用小米、大枣、核桃、麦片熬的粥，每天不断地喂给病人。

每天早上，老先生起床的第一件事，就是去看任敏，问她晚上睡得好不好，然后再去刷牙洗脸，晚上睡觉前，他给任敏搓脚心，搓到热了才放进被窝。当时贾植芳自己已经是 80 开外的老人了，每次都搓得一身汗，但这些事情，他不要保姆做。任敏中风后不能说话，后来逐渐连意识都没有了。但贾植芳每天都在她的床前跟她说话，给她读文章。家里来了客人，老先生抽不出时间陪妻子，等客人走了，他都要到病床前，一一告诉任敏，来了些什么人，说了些什么话。“任敏，刚才某某来了，我没能陪你，你不生气吧？”他常常抚摩着任敏的额头，“任敏不要怕，咱们回家了。”

任敏的病情一次比一次严重，但是每次她都能奇迹般地活下来，活过了 5 个春秋。养女贾英说，母亲舍不得父亲。

2002 年 11 月，任敏离开人世。贾植芳至今保留着她的房间，任敏活的时候是什么样，便永远是什么样。一张小桌上，端放着任敏遗像，旁边放着鲜花、水果、点心和酒。“这是酒，她爱喝酒，每天中午我都会陪她坐着，陪她喝一杯。这是牛奶，是任敏的早点。”

张仃　都是革命工作需要

李　黎

张仃（1917—2010）

著名画家、书法家、工艺美术家。参与设计中华人民共和国国徽，曾任中央工艺美术学院院长、中国工艺美术家协会副理事长。代表作品有《张仃水墨写生》、《张仃画室》等。

4月27日至5月6日，中国美术馆举办了《张仃艺术成就展》。这位被称作“20世纪中国美术史上的全才”，“一部活的现当代中国美术史”和“包装红色中国的首席设计师”的人物，因为这次“成就展”，再度进入传媒和公众的视野。开展不久，我们来到张仃先生在九龙山的寓所。

那天，记者们把客厅坐满了，大家把采访提纲递到这位九旬老人的手里，他戴上眼镜，逐页看起来，看得很专注，却又似乎在看一些跟他没有关系的事情。他的头发雪白，轻盈飘逸，嘴唇上的白胡子剪得很整齐，一件粗布的对襟袄衫，一条宽条绒的裤子。他的心中没有乌云、没有杂念，好像一个智者，笑眼看着这个他曾经那么投入，那么热爱的世界。他依旧爱着，只是，他对于眼前的事情就像一个百岁老人看着幼儿们的嬉闹，欣赏着，却并不介入。

以前，对张仃的认识仅仅是——看过动画片《哪吒闹海》以及首都机场同一题材的壁画；看过建国初期那一组组水印木刻邮票以及后来的大公鸡票。但是不知道小学第一堂美术课上，用蜡笔画的天安门城楼上的国徽和大红灯笼，也是跟张仃的名字连在一起的。

张仃上世纪30年代初在北平参加左翼画坛，1938年去延安；1946年主持《东北画报》，反美反蒋，宣传土改；1949 年进京，负责开国大典的美术设计，继而作为“5 人小组”成员，接管旧北平国立艺专，在中央美院担任实用美术系主任；1957 年以后，直到 1985 年，担任中央工艺美院副院长、院长。毫无疑问，20 世纪 30 年代之后发生在中国美术界的大大小小的事情，张仃先生都是亲历者和目击者。

在中国美术馆近期举办的《张仃艺术成就展》上，一楼的三个中心展厅展出的作品有年画、装饰画、漫画和壁画的复制件、书法和焦墨山水。焦墨山水几乎占据了两个展厅。圆形展厅的巨幅焦墨山水都是老先生 1970 年代后的作品，那种由点线构成的劲健的焦墨笔法和纯粹的黑白色调张扬出的气势，在当代艺术中，是极其罕见的。

左翼少年漫画家

陈丹青说，张仃老先生“赶上中国近代历史上的大节骨眼儿”。如果不是日本人占领东北，不是赶上民不聊生的战争年代，15 岁的张仃会安心在张恨水做校长的北平艺专学习国画，会醉心于临摹八大山人，会追逐他后来极力推崇的黄宾鸿、齐白石的画风，做一个纯粹的艺术家。1932 年，日本占领热河，父亲失业，张仃成了流亡北平的东北学生，于是，一种后来贯穿了他一生的那种强烈的民族情感和英雄主义，在这个 15 岁的少年心底间突然迸发出来。他串联了两个同学，组织“三 C 战地宣传队”，去山海关东北军驻地宣传抗日；他画起了漫画，读鲁迅的书，参加左翼联盟。他身上的那种敢恨敢骂的侠气在漫画里越来越鲜明了：他把蒋介石画成阎王爷，一帮小鬼在追捕丁玲、鲁迅等左翼作家，漫画的题目是《焚书坑儒》。后来，他被宪兵抓起来，判了 3 年半徒刑，又“念其年幼无知”，关在苏州反省院。

1936 年春，张仃来到南京，成为职业漫画家。1942 年，张仃在延安的《解放日报》发表了一篇题为《漫画与杂文》的文章，认为两者“本是同根生”。鲁迅将杂文比做匕首和投枪，张仃将漫画当成匕首和投枪。《收复失地》用的是当时流行的水印木刻形式：一个粗壮的北方大汉，左手握刺刀，右手举砍刀，身上挂满各式武装，浑身似乎被怒气充满。长城和大地在他的脚下，他像巨人一般呼喊着人们去战斗。它与《大刀向鬼子们的头上砍去》那首歌儿放在一起该是最精彩的音配画了。叶浅予曾经回忆说：“张仃这个名字在30年代初崭露头角时，漫画刊物的编者们好像挖掘到一座金矿。”

张仃的漫画生涯一直是与时代共沉浮的。在延安停了一段，1946年主持《东北画报》后又开始画，直到1957年。1976年画了一组江青，在朋友间传阅，随后，一头扎进焦墨山水之中，心无旁骛。

延安摩登小子

几间破房子让张仃摆弄得又浪漫又典雅，成了延安最时髦最漂亮的地方，毛泽东、林彪、江青经常来这里跳舞。

1938年，张仃作为国民党抗战将领石化岩的随从从榆林到延安。石化岩受到毛泽东的热情接待。张仃没有跟随石华岩离开，而是留在了延安。那时延安聚集了一批中国文化精英，那些追求进步、追求民主与自由的青年来到这里，也把都市文明和西方文明带到这里。周末有化装舞会，鲁艺课堂上讲的是西方古典绘画和古典音乐，舞台上演的是《罗密欧与朱丽叶》。张仃演过罗密欧，甚至同时还兼扮朱丽叶，让台下的观众看得笑出眼泪来。

初到延安的时候，21岁的张仃还是一副国统区自由知识分子的做派，脚蹬马靴，身穿吊带裤，被封为延安“三大怪人”之一。给人画像时还是夸张、变形的漫画手法，有人看不惯，说是丑化了革命文艺战士，他便不再画漫画了。

主席把张仃安排在鲁艺。但这个不喜拘束的青年，对于鲁艺浓厚的学院派气氛很不适应，于是，他去了老乡肖军领头的延安文艺界抗敌协会。这里只有他一个人是搞美术的，于是，延安所有与设计有关的事情，都由他一人包揽了。他给延安的剧团、秧歌队设计舞美和服装；给一年一度的“大生产展览会”做总体设计。他的一炮打红的设计是作家俱乐部，用的都是山沟里的土材料：用木头搭起一个酒吧，外面罩上蓝、白土布；把老乡筛面粉用的箩（细铜丝编织而成），用木片装饰成筒状，挂在四面墙上，一盏小油灯从丝网里射出迷蒙的光线；把一个大箩筐吊在屋顶，用抽成褶的白土布围成灯罩；用当地的土毡子做成沙发、折叠椅、桌布、窗帘……几间破房子让张仃摆弄得又浪漫又典雅，成了延安最时髦最漂亮的地方，毛泽东、林彪、江青经常来这里跳舞。

包装红色中国

1949年第一次文代会期间，周总理派人去会上找张仃，让他开完会去中南海报到。给他布置的工作有：改造（中南海）勤政殿、怀仁堂，设计政协会议的会场。当时张仃住在中南海瀛台的待月轩。他在这里设计了政协会徽和第一届全国政协会议纪念邮票、开国第一批纪念邮票以及开国大典的典仪设计和天安门的装修方案，最后由总理拍板定夺。天安门城楼上两边的4个大红灯笼，是他的绝妙之笔。

张仃在延安

开国大典时天安门城楼上还没有国徽。最终的国徽方案，是在1950年的政协会议上通过的。在草图阶段，主体图案的两个设计方案有过分歧。梁思成和林徽因的设计是一块玉璧，调子是灰色的；张仃则以天安门为主体图案，调子是红色的。政协为此召开了论证会。会后，总理传下指示：国徽中间一定要有天安门，由梁思成所在的营造社提供天安门的实测图（只有营造社才有天安门的实际测绘图），这意味着肯定了张仃的提案。

老人说起这段尘封已久的往事，一连声地说道，国徽设计是集体的智慧，我的贡献是提出以天安门为主体。

当时张仃还兼着华北大学实用美术社的社长。各项工作的方案确定后，具体的制作过程就是实用美术社的事情了。实用美术社聚集了各路能工巧匠。挂在天安门城楼上的第一枚国徽是木制的，是美术社里的木雕师傅手工雕刻成的。可以说，华北大学实用美术社是新中国第一家国字号的装潢公司。

1950年4月，中央美术学院成立，张仃任实用美术系主任，他成了名副其实的“新中国首席形象设计师”。参加国际展览成为建国初期最重要的国字号的设计任务。

1951 年，新中国首次在莱比锡国际博览会建起中国馆。之后，1950 年代的一系列重要国际展览的中国馆，都是由张仃主持设计的。1956 年巴黎博览会期间，张仃拜会了毕加索。张仃是一个“唯中国的，才是世界的”实践者。中国结、中国园林、宫灯、重檐瓦顶是他喜欢使用的设计元素，他把中国的传统文化、民间艺术同国际流行时尚完美地融合在一起，有一种磅礴大气的东方韵味。中国馆一直是人们喜欢驻足的地方。1953 年莱比锡博览会中国馆纺织品展区的设计，是张仃的又一杰作。他把 20 多米长的石膏墙涂成黑色，把唐代张萱描绘古代丝绸制作过程的《捣练图》，用线描的方法大胆地阴刻在上面。下面的几个造型生动的戏曲人物，既代表着丝绸工艺，也传递着中国文化。黑色的石膏壁画与艳丽的丝绸不仅形成质感和色彩的强烈对比，而且情景交融，创造出完美的视觉效果。本来中国馆的设计有明文规定，不许用黑色。但张仃宁可撤走，坚决不改主意，最后，还是总理支持了他。

黑、白、灰是一种学问

张仃自称是超级劳模。1985 年，68 岁的张仃从领导岗位上退了下来。接到通知后，他高兴得在地上打了个滚儿。他一直想当个好画家，但是想当画家，就不能当好院长，而“服从组织安排”又是他的第一原则。当院长期间，他的内心一直充满焦虑。退休后的十几年是张仃最中意的一段日子。他带上速写本、宣纸册页、毛笔、钢笔、铅笔和一个放着棉花墨汁的胶卷筒，加上小马扎和拐杖，快乐地出发。他曾经六上太行，翻越了秦岭、祁连山、天山、昆仑山，他在贺兰山海拔 3000 米处画雪峰时，已经年过 80。他说，“我生长在北方，由衷地喜爱北方山川风物。特别是太行秦岭和西北高原，尽管她荒寒贫瘠，仍觉得她亲。好像一个儿子看自己年老的母亲。”二十几年来，他舍弃繁华，只取黑白，用最单纯的语言表现强烈的情感。他说，“黑、白、灰是一种学问，大千世界眼花缭乱，黑、白、灰给人以极大的安慰。”世纪之交，极简风气大行其道，包装红色中国的首席设计师又在传统山水画上与时尚不谋而合，看来，张仃老人有一种与生俱来的把握时尚的嗅觉。

老人前两年住了两次院，身体处于调养状态。因为不能上山写生了，这几年已经不画山水了。他把九龙山上的寓所称做“鸟窝”，把“鸟窝”设计成北欧民居风格，森林覆盖下的“鸟窝”，院子里种了一片树木。老人每天上午写篆字，下午看书读报。他把客厅设计成低调的米灰色，蓝粗布的坐垫、蓝印花的靠垫，以及木几上土陶大碗里满满的零食，自然、古朴、亲切，让人有回家的感觉。

老先生对于他目力所及的物品非常挑剔，不“悦目”的东西坚决不能存在。他身上穿的那件粗布蓝褂子，几乎找遍了全国出产民间土布的染坊。老先生对于布料的质地、手感、颜色的要求极其苛刻，差之毫厘都不行。寻找这块布料花的价钱，可以把世界上最昂贵的时装买回来。当然，老人寻找的那份淡如止水的心境是不能用金钱度量的。

张仃老人每天坐在客厅角落的藤椅上，一只精巧的蝈蝈笼就挂在他的耳边，脚下的竹筐里和手边的木几上有书和报纸，窗外的坡上坡下有一地如盖的绿树。他很少说话，间或会拿起烟斗抽上几口。他的右耳已经听不见了，却让两只蝈蝈每天在他的左耳边起劲地叫着。喧闹的世界尽管喧闹，他只愿意听蝈蝈们和窗外山林里小动物们清脆的私语声，抑或他还想起了，小时候母亲剪的猴子，以及过大年时集上卖的好看的年画儿。

李敖　我没变，我还是我

万静波

李敖（1935—　）

台湾作家、中国近代史学者、文化专家。文笔犀利，批判色彩浓厚，有《李敖有话说》等100多本著作，前后有多部被禁，创下历史记录，被西方传媒追捧为“中国近代最杰出的批评家”。

“我是李敖。”隔着话筒，一个声音从千里之外跨海而来。

李敖，著名作家、历史学家和评论家，台湾乃至中国当代史上光焰万丈的人物。发表著作上百种，以评论性文章最为脍炙人口，《胡适评传》、《蒋介石研究集》为其代表作，此外，尚有两部长篇小说《北京法源寺》和《上山·上山·爱》。

“横睨一世、卓尔不群的李敖，其大起大落的人生经历，恰如一则现代传奇：从文坛彗星，到人人口诛笔伐的大毒草；从论战英雄，到十四年牢狱之灾，被查禁的书有六十九种之多。”这是李敖为自传亲写的广告语，也是他人生的真实写照。

挟才气、勇气与流气，纵横文坛40余年的李敖，4月中旬刚刚度过他的70岁生日。

1960年代，这位台湾大学毕业的高才生，以孤傲反叛的青年思想者姿态崛起于台湾，一本《传统下的独白》一夜之间洛阳纸贵，《老年人与大棒子》、《给谈中西文化的人看看病》等宏文，更大胆批评当时保守的文化政策，指摘社会弊端，挑动大范围的思想论战，一时间激励时世，鼓动风潮，犹如给当时沉闷压抑的台湾社会投下了一颗重磅炸弹。

他主持下的《文星》杂志，继雷震的《自由中国》后，竭力推动自由主义思想在华人世界的传播，成为当时台湾进步的文化思想中心，一代年轻知识分子的精神寄托，他也被称为台湾继胡适、殷海光之后最有代表性的自由主义者。

李敖为此付出了惨重代价：矛头直接对准他的文化围剿、保守势力的全力打压、著作被查封、被禁止出版。正值盛年的他被迫搁笔，甚至要靠卖旧电器谋生，最后仍以文贾祸，1971 年因“叛乱罪”被判刑 10 年，在黑狱中度过 5 年春秋。

出狱后，蛰居几年的李敖于 1980 年代复出，其间曾有再次入狱的经历，但他以不屈的“文化罗宾汉”姿态，重行展开口诛笔伐大业，“我要痛斥政局的黑暗、政党的腐败、群众的无知、群体的愚昧、思想的模糊、行为的迷信、社会的疯狂、知识分子的失职与怯懦”，不仅大量为党外杂志写文章，还亲自主办杂志《李敖千秋评论》、《求是报》、《乌鸦评论》等，宣传言论自由，鼓吹人权民主。这个时期的李敖，成为台湾言论界重镇，党外运动重要的思想领袖。

1987 年以后，台湾解严，言论开放的空间逐渐扩大，李敖的创作量有所减少。1990 年代他的发言舞台转向电视媒体，电视言论节目《李敖笑傲江湖》影响力甚大。近年来又在凤凰卫视开办了《李敖有话说》栏目。

有人评价说，“李敖是全台湾最快乐的人”，因为他独来独往，高兴骂谁就骂谁，一笔在手六亲不认。

他为人特立独行，好辨真伪，争是非，一生恩怨分明，有仇必报。而且他好讼，“被我告过的人，官职从‘总统’到‘五院院长’、官衔从台北市到台中、高雄市，全都无所遁形”。尽管是“为真理、为正义、为自己、为别人，与法官一干人等冲突几十场，出庭几百次，下笔几十万言”，因此，得他帮助的人固然多，开罪的人却也不少。

李敖个性放浪不羁，一生中与胡茵梦等众多美女、才女有过亲密关系，私生活丰富多彩。对此他不但不讳言，还大写特写，在自传作品、接受访问时大谈自己的性经历，在小说《上山·上山·爱》中更有连篇累牍自然主义式的性描写。这些过激言行，自然会激起道德保守论者的不悦，甚至反感。

早在1980、1990年代，随着李敖著作在大陆的出版，对这位重要的台湾作家，内地读者已经不再陌生。他的一些著作，甚至以盗版形式广为流传，而他的斗士形象，他的犀利文风，他的嬉笑怒骂，都使得他成了特定时代里一代大陆青年和知识分子的文化偶像。

可是李敖从未回过大陆，这也使得大陆读者无从一睹他的真容。

近年来，李敖通过电视评论节目——《李敖有话说》终于在内地露面了，在这个由他一人唱独角戏的栏目里，多少有些老惫的李敖仍然机锋四出，仍然辩才无碍，但这次他的言论却引发了大陆不同、甚至是批评的声音。

他的如下三方面观点颇受关注：

对美国的强力批评。这固然是李敖的一贯观点，“君子不改其志”，但这种与左派类似的观点，却在大陆学界有不同的评价。

对萨达姆和拉登等人的评价。他认为拉登是“了不起”的人物。

他对中国大陆当代有关人物和历史事件的评价。这一点最受指摘。本刊记者就此问题分别采访了国内思想学术领域的几位重要学者，他们均认为这是“误导”，作为在大陆有广泛影响力的作家，李敖的观点“会对大陆读者和观众产生错误引导”。

对以上问题，李敖先生均向《南方人物周刊》记者做了回答。

采访共两次。第一次是今年2月2日，此前一天，他就任“国会”议员。在就职仪式上，他作了个很好玩的举动——对着自己的照片宣誓。采访就从这个话题开始了，然后是两岸政治、美国、价值取向、人生、家庭和他的情爱观。

第二次是在5月中旬，在台湾两大“在野党”领导人连战、宋楚瑜先后访问大陆后，又有消息说台湾的新党领袖也将于6月来访（李敖曾作为新党的“总统候选人”参选2000年台湾“总统”），本刊就此再次联系李敖先生。正在“议会”内李敖专设办公室里的他，这次却懒得回答，对连宋二人“没什么好说的”，“要说的早都说了”。

在他的电视节目中，一贯坚持“统一”立场的李敖有过如此表达：“国民党会做好事，可是做的时候都太迟了”，“像连战、宋楚瑜，虽然他们是国民党，（当年）为了拥护国民党，做了很多助纣为虐的事，有很多不是，可是在这一点上，如果不因人废言的话，还是可以肯定他们：在这种关键性的大原则上，他们始终承认他们是中国人。”

这是李敖第一次如此全面地接受大陆媒体的访问。电话那边的他果然如自传描述的那样，“骄傲自负都在心里，待人接物上，却是一片冲和”，和记者交流时，言语轻松诙谐，老派而亲切。

他的口才实在很好，说话如机关枪一般快捷，一遇敏感话题却可以片言解纷，有着“明白而立即”的机智表达。

要把台湾和美国的关系掐住

人物周刊（以下简称“问”）：您第一天“上岗”，情绪怎么样？

李敖（以下简称“答”）：好玩！好玩！我有点“笑傲江湖”，没有那种严肃的心情。

问：对着自己的照片宣誓，您怎么想到这个动作的？

答：自己欣赏自己嘛！（原来的就职仪式）那个动作是很迷信的动作，太落伍了，（但）你不这么来一下呢，感觉好像就没就职。那么我就来一下，用一个好玩的动作把它搅掉了。

问：您对台湾现状有很多批评，那对两岸关系，您能不能开个药方出来？

答：我现在这个所谓的“国会”里面，我认为要把台湾和美国的关系掐住，因为美国要卖武器给台湾，卖武器给台湾的意思，就是叫你抵抗祖国，抵抗内地。所以我认为要把这个掐住，我们不再花钱买武器。台湾政府如果没有美国做靠山，就会理性一点，海峡两岸就可以有一个和平谈判的架构，这样中国才有一个好的前景。

问：您在“立法委员”这个位置上，在您的任期内，反对“军购”，是解决现实问题。您是历史学家，在历史长河里，两岸关系最终要怎么发展？

答：我认为从长远看，邓小平的构想非常好啊。50年内两边不打架，还有比这更好的吗？50年之后，谁赢就看本领了。

问：现在的问题是，看到台湾岛内台独势力不断坐大，大陆这边很着急啊。

答：我认为这是过虑了，过分较真了！大陆和台湾最大的看法不同，就是：台湾这边是玩假的，大陆以为是玩真的。

问：您的不少观点通过您的文章，特别是电视节目，已经被大陆的读者、观众看到了。（李敖插言：您看到了吗？）我看到了，而且只要看到了就会往下看。（李敖：谢谢！谢谢！）但是据我所知，国内有些人士、网民对您的某些观点是不赞同的。

答：我说台湾没有真的台独，他们好像不太相信，是不是这样？

问：这是一方面，还有就是您经常强力批评美国。

答：从个人观点来看，佩服美国，羡慕美国，这是人之常情。可是我从国家观点来看，就要提出我的基本看法。陈毅讲过一句话，“我们先不要富国，先强兵！”来访的日本人问他，“你们中国穷得都没裤子穿了，怎么还造原子弹？”陈毅就说，“我们宁可不穿裤子，也要造原子弹。”

为什么我们现在内地的年轻人不能理解呢？因为他们没被外国人欺负过，不了解建设一个强大的国家是多么的重要。

问：我理解您的观点是——民族国家和民族主义意识，这个阶段是不能超越的，是这个意思吗？

答：是的，（超越民族主义，进入世界大同）这是个好的构想，但是行不通啊！最起码目前的世界行不通。

问：您那么激烈地批评台湾，为什么？

答：因为台湾的民主已经走火入魔了，民主已经被两个大党吃掉了，很多坏（现象）都是台湾自己特有的。这次选举，如果是真正民主的话，我李敖就选不上。本来这个“议员”根本轮不到第三者，我能够从夹缝里面选出来，就是因为他们互相买票，互相配票，最后出现了差错，我才被选出来。

这次“立法院”2月1号选“院长”，一共225个人，只有我一个人的选票别人不敢看，其他224人的选票，都要给党团看，是要监视你，看你是不是投这个人的票。民主政治被他们摧毁掉了，民主政治没有秘密投票，这是什么意思啊（笑）！所以台湾的民主就是假的，是专制的统治力量没有了，变得好像有自由，事实上台湾在骨子里面还是没有自由。

台湾的所谓“宪法”还是“内阁制”，经过6次修改，现在变成“总统制”了，但是“总统”又不负责任，都要别人为他负责，这是违反政治基本原理的，权和责要制衡，但是现在都被摧毁掉了。

所以我认为，大家只看到台湾“民主”、“自由”的一面，没有看到法制（缺陷）的一面。不守法，哪来真的民主呢！

问：龙应台写过一篇《为台湾民主辩护》，她的看法和您不一致。

答：龙应台不论！（她的观点）实际上是用银纸，漂亮的银纸，包着个臭皮蛋。她是文章写得非常好的一个人，但里面的理论极为单薄，她关注的事情，都是鸡毛蒜皮的，大的问题她不敢谈，大的攻击点她也不敢打，我认为她不足论。她是关心小市民的，但是关心得不够细腻。

对黑暗表示沉默，你就是共犯

问：我很关注“知识分子和政治”的关系问题。您年轻的时候肯定没想过会参与政治活动，竞选“总统”、当“立法委员”吧，是您变了，还是时代变了？

答：我没变，我还是我！就像当年北大校长蔡元培，他说他“不当官”，人家说：“做中央研究院院长算不算官？”他说：“我来做就不是官。”我们并没有怀疑他是为了做官而干这一行的。所以对我而言，根本没有搞什么政治，而是用政治的平台来宣传我的思想，目前做这个事情也是如此。比如说我反对美国卖武器给台湾，我在外面用嘴巴讲，大家听了是“言者谆谆，听者藐藐”。但现在我在“立法院”里面，我可以加入“国防委员会”来阻止他们，这样力量不一样了，效果也不一样的。用搞政治和不搞政治的标准来看我，把我看得太小了。

问：您这一生和国民党是结下了“不解之缘”，（李敖笑）现在国民党在台湾已经是日薄西山了，您觉得您胜利了吗？

答：（果断地）没有！（即使有）这种胜利也像海明威一本小说的名字，叫“胜者一无所获”，“胜者一无所有”！

现在我眼看着蒋介石死掉了，他儿子死掉了，他孙子也都死掉了，连私生的孙子也死掉了，都不在了，剩下的，也都老的老、死的死，我的敌人等于都没有了。他们不是我的敌人，但是他们曾经拦过我的路，我现在也老了。

问：您一直是个斗士形象，跟强权斗，跟恶人斗，跟台独斗，为什么您不想后退一步，超脱一下现实，安心做您的学问，而选择现在这样一条人生

道路？

答：这是一个人生观的问题。我认为对邪恶、对黑暗，你表示沉默、表现出闪躲、与世无争，你就是共犯，是罪恶和黑暗的共犯。坏人做坏事，你看着他做（而不阻拦），你就是共犯。所以我才力竭声嘶，要出来讲话。

问：您一生都在争是非，为什么是非这么重要？

答：因为你所选择的，有的是美丑的问题，有的是是非问题，有的是善恶的问题、利害的问题，很多问题要面对，你不能样样都选，你只能选一种。对我来说，我觉得选是非问题比较好，因为我是个单干户，从事知识方面的单干户，选择是非作为检验真理的唯一标准（笑）！（插一句：您听明白了没有？检验真理的唯一标准。）

问：为什么老祖宗那些生存哲学对你没用呢？比如"危邦不入"啊，"道不行，乘桴浮于海"啊？

答：那些都不灵了嘛，不好用了。好比孔子可以"危邦不入"，可他周游的不过是列国而已。现在你去哪都要身份证、出境证、路条，是不是？并且处处是"危邦"啊。

问：您感到过痛苦吗？您的个人痛苦怎么办？

答：应该可以用自己的哲学把它化解。任何痛苦的感觉，在我看来都叫负面的情绪，好比说悲哀啊，生气啊，愤怒啊，沮丧啊，所有的负面情绪，在人生里都是可以从技术上把它消灭、或者减少的。

问：但是我很想知道，您在国民党控制台湾期间，先后两次坐牢，漫长的一两千个日子是怎么过来的，没有痛苦吗？您是怎么消解的？

答：这就是自己的磨炼。很多人磨炼不过去，头发全白的，得了精神病的，很多。敌人有两个：一个是环境，另一个就是你自己。不可以自己跟自己过不去，这个敌人要消灭，这一点我做得很成功。我可以把自己控制得很好，我就没有多愁善感，比如说落日，（当然）我在牢里时是看不到的。现在我老了，坐在我的书房里，整天看到落日，我不会像林黛玉那样，发现花落了，就一边葬花一边哭，"试看春残花渐落，便是红颜老死时"！我没有这样子，花是花，我是我，落日是落日，我是我。你把它区别开，沮丧啊，痛苦啊，伤感啊，这都是错误的情绪，我们要把它正面化。

问：假如您不幸在中年时期就被牺牲掉了呢？

答：当时我可能还不能够完全释怀，现在我能了解了。第一个，我相信人间是有因果律的，就是种瓜得瓜，种豆得豆。可是，结果律是不一样的，就像《圣经》所说的，“我种了风”，可是我得到的是飓风，是台风。是否会造成很严重的后果，你是没办法控制的。

有很多人被牺牲掉，千万人头落地，多少个冤案假案错案都会出来。如果你不幸是其中的一个，没有什么好抱怨的。你会用很达观的胸怀去看它，一定会有许多人被牺牲掉的。

问：如果有人给您写传记，您最愿意别人怎么评价？

答：如果有人看我，就像爱因斯坦说甘地一样（一字一句地）：后代的子孙，很难想象，在我们这个时代，曾经走过这么一位血肉之躯。

我认为后代的人看到我，应该有这样的想法：一个人处在乱世里，怎么能这个样子活下去？这是个很难有的经验。当然我也说过，我的运气很好，我没有成为千万个人头落地中的一个人头，冤案错案碰到过，但还没有致命。这就像《圣经》里面说的，我们虽然遭遇过很多苦难，但还没有死掉。

问：您有没有一些避世办法，能让您多少逃脱一些灾难的？

答：应该有一些，“光棍不吃眼前亏”，这就是一种啊（笑）！我不会吃眼前亏的。我会用很多的技巧、很多的谎话来欺骗敌人，我会的，我会的（笑）。不一定有效，可是我会的。

问：那为什么当年在特务审讯您、刑讯逼供时，您会忍着不承认呢？

答：是，是，那里面有很多的技巧，虚与委蛇（笑）。

问：您的豪杰气质，还有您的玩世心态，都是中国知识分子一种很另类的形象，这是怎样形成的？

答：一般人是用一种很悲壮的方法来处理这个问题，很悲剧的，我不太会的。我会用轻松一点的。比如说侯宝林，红卫兵斗他，说要把衣服穿好，皮鞋擦干净，他说我不但皮鞋擦干净了，连鞋底也擦了油了。这就是说，一些很逗的方法会把敌意给化掉，有时候会有这种效果。

问：您的玩世态度呢？我感觉您骨子里是饱含救世情怀的人，但又用一种很戏谑的、愤世骂世的方法，来面对这个世界，为什么要这样？

答：因为你不能把它搞得更严重，不然就得胃溃疡了。我最好的一点，就是不会得胃溃疡。我的老师殷海光，学哲学的，得胃癌死了。我就笑，哲学家得胃癌死掉，就像神父得梅毒死掉一样，神父怎么会得梅毒死掉呢？这个不搭调嘛。说明你这个哲学没想通。

知识分子已经没落了

问: 您为什么不想成为一个德高望重的人呢？这样就可以进到先贤祠里，为什么要激烈地批评他们？

答：（笑）中国人就有这种特立独行的，王安石就是一个，他不要进孔庙啊！自己言行一致就比较好，不要考虑社会的标准。

问：您推崇的胡适先生，就是一个谦和的人，为什么不能学他呢？

答：胡适后来就变成好好先生了。

问: 胡适、殷海光、您, 3 代杰出的知识分子, 都是有蛟龙气质的人, 后世的知识分子还会有这样巨大的影响力吗？

答：过去知识分子受大家重视，因为 4000 个文盲中才出来一个中学生，所以大学生、知识分子在中国非常有地位，影响政治。可现在的政治，现在的社会，已经不是知识分子能影响的了。我算是末代的一个怪物。知识分子已经没有力量了，他们只能帮闲，打杂，并且已经变成很难看的样板，像郭沫若。已经没落了，臭老九了。

问：胡适、殷海光和您，你们 3 人的区别在哪里？

答：他们两位跟我完全不一样。胡适占尽了便宜，什么便宜呢？知识分子吃得开、被人尊重的便宜，我们这一代是碰到知识分子变成臭老九的时代，所以我们非常不方便。他们都是大学教授嘛，我李敖什么都不是，他们占了很好的机会。

问：那殷海光呢？

答：他的遭遇还算很安定，没有牢狱之灾嘛！坐过牢和没坐过牢的完全不一样，这是两个世界。

问：那知识分子以后的容身之处在哪里？

答：他们就成了专业的一部分，至于什么“民胞物与”、“以天下兴亡为己任”，已经没有了。

问：如果您年轻的时候不参与社会改造，不那么激烈地批评当局，而是投身学术，您的学术成就会比现在高吗？

答：那有什么意思呢！这种专家现在很多啊，“中央研究院”院士，中国科学院院士，不是说他们错了，而是我不想像那样狭窄地、窝囊地活着。

问：您有那么大的学问，您的自传中又说您为人交往其实很“温柔敦厚”，为什么您要采用一种夸张的方式呢？什么“要找我佩服的人，我就照镜子”，“五百年来，中国白话文第一名是李敖，第二名是李敖，第三名还是李敖”。

答：这个表示我很诚实，没有别的意思。

问：这是不是您的宣传技巧？

答：（笑）当然也是！很诚实的技巧，表达一个真相而已（笑）。

问：您本来就才华出众啊，大家都清楚，不用多说啊（笑）。

答：那样你就否定了广告的价值了，广告就是：你知道了还要宣传！

问：王朔说“我是流氓我怕谁”，他是跟您学的吧？

答：王朔？表现方法应该不太一样吧。我不会说我是“流氓”，我会说我是“大流氓”！

问：现在央视正热播一部电视剧《汉武大帝》，如果您可以生活在古代，您会选择在哪个年代生活？

答：那就汉武吧（笑，一字一顿地），那就汉武吧。

问：为什么不是李世民的大唐盛世啊？

答：总的讲“各擅胜场”，各有各的好玩的地方。汉武帝这位老兄一辈子在那搅和，在那闹腾半天，让人去找不死药，想成仙，最后才自己反省，但是觉悟太晚了。儿子也牺牲了，老婆也给宰掉了，代价太大了。但是他有那么大的威严，他有个好处，厉行法制，说一不二。

找另一个国民党去斗争

问：个人的力量可以改变一个时代吗？

答：那就看什么样的个人。

问：您自己呢？

答：我觉得我可以扭转到某种程度！可是有时候（个人发生的影响力）不是在这个时代，你看耶稣这个人，活的时候都是失败者，千百年以后才发效嘛。有很多人的确是个人影响了历史。当然，也不是英雄造了时世，我就不相信中国缺了毛泽东，也和现在一样。

问：人生的态度是各不一样的，有的人是理想主义的，有的是现实主义的，您对那些现实主义者怎么看？金庸说“让理想主义者走开”，您怎么评价这种看法？

答：没有错啊！有时候理想主义是要走开，如果理想主义在旁边，就看是什么情况，平时闲着没事干，理想主义是很重要的。可是理想主义者要变成一个殉道者的时候，他本身也是个相当的现实主义者！所以大家都说，马克思是唯物的，黑格尔是唯心的，这是不对的，马克思是相当唯心的一个人。所以我认为我们常常会错怪了一个人，或者错怪了一个观念。

问：我想您最为人称道之处，是您当年和国民党台湾政权的抗争，那个国民党现在已消失了，未来您的生存空间在哪里？

答：就找另外一个国民党去斗争嘛（笑）！民进党就是小国民党，具体而微，并且比国民党还国民党，因为国民党腐化得还没那么快。

问：过去您被当成英雄，现在在所谓民主化的台湾社会里，很多年轻人不读您的书了，而是把您当成一个电视节目主持人，您怎么看？

答：（笑）那也不坏啊！他们不看书，只看表演，那么我就表演给他们看。我的目的还是要影响你们，软化你们，或者说难听一点，骗你们。就是这样子啊！我用我的招，投你所好，把你软化掉。

问：为什么您一直没有回大陆看一看？

答：这个其实很简单，因为我不想和党中央关系搞坏。在台湾，他们都说我是共产党，那我的党中央就是在北京。

问：那您是共产党吗？

答：我在节目里讲了，大画家毕加索，他宣布他是共产党，别人问他你怎么是共产党，你又没加入组织啊？他说为什么加入组织才是共产党呢！我自己说我是共产党，我就是共产党（笑）。去了（大陆）之后讲错了话，关系会搞得好紧张。当然还有很多杂七杂八的理由，我不太喜欢动，变化我每天的生活方式，我就觉得很别扭。

问：您不想回大陆看看吗？这是您的故土啊。

答：事实上从电视里、照片上、书里面，也可以知道很多，不一定要亲眼看到啊。为什么你非要登上月球才能知道月亮是什么样呢？我不需要像太空人一样嘛。

问：有没有想过，如果当年您父亲没带你们全家去台湾，而是留在大陆生活，您今天会是什么样子？

答：我可能是王洪文（笑）！王洪文和我同岁啊。我当然不会像在台湾这样的玩法，我不会那么笨，我有别的玩法嘛！我可能会变成一个情报头子，不一定要去住牛棚，为什么要把我看得那么笨（笑）！

问：那说明您智商太高，可以改变自己的命运，可也有人认为人生是宿命的，无法更改的——

答：（打断）我不相信！我认为努力和不努力不一样，挣扎和不挣扎不一样，当然（努力了）可能更坏。我相信有为主义——这件事做了跟不做，是不一样的。

跟蒋介石一路的人，不足论

问：您怎么看待黄仁宇的大历史观？

答：那是本烂书。哪个历史不大，哪个史观不大？你告诉我！什么大历史？胡扯！不通的。问题在于他这种跟着蒋介石走的人，一开始就可以判定他是有问题的。你会说李敖这是不是成见，不是的！这种跟蒋介石一路的人，你可以基本上知道他的水平在哪里，不足论的。

问：您的逻辑是不是：凡支持国民党的都是错的，都不足论呢？

答：可以这么讲。证明他头脑不清，或者正义感不够。我们以 1949 年为标准，被国民党骗和跟共产党走的，是完全不同的两类人。跟共产党的人比较有正义感，比较有良知，所以第一流的知识分子都跟共产党走了。那种不入流的才被国民党骗走，因为他们之间有利害关系。你要搞清楚这是最大的不同。

问：学术成就和人品难道是浑然一体，不能分开吗？

答：要看是哪一行。如果你学的是物理系，那么它跟人品没有什么大的关系，甚至跟婚姻也没什么大的关系，82 岁照样可以结婚。可是你要搞的是人文，特别是社会学、哲学这方面，那就跟你的立场、信仰有关系了。

问：大历史观必然和另外一句话联系在一起——“存在即是合理”，您怎么看？

答：我认为如果是这样的话，任何人只要是做奴才，也是有哲学的，做奴隶主，也是有哲学的。如果用这个标准来衡量的话，世界就没有是非了，也就没有正义了。

问：您有没有很钦佩的人？

答：有的人可能一辈子都乏善可陈，但他有一点好，还是可取的。好比《法门寺》里的刘瑾，他是个宦官，这个王八蛋一辈子干坏事，可是在《法门寺》那出戏里面，他做了一件好事，如果不以人废言的话，那我们就要肯定他。

同样，比如"四人帮"里面的江青，她在被审判的时候，我认为她的表现比那些男人都好，还可以讲几句狠话，气而不孬，虽然她不正确。总比那些孬种好嘛！我就讲，这个婆娘乏善可陈，可是最后在被审问的时候，她有种剽悍之气，这点还不错。

没有哪个人可以全盘性地影响我，或者使我佩服，如果有一点还不错，能为人称道，那也不必埋没他啊！

问：如果别人拿您和鲁迅先生相比，您觉得高兴还是？

答：（反应很快地）拿我和鲁迅相比的人，这个人没有进步！因为时代变了，我们的文章比他们写得好，我们其实比他们有勇气，我们没有藏在租界里，还有我到死也没拿国民党的钱啊！他还拿国民党的钱，中央研究院的钱一直在拿，蔡元培给他安排的。鲁迅敢骂日本人吗？他从来不敢骂日本人。鲁迅是个相当世故的绍兴师爷，跟我们不一样。

问：关于中西文化的大论战，20世纪中国有过好几次。我知道您是主张全盘西化的，1960年代台湾岛内的文化论战，是您挑头发起的。而这几年，国内开始出现一股思潮，"读经运动"、"儒学复兴"，我想您肯定注意到了，您怎么评价？

答：（哈哈大笑）我认为是很好笑的一种。基本上这些人的调门是反对全盘西化的，可是他不了解自己就在全盘西化：你不蹲茅坑，而是坐在马桶上面，你的屁股就在全盘西化，那个抽水马桶就是全盘西化的一个后果。你的大脑还没有全盘西化，你的屁股就开始全盘西化了。这个是躲不掉的。你说资本主义是西化，对不起，那共产党也是从西方来的，马克思、恩格斯，都是西化的一种啊。

问：他们的想法，是从传统文化中寻求支持民族进步的资源。

答：这种资源如果没有，不照样是富国强兵嘛。美国不会念中文，没有传统文化，没有《论语》、《孟子》，照样富国强兵。为什么五四运动时出来一个口号，吴稚晖提出来的，“把线装书丢到茅坑里”，没有用嘛！这些东西我们锦上添花可以，真正的富国强兵，没有它，照样（可以）玩！

问：您年轻时的见解，到现在都没有改变啊。

答：因为我是先知者，没有什么需要改变的（笑）！四书五经能救国的话，鸦片战争就不会打败了。

教育：给小孩做任何设计都是冒险的

问：教育问题两岸都很关心。您小的时候就很特立独行，不想读高三，父亲一同意，您就自己休学在家了。父亲去世了，您也坚持丧礼改革，不搞拿哭丧棒、装孝子那一套。现在您怎么教育自己的孩子？

答：现在我知道给小孩的任何设计都是冒险的，你可能给他带来不如意和危险，因为社会太复杂了，一个人的成长，变数太多了。我现在只是希望尽量供给他们，供他们念书，念好学校，不要过分地穷困。

问：您的小孩要不要每天回家做家庭作业？

答：做，做，要做到 11 点呢（笑）。

问：那怎么办？您明明知道有些教育制度是不对的，您会让孩子不要做吗？

答：我跟群众抵抗，可我不鼓励小孩去和群众抵抗，因为“虽千万人，吾往矣”，这个东西只能是自己玩的。你看我从来不鼓动别人叛乱，因为自己坐牢以后才知道，空间是多小，时间是多长。

问：那种教育方法会伤害孩子的灵性和创造力吗？

答：会。这种教育基本上是失败的，可是我讲过，他们成长的过程和我们是完全不一样的，所以我们不可以用我们的方法，一厢情愿地去要求他，限制他。

好比我现在还有这个毛病，买东西要用到橡皮筋，我们北方话叫“猴皮筋儿”，用完了还存起来，不会丢掉。可是他们那种消费习惯，在我们看来是浪费，但我们不可以说不对，说他们不晓得天高地厚。

问：您怎么教育自己的孩子？会不会像您对自己那样，用斯巴达式的办法加以管束？

答：我完全不管。我的年纪比我女儿大60岁。她不要你管她，她觉得她有她的世界。

问：哈哈，我还以为像您这样有英雄豪杰气的人，看到社会不公的事就要管的，会试图影响他们的成长呢。

答：会啊，我们家小女儿很漂亮，就是很胖，很喜欢偷吃东西，我们就管她。有一次我看她打开冰箱把两块糖塞到嘴里，我上楼告诉我太太，我太太就质问她。小女儿火了，就对我破口大骂，你是什么英雄好汉，你告密（大笑）！

问：您一生见过那么多人，和那么多女孩谈过恋爱，你有没有为哪个女孩流过眼泪？

答：眼泪？都涕泗横流了，怎么没流过？（笑）

问：什么样的女人是您认为美的？

答：有一点点变，审美标准。现在的标准和过去比有一点变化。

问：有哪些变化？

答：人越老，越喜欢小的（笑）。过去女朋友跟自己年纪比较接近，现在不行了，我总不能找70岁的老太太嘛（笑）。

问：我很好奇啊，您碰到自己喜欢的女人，然后分开，怎么能做到不断分手而又不伤害自己呢？

答：因为你要聪明到知道男女关系一定是要走下坡路的，再好的感情，也会走下坡路的。所以见好就收是正确的，不应该搞到山穷水尽。

问：这种对女性的态度是很早就形成的吗？

答：是慢慢形成的。关于男人和女人的关系，我年纪越大，处理这个问题越好。但现在我已经老了，已经70岁了，毕竟我前列腺开刀了，对女人的兴趣已大不如前了。就如“项羽本纪"的话“此天亡我，非战之罪也”（笑）。

问：那您现在还有看春宫片的兴趣吗（笑）？

答：（笑）看它就好像看三民主义一样，没有什么反应了，“除却巫山不是云”啊。

问：最初在您的自传中看到您谈到您和众多女人交往的时候，我很吃惊，没想到像您这样的一流知识分子会公开谈论自己对性的态度，这种想法我想很多大陆读者都有。

答：这才是一流嘛，一流才会谈！那种谈不好，或者是不敢谈——能够谈的这种是很正常的。不谈的话太落伍了，太伪善了。

我对思想家这个头衔比较介意

问：您现在的生活状态是什么样的？每天都呆在家里写作吗？

答：因为脊柱不太好，所以现在有时躺着写，有时站着写，写书的比例减少了，大部分时间来做电视节目。我现在认为这也是表达的一种方式。像鲁迅这些人，他们没有我的这种机遇。你如果叫鲁迅来讲，他不会比我讲得好，因为他有浙江官话的口音，身高只有一米五八。并且他没有我这么友善，横眉冷对的。

问：您现在有生存的问题吗？

答：我没有生存问题，我自己攒了一笔钱。这一点现在要笔杆子的人，都赶不上我。我很会保护自己的，很会很会的！

问：那您做一期节目多少钱？比如凤凰卫视的？

答：这个不能讲。这是业务秘密！最近我讹了凤凰一笔钱，我捐出来了，全部捐给北京大学，希望他们给胡适修盖个铜像，因为北大有李大钊、蔡元培、毛泽东，马寅初，还有一些洋人的像，应该给胡校长建个像。这个钱换人民币，你就知道我的手面了（笑）！

问：您一生以豪杰自期，如果拿历史学家、学者、批评家、作家的头衔给您选择，您最愿意摘哪一顶？

答：（反应很快地）我觉得我应该是思想家，再加上文学家比较好一点。我对这个头衔比较介意，其他的“家”就比较不重要了。

问：可是您小说只写了两部啊！

答：可是也有人只写一部的，桑塔耶纳，还有一个思想家也写一部小说，没写成功的，就是英国的罗素，写着写着写砸了。

问：在大陆读者看来，台湾政坛为什么会有那么些奇怪的人和事啊？

答：历史上都是这个样子的，一般搞政治的优秀的人很少。现在这个世界，第一流的人都去搞企业，搞财经，都是挣钱的人；二流三流才去搞政治。所以台湾都是滥、不入流的一批人。

问：李先生，占用您时间很长了，希望有机会到台湾看望您。

答：谢谢！我们后会有期啊，山不转路转，会有这个机会啊。

问：如果您回大陆，您想什么时候比较好？

答：我想 80 岁吧。

问：可是人的年龄和精力不以自己的主观意志为转移啊。

答：你这话不要对我讲，去对杨振宁讲（大笑）！一个女孩子出来，就使他变得客观得不得了了。

问：最后一句话，您战斗了一辈子，看到了您的对手——国民党政权的倒台，希望您能享受生活，“君子善养千金之体”啊。

答：谢谢！享受生活，自己能想得开就是了。人家讲立地成佛，立地成仙，只要自己一念之转，就能转过来，靠外界是危险的（笑）。

李敖论好人之不做好事

不论怎样地浮云事变，我李敖绝不心灰意懒，我不在乎那些战友的来去，不在乎个人的浮沉，我关心的只是理想的追求，在追求理想的大目标下，我不怕孤立，照样勇往直前。

好人其实是最胆小的，懦种的，偷懒的，伪君子的，逃避现实的，害怕坏人的，什么也不做的，只会独善其身不会兼善天下的。好人只会消极做好人，不会积极做好事。所以，好人其实是很不发热的。如果把好人当成橡皮筋，把它压挤，把它挤挤挤挤，它的温度便会升高。可见我们这些“善霸”、这些李敖之流，有一个大用处，就是可以使好人做好事，可以诱好人做好事，可以逼好人做好事。

我做“善霸”，一生恩怨分明，有恩必报、有仇必报，绝不“算了”。我常说有仇不报的人就是忘恩负义的人，因为这种人是非不分明。

我一生饱蕴救世心怀，但救世方法上，却往往出之以愤世骂世。我有严肃的一面，但此面背后，底子却是玩世。正因为玩世，以致明明是严肃的主题却往往被我“以玩笑出之”。

李敖说病态的爱和正确的爱

真正的第一流的人，是不为爱情痛苦的。有的人恐惧爱情带给他的痛苦，因而逃避爱情，“且喜无情成解脱”。其实“无情”并不能真的“解脱”，即使有所“解脱”，也不算本领，只能算是头埋沙中的鸵鸟。真正此中高手，不是“无情”，而是非常“有情”、“多情”的。只是高手在处理爱情态度上，非常洒脱，得固欣然，失亦可喜；来既欢迎，去也欢送，甚至洒脱得送玫瑰花以为欢送，这种与女人推移、而不滞于尤物的洒脱，才是唯一正确的态度。

我相信，爱情本是人生的一部分，它应该只占一个比例而已，它不是全部，也不该日日夜夜时时刻刻扯到它。一旦扯到，除了快乐，没有别的，也不该有别的。只在快乐上有远近深浅，绝不在痛苦上有死去活来，这才是最该有的“智者之爱”。我认为，人生中糟糕的一件事，是把爱情的比例占得太多；更糟糕的是，其中又把哭哭啼啼难过痛苦的爱情占了极大的百分比，这是绝对病态的。

我跟女人的关系，可分四大类，第一类是跟我有性交关系的；第二类是没有性交关系但有肌肤之亲的；第三类只是相识但却长入我梦的，所谓梦，主要是白日梦式意淫；第四类最邪门儿，是双方完全不相识的，这种“女人”，主要是她们的照片，尤其是裸照。

李敖谈自己的狂气

但我为何引起争议？为何不乖乖像圣人一样，净得嘉名？追究起来，有原因在，就是我太坦白了、太尖锐了、太凶悍了、太生不逢时了，所以虽“圣人行”不止，却“恶人名”不已，所以我的嘉名，没得到应得到的程度与浓度。

在这岛上，别人是靠成群结队狼狈为奸造势，我却靠独来独往单枪匹马造势，比别人难多了，所以要会作戏。我的戏目有很多种。第一种是要有“狂气”，狂气就是有话直说，不必谦虚。在许多方面，我的表现一点也不谦虚，不过这就是我。当我觉得我是第一的时候，为什么我要说我是第二？我要打破这种虚伪。

狂气以外，另一种是“流（流氓）气”。周作人说写文章要有点流氓气，其实做人也当如此。有流氓气就是敢作敢当、不恤人言、不怕声名狼藉，为了真理，不怕人说闲话。流氓气的最大特色是对闲话的反应异乎寻常：“是老子干的，又怎样？”

严格地说，我根本不属于这个时代、这个地方，就好像耶稣不属于那个时代、那个地方一样。我本该是50年后才降世于大陆的人，因为我的境界，在这个岛上，至少超出50年。

（本文收录时略有删节）

李希凡　大人物时代的小人物命运

刘天时

李希凡（1927—　）

著名红学家。曾任中国艺术研究院副院长。1954年与蓝翎合著关于《红楼梦》的研究文章，得到毛泽东嘉许，在全国产生很大反响。代表作品有《论中国古典小说艺术形象》、《<呐喊><彷徨>的思想与艺术》等。

酷热的7月。78岁的李希凡迟缓地从漫长的午睡中醒来，迟缓地挪腾到窗边的椅子上坐下来。手里的扇子摇得有一搭无一搭，对面的电风扇嗡嗡地旋转。李老人家的老头背心汗滋滋的，棉布大短裤皱巴巴的。家里没有别人，只有另一个屋子里还睡着的老伴，3个女儿早已成家立业不在身边，他们的保姆刚刚辞职。天热，他的糖尿病复发并在加剧，早上吸过氧可是还是觉得憋闷，老伴的腿出了毛病不能动了，屋子里都是红花油味，房子要拆迁了，他要去医院买药，还要去菜场，……在李希凡典型的老年生活里，没有什么特别之处，或者……他乱糟糟的书房里，乱糟糟的书桌上，挂满茶垢的保温杯下面压着的几页竖排稿纸和一枝钢笔？写的什么呢？哦，《红楼梦人物论系列之贾探春》。

但这其实也没什么，有文化的老年人，在闲暇的时光，出于个人兴趣，投稿一本发行几千本的学刊，唠叨点陈年旧话，也是很平常的；只是"平凡"、"安稳"、"默默"，这一类的形容词，在李希凡早前的人生历程里，却是不曾有过的。相反的，"李希凡"这个名字，在建国以来我们主流的政治风景和意识形态脉动里，一直是跳跃闪烁的：1954年因为一篇批评俞平伯红楼梦研究的文章，得到毛泽东嘉许，火速蹿红，星火燎原——由俞平伯而胡适，由文艺批评而判决剿灭自由主义，作为一个敢于向大人物开火的“小人物”——点燃了建国初期社会主义文化改造的新一轮高潮；接下来的六七十年代，作为《人民日报》文艺评论员的李希凡，激昂指点，参与到大大小小的文化运动中来，所谓“南姚（文元）北李（希凡）”，李希凡是风光显著的红人。

回顾那段过去，我们看到的不仅仅是一个孤立的个人命运的起落荣辱，社会潮流、时代风云辉映其间；而所谓的时代风潮又何尝不是在与众多的“个人”的相互撺掇、相互迎合、相互塑造中涌动席卷起来的呢？而当我们试图评价这个“个人”和他的选择——在“被动”和“主动”之间，在“身不由己”和“攀强附势”，在“义气”和“利益”之间，似乎也不好说出绝对分明的界限，就像有时我们不肯指出诚恳者自欺欺人，甚至担心“真的醒来”。

贫寒少年爱好上马克思主义

在作为被钦点过的“小人物”登上时代舞台之前，李希凡的故事是从演绎一个贫苦少年为生存挣扎而开始的。

上个世纪40年代，北京郊县通州，李希凡是一个普通人家6个孩子中的一个，父亲失业重病，家境衰落，13岁开始，他先在洋服店当学徒，继而是印刷厂的童工。逃难、遭师兄欺侮、半饥半饱、投亲靠友……经历着一般旧社会穷孩子生活的辛酸和粗砺。

20岁时，他寄居在山东姐姐姐夫家，工作是早晚接送外甥上下学，晚上给马克思主义哲学教授姐夫赵纪彬做笔录。

“姐夫说马克思不说马克思，说卡尔；斯大林呢，是约瑟夫。我就想这卡尔是谁？约瑟夫是谁？”于是白天，李希凡在做完家务后开始在书架旁逡巡。马列选集、鲁迅小说、苏联文学，开始了他的启蒙。

没有什么意外的，贫寒少年李希凡爱上了马克思主义，“逐步确立了马克思主义的世界观、方法论。”同时，由山东大学文史系旁听生，经华东大学干部培训班，后入山大中文系正式读大学，再接下来，中国人民大学哲学研究生班，李希凡几番努力，终是踏上了一个文化人旅途。这期间，我们的祖国，也经历着改天换地的变化。

“小人物”打响“可贵的第一枪”

转折就发生在1954年的春假。这个转折，既是李希凡本人的脱颖而出、“人生从此不同”，也牵扯出50年代中国最重要的一轮文化批判、涉及了更多人命运的变故。

让我们稍微蒙太奇一下让这一切开始的那个偶然。4月的北京，假期中百无聊赖的李希凡，有朋友蓝翎来访，两人聊着聊着，说起最近《光明日报》上俞平伯《红楼梦》研究的观点，都感到“不对头”，于是商量着写个文章。

“先是蓝翎写了初稿，然后我修改誊抄。我还清楚记得我是坐在床上的包袱上写的。那时候我刚有了第一个孩子，宿舍不大。”

这篇题为《关于〈红楼梦简论〉及其他》的文章，发在《文史哲》杂志1954年第9期上。文章的基本观点是对俞平伯提出挑战——“俞平伯先生未能从现实主义的原则去探讨《红楼梦》鲜明的反封建的倾向，而迷惑于作品的个别章节和作者对某些问题的态度，所以只能得出模棱两可的结论。”、“俞平伯先生不但否认《红楼梦》鲜明的政治倾向性，同时也否认它是一部现实主义作品。”、“俞平伯先生的唯心论的观点，在接触到《红楼梦》的传统性问题时表现的更为明显。”……

文章写就写了，发就发了，接下来发生的事情实属预料之外了。

首先，毛泽东看到了，发话了：“看样子，这个反对在古典文学领域毒害青年三十余年的胡适资产阶级唯心论的斗争，也许可以开展起来了。事情是两个‘小人物’做起来的，而‘大人物’往往不注意，并往往加以阻拦，他们同资产阶级作家在唯心论方面讲统一战线，甘心作资产阶级的俘虏……”（1954年，《关于红楼梦问题研究的信》）

很快，《人民日报》在毛泽东的授意下发表袁水拍文章《可贵的第一枪》。

10月，主题座谈会召开，除了李、蓝两个“小人物”，文艺界的“大人物”都出场了。郭沫若、茅盾、周扬先后发表题为《三点建议》、《良好的开端》、《我们必须战斗》的讲话……冯雪峰——时任《文艺报》主编，曾对李、蓝二人文章提出修改建议——“压制革命力量”、而反动思想的根子——胡适和他的自由主义，遭到全面清算彻底判决……一篇小小文章搅和得全国文化界、思想界波澜壮阔。

李希凡一家

“目瞪口呆，再也插不上嘴了。”始作俑者之一的李希凡，就其个人功名而言，开始了风光得意的航程——

1954年当年即当选全国第二届政协最年轻的委员；1955年，出席第一届全国社会主义建设青年积极分子大会，并获奖章；同年6月，作为新闻界代表，出席国际青年联欢节，出访东欧和苏联——初夏时节，火车专列穿过莽莽西伯利亚，餐车里，音乐欢快，文艺代表团的活泼的女孩子正在耐心教红人李希凡跳舞……“我怎么学也学不会，到了冰岛共产党主席女儿邀请跳，还是踩了人家的脚……”

偶像的烦恼也总还是幸福的烦恼。当年李希凡和蓝翎遭到的追捧也是相当广泛的。一个有名的例子是：当时中国人民大学被普遍认为最有才华的女学生程海果，就将“两个小人物”名字中各取一字，“林希翎”，定为自己的笔名。而据李希凡说，他两年前为编艺术史申请经费，财政部长项怀诚慷慨地答应，笑说，自己当年可是李的“粉丝”。

不听江青的话

“小人物”的命运就此结束了。1954年秋，李希凡给当时的文化部长周扬写信，征求意见，自己即将毕业想去研究所工作。周扬转达毛泽东的意思表示反对，“那不是战斗的岗位”。于是，从1955年至1986年，李希凡先生就一直在《人民日报》文艺评论部以笔为旗，革命不息战斗不止。

“马克思主义啊，我一直坚持马克思主义毛泽东思想。”多年来，李希凡以社会分析阶级论为理论工具，不仅对各时期的重要文艺作品，比如《红旗谱》、《青春之歌》、《林海雪原》、《创业史》、《红岩》、《苦菜花》、《欧阳海之歌》等发表评论文章，还不遗余力地参加到历次的问题论争中来，比如，

“阿Q”问题、《琵琶记》与封建道德问题、历史剧问题、戏曲的推陈出新问题、批“鬼戏”、哲学上批杨献珍“合二为一”、史学上批翦伯赞的“让步政策”……

于是，一方面李希凡借着被当时中国最大的人物钦点过的余辉，继续以“文名”“红”下去，另一方面，李希凡接下来又因被这位大人物叱咤风云的夫人江青“赏识”而其又“不识抬举”，再起是非——“一个小人物”，在大人物们、政治运动、权力斗争的阴影里，左右不是，诚惶诚恐。

“那是1964年。”41年后，李希凡回忆起当初影响他后来几十年的两次谈话，已经可以举重若轻。

“她说让我注意《海瑞罢官》，说有问题，是对‘三自一包’的影射。我心想，扯不上啊。就不表态，装糊涂。隔了一个月，她又叫我去，这回说了周扬一大堆不是，说他亭子间出身——我心想，那人家后来不是去延安了吗？又说，如今文艺状况不好，戏曲都是帝王将相、才子佳人，意思都是周扬的错。可是，我心想，跟我说这些有什么用呢？周扬是党中央毛主席委任的，我一个《人民日报》文艺评论员，管不上啊。”

有人“装糊涂”，有人更识相。不久，批判《海瑞罢官》轰轰烈烈地开始了，冲锋陷阵的笔杆子就是上海的姚文元。错失如此重要的表现机会，李希凡所在的《人民日报》敏感慌张起来，冷言冷语到李希凡耳朵里——“‘不是党中央没找我们啊，而是我们没写啊’。”而很快“文化大革命”开始，李希凡因为“不听话”被率先贴出大字报。

接下来，李希凡的遭遇虽然谈不上特殊惨烈，但又红又正的地位显然罩上了阴影。可是新的转机又以大人物的一句询问的形式出现了。那是1967年，“中央文革”请文艺界的人士看样板戏，其间，江青问了一句“李希凡来了没有”。

这句话，让李希凡的地位有微妙的回升；但同样是这句话，在1976年“四人帮”被揪出来后，就有了负面效应——“李希凡被江青保过啊，我是她文艺黑线的红人啊——就是这样滑稽，‘城头变换大王旗’啊……”

与蓝翎的是非恩怨

在李希凡兴衰毁誉参半的故事后面，还掩映着另一个，当初令其一举成名的文章的联合作者，蓝翎的起起落落。只不过，二人的境遇似乎总有些“此起彼伏”对照的意思。而从一开始就埋下的分歧的伏笔，最终让两个年轻时的密友到了老年势如冰炭，笔墨开战，直至其中一人撒手人间。而他们人生的对立，也不止是个人性格的差异，更笼罩着那个特殊年代特殊的势利和无常。

因为交战双方中的一方，蓝翎先生已经在今年年初去世，所以关于李、蓝二人的官司，我们只能得到一面之辞，在他们之间判定是非是鲁莽而不可能的。但是从李的角度，我们就可以感受到那个年月、那个无所不在的所谓意识形态，对人的扭曲。

李说：蓝找他茬，一个是要跟他争当初那篇改变他们命运的文章的“发明权”，一个是把自己被划为右派的事情归咎于李希凡的落井下石。而这些根本就是无稽之谈，是嫉妒，是长期的心理不平衡——这“嫉妒”、“心理不平衡”是怎么郁积起来的呢?

按李的说法：当初联合署名文章而来的名利，分配上确实有偏向——蓝翎的风头始终没有李希凡那么健，抛头露面的事，李总比蓝多。但原因不在李“抢”，而在于蓝的上不了台面——按照当年的组织路线，蓝是有问题的。蓝曾经在国民党的军队当过兵，其家庭也有过“不清白”的复杂历史。

而且，蓝又一直“写些偏激杂文，批评官僚主义”，这让大家为难，对他情绪复杂。一方面顾及“主席的意思”，另一方面，又操心他不识时务。直至一篇《面对着血迹的沉思》惹恼北京市的官员。随后不久，1957年，蓝翎被划为右派；而就在这时，李希凡入党，开始了持续很长时间的文艺战线红人的风光。

再往后的“文革”，同在《人民日报》文艺部的二人亦各有派别对彼此各有保留，直至“粉碎四人帮”，蓝翎的势头渐渐盖过李希凡。尤其是1986年后，李调离，蓝翎后来任文艺部主任；但接下来没几年，蓝翎又不再主持工作；而李希凡则因为成功地劝阻了艺术研究院“上街”而得到上头的好评……

在李、蓝是非中，很微妙的，就是二人对自己和对方在不同时间上政治立场“左”或“右”的辨析。1957年反右：蓝翎因“右”受贬并迁怒在他看来“因‘左’而保全”的李希凡；后来蓝翎平反：蓝翎讽刺李希凡到处称自己是“漏网的右派”；而李希凡又说，“蓝翎对他的‘左’，却从未见与拔刀相向的情势”；再后来，90年代蓝翎反省当年批判吕荧事件，称李希凡是“假右”，而自己是“假左”……

毛主席啊毛主席

关于“左”还是“右”——年轻的时候，迫于形势，有还是没有，真真假假的攀附、为利益所趋的摇摆——似乎不大好判断；但如今，年近80的李希凡是坦率没有避讳的——“左”、“僵化”，对这样的标签，李已无意反驳；而尤其是在对“伟大领袖”毛主席的评价和态度上，坚决反对“忘恩负义”、“跟风转”，理直气壮地赤胆忠心一片。

“1994年10月16日，是毛主席《关于红楼梦研究问题的信》写作40周年，又恰恰是我的外孙女慧可的8岁生日。15日清晨，我备了一束鲜花，携女儿、女婿并慧可，一起前往毛主席纪念堂。……我想，毛主席他老人家的‘在天之灵’如果有知，当不会责备于我，当能够理解我被迫无奈的苦衷……”

李希凡称自己一贯的态度是：对“四人帮”深恶痛绝，对“文革”深恶痛绝，对“文革”结束以来出现的“反毛”、“非毛”言论更是深恶痛绝——

“我看不惯那些见风使舵的人。‘四人帮’在台上的时候，他们抵制了吗？‘批林批孔批周公’，‘批邓反击右倾翻案风’他们抵制了吗？‘文革’一结束，把责任都推给‘四人帮’，好像他们都是清白的了。然后，社会某些舆论把‘文革’的所有问题都归咎为毛泽东个人，对毛泽东全盘否定，这种言论都是胡说八道！一场社会灾难必然有它社会的、历史的原因，而绝对不可能是个人或少数人决策和推波助澜的结果……

“毛泽东晚年是有点错，但是毛泽东思想，就是今天，我们能离开吗？离不开！我们现在的政策口号、文化批评，能离得开吗？离开能行吗？我看不懂那些现在流行的什么西方的主义！我也看不出现在的一些文艺作品好在哪里。”

李希凡一如既往地崇拜毛泽东和毛泽东思想，可能有很大“私人感情”的成分——毕竟，正是因为毛泽东当年的“点名”，李希凡有了“别样的”、而且总体地比较地看“还不错的”出人头地的一生。虽然这份“知遇之恩”，对这恩情施与的一方而言，不过是一次借题发挥的政治需要——当年开国之初，所谓的“旧中国”的文化、意识形态依然强势稳固，毛泽东正在寻找时机清算改造。

在人的“想法”和他的“经历”之间，到底是谁成就了谁？而所谓的这个“坚持信仰”，是诚实的不断反思而来的守护，还是既得利益者的自圆其说？

不容易说清，也不大忍心指明。只是，在当我们面对今天的李希凡，一个炎炎夏日孤独烦躁的老人，虽然我们没有耐心发掘他几十年来“马列主义文艺批评”的“历史价值”，听他对当下社会空泛而傲慢的抱怨之时——我们会强烈地意识到：这个人，他老了；而就他所经历的时代而言，他并不幸运。

（本文收录时略有删节）

刘吉　我当然是一个知识分子

赵启强

刘吉（1935—　）

研究员、教授，曾任上海市委宣传部副部长、上海市人民政府经济体制改革委员会主任，中国社会科学院副院长，中欧国际工商学院执行院长。有领导学方面的专著和合著《科学学基础》等十多部。

刘吉先生的名字是与学术研究联系在一起的，他的某些敦促改革开放的作品或演讲，如《政企分开、政企分开、政企分开》、《中国宏观经济分析与判断》，曾经在中国学术界引起过较大的反响和讨论。所以印象中，刘吉先生是一位社科学者。

采访之前，做功课时，才较为详细地了解了刘吉先生的简历：1935 年 10 月出生于安徽省安庆市（祖籍怀宁县凉亭乡戴店）；1958 年毕业于清华大学动力机械系；中共党员，历任七届、八届、九届中国政治协商会议全国委员会委员。刘吉先生是理工科出身，但他的人生舞台不在科学技术领域，甚至也不主要在学术领域；他当过上海市委宣传部副部长，上海市人民政府经济体制改革委员会主任，中国社会科学院副院长，中欧国际工商学院执行院长。

从简历看，刘吉先生应该是一位官员。

初次见面，刘吉先生给人的印象与他的履历有很大差距——健谈、思维敏捷，一点儿也不像一位 70 岁的老者；也不像一位副部级的高干。弄清了我的采访意图，他马上表态，“我会如实地回答你的任何问题！”然后，他默默地、专注地注视着、听着，让人感受到了知识分子的温文尔雅；轮到他说话时，

真诚而又充满激情。说到激动处，还会站起来，用形体动作强调自己的观点、思想。这些都是典型的知识分子所具有的修养和激情。

但刘吉先生当然是官员，而且是一些重要岗位上的官员。1989 年，刘吉先生以正厅级的级别出任上海市委宣传部副部长，亲身经历了某些历史性事件的全部过程；1991 年，刘吉先生出任上海市人民政府经济体制改革委员会主任。1992 年对中国经济改革来说，也是一个生死攸关的年头，进还是退？左还是右？都面临着千载一时的选择。作为在中国、甚至在整个亚太地区占有重要地位的上海市的一位主管经济体制改革的政府官员，刘吉无疑被推到了历史的风口浪尖。正是这一年，刘吉先生关于经济体制改革的某些思考和呼吁逐渐被更多的中国人所熟知，并开始在学术界、政界、企业界有了较为广泛的影响。

1993 年，刘吉调到了北京，出任中国社科院副院长。这是一个以学术研究为主的部门。但刘吉先生没有为学术而学术，尽管他也著书立说，也当博导，但他的主要精力仍然放在对中国改革的思考上，并且将自己的思考以各种形式传递到中南海，作为领导人政治经济决策的依据或参考。海外媒体曾经因此称刘吉先生为国家领导人的政治智囊。当国内的记者问及此事时，刘吉先生总是断然地回答："千万不要这么说！海外报刊不了解中国共产党的体制，没有什么智囊之说，我不过是作为一名知识分子，以知识报国而已。"

对，一名知识分子，以知识报国。此话是刘吉先生 2002 年在两会期间，对记者所说。但早在他进入大学之前，这句话就已经伴随着他成长了。他的一生，始终遵循着这句被中国知识分子尊为最高境界的话语——以知识报国！

那真是一个纯真的时代

刘吉出生在一个知识分子家庭，父亲毕业于安徽大学，母亲是师范生，后来当了小学教师；其祖父对刘吉的影响也很大。

刘吉的祖父雇农出身，当过小学工友和保定军官学校教官的勤务兵。后来凭着自学、也凭借着他为之服务的军校教官的帮助，从一个勤务兵变成了这所著名军官学校的毕业生。祖父在国民党军队里的最高官职是旅长，但他没有参加过内战，而且有幸在川军刘伯承部下当过营长。大军渡江时，据说刘伯承经安庆时留下一句话："安庆有我老友一人，如此人没有罪恶，可给予照顾。"他的祖父因此躲过改朝换代的冲击，当了乡村小学校长。

当然，对刘吉人生影响更大的是当小学教师的母亲。父亲虽然受过高等教育，但几乎是一个一事无成的纨绔子弟。在刘吉童年到少年的相当一段时间里，父亲都在外面奔波，直至抗日战争结束后，才第一次见到父亲。刘吉是跟着母亲长大的。战乱岁月，母亲领着刘吉弟兄 3 人在皖西的怀宁、六安、霍山、太湖等县的中小学教书，一年半载换一个学校，生活和求学都相当艰难。他小小年纪就跟着母亲走上讲台，所以从小就养成了爱读书的习惯，尤其是对历史、地理等人文知识有着强烈的兴趣。

刘吉至今还保留了对历史的敬意。他对现在的理工班不学历史、大学入学考试不考历史地理很有意见。说到此，他激动起来："天天喊爱国主义教育，可是不学历史、不考历史，不知道历史怎么爱国？不知道中国地理怎么爱国？！"

但刘吉没有学历史，甚至没有选择人文、社科专业。刘吉说，"工业化浪潮把我冲进了北京清华园"。那时，年轻的共和国刚刚开始了她的第一个五年计划，社会主义经济建设成了一切工作的重中之重。所以刘吉要学理科，要站在建设的第一线；那时，祖国需要什么就学什么。

从 1953 年进入清华，刘吉经历了最为激动人心的几年。刘吉说，那时的大学，绝没有混文凭的事；除了周六看一场露天电影，没有休息的；所有的时间全都是在学习上。

西班牙王后索菲亚为刘院长颁发"国民成就勋章"

没有闲暇、没有享乐，只有一个目标："做又红又专的红色工程师！"

说到这儿，刘吉用了一个流行语来形容他的大学生活，"那真是一个激情燃烧的岁月！

那是一个纯真的年代！"

共和国倒霉的时候我倒霉

说到自己的成长，刘吉先生说他的一生与共和国共命运，“共和国好的时候我好，共和国倒霉的时候我倒霉”。

那个激情燃烧的年代、那个纯真而又充满理想的年代并没有伴随着那一代人的成长而延续下去。

1957年，反右开始了。

当时的刘吉与大多数学生一样，并不理解“右派”的真正含义，只知道在西方的议会中“右派”议员是坐在右边的。总之，在运动初期，他们并没有掂量出这两个字的分量，更没有想到这两个字对中华人民共和国的历史性影响。于是，同学们踊跃鸣放，设立自由论坛，相互辩论：有人认为赫鲁晓夫反斯大林是不对的，有人认为党内是纯洁的；当然也有相反的意见。那时，刘吉已经是中共党员，而且担任着团支部书记，所以很真诚地接受家庭问题，与官僚家庭出身决裂。他积极地参加运动，按党的要求与右派辩论。因为，在当时，“所有的共产党员都是往前冲的”。

也许正因为刘吉担任着团支部书记，也更听党的话，所以刘吉在运动中基本上是“党叫我做什么，我就做什么”，从而使他平安地度过了1957年的反右运动。

然而，尽管他自己平安无事地躲过了这场劫难，尽管许多被打成右派的同学并不是刘吉决定的（他也没有权力决定！），但在以后的岁月里，每当刘吉见到这些同学，都会向他们深深地三鞠躬。他对这些同学说，“我只是一个普通党员，决定谁是右派的事我根本不知道，但我毕竟参与了，我向你表示歉意。”对那些没能见面的同学，刘吉也会打电话表示歉意。

刘吉是1958年从清华大学毕业的。从1958年开始，刘吉的简历是这样写的：“1958—1978，机电工业部上海内燃机研究所历任技术员、工程师、研究室主任等职……”

几乎只有一句话。

一句话就囊括了整整20年的漫长岁月。23岁至43岁，这本是一个男人何等珍贵的20年啊！但对刘吉、对全体中国人来说，这是凝固了的20年；甚至，是倒行逆施的20年！

刘伯承的手谕并没能保住刘吉家族的平安。按50年代后期出台的“清查历史反革命”的“公安十条”，单单是有一个国民党军官的祖父、和一个国民党时县长秘书的父亲，刘吉就理所当然地被划入阶级异己分子的阵营。于是，每次政治运动，刘吉都是重点对象，要么批判，要么检查。

但真正的悲剧是在1966年开始的。

“文革”初期，刘吉因为家庭出身而在大字报、大批判中被说成是“资产阶级知识分子”、“反动技术权威”，“混入党内的阶级异己分子”，反正什么罪名都有。后来，因为开会时在报纸上乱画，不小心画到了林彪像上，于是被说成丑化林彪、丑化了无产阶级司令部的副统帅，一下子成为“现行反革命分子”。再后来，刘吉给一个同学的私人信件被抄了出来，问题升级了，刘吉成为“现行反革命小集团首恶分子”。整个单位的运动重点，大小会批斗两个月，并三次上报公检法要求批捕他。后来仅仅是因为上报批捕的人太多，公检法抓不过来，才没有逮捕，就在本单位以“现行反革命”的身份关“牛棚”、“监督劳动”……

这个“现行反革命”称谓，这种“反革命”生涯，跟随了刘吉整整8年！

1978年是改革开放的发端之年，刘吉和许多中国人一样，把这一年称之为第二次解放。第一次是1949年，年仅14岁的刘吉只是通过对中国社会苦难的朦朦胧胧感受，才拥护那一次翻天覆地的变化；而这一次，1978年，刘吉有过8年对那段亟待改革的中国政治经济现实刻骨铭心的感受，有过8年对未来中国政治经济变革的冷静思考，所以他对1978年充满了感激之情，对改革开放充满了同样刻骨铭心的期盼。

刘吉提出了“科业革命”理论

苦难也好，幸运也好，至少在1978年之前，刘吉重大的人生经历并没有多少独特之处。大多数中国知识分子、大多数出身不好的中国人都有过相似的经历；那些让他们从中感受到的巨大喜悦、或巨大灾难，几乎都是雷同的——理想和激情，失落和绝望；还有牛鬼蛇神般的生活，以及在极度疲乏的重体力劳动之后对社会主义、马克思主义的阅读和思考……

作为一位知识分子，刘吉的独特之处在于，1978年之后，当大多数知识分子都迅速地回到了自己的专业领域——理工科知识分子为了让中国尽早地走出贫穷落后，而将“科技兴国”四个字写在自己的旗帜上；人文知识分子则为了能让中国尽早地从精神荒漠中走出来，而开展了轰轰烈烈的文化思考、人文补课等大文化运动。而刘吉，这位有着深厚人文知识修养的科技知识分子，却在两者之间开拓了另一条道路。

十一届三中全会以后，彻底平反后的刘吉，开始了科学学的研究。刘吉深深懂得，要发展科学技术，就要将科学本身作为一门学科来研究，可谓“工欲善其事，必先利其器”。

刘吉是中国科学学研究的开拓者之一，早在上世纪80年代初期就提出“后工业时代”应该强调知识经济，强调科学发明能迅速地推动生产力。他提出，继农业革命、工业革命之后，历史将进入“科业革命”的时代；“科学研究业将成为社会的主导产业，他的产品是知识和信息，而生产这个未来社会‘战略资源’的是知识分子，知识分子将是未来新社会的创造者”……

他的研究受到了当时的上海市长汪道涵和市委组织部长周克的重视。上海因此成立了“上海市科学学研究所”，并任命刘吉为研究员、副所长。刘吉将科学研究所的研究成果以“绿头文件”（以区别和突出于那许多数不胜数的红头文件）的形式上报给中央。这个独出心裁的发文方式果然引起了领导人的注意，据传，时任总书记的胡耀邦的办公桌上，最多的时候有过刘吉他们研究所的7份文件。

然而，尽管刘吉对科学学的研究受到了领导人的关注，但上面批示了也就完了，各级领导并不采纳，所以不能在现实的决策中起到作用。刘吉因此说，“领导是一门科学，如果领导人本身不科学化、领导的体制不科学化，即使知识分子、科学家贡献出再多、再好的意见，也不过只是给人看的，不可能化为政策！”

基于这样的认识，刘吉转而开创了一门“领导科学”。

刘吉是中国领导科学的开创者，他与夏禹龙等人合著的《科学学基础》、《领导科学基础》、《现代智囊团》、《现代化与中国》等著作10多部，以及独立撰写论文《现代科学管理基本原理》、《论现代领导艺术》、《论经济发展的S规律》等50多篇论文，在领导层有了相当的影响，以致当时市委领导找刘吉谈话，说你写领导科学、研究领导科学，你自己去当当领导看看。

谈话的结果是，刘吉从领导科学的研究转到领导科学的实践——他从上海市科学技术协会专职副主席当起，一直到非常重要的领导职务——上海市委宣传部副部长、上海市人民政府经济体制改革委员会主任。

在领导岗位上，刘吉努力落实“决策民主化”、“领导科学化”。在上海市委宣传部任职期间，刘吉开创并主持了“双月理论座谈会”，即每两个月一次，邀请上海各界著名知识分子就改革开放，以及经济、法制、文化建设等方方面面出现的问题与市委主要领导对话、讨论，出谋划策。不同思想观点的知识分子都会被请来，都有机会在“双月会”上畅所欲言，向市委领导陈述自己的不同观点。

刘吉讲，当时任上海市委书记的江泽民同志，总是默默地倾听、记录，并且不断地向大家提问题；他喜欢听各种不同意见。有时，问题没有谈透，江泽民同志还要求第二天继续讨论，听大家的意见。

刘吉重视决策的民主化和科学化，他认为广开言路、对现实问题的充分讨论，以及允许不同观点的争论是民主化的第一步。刘吉还是建设党内民主的呼吁者。他说，首先是“共产党先民主了，才能带动社会民主”，他反对一下子自下而上的民主，认为会天下大乱。对此，他语出惊人：“自上而下是改革，自下而上是造反！”

在历史的风口浪尖

这些领导岗位，既给了刘吉“领导科学”研究的实践机会，也给予他诸多领导科学观念的考验和挑战。

1989 年的到来，使这种考验来得更加深刻了……

刘吉是 1988 年被任命为上海市委宣传部分管理论的副部长的，那是中国意识形态领域特别活跃的年代。在这个时候出任如此重要的宣传部副部长，刘吉所担当的重担可想而知。

那是 1989 年 5 月的一个夜晚，半夜的电话声将刘吉叫醒，并且马上被已经等候在楼下的专车直接送到了市委。市委的主要领导同志早已在那儿了。市委书记江泽民向刘吉宣布了市委的决定：任命刘吉为《世界经济导报》整顿小组组长。

《世界经济导报》出问题了：前不久，该报在北京召开了一次“悼念胡耀邦同志座谈会”。会上，有两人对改革开放的某些政策进行了指名道姓的批评。当《世界经济导报》准备编发座谈纪要时，上级主管部门要求编辑部将这篇3万字的座谈纪要中有关部分删掉。据刘吉了解，这被要求删掉的部分，总共500多字。但总编钦本立拒绝删掉，并且将这一期发行了。

按说，刘吉并不是主管新闻的副部长，《世界经济导报》的事不归他管。但因为经常在《世界经济导报》上发表文章，他与编辑部的人很熟。另一个原因是，那几年，刘吉在一些文章、讲话中一直大胆地宣传和敦促改革，因此市委认为他“改革开放的形象比较好”。正因为如此，刘吉被任命为《世界经济导报》整顿小组组长，受到一些“左”派和老同志的质疑，说是“怎么派一个资产阶级自由化的人去整顿？这是要包庇《世界经济导报》嘛！”

于是，刘吉临危受命，去到了《世界经济导报》。

毕竟是老朋友，毕竟有着编辑与作者的关系，刘吉与编辑的对话宽松但又很难建立起“整顿组长”的权威。一些人指着刘吉说，“刘吉，你过去是我们的朋友，现在你当了官了，脸上抹了白粉，是一个小丑！”

当时，刘吉、甚至市委一些领导的愿望还是希望将“经济导报”保留下来，因为“导报”能在上海出版，本身就表明上海的改革环境的宽松。

刘吉对编辑部的同志说，“作为学者、作为报人，讲目标是可以的，但不能要求政治家马上就照着去做！这是不可能的，政治家怎么操作，要比我们聪明。”

辩论归辩论，市委交给自己的任务还是要完成。刘吉代表市委采取了以下措施：总编钦本立停职，“导报”继续出版，编辑部原班人马不变；但有几点：第一、不要介入学生运动。你是世界经济导报，你谈经济改革开放都可以，不要变成政治导报；第二、不要跟外国联系。很多外国记者老是采访，外面很复杂，将会使问题复杂化。

就这么两条限制，其他一切照旧。之后又出了两期，当然要由刘吉终审，最后他签了字才能开印。这是市委定下的原则。

出了两期后，刘吉和编辑部的压力都很大。第三期以后，他们自己决定不出了，说是“要出就按着我们原来的面貌出”。《世界经济导报》自动停刊了。

之后，上面一直催促上海市委处理《世界经济导报》。作为整顿小组组长的刘吉提出两条意见：一，先把事实搞清楚，要经得起历史考验的事实；二，请上面先处理，上面处理的标准出来，我们参照处理；同时，我们的处理要比上面的处理低一些。

后来，除了对总编钦本立留党察看两年的处分外，其他的人一个都没有处理，都是自我教育。按刘吉当时的意见是不停刊，改革编辑部就是了，因为这个报纸对推进改革开放起了作用。只是最后一年有了问题，从经济导报变成了政治导报。他说，应该继续出，中国需要这么一份改革开放的报纸。

这个意见没有被上面接受；当时，在上海市委常委讨论时，也有分歧。虽然首先提出复刊的是刘吉，但他只能给北京起草了如下报告："根据……指示，停止《世界经济导报》的复刊。经研究，同意这个决定……"

报告递上去后，《世界经济导报》的刊号被取消了。

说到这段历史，刘吉说，自己当时的压力很大，因为"'左派'说我包庇导报，自由派说我镇压导报"。

左右都不讨好的处境几乎贯穿了刘吉的全部改革研究，用刘吉自己的话来说就是，"改革开放这么多年，我一直处在'左'右夹击之中"。"'左'派说我是资产阶级自由化分子，但同时我又被自由派说成是共产党的御用文人。"讲到这里，刘吉坦然一笑："'左'说我右，右说我'左'，我想我基本正确。"

但刘吉不管这些来自左右的干扰，他说，"我的研究都是跟着改革开放走的，改革开放遇到什么问题，我研究什么问题。"

刘吉是为改革而思考、而研究、而写作的；甚至可以说，他的后半生是为改革而活着。他坚决抵制一切反对改革的言行，尤其是来自"左"的对改革开放的干扰。近年来，刘吉对改革道路上的任何退缩和怀疑，都会发出十分激进的批评，这使他近年来更多地受到了来自"左"的质疑和批评。但刘吉毫不动摇，仍然坚持回头路不能走！他甚至忧心地说，"改革不成，革命必然发生！"

他承认，即使20多年的改革开放已经取得了巨大的成就，中国社会仍然有许多问题有待解决，有的问题还相当严峻，如腐败等，但这些都不能作为停止改革开放的理由。刘吉说："不是说分配没有问题，也不是觉得国有资产的流失不是大问题，但是我有两个前提，一、决不能说是改革开放带来的，改革开放错了，回头路不能走，这是我们与‘左’的区别；第二条，在整个社会主义改革开放的历史时期中，仍然如小平同志所说，“警惕右，但主要是防‘左’。所以我不参加他们渲染问题的大合唱！”

刘吉是一位充满理想和激情的人，一个与时俱进的人；正因为此，刘吉说自己特别喜欢和年轻人交朋友。但他毕竟年近70，已经开始审视自己的一生，他说：“回顾一生，做过多少错事，吃过多少亏，经历多少磨难，但自问一直是为了崇高理想而努力着，无怨无悔，活得值得。”

刘吉说，自己今生的时间不多了，要抓紧时间读书，认真写几本书；但他会铭记住这样两句话：“板凳须坐十年冷，文章不写一句空。”

流沙河　越活越明白

何三畏

流沙河（1931—　）

著名诗人、作家。1957年，其作品《草木篇》被毛主席亲自点名，成为“大毒草”而闻名全国。已出版小说、诗歌、散文等著作22种，代表作品有《锯齿啮痕录》、《流沙河随笔》、《流沙河诗集》、《Y先生语录》等。

天气晚来晴

2005年11月11日，是流沙河先生的74岁生日。这一天，刚入初冬，成都的天气还很温暖，淡淡的阳光照射到他的书房和客厅。这一天，对于他来说，跟任何一天一样平常。他的家里没有客人，他从来不做生日。任何熟悉他的人都懂得用他喜欢的方式去祝贺他的生日。这一天，他在写一篇短文，谈他发现某辞书关于一种古代书刀的记载有错误。

读书，著述，就是流沙河的日常生活。他定义的“职业读书人”的生活。

这种宁静的惯例到了星期天，会被一种令人愉快的方式打破。沙河先生家里的星期聚谈，是多年常规了。他自己是这样描述的：“每逢周日，必有友人来，少则二三，多则五六，各据一席，喝茶谈天。主题不出阅读范围，皆能说长道短，互相笑傲戏谑。时有噪声，不免惊扰邻室，误以为书室内在吵架。浮生又得半日之忙，忙在嘴巴，而心态则大闲。此为我家书室一大乐事。”

需要补充说明的是，虽则“说长道短”也“皆能”，“笑傲戏谑”而“互相”，但是，一般说来，还是沙河先生博学多识的见解，机趣天成的幽默，更让大家感到愉快，并且获得教益。

流沙河谈天，古往今来，正史野趣，纵横无碍。往往是话到越具体处，越是进入细部，话就越可能留给他一个人说。最近的一次，大约是有人从“大长今”说到了“馒头文化”，接下来，沙河先生就讲馒头的历史和由来，从北到南的演变，什么书中怎么说，字音字型的变化，英文为什么是这样，等等。很多时候，如果把他的话记录下来，就是一篇有趣的短文。

流沙河在客厅里有一个相对固定的座位，一把木椅。他坐在那里看书，看到有趣处，往往双腿一盘，手握书册，旁若无人，兴味盎然。或者笑出声来，这时，他鹤发童颜，面容清瘦的样子，显得极天真生动。前不久的一次，他盘在椅子上看余世存的《非常道》。突然哎呀一声，接着笑叹道，“此公是个老实人嘛，难怪仗打不赢啊！”原来，他看到蒋中正在日记中写自作荒唐，然后自我检讨而又积习难改，再作荒唐，又再自行忏悔一则。他认为人性到了此处，有一种难得的真实。

书里书外，说说笑笑就到了中午。他的儿子参加完“三自教会”的礼拜活动就来看他了。这个孩子就是那位6岁开始帮流沙河钉包装木箱，读流沙河自编课本的“小童工”。流沙河那首著名的《骑马马》：“爸爸变了棚中牛，今日又变家中马。笑跪床上四蹄爬，乖乖儿，快来骑马马！爸爸驮你打游击，你说好耍不好耍？小小屋中有自由，门一关，就是家天下。莫要跑到门外去，去到门外有人骂。只怪爸爸连累你，乖乖儿，快用鞭子打！”中的主人公。而“乖乖儿”早已经长大成人，自立门户，平时不住在一起。

那一天，儿子一到，流沙河就取出他早已写好并装裱过的一幅书法。说，我没有什么给你的，你把这个留着。

流沙河的字，已经自成一派，人称文人字体，瘦劲、俊美而潇洒。20年前就有人收藏。看来，他是在以这种方式为儿子预留财产。

这位“职业读书人”的家里有4个书橱的藏书。古典的现代的，科技的自然的，格外庞杂。有些书看上去真想象不到是他看的。前些年，他的居室放着一架旧式的大床，常读的书搁在床上，他称为“宠姬”。他的床一半便分给了“夜夜倚床”的“宠姬”——被他称为命根子的常备书:《十三经注疏》、《史记》、《资治通鉴》、《太平御览》、《太平广记》、《说文解字段注》、

《古文观止》等等。

这位75岁的“职业读书人”每天必须读书，至少两小时。他读古读今，读中文也读英文。他的阅读内容是与时俱进的。他有国内外寄赠的书刊供他了解最新的时事和最新的观点，他对国内外时局从来不陌生。

“职业读书人”的生活包括“提篮去买菜，写字来卖钱”和“偶有文章娱小我，独无兴趣见大人”。隔年即有新书出版，不时有短文见诸报刊。官方色彩过浓的活动，一直尽量回避。由于回避成了习惯，现在已经基本绝缘了。但也有选择地参加一些社会活动，例如两个月前，巴金纪念馆向他征联，他写了“乘激流以壮志抛家，风雨百龄，似火朝霞烧长夜；讲真话而忧心系国，楷模一代，如冰晚节映太阳”。

庄子现代版

1979年，流沙河从四川省金堂县重回成都之前，已经在那里做了12年木工——6年拉锯，6年钉包装木箱。

在被遣回老家做木工之前，他已经在成都做了9年右派劳役。

从26岁遭遇“草木篇诗案”，接着成为全国著名的“大右派”，到48岁“重返文坛”，其间22年中年时光，流沙河全部“沉到了海底”（毛主席语）。

22年前，因受革命热情鼓舞提议而创办《星星》诗刊，又在创刊号上发表了自己的诗作《草木篇》，因此成为毛主席前后4次提起的“钦犯”，由此开始了人生的重大磨难。22年后，那位面目清秀才华横溢的青年穿着一件破棉袄回来了。由于长期过度的劳累和营养不良，他的身体过早地衰弱。

现在，他又回到省城，回到了他的出生地，回到了四川省文联，回到《星星》诗刊社，回到发生悲剧性命运转折的地方。

从没有政治权利的社会底层，突然重新获得写作的权利和读书人的尊严，流沙河48岁的身体里，迸发出了巨大的热情和能量。80年代的头5年，他的新作不断问世。1982年，出版《流沙河诗集》，获第一届中国诗集奖；同一年，翻译出版了中篇小说《混血儿》；1983年出版诗集《游踪》、诗集《故园别》、《台湾诗人十二家》；1984年出版《隔海说诗》；1985年出版《写诗十二课》。

流沙河再一次成为全国知名的诗人和作家，获得了巨大的荣誉。

但是，后来流沙河对那个时代的他有不同的看法。他尤其看不起他那时写的那首颂圣的赞美诗。他用骈文调侃他那时是“说些捧场话，写些帮腔诗。拼命积极，改革就像是我家事务，抱病工作，胃病似乎是他人溃疡。著文随抛新名词，发言乱骂老棍子。可笑可笑，该挨该挨。”

80 年代后期，流沙河的作品就不那么“载道”了。1988 年的《锯齿啮痕录》，以深沉哀痛的笔触表达了对过去年代的审视和批判。冉云飞评论说，即便在今天来看，《锯齿啮痕录》也不亚于四川的另一位老乡巴金的《真话集》的深度，而且知识广博，文采飞扬。对于这一段历程，沙河也有反观自照：“洎乎八十代末期，经济改革独足跳踔之弊，渐渐凸显出来，怵目惊心。吏治之不谨也，袖风之不清也，世道之不靖也，社会之不平也，政策之不定也，民主之不行也，文明之不振也，公德之不兴也，使我觉得自己没脸，不好再去歌功颂德。”

90 年代，是流沙河的另一个新时期。他进入了彻底“拒载”的境界。1992 年出版的《庄子现代版》，是 90 年代开始写作的，但它凝聚着流沙河全部的心血和智慧。

1999 年，流沙河又增订出版了《庄子现代版》。

流沙河“善用口语，能造短句”，他把庄子改写成了现代美文。各种语言，包括当代人半生不熟的口语，经他的手，立即驯化，合规中矩，用以解读庄子，往往妙不可言。流沙河选择“批评显贵的儒家，攻击污浊的社会”的庄子来表达他对现实社会的针砭讥刺，“拖古人到现代来讲话”，借庄子浇心中块垒。《庄子现代版》乃曲线讽世之作，以“中华人民共和国公民有躲避的权利”，思接千载，古为今用。

在漫长的苦难生活中，庄子给过流沙河慰藉，成为他的异代知己。《庄子现代版》则是流沙河本人的一个版本。他概括他的退休生活，有“演南华经成现代版，仿东方朔著 Y 先生”的说法。只有通过《庄子现代版》和《Y 先生语录》，才能理解流沙河。

流沙河的人文情怀越来越明晰和坚定。成都有个著名的“汉昭烈庙”，内有清人赵藩的对联：“能攻心则反侧自消，从古知兵非好战；不审势即宽严皆误，后来治蜀要深思。”这幅联语因一位当代政治伟人的欣赏而更加闻名，却没有人批评它与现代政治文明观念相悖。2002 年，成都有关方面举办“‘攻心联’问世百周年纪念”。流沙河对“政治攻心术”则另有看法，他写了《牧民之术已过时了》一文。认为在今天的时代，应该改写为：“能富民，则反侧自消，从古安邦须饱肚；不遵宪，即宽严皆误，后来治国要当心。”

一年前，西南交通大学艺术学院成立，请流沙河去演讲。他的演讲令人意想不到，令人称绝，题目是“陵墓设计之人文内容”。他从埃及金字塔讲起，讲到武官村大墓、秦始皇陵墓，直至中山陵和毛主席纪念堂，分析中西文化基本差异，还重点介绍了菲律宾马尼拉二战美军墓。原来流沙河是在透过陵墓设计讲人类文明史。

新世纪以来，流沙河“越活越明白”。冉云飞认为，他是“从心所欲，没有幻想”了。曾伯炎了解流沙河长达半个世纪，他评价说，“流沙河是儒生加庄生加五四血脉铸成的一个现代书生”。

周传基　你愿意是好莱坞的干儿子吗

吴虹飞　陈　琛

周传基（1925—　）

资深电影人、教授，著名导演张艺谋、陈凯歌的老师。先后担任无锡国际旅游电影节、夏威夷国际电影节评委，被誉为我国电影界的泰斗。代表作品有《电影电视广播中的声音》、《电影时空结构中的声音》等。

退休前，他是北京电影学院教授，每逢他讲大课必定听众爆满，以至需要校警出动维持秩序，他教过的学生超过6万；退休后，他一年只带十几个学生，一年到头总有学生求师门前，他手把手，一带一地传真功夫。

曾经，他讲授电影声音、时空，是张艺谋、陈凯歌等著名导演的恩师；如今，他讲电影基本原理，惠及数万观众。

网上，他与后辈小子对骂，愤青角色当仁不让；私下，他幽默风趣似邻家爷爷般谦和。

和学生在一起，他也会认真地说，这个片子有什么好看的，浪费我青春！学生笑，周老师，您还有青春呀！“我没觉得我现在老啊！”他振振有辞。

说周老师老，是永远不对的。

在老头子的队伍里，他可以很得意，他是网上发帖数最多、字节数最多的人，打字比女秘书都快。骂架比谁叫得都凶。一次他在网上叫骂了一个礼拜，“骗子！”“太贱！”终于让那些互骂脏话的小毛头们噤了声，无敌了。“最后总是我赢的！不管他们多不讲理，我都能制服他们。”他的美国大夫告诉他，制服网上乱骂街的家伙们可以防止他得“老年痴呆症。”

说周老师不对，那是永远错误的。

早年，在学校里和同学争论康德。对方说，主观意识决定客观存在。周传基急了，一拳打过去，正中对方鼻子。训导处把他叫过去，他不服，我就是没打！主任说，周同学，你怎么不说实话？他说，主观意识决定存在，我主观意识觉得我不存在，我不可能打他。训导处长气得笑了。

金庸小说里的老顽童周伯通幸亏只是一个虚构的人物，如果让1925年生的周老头遇到了，老顽童哪里是他的对手？

小偷跑到周先生的屋子里，也要被气得背过气去。周先生的屋子可不是一般的乱，他在乱糟糟的屋子里照样生活得悠然自得，有滋有味。

有一天睡不好，老伴说，数绵羊吧。老头子说，干嘛数绵羊，数我的女朋友！老伴“气得要死”，可老头子才数到第25个，就睡着了！

《霸王别姬》以后，绝对不再看陈凯歌的影片

人物周刊（以下简称“问”）：您劝过张艺谋不要当导演，是不是觉得他的才华主要在摄影方面？

周传基（以下简称“答”）：一般来说，摄影师不适合当导演，因为摄影师的思维方式是局部的，他考虑的是每一个镜头，还有适应不同风格导演的要求；导演、剪辑师侧重于考虑结构，所以剪辑师当导演是比较多的，也比较容易成功。摄影师当导演一般都是不成功的。

我是研究电影史的，电影史上的名摄影师，都导演过影片，可是很少人知道这些影片。我认为如果张艺谋当摄影师的话，能更好发挥自己的才能。不过这个我就没有办法用事实来证明了。

问：您的学生里，张艺谋和陈凯歌是比较有成就的，您认为他们是电影大师吗？

答：我曾经说过一句话，“As you are not a master, don't try to be a master”，我这句话是泛指的，对任何学生，我都说这句话。大师不是装出来的，装出来的都不是大师，以大师自居的人也不是大师。你看他们最近拍的这几部影片，够大师水平么？我不过分责怪他们。首先，我认为他们不是电影学院培养出

来的，是他们靠自己奋发图强，再加上碰上了一个千年不遇的时代，才有今天。道理很简单，如果是电影学院能培养出来的，那么为什么现在后继无人？这不是明摆着的事情么？我不相信我们现在的培养方式能培养出人才来，没把他们毁掉就是万幸。

问：您还记得您是怎么给他们上课的吗？哪些学生您认为是比较有潜质的？

答：除了给他们上电影声音课外，我当时还做了一个个人认为比较重要的工作，我给全校师生介绍了大量的国外电影创作理论。郑雪莱在90年代初发表在《电影艺术》杂志上的文章说，中国电影理论就是被像我这样不搞闭关自守的人搞乱的。现在我又把这篇译文找了出来，登载在我的个人网站（www.zhouchuanji.com）上，大家可以去读一下，研究一下它对中国电影理论的发展起了什么样不好的作用。

至于我的学生里哪些是有潜能的，这就不太好说了。1990年代，英国BBC采访我时也问过类似的问题，我也没有回答他们。

问：陈凯歌、张艺谋在学校时，您对他们有什么印象？

答：最初对张艺谋一点印象都没有，他不说话的。和凯歌在学校时就经常来往，我跟他爸爸挺熟。

问：您看过《无极》吗？有什么评论？

答：没有看过。自《霸王别姬》后，我绝对不再看他的影片。

问：能否评价一下《霸王别姬》？

答：当时他正处于一个转换过程，但是我认为不是往好里转。张艺谋的《秋菊打官司》以后，我也不再看他的片子了，《英雄》和《十面埋伏》要不是叫唤成那个样子，我也不会去看的。不过看是看了，没有花钱。

问：您觉得失望？

答：预料之中。何必呢，把自己交给这么一个制片人，给你瞎折腾。我曾经警告过凯歌，注意你的制片人，你要注意他会把你的声誉给搞坏。我觉得这些制片人，没一个好的，没有一个懂行的，中国没有一个正经的、正派的制片人。

问：您认为现在中国有好导演吗？

答：我担心有好导演也给毁了。环境就不正常。我们现在是商业起作用吗？不是，是关系起作用！好莱坞是发财，但却是正儿八经的商品经济。我们发的是横财。

问：所谓的“第六代”，您能否评价一下他们的优点和缺陷？

答：他们都太个人化了。个人化是可以的，但是如果我做厂长的话，绝对不允许他们拍这种个人化的东西。不赚钱。现在电影发行已经走商业渠道了，太个人化，就不可能大众化。说老实话，他们也没怎么学会拍电影。比如王小帅，是很有想法，但他的片子还是很容易看出毛病来。对话太多，运动横移多，纵深少。

问：您现在还在授课，和这些有关系吗？

答：如果我只给大班授课，准能挣钱，只凭我的名气就行。但是后来我发现自己退休前教过的6万人，完全无效。到最后我才明白，只能一对一地教。每个学生的作业，我都看，不对的，拿回去改，每个都是这样。有的学生一个作业要改20多遍。这么下来，一年我顶多能教十几个学生。

现在有个说法叫教育产业化，馊主意！重庆邮电学院下个新学年要招6个编导班，收那么多人干什么？你有那个师资，有那个设备吗？成都理工大学，我听说光是影视相关专业的在校生就有7000人，他们学院领导还希望明年或后年达到1万。干嘛呀？这不是办教育，这是毁教育。有些学校请我讲课，都是二年级的学生了，连摄影机都没有用过，问学校，学校说没有。后来我又去给他们上课，还是没有。我火了，告诉他们，没摄影机我不教，这才勉强买了两台。现在的DV很便宜，连我都买得起，我个人都可以提供给来我这里的学生DV和剪接设备。

有时候，忍不住要发火，要批评，越老越是这样。现在看来郑洞天说的那句话对极了。他说，“周老师，我觉得你像堂吉诃德，你向风车进攻，当你攻下了一个风车，你不知道你后面又出现了两个风车。”

我活到这把年纪了，没有任何负担，也不用养家，只要饿不死就行。我的愿望就一点，中国能真正拥有全世界都承认的民族电影风格。现在全世界承认日本有他的民族电影风格，连好莱坞都反过来学习他们。我们倒好，跑去学好莱坞，这么说来我们是好莱坞的干儿子，可是人家好莱坞又去学日本，那我们不就成了日本的干孙子了？！丢脸丢透了！我憋气啊，我都七八十的人了。有一次碰到一个40多岁的美国教授，他说，“你们中国有五千年的文化，为什么没有自己的民族风格，学我们好莱坞，好莱坞哪有什么文化呀！”

我真想找地缝钻啊。

问：您怎么看大家最近常说的“周传基一家之言”？

答：艺术创作的成功与失败是正常的，但是如果路子走错了，那就注定要失败。我们现在的问题，是不研究电影是什么，不知道电影规律，不知道电影原理，怎么能拍出好电影？有人很推崇好莱坞电影，可是好莱坞影片的拍法都符合电影规律，为什么不跟人学这个？

有些理论家认为：电影就是故事片，故事片就是艺术，而这个艺术跟传统艺术是没有差别的。他们错就错在不肯从电影的原理入手来研究电影。好像现在只有我一个人在教电影原理了，那些理论家，把这种现象说成是“周传基一家之言”。这就奇怪了，这原理不是我发明的，怎么会成了“周传基一家之言”了？

我至少接触过 50 多个国家的电影学院的院长，有意了解他们的教学，这样做一方面是想改进我自己的教学，另一方面要证明，我教的不是“一家之言”。后来我了解到，人家的电影学院是教学生怎样拍电影，而我们的电影学院是教学生怎样在电影里搞文学，这简直是荒唐可笑。文学是看不见听不见的，电影是看得见听得见的，两者是完全不同的两码事。现在中国几乎所有的电影学院都教“综合艺术论”，这个综合艺术论是中国独有的，外国人根本不懂什么叫“综合艺术论”。90 年代美国加州大学电影学院的院长，曾经几次到中国来讲学，有一次他问我，“中国的电影理论是什么？”我跟他说，是“电影综合艺术论”，他不懂，没听说过。我进一步解释，就是电影有文学的属性，有戏剧的属性，有音乐的属性，有绘画的属性，所以，电影是一门综合艺术。这位老兄倒是蛮聪明的，他一听马上就明白了，他回答，“Oh！ You put everything into film，and cinema is not cinema。”这句话非常精辟！他的意思就是说：你们中国人在电影里什么都研究了，就是不研究电影本身。

白发先生陆谷孙

李晓婷

陆谷孙（1940— ）

复旦大学外国语言文学学院教授、博士生导师。从事英美语文学的教学、研究和翻译工作，专于莎士比亚研究和英汉辞典编纂。主编《英汉大词典》，有翻译作品《幼狮》、《二号街的囚徒》、《鲨腭》，专著《余墨集》等。

在复旦二教的走廊里，65岁的陆谷孙先生背着手，微笑地望向窗外说，我还是没有话语权啊，都被剥夺了。声如洪钟，花白头发飘扬着。

一生研究莎士比亚成痴，2006年将要出版的《莎士比亚史讲》是多年心血的集成。

他主持编写的《英汉大辞典》，被董桥形容为“不可一日无此君”，英美的词典专家评论这是“远东最好，也是世界范围内较好的双语词典之一”、“具有超世纪的生命力”。

当年，他父亲陆达成和董浩云一道在航运公司里打拼，因为割舍不下对故土的眷恋，从香港到北京，在中国科学院做了许多年的法语翻译。在洋行工作，和外国人打交道，却爱穿唐衫，习性上完全是个旧式的传统中国文人。

和父亲相似，陆谷孙也是这样的一束矛盾。自小学过俄文、法语，从大学开始，就没有离开过复旦英语系。

操一口中庸的英语腔调，既不像伦敦口音，也不是美国音调，而是无意中在英美两个世界两头讨喜的“超越大西洋”的英语。中西学养都同样深厚，

固守传统道德和个人原则，恋家，固执，铁齿。学院送去美国的公派留学生逾期不返，对方学校又不放人，陆先生就主动写了信去跟校长理论，坚持要对簿公堂。对方来访的时候，他也固执地拒不相见。“最让我生气的是，原则被破坏了。人要做得刚正。”

妻子和女儿10年前相继拿到了美国绿卡，已经离不开美国的主流生活，陆先生自己却坚决不愿申请，去美国、英国不下10次，每次出去都不可遏止地想家。“一到秋天，秋虫叫起来了，就想到小时候在余姚斗蟋蟀的情景。”他因此一个人生活着。无论冬夏，风雨无阻，黄昏时分穿行复旦校园是他每天恒定的行程，几乎成了一种仪式。

《新英汉辞典》受到《纽约时报》高度关注

人物周刊（以下简称“问”）：您学习外语的方法是受父亲的影响？

陆谷孙（以下简称“答”）：我想是。我强调得多一点的就是模仿，学外国人的腔调。

问：我们这个年代比较容易，但您读书的时候正赶上“文革”，去哪里模仿？

答：有两个“专家”每个礼拜来讲一次，两个都是左倾人物，一个是《白求恩大夫》电影里头演白求恩的，还有赵丹的《林则徐》里面演外国奸商的那个人。他参加过西班牙内战，脚部受伤，是个左派，亲共的。我比别人强一点的是，不知疲倦地，就算是废话也跟着念。全是废话啊。突破比较大的是我在研究生教试点班的时候，要听一个材料——安娜·路易斯·斯特朗的一个讲话，录音效果差得不得了，我就把每个词都听出来，然后再一句一句给学生去听。

我们五年级的时候——那时是五年制嘛，高校教育秩序恢复，有一个文件下来，念书的时间就有保证了。我开始如饥似渴。到了暑假，人家都回家了，7个人的房间突然变成我一个人的自由王国了。那个暑假看书不分昼夜，把阿加莎·克里斯蒂全部看掉，还有福尔摩斯，然后兴趣慢慢转到历史，转到新闻。

问：那些书从哪里找到的呢？

答：图书馆。那时候上海有一个“四人帮”的写作组，写作组里有两个人是我的同行，他们需要翻东西给“四人帮”看，比如美国中央情报局换人了，他马上就要知道这个人的经历，因此他们需要这样一个翻译。知道我英文比较好，就叫我做，没有报酬的。这对我提高英语水平帮助极大，因为我会碰到各种体裁和题材。

问：都是上面指派下来的？

答：指派给我的。我的要求是，我给你翻可以，但有个条件，你得让我看那本书。“文革”当中我的业务没有中断。

问：后来编辞典的时候，有机会看到更多原版书吗？

陆谷孙：没有这么多了。但我在看他们的书的时候，摘录了很多很多东西，再把这些东西“走私”进《新英汉辞典》，所以《新英汉辞典》里有很多新词是我放进去的。

问：他们叫你编词典，又不给你任何材料，怎么编呢？

答：当年他们要你编辞典就是“急工农兵所急，想工农兵所想”，编出一个“赤脚医生”、“针灸疗法”之类的东西，就可以了。如果按照他们这样的设计去编的话就完蛋了，就是因为我们“走私”，曲线救书，这本书才能卖到1000万册。

问：现在还在卖吗？

答：现在是新的版本了，经过了大的修订。第一版还有什么“坚决批判刘少奇的修正主义路线”，1975年出的。好在很多新的东西也进去了，比如streaking，裸跑，美国校园里盛行的裸跑，那时候刚刚开始，watergate也进来了，水门事件有关的词汇也收了好多。所以我们这个词典一出版，纽约时报就发表评论说：它是中国的政策声明。因为我们反对刘少奇，还有“赤脚医生”这样的词条。与此同时，他们觉得在中国有一批人，就像美国的中国通一样，在注视着美国。

“裴多菲俱乐部”

问：编《新英汉辞典》之前您在做什么？

答：“文化大革命”一开始我是“保守派”，然后是“逍遥派”，1970年“一打三反”时被揪出来。那时候专门抓集团，他们认为我们外文系很要好的几个人是一个小集团，是“裴多菲俱乐部”，就把我们隔离起来。

问：你们在一起谈些什么呢？

答：都是外文系的同事。我们在“文革”前就志趣相投，经常来往的，我那时是研究生。大家在一起无非谈读书，交流写作心得，打打桥牌，唱唱歌，唱的都是苏军红旗歌舞团的那些歌曲，也有英文歌。也谈论一些传记，比如斯特雷奇的《维多利亚女王》、吉本的《罗马帝国衰亡史》、斯通的《梵高传》，还有通俗小说。

我们都喜欢西方的著作，喜欢写美文，唯美主义的。我们写英文散文，写好以后相互看，相互“吹捧”。现在看来有点无病呻吟的味道，比如专门写日落啊什么的，主要是看自己的英文表达怎么样。那是1970年，几个人走得近一点，就说你们是“裴多菲俱乐部”，感觉我们好像是结社一样，实际上没有结社。

问：那时还是比较逍遥的吧？

答：绝对是逍遥的阶段。我有一个朋友，不知道什么关系就找到了一个抄书的集中站，他拿了很多的英文小说回家，我们就向他借阅这些抄家抄来的书。那时正是大串联，他们家的小孩都从西安啊、杭州啊到他家里来，晚上就缠着我讲故事，我就看一本讲一本，这成了放毒了。

问：您被隔离，导火索就是因为这个“裴多菲俱乐部”的标签？

答：是。我女儿满月那天，我在家里已经支起了圆台面，要请客吃饭了，然后就来了两个红卫兵，叫我卷起铺盖，带上粮票，把我押到学校来了。

问：之前有什么预兆吗？

答：有的。这之前一两个月，每天在学校里进进出出，没有人跟你说话，你就像带菌的，像现在的SARS病人一样。

问：隔离后是什么样的生活？

答：成天写交代，兼做杂活。第一颗人造卫星上天，革命师生游行庆祝，问题人物只能搬搬锣鼓家什，没资格参与的。

问：持续了多久时间？

答：这时“文革”已经是强弩之末了。我被关了5个星期，后来不了了之，也没有最后定性说你属于人民内部矛盾还是敌我矛盾。这个办法很厉害，就把你挂着。

不要轻易评论莎士比亚

问：英国人泰瑞·伊格尔顿在文学史论著《理论之后》里将莎士比亚抬到了文学和思想上无以复加的至高地位。您怎么看？

答：伊格尔顿是所谓马克思主义文论家。我想从文明史的全貌来说，莎士比亚比但丁对后世的影响更大。有人说西方文学中最伟大的两个典型人物当推哈姆雷特和堂吉诃德，马克思也专门提到过人物描写中的“莎士比亚化”问题。

问：您为什么会那么热爱莎士比亚？

答：实际上好多东西我都是受了他的熏陶，他也培育了我的孤傲的精神。

问：第一次接触到莎士比亚是什么时候？

答：大四的时候，林同济教我们精读，引莎士比亚的独白，对三四年级的学生来说很难读懂，他就逐字解释。他跟我们讲这个字有多少种可能的解释，背景如何，讲得非常地道。然后再讲音韵、节奏。他讲一段我就背一段，我现在还能背好多好多。

问：当时立马就能背下来吗？

答：怎么可能？要背上几十次才能够，很难的。那时候还停留在语言美上。读研究生以后，修了英国戏剧这门课，也是他开的。他讲了莎士比亚的一个戏，还讲了当时没什么人注意的很偏僻的一部戏剧，叫《科里奥拉努斯》（Coriolanus）。科里奥拉努斯是一个孤独的英雄，被罗马群众所唾弃，因为他太骄傲了，然后他就投向罗马的敌人，带着敌军来征服罗马。正要打罗马的时候，他的母亲和妻子出城去向他求情，这样他就屈服在亲情里头，最后为敌方所杀。罗马人开始要把他从岩石上面扔下去，作叛徒处理。实际上他是一个功勋卓著的将军，像彭德怀一样，所以林选这个剧本是有深意的，彭德怀在里头了，林同济自己也在里头了。林同济一家子全在美国，他一个人守在上海，伺候他的寡母，他也离不开中国。他到美国去以前，胡耀邦接见他，说林先生这次你还回来吗。他说当然回来，中国还穷，民智还没有开放，我还要回来。

问：朱生豪翻译的莎士比亚怎么样？

答：朱生豪翻得是蛮好的。《威尼斯商人》中即使是一张便条，译得也颇有中国尺牍文学之风，非常到位，一点意义也没有遗漏。

问：莎剧的演出一定要严格遵循经典的文本吗？

答：一定要的。我从来不看京剧的《王子复仇记》、昆曲的《血手记》，据说到英国去受到极大的好评。我知道到英国去是可能受到好评，就是这种“母国情结”起作用了，本土文化的优越感起作用了。《麦克白》里面本来是 3 个巫婆在唱歌，给麦克白算命，说你要成为苏格兰之王，我们昆曲里面就变成 3 个跳矮脚舞的丑角了。他们看了当然很高兴，因为总要有点新花样嘛，白人巫婆变成了黑人巫婆，变成了亚裔巫婆，这样才能显示莎士比亚的全球性嘛。

问：您也说过要打破单一文本的专制性，这两者其实是不冲突的吧？

答：不冲突。个性很强的文化——像我们的昆曲个性多强，莎士比亚戏剧的个性多强，这些个性很强的文化之间，是不能胡乱移植的，尽管我同意，我主张，我欢迎参差多态。莎士比亚是产生在文艺复兴时期，那时候人们考虑的是，为什么伟人总是有悲剧，他要研究为什么有“downfall of the great man”，伟人的倒台，老是在考虑这些东西。可是我们的昆曲不是这样的。我的好朋友胡为民过去是青年话剧团的导演，他不听我的劝，就去上海越剧院排那个《第十二夜》，硬要我去看。我一看，我说你这根本不是莎士比亚。这个里面有一个薇奥拉，跑到公爵那里打工去了，女扮男装，然后爱上了公爵，然后就暗示他她是女儿身，希望赢得他的爱。公爵爱上了另外一个冷美人，冷美人刚刚死了哥哥，发誓 7 年不见男人面，根本不理睬公爵。可是胡为民这部戏把这一段演成梁祝里面的十八相送了，这就完全不一样了。

问：您自己研究莎士比亚的立场有一个变化吗？

答：我的立场是以文本为主。你不要轻易地就来评论莎士比亚，你不要轻易地写论文，你先给我把整个文本读懂了。

问：现在还能背莎士比亚吗？

答：哦……不行了。小部分的独白和小部分的章节，自己感觉特别好的，像哈姆雷特开头的那一段，在城堡上的那一段，还可以。

问：可不可以说您是一个典型的自由主义者？

答：我想可以这样讲。我绝对不是一个新左派。

问：您对当下哪些事情不满意？

答：我有时候想写一篇文章，强烈反对高校的评审制度，所谓的教学质量评审啊，造假成风。我们已经通过初查了，他们说还是最老的那个陆某改得最好，居然叫我改以前改过的考卷，本来我是用铅笔改的，系里面后来叫我把试卷上铅笔改的用红笔描一描，以备检查。我陆字倒过来写也不会做这个事。今天接到某大学我一个学生的电话，他那儿的情形也是这样，初审的时候说你们这个地方危险，通得过通不过难说，现在他们通过了，而且良好。为什么呢？因为他们的校董跑到北京请评审吃了顿饭。除了吃饭肯定还有其他动作。他们造假造到什么程度？比如说你，他们给你改成推迟两年出生，这样来调整他的教师结构。就这么篡改、造假！

还有义务教育收费，严格地说，违反宪法。九年义务教育，不应该掏一分钱的，现在收钱收到什么程度！最近苏州、北京首先废除对义务教育收费，成为大新闻了。本来宪法里就有的啊，你说这样的教育怎么办？这些交的钱到哪里去了？而且这些义务教育的地方有些人还进不去！校中办校，一校两制。我们这里也一样，网院，你多出钱，进来。

问：这些话在政协会议上提过吗？有什么反应吗？

答：没什么反应。而且我还跟后面的人讲，能不能记录下来。他记录下来了，应该上简报了对吧？但到了简报就没有了，话语就中断了。我想人同此心心同此理的很多。很多变化我们已经看到了，像新天地这样的东西，你说算个什么东西？算资本主义的样板还是共产主义的样板？我觉得设计这个新天地的先生真是阴险啊，在那个地方，资本主义和社会主义混合成一个怪胎。

问：您父亲在您成长的时候一直不在您身边，这对您造成什么样的影响？

答：肯定有影响的，比如说对孤独的爱好。小时候，在余姚，我总是一个人在院子里面，自己玩。我拿了一个木棒，在那儿舞枪弄棒的，演那些看过的故事里的情节，被我姐姐骂啊。洗澡是他们监督我洗，刚刚洗完澡了，擦得满头都是痱子粉，很快又玩出一头汗。我喜欢一个人跑到江边，余姚的江边，看一片菜叶远远漂过来，漂到我面前，我就在那儿看着，一直等到看不见了，就觉得它陪伴着我。

问：上大学之后还是这样的个性，不怎么合群？

答：不一样了，6 个人成天生活在一起，集体活动，不参加就是小资产阶级。但我就喜欢劳动之余一个人跑到田埂上，出神，然后背莎士比亚。

问：现在一个人生活，从来也不觉得孤独吗？

答：没有。我觉得孤独可以分泌出灵感，可以催化你的灵感。

问：孤独没给您带来痛苦吗？

答：没有，到目前为止还没有，可能以后慢慢会有。比如身体不好了，等等等等。好在学生也多，总归有几个我比较得意的学生，邮件他们拿，医院里催药他们去跑，还有一个阿姨。阿姨是我的好朋友，她叫我老太爷，有时候也叫我恶霸、地主。司机班的司机关系也很好。一条街的那个毛毛，本来是摆书摊的，我到他那里买体育报，我喜欢体育嘛，他有时候叫我替他看书摊，我就去看书摊。我不愿做 vip 的，我有 vip 的朋友，也不去打搅他们。

问：您是怎么跟夫人认识的？

答：师生关系。他们都过来学英文，我是那个班的老师。

问：她比您小多少？

答：小 6 岁。老实说是她追求我的，我不敢对学生这么做的。

问：刚开始就公开了吗？

答：完全秘密的。“文化大革命”开始，他们那个班就写我的大字报，我妻子是唯一一个不签名的。这个事情让我还觉得……不错。

何兆武　自由在心中

高任飞

何兆武（1921—　）

著名历史学家、思想文化史学家、翻译家。译作有卢梭《社会契约论》、帕斯卡尔《思想录》、康德《历史理性批判文集》、罗素《西方哲学史》等，著作有《历史理性批判散论》、《历史与历史学》等。

何兆武的家里，英文书德文书法文书和中国古籍，占据了一面墙壁。他的床正对着这面书墙，床头的书架上有很多外国音乐磁带。写字台上摆着去年冬天去世的老伴的大幅照片，老伴静静地笑着。书架的边缘上，放着一张“大哥比萨店”39元/人的优惠券。何兆武拿起优惠券，高兴地说，“这个店里面，70岁以上的老人可以凭证半价，自己想吃什么就去拿（自助餐），还可以送餐，很好啊。”

虽然早年曾在西南联大师从吴宓、陈寅恪、胡适等学问大家，且经其手翻译的西方哲学名著业已成为哲学系学生的必读书，但何兆武依然谦逊地坚称自己没有什么专长，也没有什么专业。清华历史研究所要给他庆祝生日，他也宁愿偷偷躲出去，不接受这份“殊荣”。

现在，何兆武每天就是用“闲书”消磨时光，再也不用去做自己不想做的研究，下自己不想下的结论了。他看似有意无意却又穷其一生所追求的学术自由，在晚年的时候，重新给他带来快乐和宁静。

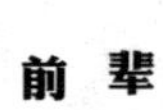

土木工程：没有那么浪漫

1921年，48岁的罗素到北京大学担任客座教授一年。这一年，何兆武降生在北京的一个工程师家庭。40年后，何兆武翻译了罗素的3本著作，分别是《西方哲学史》、《哲学问题》以及《论历史》，这是何兆武自己最满意的几本译著。但至少在罗素离开中国后的20年里，何兆武对“哲学”还没有任何概念。

孩童时代的何兆武就读于北京西四附近的“京都绅商各界公立第四高等小学校”，父亲是工程师。那时他最大的兴趣就是每天放学写完小字后去茶馆听评书看京戏，或者读《七侠五义》。家里没有对他的兴趣爱好进行任何限制，而且鼓励孩子们自由发展，何兆武的两个姐姐和一个妹妹都是大学生。10岁的时候，何兆武第一次接触到政治刊物，开始关心时事。1937年抗日战争爆发时，他正在读高中一年级。全家人很快南迁，他在老家湖南长沙进了从南京迁来的中央大学附中。

1939是大考之年。高考前一个同学对他说：“只有你们这些成绩好的才上得了理工科，我们这些成绩差的只有去上文科了。”于是他去考了西南联大工学院土木工程系。骨子里热爱社会科学的何兆武选择这个专业的理由非常浪漫：中学时候，何兆武看了丰子恺的《西洋建筑讲话》，雄伟的希腊罗马神殿，高耸的哥特式教堂，让何兆武觉得这是一项“非常有意思”的事业，于是就想学建筑。

很多年后，何兆武在总结“幸福”的时候，谈到幸福必须具备两个条件：一是个体必须觉得个人前途是光明的、美好的，二是整个社会的前景，也是一天比一天更加美好。这两个条件在何兆武踏上前往昆明的火车时都已具备：虽然不知道建造房子是怎么回事，但创造美丽的建筑至少值得期盼；由于正值战争年代，所以年轻人直觉地、模糊地，又非常肯定地认为，战争一定会胜利，胜利以后一定会是一个美好的世界，一定能过上美好的生活。

少年何兆武来到昆明，准备在这里开始他的幸福生活。后来的事实证明建筑漂亮的房子固然是一件浪漫的事，但之前的“打地基”却无比枯燥。大学一年级不分专业，学的都是机械系的公共必修课，初等微积分、普通物理，还有投影几何、制图课。第一学期何兆武还勉强认真地学，到第二学期，他对建筑业的热情已经消失殆尽，于是决定改行。这时，他遇见了一位帮他建立起哲学基本观念的挚友。

西南联大的幸福生活

这位朋友和他同龄，来自数学系。正是和他的交往，让何兆武开始对哲学产生兴趣，也开始了解到自己所钟爱的戏剧、文学、艺术的背后，原来有一些更深奥更有规律的道理可循。这位朋友让他认识到哲学有两条路：一是走数理科学的路，专深地研究哲学，二是用哲学知识去分析文学等社会科学。从小就热衷于听评书，看《七侠五义》，后来又看了大量电影，喜欢英格丽·褒曼的何兆武，认为第二条路非常对自己的胃口。而他那位挚友，后来和他做出了同样的"理转文"的抉择，从数学系跳到哲学系。这位挚友，便是后来任教哈佛的大数学家和哲学家王浩。

说调系就调系，这是何兆武的作风，也是民国时期特有的学术自由、教授治校、学生自治的校风所带来的结果。谈到西南联大的7年，何兆武说那是他一生中最惬意的一段好时光，他那天马行空的性情在这里简直如鱼得水。

"在这里，个人行为绝对自由。没有点名，没有排队唱歌，也不用呼口号，早起晚睡没人管，不上课没人管，甚至人不见了也没人过问。自由有一个好处，可以做你喜欢做的事，比如自己喜欢看的书才看，喜欢听的课才听，不喜欢的就不听。这种作风非常符合我的胃口。"虽然这里的饭堂没有他"非常喜欢"的自助餐，但至少在精神上可以享受充分的"自助"，从而保持旺盛的胃口。

19岁的何兆武成了一位历史系的学生，主要研究历史哲学。本科毕业后，他选择了联大的西洋文学系，师从吴宓先生，开始攻读研究生。短短的几个月后，前任系主任吴宓便因为和现任系主任陈福田闹矛盾而离开。陈福田从小生长在美国，对中国传统文化了解得很少，吴宓虽然也研究西洋文学，而且是留学哈佛的海归派，但和他们那一辈的大多数知识分子一样，有着深厚的国学底子。一中一洋，两套做学问和为人师表的路子一点都不合拍，相处上也就格格不入，这种矛盾最终不得不以吴宓出走四川而告终，而何兆武的导师也就变成了美国人罗伯特·温特。

这种中外与新旧的冲突，在当时的西南联大并不少见，在某些海归学者身上这种矛盾体现得最为充分。"比如胡适，他也是海归派，但他思想深处有很多中国旧的东西。举个例子，我们老师那一辈人，正逢新旧社会交替，很多都是家里给订了婚，然后自己又去自由恋爱，鲁迅、郭沫若都是这样。可是胡适不，家里订的他就要，他不愿意伤母亲的心，所以后来带着江冬秀去了台湾。和我的老师们相比，我们的旧思想也要少些，好的方面呢，就是都去自由恋爱了。但必须承认我们的国学底子也要浅得多。尽管如此，我也是不赞同背经论道的，因为社会、人总是需要不断进步，我们必须抛弃旧东西，完全保持旧的是不可能的。总是有新的知识冒出来，这样才能适应社会的发展。”

何兆武的联大幸福生活自然少不了爱情。在这里，他认识了姐姐的同学、同样也是西洋文学系的未来太太。

白天上班，晚上翻译《社会契约论》

战时的西南联大，营养不良加上医疗条件差，肺病成为学生中的流行病。何兆武的研究生课业第一年便因为他患上肺病、不停吐血而中断。三年级快毕业的时候，何兆武正忙于写自己的硕士论文《叔本华的文艺思想》，母亲在台湾生病，不得不前去探视，刚到台湾，便因为内战爆发而滞留在那里。当地的湿热天气让他的肺病越发严重，吐血越来越厉害，他只好在台湾呆了一年。这一年，他一边在中学当老师挣钱糊口，一边开始打量台湾，认识台湾。

何兆武去商店买东西，结果被店员呛了一句“你以为这里是你们中国”，这让他难以接受。“其实这些人的祖辈基本上都是福建过去的，他们就是中国人，现在却否认这一点，所以说中国要想解决好台湾问题，必须要做好充分的思想准备。”从历史学家的角度来看，何兆武认为一切问题都是经济基础的问题，“台湾现在的人均 GDP 是 16000 美元，我们大陆才 1000 多，如果有一天大陆的人均 GDP 是台湾的 10 倍，那么台湾问题就不成其为问题。”何兆武说完哈哈大笑，把自己的这个观点戴了顶“庸俗唯物论”的帽子。

1947 年，当何兆武回到大陆，内战已经打得如火如荼。他回到湖南老家，在舅舅当校长的中学里当了一名英文教师。他的联大研究生生涯最终以肄业结束了。

1956 年，华北人民革命大学政治研究院毕业后，何兆武到北京图书馆做了一段时间的编目员，随后调到中科院历史研究所，回到历史哲学研究的老本行。他对分派给自己的"明清时期的中西交流"课题有点不以为然。"研究明清两代传教士，算是我的任务，不算兴趣。现在我也不愿意去弄它了。我的观点有点不合时宜，现在把明清两代的所谓交流捧得太高了，这个我是从根本上不同意的。但是我不同意也没用，因为决定的因素不是我，而是某些特定的需要。研究中国文明，就要越古越好。你说中国文明五千年了，他就要说六千年，还有人说七千年，假如有一个人出来说没那么远，只有三千年，就肯定不受欢迎。"对何兆武来说，让他做命题学术研究，等于剥夺了他的学术自由。没有自助餐吃，他的胃口自然受到了折磨。

但他一直在给自己开小灶。"文革"前，何兆武白天去中科院历史研究所上班，晚上就回到家里用两个小时翻译卢梭的《社会契约论》，用了一年时间完成了这项工作。"文革"开始后，身为助理研究员的何兆武还没有"资格"当反动学术权威，也不愿意参加运动，这下更是成天不出门，重新翻译了康德的几本巨著。他所使用的原文书都是自己多年偷偷攒下来的，为了追求翻译的准确性，他还以一本英文版译本作为参照。他翻译了康德的《论优美感和崇高感》和《历史理性批判文集》以及帕斯卡尔的《思想录》等著作。"那时候完全是兴趣。以前虽然读过这些书，但也不算完全读懂，现在算是有了时间好好读懂。"

大学之间的自由竞争和市场经济一样，优胜劣汰

现在何兆武的生活非常规律，每天晚上 10 点睡觉，清晨 4 点起床。因为摔了一跤，右腿植入了金属架，现在他已经很少出门散步，大量的时间都用来读书、看报以及写信。

7 月 13 日的《南方周末》"有错照登"栏目上刊登了一位普通读者何兆武的"读者来信"，原来他看到 6 月 22 日的《南方周末》刊登的《考上普通院校也很光荣》一文提到 6 位获得诺贝尔奖的华人中没有一位是北大清华学者，但实际上其中杨振宁、李政道、朱棣文和李远哲都或多或少与清华有关系，因此写信说明。这封"读者来信"用字讲究，格式古雅，全文照登，提醒我们在今天这个泛电脑、快餐化的通讯方式主宰的世界里，依然有人用优美的文字说话。

去年冬天，散步的时候他摔了一跤，伤势很严重。就在他被送进医院动

手术的时候，夫人也患上重症，被送进医院。何兆武没能见到老伴最后一面，从此天人永隔。结婚 50 年，提起这件过去还不到 10 个月的事情，何兆武微笑着说她就这样走了，“我们的时间也快到了。”他不会让自己囿于任何一种坏情绪中，每当说到震惊或者悲伤的话题，他也总是“嘿嘿嘿”笑几声。

采访结束时，何兆武送给记者一本他 50 年前翻译的卢梭的《社会契约论》，这本书的第一章第一段的第一句话是：“人是生而自由的，但却无往不在枷锁之中。”也许正是因为对自由的深刻理解，今天的何兆武才能微笑着面对生活。

人物周刊（以下简称“问”）：知道最近香港的大学到内地抢了清华、北大生源的事情吗？

何兆武（以下简称“答”）：我从报纸上看到了。我认为让他们去自由竞争是正确的。（沉思良久）我认为对于大学来说，首先还是要确保这种自由，没有自由的话，学术水平就很难上去。大学之间的自由竞争其实是和市场经济一样的，优胜劣汰。当然，人生的某些阶段做出的一些选择，你是不知道正确与否的，所以也无法去评价学生们的选择。

问：是否也和现在的学风有关？当时的西南联大比起现在的清华，区别是什么？

答：那时候学校里面思想很活跃，各种思想都能并存。现在，我看不行。

问：你接触的年轻学生怎么样？

答：我从 1991 年退休以后，就没有带过学生了，只是偶尔和他们有接触。我感觉现在的学生质量应该说比以前还要好一些，因为他们的思想更自由更开放，也更活跃。我说过很多次了，学术的生命就来自于思想自由。当然，不能指责年轻人现在的选择是盲目的，如果再给我一次选择的机会，让我重回 17、18 岁，我不会走老路，而会坚持把理工科念完，只有这样才能真正地研究哲学，否则永远都是表面的东西。

问：你说现在的学生思想更自由了，但这种自由今天似乎并没有带来你一直所推崇那种学跨学科、文理兼收并蓄的人才。

答：虽然不能要求每个人都横跨多个学科，但能够学了理工科再来学习哲学，自然是最好的。现在各行各业交叉的内容越来越多，这也是必需的。无论是改革开放前，还是改革开放后，我一直觉得比较遗憾的一点，就是我们一直存在着过分的实用主义。改革开放前，国庆节大游行的时候，最后走出来的队伍是科学大军，打出的横幅是“科学为无产阶级政治服务”，这就太实用主义了。科学是一视同仁的，是应该是为古今中外一切服务，而不是单独为谁服务，这看上去完全没有考虑到科学的普世性。改革开放后，直到现在，也一样有这个问题。学生的选择也受到实用主义的影响。

问：知道有易中天这个人吗？

答：讲三国的嘛！我知道，也在电视上看了一点他的东西。不过我不太赞同他这种方式，毕竟学术是很严肃的事情。

问：你对翻译工作很有经验，觉得现在国内的翻译水平怎么样？

答：现在的学术翻译，最大的问题不是语言水平问题，而是翻译者对专业知识的了解程度太差。翻译这门艺术，语言程度的高低其实只是一个方面，更重要的是要在了解本学科的基础上进行意会。我读书时，看那些原文诗，其实也并不是完全能看懂，但仅仅是能明白的那一部分，已经让我觉得很美。很多东西都是通的。现在的翻译存在的一个最大的问题，就是译者的语言水平不低，仅“麦哲伦”这一个人的名字，拿给学外语的学生翻，竟能在一篇文章里翻出 3 个名字来。

木心 我是绍兴希腊人

李宗陶

木心（1927—2011）

诗人、文学家、画家。其画作被大英博物馆收藏，是20世纪的中国画家中第一位有作品被该馆收藏的。其散文与海明威的作品一道收入《美国文学史教程》。代表作有《琼美卡随想录》、《西班牙三棵树》等。

逆光，隔着香烟的氤氲，被那双眼睛攫住。不见枯槁浑浊，黑白分明，清清爽爽，黑色部分如黑丝绒般。他说，用以衡人审世写小说的，一只是辩士的眼，另一只是情郎的眼。

木心，那个戴礼帽、执洋伞、坐在大雪初霁纽约中央公园长椅上的目光炯炯的男子，2006年9月回到故乡，鬓发已白，面容消瘦，不断小声地说着俏皮话："有人看了照片讲，恨不得把那顶帽子摘下来。我说我帽子都不能戴的啊？在西方，冬天叫人家光头啊？"口语的木心是家常的，吴侬软语略带阴性的，有一股骨子里透出来的好玩。那江南口音和老派的英文发音一样，没有改。

我的祖先在绍兴，我的精神传统在古希腊

"我的童年，还可以听到千年相传的柝声。"

30年代，浙江桐乡乌镇东栅财神湾。孙家雕梁画栋的老宅，紧挨着孔家花园（茅盾夫人孔德沚的娘家）。清末的举人穿过两进厅堂，穿过佣人们的宿舍，面对私塾里一班小孩子。主人家的小少爷大名唤作孙璞，乡邻有叫他仰中的，

有叫他牧心的。

那时候的科举状元后来多半读了大学，当了教授，中西兼修，学问深不可测。少年时读到《诗经》，孙璞惊艳，继而欢喜：“这就是我要的文体。”他有一位东吴大学的先生教英语，因为一口流利英语惹来杀身之祸，某年冬天毙于日本人枪下，孙璞大哭一场：“把我的英文也枪毙掉了。”

浙江大学中国文学教授夏承焘先生曾与他是忘年交，来信启首是：“木心仁兄大人阁下”；木心回信，则称承焘先生“夏丈”。家人替他选定了志业，要么做法官，要么做医生。他却喜欢收来各种彩色纸头，一看半天；他还喜欢逃学、看戏，看终场时值台男子潇洒地甩出条木牌，“明日请早”。那双眼睛挑来拣去，只为色彩只为美，着迷。

多年以后他说：“人们已经不知道上世纪 20、30 年代，中国南方的富贵之家几乎全盘西化过。”逢年过节，才穿上考究的长袍马褂。饮食西化，喝茶之外还留心饮用白开水。生了病吃西药。他小时候吃过很多种鱼肝油。

他的阅读穿梭于东方和西方，古代和现代。“十四五岁就知道瓦格纳跟尼采的那场争论。‘文革’之前就看卡夫卡。”

美国一些读者说，木心的作品里仿佛总有一个深蓝的背景，非常神秘，让他们想到达·芬奇。9 月末的这个黄昏，木心在乌镇的客栈里说：“人有两套传统，一套精神，一套肉体。我的祖先在绍兴，我能讲一口绍兴话。我的精神传统在古希腊，在意大利，在达·芬奇。所以我说我是绍兴希腊人。”

真的到了欧洲，他说，我是来 Check（检验）一下的，验一验跟童年少年的阅读是否吻合。Check 的结果是：“在巴黎，巴黎失去了巴黎；在汉堡，汉堡失去了汉堡。”世界文化的大船正在下沉。

从《哥伦比亚的倒影》开始，大陆识字界被木心的文字惊艳了一下。陈丹青的力荐和网上的不以为然引来文字纷争，谁也说服不了谁。倒是木心一句话交待了自己的来路：“我的底子，小时候就打好了。”

我以不死殉道

乌镇狭长小街，饭店隔壁是棺材店，棺材店隔壁是理发店，理发店隔壁是裁缝店；小街午后湿答答的，有点色情，有点宿命。少年木心爱穿制服，讨厌雕花的窗棂，于是走出窄街住到杭州梅花碑，常对西湖杨柳，后来又去上海，细细品味亭子间里民间社会那一派天真热闹。

20岁刚出头，他参与学生运动，还曾是领导者，结果被当时的上海市长吴国桢亲自下令开除学籍，又被国民党通缉，于是走避台湾。1949年新中国成立之前，回到大陆。

他是上海工艺美术制品厂的设计师，喜欢画画，热衷写作。从14岁起创作的100多个短篇和8个中篇集成厚厚20本，直到1970年被抄没。因言论获罪，他被关进废弃的、漏雨积水的防空洞。半年后转移到监牢时，关他的人想，该是爬着出来了吧。可他坐着。他从写交代材料的纸里克扣下66张白纸，正反两面写满密密麻麻的字，写散文，还作曲，藏在棉袄夹层里。墨水快要用光了掺点水进去，“不慎”打翻。看守凶巴巴又装一满瓶来：“老老实实写，不深刻休想过关！”

劳动改造12年，人家都平反了，他迟迟没有。后来才知道，有人担心：“他平反了，谁来扫厕所呢？”平反那天，他还在扫地倒垃圾，食堂师傅冲他嚷：“哎，叫你装纱窗装纱窗到现在还不来装！”他问：“个么，到底要装几扇？”“十扇！明天来装！”“噢，10扇。”这时有人告知大师傅：“明天人家就要到设计院做总设计师了呢！”第二天，他坐飞机去人民大会堂，负责修缮工作，因为他曾经参与50年代北京十大建筑的室内设计。这种戏剧人生，他讲起来笑嘻嘻的。

“我不喜欢哭哭啼啼，小女儿一样，要么就天地之间放声大哭，要么就闷声不响。就怕吃一点苦啊，讲不完地讲。而且聪明的读者能够读懂，我如此克制悲伤，我有多悲伤。历史在向前进，个人的悲喜祸福都化掉了。我对自己有一个约束：从前有信仰的人最后以死殉道，我以‘不死’殉道。‘文革’期间，多少人自杀，一死了之，这是容易的，而活下去苦啊，我选难的。可以向死的机会很多，我都挺过来了。监狱里面，饭吃不下，硬塞也要活下去。小时候，家里几代传下来的，是一种精致的生活，后来那么苦，可是你看曹雪芹笔下的史湘云，后来要饭了，贾宝玉，敲更了。真正的贵族是不怕苦不怕累的，一个意大利作家写过，贵族到没落的时候愈发显得贵。”

“您是悲观主义者吗？”

“其实悲观主义是看透了，但保持清醒、勇往向前。释迦牟尼就是一个悲观主义者，可是他的大雄宝殿题了四个字——‘勇猛精进’。悲观主义止步，继而起舞，这就是悲剧精神。”

每天手写 1 万字

平了反，20 本作品却要不回来了，说是烧掉了。木心灰了心，决意从此只画不写。1982 年自费留学到了纽约，55 岁，没有亲戚朋友。朋友说，到纽约的华人里他胆子算大的。

他也有房租无着的日子，听到街头冰淇淋售卖车的叮咚音乐，一样泛起忧伤，当然，还要为居留身份烦恼。

1984 年，一对法籍台湾夫妇，男的是画家，女的是音乐家，都兼批评家，惊叹于他的睿智与谈吐，力劝他写作。“那时我的画已经被收藏家买了，生活比较稳定。有一次他们专程拜访，说，今天来，就是请你答应，你还得写作，专心写作，我们帮你推介。不答应不走。我答应了。送走他们，我上楼，摊开纸就开始写，然后寄给他们，介绍到台湾。”第一篇文章《大西洋赌城之夜》一行标题斜斜占了一整版，洪范、圆神、远流、元尊文化等出版社一气出了他 12 本书，台湾读者也像今天大陆读者一样，纷纷动问：“木心是谁？”

精致华美的文字后面，是每天 8000 至 10000 字的工作量，全部手写。有次为赶一篇稿，他买好牛奶面包把自己关在房间里三四天，稿子寄出，发现衬衫上一层白乎乎的小东西，原来虱子前来造访 4 天没有洗澡的人。

《上海赋》大家似乎看懂了。“有一阵到处都在怀上海的旧，但不是电影里那样，一副馄饨担，一部黄包车就是上海了。我看那些老洋房、大都市、车水马龙，那种浩荡温情，好像君临万物，心怀慈悲，又嘲笑又喜欢。就这一念，我开始写《上海赋》，好比一个悲剧演员在演小丑。”木心说，《上海赋》里的旗袍面料全凭儿时记忆，没有资料可查。据说给绸布店经理看到，吩咐手下：“记下来记下来，我们的料子还不够，照这个进货。”

他的画作，那些被画家陈丹青“第一眼看到就认了”的中国山水，在策展人 Alexandra Munroe 和巫鸿的推动下于 2001 年在纽约展出，随后在全美作博物馆级巡展，33 幅画作已被各大博物馆和私人收藏。在纽约呆过 10 多年的画家李斌知道其中的含义：“对于一个华人画家来说，差不多已经到顶了。”

自己留下的作品，打包在 54 件海运行李中，正在海上漂，不久将出现在乌镇故居的新宅里。

从前有科举，有文人雅士的传统，后来都没有了

上世纪 80 年代末，木心在纽约华人圈子里开了 4 年的世界文学史课，课后在中央公园散步谈笑，一位学生说，“先生一路看过去，能不能即兴写俳句？”

话音才落，有位女子走来——“她围着黎明的围巾，牵了条黑夜的狗。”

一辆旅游大巴开过，车身上涂料是红色与银色，好像救火车——“这个旅游团多仁慈，一边旅游一边救火。”

两个男人——“靠在公园的石栏杆上，毫无作为地容光焕发。”

……

“什么时候发现自己能捕捉生活中的这种瞬间？”

“长期的训练，像中国武功。我喜欢那个传说中用筷子夹苍蝇的高手。”

从杭州高级中学开始，木心算算自己教过 5 代学生。后来都是朋友。

“古人说天地君亲师，没有把朋友列进去，其实我始终觉得这世上朋友最要紧。就像西方的星相图，本来只是几颗星星，独自放亮，星与星之间有了友情，就画一条线，然后就连成了水瓶座、双鱼座。我们年纪大的人交朋友有点从前金兰结义的意思，好像有契约的。”

李斌说：“我现在讲给人家听都不相信，到纽约去的人都忙得脚打后脑勺，哪里可能坚持 4 年？哎，真是怪了，那时候，每两周 4 小时这堂课，好像雷打不动一定要上的。”陈丹青手快，5 大本笔记记得最全。

从另一方面看，这并不值得庆幸——查建英、刘索拉在《八十年代访谈录》中说出了那代人刚出国门，频频“如遭雷击”的原因：大部分人猛然发现这一代除了经历胃的饥渴，更面临断层一代的文化饥渴。

“现在书店里书那么多，是文化昌明的表现吗？不，正是断的表现。大家不知道找什么书看。‘五四’时期，书店里，鲁迅、巴金，一格一格，清清楚楚。有人劝我开书院，我想不行。文化断层无法弥补。中国文艺复兴，我是不大抱希望的。

“从前有科举，有文人雅士的传统，后来都没有了。从前家里有人写错别字，那是奇耻大辱，现在马路上一走，三步一错，五步一错。一家店招写：欧化西餐，也算讲到底了。杭州街上有卖‘桂花糖牛（藕）’，一开始我想，牛肉跟糖桂花一起烧是什么味道呢？后来问他是不是宁波人，说是的。而且那些广告，天哪，那样写的。我看一个药品广告，看了半天没有弄明白，人家等你救命哎。

“从前社交客气而润滑，现在不讲客气了。有人请我吃饭，从开头讲自己，到最后第二句还在讲自己，把客人扔在一边，末了想起来，啊，今天见到你很高兴。我跟介绍的朋友讲，哎，你这个朋友怎么只管谈自己，我连发言余地都没有的？朋友说，现在要找不谈自己的人是没有的。呵呵，倒是我错了。

“讲话不好玩了，俏皮话也听不来了。这些，使人感到寂寞。”人类已经忘记了“灵魂”这个词——木心叹。

某天，看到某报说，“木心先生回国的机票放在抽屉里，时常拉开来看一下。”木心说，“哪里是我，这神态是小姑娘哎。”记者的笔让他有点吃不消，而他对文字对访谈的要求是很高的：“要像《鱼丽之宴》那样，像诗一样。”从此，只接受书面采访。

我将在美国做不到的事，转到中国来做

人物周刊（以下简称“问”）：1982年离开时，有没有想过有一天会回来？说说其中的缘。

木心（以下简称“答”）：1982年出国时没有想到会回故乡，倒是准备一去不复返的了。24年过去，乌镇（桐乡市）的贤达诸公的诚意感动了我，我决定告别美国，带着文稿画件归去来兮，“天意怜幽草，人间重晚晴”，说是野叟曝背，实为临老一搏，冀有所胜于以前。

问：当年为什么离开？今天为什么归来？在《乌镇》小册子“乡邦人物”一节里看到，您出国前向表兄辞行说：“如无成就，决不回返。”今天，心愿达成了吗？您新作了对子“归国还乡，水土不服 / 功成名就，壮志未酬”，何志未酬？

答：飞散和赋归，是同一原因：为了艺术。所谓“如无成就，决不回返”云云，我怎会说这种窝囊话？那是述者编造出来的。苏秦说秦惠王而秦王不纳，还不是灰溜溜回家来的么。对子是闹着玩的，“水土不服”是时差吧，“壮志未酬”倒是确实的伤心。在美国，我的绘画和文学已开了局面，得了收获，但以我的志愿而言，还只是小焉者，是故我将在美国做不到的事，转到中国来做。

问：无缘看到那篇发在《中国时报》上的《乌镇》以及那天提及的《狭长氛围》等回忆故乡的文字。请您描绘一下童年的乌镇，让读者可以揣摩她昔日的韵致。

答：我的童年，中国还有“民间社会”可言，那种自给自足自生自灭的生态，特有人情味、戏剧性。在美国犯乡愁了，我就想写一本书，叫作《往日醍醐》，中国江南的浮世绘呀，用意识流手法描摹我童年故乡的春、夏、秋、冬，可无奈中途停笔，后来就意兴阑珊，没写成。

问：都说近乡情怯。离开故土那么多年，现在回来，有这种感觉吗？

答：我心肠硬，近乡情不怯。乌镇已奇迹般地复苏再起，我欢喜钦佩不已。

问：童年的江南水乡，少年时代的上海、杭州，富庶人家相当西化的启蒙教育和日常生活，是读者能够感知的您的“根”。今天回头望去，它的文化构成是先进的吗？如果是，它的要点在哪里？

答：都道“启蒙”是被动的，随“大流”的，我说启蒙必须是主动的，个人自为的。我的童年少年，家庭教师只讲子曰诗云代数几何，只有小表哥可以彻夜长谈，认为希腊神话和《圣经》故事是必读书（也是听来的常识）——后来到了美国、世界各地，便是以熟悉希腊典故和《圣经》箴言使西方朋友吃惊，相视莫逆，永以为好。我少年时，江浙地区的书香门第都已败落，而富裕人家多数是醉生梦死，少数热血青年则投奔革命，吴文化根本不成气候。我的“自救”，全靠读书，“书”是最神奇最伟大的，十三四岁时我已将《文学大纲》（郑振铎主编）通读了几遍，后来在纽约开讲《世界文学史》，几乎全凭当年记忆。

问：对于吴文化，对于江浙历史上的名人，可愿意为我们稍作圈点？

答：中国，大雅久不作，华夏文脉到明朝已经气数尽了，从前的大户人家的子弟，眉清目秀，以为俊彦，其实是衰相，就像云岗石佛是雄浑莽苍的，到了龙门的交脚菩萨就清秀了，就完了。我不欲为江浙历史名人妄作圈点，一怕顾此失彼，二则实在难有冠绝群伦者，近世，唯鲁迅、蔡元培，我敬重，亦不免有所怅惘。

“焦虑”是西方人的终极情结，他们没有东方哲学的“清凉散”

问：您的通感、直逼张爱玲的意象、尖锐又略带温情的洞见，还有时时闪烁其间的童心，让人过目难忘。现在回望，东方的底子和西方的浸润是怎样交互作用于您，又起了怎样的化学反应？有人说，西方文化在您的作品中和您这个人身上痕迹更重一些，您自觉如何？

答：我没有什么可与人攀比，成也自己，败也自己。张爱玲得意早，才有资格叫一声“成名要趁早”，纪德说：“别人比成功，我愿比永久。”迟来的成功可能是大成。说我有点像张爱玲，倒是两边都看懂了，“心有灵犀一点通”呀，还有“心有灵犀一点痛”呢。

问：哈罗德·布鲁姆曾经在《影响的焦虑》中指出焦虑在文学史上的积极意义。一个写作者上路之后，总是面临一个又一个先后驾临的“神”，这种影响的焦虑，您有过吗？

答：“焦虑”，是西方人的终极情结，他们没有东方哲学的“清凉散”，哈姆莱特、堂吉诃德、浮士德、哈罗尔德、皮却林……都是“焦虑”的。卡夫卡读老子读来读去读不懂，最后说“我的智商太低”——东西方哲学的和合，才能是世界性的文艺复兴。

问：有人在您文中看到纪德的影子，某个瞬间又看到达·芬奇的，能否列一张影响过您行文的大师的名单？

答：能在我的文章中看到纪德的身影，真是高明。我曾苦学法文，就为了想去巴黎晋访纪德，后来噩耗骤至，我大哭一场，此心绝矣。而漂流各地，总是带着《地粮》，此番归国，亦不忘将此书纳入行囊。是的，我与他有过争吵，那是情人间的勃谿，过后就和好如初，一日之友，一世之友也。你们又窥见莱奥纳多·达·芬奇的幽秘消息，这可说是与西方人士次第发现的，他们的说法是“同一精神血统”，特征是：求知欲，好奇心，审美力。“知与爱永成正比，知得越多爱得越多，爱得越多知得越多”。

以后你们可以看到一个画面，有美术史家将蒙娜丽莎的背景部分，与我的《飞泉澄波》并列一起，看是否有难解难分之效果，这不是我妄自尊大亵渎神圣，而是西方学者的研究探索。

艺术贵独创，艺术没有第一名。但，正如纪德所说，“智者，乃是对一切都发生惊异的人。”影响我的先辈太多了，你也影响我，你提问提得极妙，就在影响我呀。

问：文学界人士都在关注一个问题——“木心是新的吗？”即您的文本、您独特的语法，您浸润了东西方文化的精神世界，它们究竟是“文革”断层前文化香火的延续，还是因为个体的创造而赋予文本以新的生命？

答：“新”就是“好”，这是19世纪以来的美学判断的最致命的盲点，其大足以笼盖全球。唯新论，新至上主义，我在《琼美卡随想录》里辗转批判过，全球沦入这一大荒谬，如中魔法，似受诅咒。

我不是“五四”的延续或重现，“五四”是个不成熟的文化运动（其实是政治实验），在艺术上，哲学上，是一锅夹生饭。西方300年的文化科学，中国要在30年之间开花结果，本来就是无知的祸祟，如说将有人横空出世只手补天，我看不见得会出现这样的角色——历史，不是等待什么人，什么人就出来了，所以还是你的后一句对，“因为个体的创造而赋予文本以新的生命”（这个“个体”也只是可能性，没有必然性），意大利的文艺复兴完全在于3大天才的降生（其实是4个），否则再有10个梅迪奇·罗伦佐也成就不了这个辉煌的局面，那么意大利必然要出“文艺复兴人”吗？不，毫无必然性，君不见现在的意大利只出时装、皮鞋、眼镜，“巨匠”不见了。

问：有深爱您文字的朋友说，木心先生驾驭文字之功当今几乎无人可比，但总觉得隔着什么，因为文字紧紧包裹着作者，那些本可以呈现为生命的、人性的东西被高超的文字技艺所遮蔽，文字后面的这个“人”依然看不分明。他认为，这是您的一个羁绊。您对此怎么看？

答：可敬可爱的读者们啊，艺术是带足了魔术性的，不让你靠近我，是吸引你靠近来哪。肖邦使自己与朋友始终隔着一层纱幕；王国维的隔与不隔论是迂夫子的偏见。现代的观点是：隔，为了不隔；不隔，为了隔。这个现代精神，首先在于反浪漫主义，然后经由象征主义的淬炼而凛然脱逸，才取得了王顾左右而言他的大自由。纪德便是这样过来的，我也不例外，沉湎于象征主义10余年，才写出“艺术，一入主义便不足观”之句。

不，亲爱的朋友，“爱是不笑的”（司汤达），艺术是不哭的。

哈代最恨别人为他写传记，艺术家裸裎的是灵魂而非肉体，那些企望艺术家号啕大哭的读者居心何在？

问：“五四”以来真正有文学天分而不可替代的作家，这桂冠您只颁给了鲁迅与张爱玲。分别评述一下这两位好吗？再评评周作人与胡兰成？

答：读鲁迅、张爱玲，即使不尽认同，也总是“自己人”之感，周作人他是文学上的杂家、解人，胡兰成是报人、术士、纵横家，苏秦、张仪之流等而下之。

问：身边有些看过您的诗集《会吾中》的朋友说，《诗经》是不能轻易动的。您觉得呢？

答：难道我不知道《诗经》是不能动的吗？我写《会吾中》，几曾损及《诗经》一字？我是变奏、仿制。音乐上有“海顿主题变奏曲”、“帕格尼尼主题变奏曲”，绘画上有“仿黄公望”、“摹倪瓒笔意”，毕加索把委拉斯凯兹的“宫女”重画成变形的摩登风调。《会吾中》文字是古典的，观念是现代的，出大陆版时将更名为《诗经演》。

问：1949 年以后，您眼里最重要的散文家、小说家和诗人，是谁？

答：真渴望出现一位大师，让我也惊一惊艳。

我拿的不是“通行证”，是“邀请书”

问：20 世纪上半叶以前，西人只认元代以前的中国画，一个中国画家要在国外取得博物馆级巡回展的资格是相当困难的。请问先生，您觉得自己是如何一步登上这级台阶的？您觉得西方同道真正懂得您的艺术吗？他们在接受中国画时，有猎奇、意识形态的成分在吗？我其实想问，这张通行证容易拿到吗？

答：早于 1984 年我在哈佛亚当斯阁举行个展，哈佛的东方学术史教授罗森菲奥说：“这是我理想中的中国画。”耶鲁美术史教授列克朋哈说：“现代中国画中我最喜爱你的画。”到了上世纪 90 年代，美国著名收藏家罗森奎斯一举收藏了我的水墨山水画 30 余幅，各大艺术杂志竞相报道，同声赞誉，我在绘画上的声望就此奠基。1996 年开始筹备全美博物馆级巡回展，经费浩大过程复杂，有关文字部分要求高臻峰顶，一字一句一标点，务必完美至善。理念修辞上的中西争执，我始终分寸不让，最后总是尊重艺术家的主见，所以虽然劳神苦思，还是心情愉快。那本由耶鲁出版的《木心画集》全球发行后，一直高居五星级，各博物馆及大书店都用玻璃柜置于显著地位，备极荣宠。你说“通行证”，不，我拿的是“邀请书”。

问：只在网上看到《会稽春晖》等几幅巡展画作，觉得那山的笔触很特别，好像是一片片的。先生是不是用了什么特殊的材料与方法？

答：题材和方法都是客体，主体是“灵魂”，提起来真是不好意思，人类已经忘记了“灵魂”这个词。

问：第一次在纽约的博物馆里看到中国古代绘画是什么感受？

答：祝贺它们早早移民入籍，不致粉身碎骨。

问：在纽约多年，您如何评价现代派？有人说，“局部放大”这种处理，是一种效果的魔术而偏离了绘画本身，您如何看？

答：当代流行“局部放大”是一个科技效命于绘画的新功绩，弘扬了绘画的神奇，是从前的画家所未曾亲见的。笔触，肌理，为之发扬光大，令人狂喜，最后还是归于原作，有什么“偏离”呢（照相、印刷，绘画藉此而传播，功莫大焉）？更有意思的是某些画经不起放，某些画经得起放，因此显出原作的密度的高低，涵量的深浅，可不是吗。埃尔·格列柯、委拉斯凯兹的画放大了，他们自己没有享受这种视觉的飨宴，太委屈了。

问：与文学类似，我们守着千年的绘画传统，但很长一段时间以来，当代中国艺术家一直缺乏自信，始终匍匐在西方的阴影里，为什么？从我们的传统里，还有可能激发出有生命力的新鲜东西吗？

答：这完全因人而异。中国画有无限的生命力——北宋山水，成就相当于西方的交响乐，而且形式也共通，一前景，二中景，三空而不空，四远景，岂不很像交响乐的4个乐章。中国画的“散点透视”实在高明于西方的“焦点透视”，散点是主观的、自由的，焦点是客观的、机械的。印象派以后，西方也放弃焦点而吸取散点。

问：您说过，“臻于艺术最上乘的，不是才华，不是教养，不是功力，不是思想，是陶渊明、莫扎特的那种东西。”那是什么东西呢？悲悯？

答：天性。

问：上海作家小宝读罢《哥伦比亚的倒影》撰文说：古来圣贤皆寂寞。先生您，甘于寂寞吗？

答：我非圣贤，寂寞也不足道。

问：没有无憾的人生。如果有一个机会可以补救，先生会选择改变什么？

答：“憾”也是一种感觉，很温柔呢。

实在人张开济

陈 琛

张开济（1912—2006）

我国第二代著名建筑师、第一批全国设计大师之一，在我国建筑界起了承上启下的作用。1990年被建设部授予“建筑设计大师”称号，2000年获中国首届“梁思成建筑奖”。曾设计天安门观礼台、革命博物馆、北京天文馆等工程。

这间不大的屋子里，多了七八个带有挽联的花篮，少了一个陪伴男主人的轮椅。除此之外，一切都还保持着原来的样子，木雕、挂画、盆景、笔砚，安静地守在原位。只是，缺少了主人的气息，这些东西似乎也减了几分生气。

相框里的主角笑容依然生动，提醒着来客，这间并不华丽的雅居，当真是一代建筑大师的家——虽然他刚走。坐在沙发上，总让人有种错觉，轮椅上的耄耋老者似乎正在对面“坏笑”着，一如3个月前。那一次，推门进屋的时候，他已经端坐在轮椅上等着了，笑眯眯的，极具亲和力。当我们问他，“您觉得您和儿子张永和谁厉害”，他立即用手指着自己的鼻子说，“我！”

以前别人都说“这是张开济的儿子”，后来变成“这是张永和的爸爸”。对于这一点，做爸爸的始终有些不服气。94岁高龄，精力差了些，但却因生性幽默，时时要“耍赖皮”，对于各种疑问一概不答。小他11岁的老伴孙靖，是他的“贴身秘书”，帮他处理各种外界事务，比如回忆他的“往事前尘”，比如代笔签名。这个时候，他会专注地听着，说到他往日的得意之作，聊到夫妻间让老伴无可奈何的小段子，他就像小孩一样，满脸顽皮的笑容。

设计了半个北京城

上世纪50年代，第一个五年计划以及国庆工程给了新中国第一代建筑师大展身手的机会。作为建筑设计院3位总建筑师之一，张开济在北京市重点工程建设中被委以重任。这一时期，他完成了18件大作品，中国革命历史博物馆、钓鱼台国宾馆、天安门观礼台、北京天文馆这些首都地标式建筑，北京小汤山疗养院、中央民族学院校舍、百万庄和三里河住宅区等，均出自他的手笔。有人说张开济“设计了半个北京城”。

也许你要羡慕他的“生逢其时”了，其实并非全然如此。把时光往前倒推20年，抗战初期，当时建筑行业正是一片萧条，著名的中央大学建筑系1934年毕业的11人中，许多人被迫改行。张开济算是运气好一点的，1935年夏天毕业后，他先后在上海公和洋行等建筑设计机构工作，1937年赴成都新华兴业公司建筑部任主任。后因重庆屡遭日军轰炸，他回到上海，在建筑师事务所做了3年，1942年冬自己开办事务所。抗战胜利后，张开济开办南京伟成建筑师事务所，经营到1949年夏，在此期间，他结识了陈果夫。

解放前夕，前往台中养病的陈果夫临行前曾邀张开济同行，但他拒绝了。当时他还有一个选择是去美国，在1946年国民政府教育部组织的留美生考试中，他考了建筑专业第二名，“出于专业方面的考虑”，最终他选择了去北京。“我想，新中国刚刚成立，百废待兴，建筑师正是大有用场的时候，既可以施展才华，又能赚钱。我本想赚够了钱再去美国，谁知第二年，朝鲜战争打起来了，美国去不了了。”在之前的一些访谈中，张开济非常坦率地讲了当时的“小算盘”。

晚年遇到贝聿铭时，贝聿铭喊他“大哥”，张开济谦虚道，“我岁数比你大，成就可并不大，比你差远了，你是全世界出名。”贝聿铭说，“各人的环境和条件不同，如果你在国外，情况就不同了。”

张开济和家人在一起

贝聿铭说的话不是没道理。上

世纪六七十年代，张开济的成绩单几乎为空白。“我们这一代知识分子，正准备出成果时，‘文革’来了，一切都搞不成了。国内的建筑师，我相信有才华的人是有的，但一辈子窝在这个小圈子里，成不了大气候。”

喜欢金钱、女人、狗

张开济的幽默达观和率性，在建筑界是有名的。“三反五反”时，设计部揪出 15 只“老虎”，他是首当其冲的一只。在一次调查中，“爱好”一栏大家都写着“喜欢读毛主席著作”、“喜欢看报纸”一类的话，唯独他填了“金钱、女人、狗”，后来这成了很多年里批斗他的理由。他倒是无所谓，“打老虎”时，没事他就甩着自己的劳力士表玩，少见愁眉苦脸的时候。这位看上去十分谦和的老先生，骨子里却尽是锋芒。

1959 年，张开济主持十大“国庆献礼工程”之一的北京革命历史博物馆的设计工作。周总理看了该设计的立体图后，感觉门廊方形列柱的比例“瘦”了些，希望加大柱径。张开济于是找到总理，解释方柱不同于圆柱，在立面图上只能反映出一个面，实际建成则能看到两个面，立面图看来稍微细一些，透视却正好，否则，透视看来就显得笨了。总理认为他讲得有道理，就不再坚持自己的意见。

但并不是每位领导人都能如此虚心。1991 年 7 月，张开济致信当时的北京市市长陈希同，反映北京新建筑中“小亭子”泛滥的情况，这封信没有受到应有的重视。前几年，为了国家大剧院的事，他先后两次和多人联名“上书”。因为他太爱提意见，熟悉的领导开会前都要好言相劝“你少说两句”。

任何工程设计方案，张开济不会轻易下结论，也不肯轻易改变想法。一方面坚持己见，另一方面，他对自己作品的看法也能坦诚客观。张开济定位自己是执业建筑师，对于革命历史博物馆，他在“我的自述”手稿中认为：“革命历史博物馆是我设计的，可是我并不否认它基本上还是‘古而西’的建筑，要是它和人民大会堂有些差别的话，那就是人民大会堂可能更古更西一些而已。”

与他交往多年的杨永生先生在评价这位老朋友时，说他看问题比较尖锐，敢于直言，思想开放，能够接受新东西，不保守，处理问题从实际出发。还有，

很会写文章。据统计，从1954年到2000年间，张开济共发表了113篇文章，内容涉及建筑方针、建筑创作和保护古建筑和古都风貌等多个方面。

1977年12月，他的一篇题为《改进住宅设计，节约建设用地》的文章通过“内参”受到邓小平的注意，邓小平看后作了这样的批示，“这是全国各城市的一个方针性问题，可以从北京研究起。”

张开济用“穿西装、戴瓜皮帽”揶揄现代建筑上面弄一个仿古的顶，呼吁对老北京传统建筑进行更多的保护性工作，反对修建缺乏人性化设计的塔式居民楼。“文革”之后，很多人选择了沉默或说假话保护自己，他却不肯安静，总要发出一些“不受欢迎”的声音。

清寒子弟

“有两件事情可以影响一个人一辈子，一个是职业，一个是婚姻，”张开济曾这样说，“这两方面，我觉着自己都走运。”

张开济一家4口，统一称谓分别是“爸”、“妈”、“哥”、“弟”。张开济是“爸”，孙靖是“妈”，张保和是“哥”，张永和为“弟”。遇到夫人前，张开济是一个“老光棍”，39岁还形影相吊。后来他在设计院的舞会上结识了孙靖。孙靖出身于一个知识分子家庭，家里是当时的京城望族。张总建筑师第一次前往孙家找孙小姐时，还不知道孙家有8个孩子。他什么见面礼都没带，两手空空站在门口，一副“实在”模样，让为他开门的保姆心里直犯嘀咕。

有了学家政的孙靖做贤内助，张开济的幸福生活从此开始。他完全不操心家里的大小事务，甚至从来没看过孩子的成绩单。在《尚堪回首》中，老先生写道：“前一天自己做了些什么事，都得问我老伴。我以为这是老年性痴呆症的正常现象，可是我老伴却不同意，说我从来就是一个糊里糊涂、丢三落四的人，应该归于‘弱智’一类。看来我很可能是一个幼年弱智，老来痴呆，两者兼备的人了。”

有一次去理发馆理发，张开济戴回3条围脖，“妈妈”赶紧送回去两条。过了些日子，他追着“妈妈”要围脖，原来设计院的同事围脖不见了找他要，“妈妈”只好又去理发馆处理后事。

第一次出国，单位发给20美元补助，同行的人都买了礼物送老婆，张开济只买了巧克力。他最喜欢瑞士巧克力，买到了最喜爱的甜食，他是多么开心啊。后来一次去法国，他倒是买了礼物要讨老伴开心，可在地铁里遭人偷窃，钱包和东西都丢得一干二净。回国后，“妈妈”知道他总算买了次礼物给她，可问他是什么“浪漫”的东西，他却“不知道”。

年纪大一点之后，张开济开始收藏木雕了。“妈妈”经常抱怨满屋的木雕是破烂。话虽如此，她还是容忍老伴把家宅布置得像一个木雕博物馆。相机是张老的另一位“伴侣”。同时代的建筑大师刘开济回忆说，“1954年，张老参与武汉长江大桥引桥上桥头堡的设计工程，他花了很大功夫专门去武汉把周围环境仔细拍下来，回来向我们详细地交代清楚。”

而张老给“妈妈”的指示是，“如果我掉到河里，人不要紧，先抢救照相机。”

今年“三八”节，老先生许诺说要送“妈妈”一枚1万元的钻戒，老伴说1万太少买不到好的，得再加点。他干脆说，“我又不管钱，我不知道。”

自嘲为“清寒子弟”，当年的婚礼一共花了30元，辞世后一切从简，骨灰盒也是最简单的样式。而他的朋友们，却一直念叨着他慷慨助人的种种故事。

张玉书　告诉德国人茨威格是伟大作家

徐琳玲

张玉书（1934—　）

北京大学教授、博士生导师，北京大学西语系世界文学研究中心主任，全国德语教学研究会副会长。著有论文集《海涅·席勒·茨威格》，主编《海涅选集》、《斯·茨威格小说集》，译著长篇小说《心灵的焦灼》等。

5点起床，开始德文、法文学习，散步、早餐，再工作。中午休息个把钟头，就到了一天效率最高的时段，依然是德文学习。

和德文打了半个世纪交道，张玉书还是心有忐忑——“怎么停得下来呢？作家们有这么多的表达方法，好些都很古怪，你简直想象不到。”

神情抖擞，声音清朗，海涅的诗歌，他脱口而出，每个词的尾音都吐字干净、饱满，这是当年在北大读书被德国女教师严加管教打下的功底。

“他的德文说得很好！连那些德国学者都感到吃惊。”一辈子对他挑剔惯了的夫人私底下夸奖着老先生。43岁时，张玉书第一次到德国访问，那一回出尽风头——他深厚的学术功底惊动了德国学术界，使他备受赞誉，满载而归。

曾是中国日耳曼学泰斗、大诗人、大翻译家冯至最得意的弟子，如今被公认为国内日耳曼学研究元老级人物，他翻译的海涅诗集、席勒戏剧、茨威格小说等等，是深受读者喜爱、学界推崇的权威译本。

“你觉得德文发音生硬？这都是过去从苏联电影、南斯拉夫电影中得到的坏印象。要知道，最美丽的抒情诗是歌德写的，是海涅写的，海涅的一首诗，往往会有几十首谱曲，柴可夫斯基、瓦格纳、舒伯特、李斯特、舒曼，还有柏辽兹，都为他的诗歌谱过曲。德文怎么可能会是生硬的呢？”

“驾着歌声的羽翼，/ 亲爱的，我带你飞去，/ 飞向恒河的原野，/ 那里风光绮丽。”

他轻轻吟诵曾由门德尔松谱曲的海涅诗歌《歌之翼》，试图纠正来访者对德文的刻板印象。

徐静蕾感谢张玉书，因为茨威格

2004 年，“玉女明星”加“才女”徐静蕾拍了一部电影《一个陌生女人的来信》，让茨威格这个名字在中国大热起来，小资青年和白领阅读茨威格的小说，成为一种最风雅的文化时髦。于是乎，这位日耳曼学小圈子里的老教授，一不小心成了文化明星。

尽管电影末尾打着“特别感谢张玉书”几个字，老头儿一再强调，“我和她（徐静蕾）并无深交。她来看过我，我们谈得很投机，但谈的时间不长。”

1984 年，50 岁的张玉书与夫人戴述姜在德国波登湖畔

今年上海书展期间，出版社为他安排了读者见面会，签售场面的热情让他吃惊——在这个体充满选择自由、爱情恣意汪洋的年代，茨威格世界里那些情感压抑、内心煎熬的畸零人怎么还能吸引这么多新生代的年轻人呢？

“在这个过分商业化、物质化的年代，人们重新开始渴望一种纯粹的、毫无功利的爱情。”他如此理解自己的翻译作品 20 多年后再次大热背后的社会气候。

书籍的走俏总是和某种时代气候紧密相连的，经历了大半个世纪风雨的张玉书，对此深有体会。

上个世纪50年代，25岁的张玉书在《世界文学》上读到一篇茨威格中篇小说的译文《一个女人一生中的二十四小时》。

作者对人物性格细致的刻画，对心灵热情的描摹，让他大吃一惊，“我觉得这篇小说实在太好了！这么别致，这么细腻，当时根本没有这种心理分析的小说”。他很快就在北京外文书店找到一本苏联外文出版社出版的德文版茨威格选集。“如获至宝，里面包括《一个陌生女人的来信》，写得真是十分精彩”。

“你当时就决定要翻译这些作品吗？”

“没敢想翻译，太危险，太不合时宜了，我没这个胆子。”

1965年的天空烈日灼人。背着一个资本家后代的沉重身份，他知道如果斗胆去做这件事情，会给自己带来多大危险。

他跟着冯至一起写的《世界文学简史》后来被当作大毒草批判。“我们系里第一张大字报就是批冯至先生的，标题是“冯至是什么人？”，其中一段是”请看他欣赏什么人“，我排名第一，修正主义苗子，他的得意门生，那我还凑什么热闹，这不是自寻死路么？”

那位《一个女人一生中的二十四小时》的译者纪琨先生后来在“文革”中吃尽苦头。

时隔14年，中国已经进入思想解放的时代。这时，《世界文学》选登了茨威格的另一篇中篇小说《象棋的故事》，是根据俄文译本翻译的，问题很多。于是，人民文学出版社干脆决定，请张玉书选译茨威格的4篇小说，出单行本，书名是《茨威格小说四篇》。

“那是1979年，‘四人帮’刚刚倒台，到处在清算他们的流毒，只要一听是‘四人帮’的受害者，大家就会同情得不得了。”

当时盛传一种说法，茨威格是法西斯的牺牲品，法西斯与“四人帮”，茨威格与受害者，无形中让人感觉有了某种潜在的联系。“其实，他不能完全算是法西斯的牺牲品。”张玉书笑着解释——确切地说，这位一生在顺境中成长、内心极度敏感的小说家最后在巴西自杀，很大程度上是由于他自己内心的矛盾冲突。关于茨威格自杀之谜，张玉书在他日后的专著《茨威格评传》中作了详尽分析。

特殊的政治气候为茨威格作品在中国的“解禁”创造了条件。除“揭露法西斯对人性的摧残”的《象棋的故事》外，张玉书还小心翼翼地选择了可以拔高到“揭露资本主义对女性的侮辱”的高度的《家庭女教师》，和反映“通货膨胀给平民百姓带来巨大痛苦的”的《看不见的珍藏》等作品。但他坚持把《一个陌生女人的来信》收录其中——这篇全力展现女性内心情欲世界的小说，按当时的政治标准，尚有“诲淫诲盗”之嫌。

小册子一经出版，立即受到读者狂热追捧。有位年轻人还通过张玉书的夫人找上门来，见到了这位翻译家，“他完全是着魔了，不停地说太好了，实在太好了。”

“说到底，人性是不可泯灭的！谁还像《沙家浜》里那样谈恋爱呢？当时，8个样板戏没有一个里边有恋爱的。他们之间都没有爱情，只有革命情操、阶级感情。《智取威虎山》里，小常宝有这么段唱词：到晚上，‘爹想祖母，儿想娘。’——爹怎么可能只想他自己的娘呢？”

这以后，张玉书把茨威格的作品一篇篇翻译出来，到1981年茨威格诞辰100周年，长篇小说《心灵的焦灼》的翻译也告竣工。

他认为把茨威格当作通俗小说作家的说法是不公平的，“他绝不是只会写风花雪月，他短篇小说中对人类的情感、对社会的批判，震撼人心。”在德国讲学时，张玉书曾与一位德国教授合开一门跨文化课，“上课时，我俩就开始打擂台，各讲一段，针锋相对。他一开始就把茨威格的作品定位为通俗小说，而我逐一分析茨威格的小说，证明为什么它不是通俗小说，它有哪些美学特征，它怎么采用内心独白等等。”学期结束时，这位德国教授对他说：“你在这堂课上，至少说服了一个人认为茨威格是一个伟大作家，这个人就是我。”

对茨威格世界里的女性和社会边缘人，他的理解怀着温暖的、正统的感情，一种对人性的宽容的理解。他眼中的“陌生女人”敏感、自尊、隐忍而富有牺牲精神，呐喊不出“我爱你，但和你无关”这样强硬的徐静蕾式的女性主义宣言——听上去，那太过强大、自我和突兀了。

他为茨威格的辩护带着社会主流的价值判断，“这种爱恋是纯洁正面、积极的，不是把自己当一个礼物。”依据之一是，“你看，女主人公为了能配得上心中的爱人，努力学习钢琴。” 听众席上，几位大学生模样的年轻人低下头，吃吃地笑着。

海涅与跛脚鸭

1953年秋天，19岁的张玉书上了沪京学生专列，颠簸56个小时来到北大。当时，这里是大师云集的地方，校长马寅初，哲学家冯友兰、金岳霖……尤其幸运的是，他遇到了时任西语系系主任的冯至先生。

冯至亲任那一届一年级的班主任，亲自教授基础德语课。“冯先生上课时不苟言笑，非常严肃。我当时是德语课代表，也就是德语班的小班长，经常要向他汇报工作，每次我都不敢有一点点疏失。”

教语音的谭玛丽老师是德国人，随她当医生的中国丈夫来到中国。“谭先生要求很严。常常和她聊着聊着，她会忽然说，‘等等，你刚才那个字的字尾怎么发音？’等我自己留校当老师了，她还这么给我正音，一点面子都不给！”

“我们这一班基本功打得扎实，语音也很讲究，不仅仅语音语调，就连字尾也很注意。我也这样要求我的学生。发现错误，就抓住不放，‘再重复几遍！’我的学生也许会恨我恨得要死，不过我想，现在有些人大概会感激我的——语音基础打得不扎实，以后即使德文说得再流利，也令人遗憾。”

学校里并没有多少适合初学者看的德文原版书，张玉书找到一本花体字的海涅的《诗歌集》。

“我对照着拉丁体一个字一个字地读。真是喜出望外，怎么会有这么优美的诗歌，而且这么容易读懂！结果，我们班一半人都迷上海涅，成了海涅诗歌的翻译家，一个个俨然都是大翻译家。“

“我不知深浅，就动手翻译《诗歌集》中‘抒情的插曲’那首《歌之翼》，把译文工整地抄好，送给冯至先生审阅。一个月过去了，他没理我。我以为他把这事忘了。不料他突然把我叫去，给了我8字评语——‘流畅有余，含蓄不足’。其他系的一个同学看了，干脆说：看是看明白了，但不明白——这怎么会是一个伟大诗人的作品，这分明就是一首大学生写的诗嘛。”

这当头一盆冷水，泼去了他年少轻狂的劲儿。“我这才意识到，翻译是个再创造的过程，要同样的优美，同样的高雅。”

含蓄的表达，需要深厚的古典文学功底。张玉书知道自己在这方面是只“跛脚鸭”，便下狠心苦读古文。

留校后，白天要给学生上课，只好每天早上 4 点起床，坐在书桌前埋头翻译，6 点钟夫人醒了，就把刚刚译出的部分读给半睡半醒的夫人听。夫人批评起来毫不客气——“一听就是外文的结构，外国的句型。”

3 年后才从夫人这里“毕业”，正是闹自然灾害的 3 年。“1960 年下放回来，求知欲特别旺盛——足足有一年没有看书，尤其不许看外文书，专业书。当时只希望有张桌子能坐下来好好读书写字。好了，一读书，肚子也不饿了，只有腿是软的，去食堂打饭跟踩在棉花上一样。”

张玉书功力渐进，随后得以完成冯至交给的几篇《歌德谈话录》的翻译任务，后来又受李健吾之托，为其主编的《古典文艺理论译丛》翻译了两篇席勒的美学论文和海涅的《论浪漫派》。“稿费相当丰厚，很受鼓舞。”

30 年后，冯至有一天打电话给他，要他主持《海涅文集》的编选工作，重新翻译海涅的《诗歌集》。已是堂堂教授、译过不少大师作品的张玉书竟然踟蹰起来。他以“年过半百，不宜翻译情诗”为托词，想要推辞，结果遭来老师一顿臭骂。

“老先生比我足足大 29 岁，我还能说什么，老老实实去翻就是了。”

硬译不是享受

张玉书大半辈子都在纷乱中度过。在北大，他足足当了 22 年的助教。

老先生自己并不在意。“从 1976 年开始，我的心情一直很舒畅，可以痛痛快快地干些事情。”2004 年退休后他笔耕不辍，主编并参加翻译了六卷集《席勒文集》的工作，完成了《茨威格评传》。另外，负责两个中国日耳曼学年刊的编撰工作——德文的《文学之路》和翻译年刊《德语文学与文学评论》，期望以此改变中国日耳曼学在国内外的弱势地位。

文学翻译界，一直为如何传神地表达原著的风格和特色，争论不休。

“最大的难题还是理解原文。我翻译席勒时，有的地方不懂，请教德国同行，有的人也不懂，或者讲起来不着边际。直到斯图加特大学的托美教授到中国来开会，才帮我解决了这些问题。如果不理解，就想用中文去表达，那太冒险了！那不是胡说么？”

他不愿对时下急就章的翻译风气多作评论，“可能人家真的都明白了呢？但是我自己，都学了半个世纪，还是有很多问题。“

“对我影响最大的，还是傅雷的译文，他的《约翰·克利斯朵夫》和巴尔扎克小说。”对鲁迅关于翻译的见解，他的态度有所保留——“鲁迅在一篇文章中谈到自己的翻译，说不懂的地方，就硬译。我不敢苟同。朱光潜先生说过，‘没有不能翻译的东西，只有不理解的东西。只要你理解了，总能找到一条路。’这对我启发很大。硬译，那就不是享受了。“

“玫瑰花和紫罗兰，我都喜欢。”

可对海涅，他情有独钟。海涅的诗歌，海涅的性情，海涅的嬉笑怒骂，海涅的爱恋与苦恼，他通通心领神会，仿佛神交已久的挚友。

他不喜欢《尤利西斯》，不喜欢“偏执的意识流”，不喜欢先锋文学的叙事，“我不赶这个时髦。”早在1979年，他就认识格拉斯，对方以《比目鱼》相赠，之后格拉斯凭着《铁皮鼓》获得诺贝尔奖。

“当时我太忙了，正在编译海涅文集。”根本原因，还是不喜欢——“我还是更想翻译海涅，海涅的作品更吸引我。”

“还是喜欢理想主义、个人英雄主义的东西。最高的享受是——brain！”他敲敲自己的头。“人最高的幸福，是使自己的同胞觉醒。”

然而，他读者最多、反响最大的译作，不是海涅，不是席勒，而是茨威格。

这是关注个体生存体验甚于英雄主义崇拜的年代。老先生有些怅然：“有时间的话，我愿意和你多谈谈海涅，多谈谈席勒。他们是理想主义者，是社会思想的启蒙者。”

刘香成　以他者眼光看中国

徐梅　唐跃

刘香成（1951—　）

美籍华人，著名摄影家。曾任美联社记者，《时代》周刊驻华首席摄影师，时代华纳集团中国首席代表，新闻集团常务副总裁。1992年获普利策现场新闻摄影奖。代表作品有《毛泽东之后的中国》、《苏联的解体》等。

传奇新闻摄影记者刘香成不拿相机很久了。

自1976年到1994年，刘香成做了18年的职业记者。1978年底，27岁的他作为《时代》周刊首任驻京摄影师来到了中国，5年后发表摄影集《China after Mao》（《毛之后的中国》）。许多中国摄影师通过这本1983年首版、只有96张照片的薄册子，学习到了如何利用日常点滴呈现政经巨变。

其后，他加盟美联社，先后驻北京、洛杉矶、新德里、汉城和莫斯科。1992年，他捕捉到戈尔巴乔夫宣布苏联解体的历史瞬间，全球独他一人。

1995年后，这位华人世界最知名的摄影师退出新闻一线，出入上流社会，往来于富豪名流之间。在泰国M-Group支持下，创办M图片社，主办《中》杂志；担任时代华纳驻京首席代表，促成财富论坛（1999年）在上海的召开；之后他加入澳大利亚人鲁伯特·默多克的新闻集团，出任中国区高级副总裁，帮助星空卫视落地大陆……

就在人们几乎淡忘他与影像曾经的深度关联时，他拿出一个让世界惊愕的作品。2008年7月由他主编的摄影集《China，Portrait of a Country》（《中国，一个国家的肖像》）由德国 TASCHEN 出版社以英、法、德、日等 6 种语言全球发行。

英国《星期日泰晤士报》称，“在此之前，中国的出口清单中，摄影从未成为重要部分。这使刘香成的成就令人惊叹。他花 4 年时间在中国搜集了 88 位摄影师的作品，用一种全新的、有力的口吻重新讲述了中国故事。”

那怎么不是我了解的中国呢

《China，Portrait of a Country》以 10 年为一个单元，将新中国近 60 年历史分成 6 个大段落。

10 年一个变化，他自己的人生恰好也是这样变奏的。

1951 年 10 月 6 日，刘香成出生在香港，父亲刘季伯是《大公报》国际新闻编辑，也是 1960 年代香港仍活跃的左派力量中的一员。刘香成排行老六，是家中最小的一个。3 岁时，母亲抱着他回到了福州老家。

刘季伯最初希望小儿子能够跳出香港这个小渔村，回到广阔天地，沐浴新中国的阳光，茁壮成长。但内地局面日渐混乱，1961 年他改变主意，让 10 岁的刘香成回到了香港。

20 岁时刘香成决定去美国上大学，他表示自己希望学习新闻，父亲的一位老友建议他先学习一个专业再当记者，因为“新闻是实践”。1971 年秋天，刘香成进入纽约 Hunter College，专业是国际关系。“中国人在美国念书一般都是念理工科，很少念文科，那个年代是这样，现在也还是这样。”

同学中鲜有中国人，刘香成被迫“打入”美国同学的生活圈。他天生有在异乡惬意生活的能力，这种能力源于好奇。“有的人到什么地方都局限在中国人的圈子里，也不是不好，但既然去了这么远，为什么不好好了解一下那里的生活呢？”

怀抱着了解和参与美国社会的热情，专业之外，他还选择了摄影等感兴趣的科目，每天东跑西颠，没事就在纽约街头随意抓拍。

他有许多外国朋友，“多数比我大，我总是小弟弟”。这些亦师亦友的老大哥，有不少人声名显赫。他们的举荐和帮助让刘香成轻松获得旁人无法企及的机会。

他给那个时代最著名的摄影师 Gjon Mili 当过 9 个月实习生，那时 Gjon Mili 已经 72 岁了，“整整 9 个月里，他从没有谈过技术问题”，只是在每天傍晚，老人会指着从报纸上剪下来的各种新闻图片告诉他，“这张好，那张不好。”为什么？因为“解读事件比抓住事件更重要。”

多年之后，当他本人成为许多年轻摄影师心目中的导师时，他把成功之道总结为一句话，“思想决定了你怎么拍！”

毕业时，老师把他推荐给时代集团的总裁。为《时代》周刊供稿的同时，他也给美联社供图。

1976 年毛泽东去世，在珠江边，他拍下了晨练的老人戴着黑纱打太极拳的照片，“新时代已经到来了，我想要报道毛泽东以后的中国。”

他用镜头记录下了中国此后几乎所有的巨变，却谨慎地说，“我对中国有一些了解。”

中国获得 2008 年奥运会主办权后，他受邀成为奥组委的顾问之一。张艺谋领命要在开闭幕式上完成“说明中国”的任务，刘香成萌生了用图片介绍中国的冲动。“我希望以人们身体语言、衣服、样貌、精神状态的变化，显现新中国 60 年来的成长和发展。西方那些搞图片的人，对我们的社会和文化没有一点感性的认识。他们编的书也用了我拍的一些图片，但那些书展现的不是我所认识的中国。”

“国内编的书也很多，但出于种种原因，还用 1942 年延安文艺座谈会的精神去看世界，或者觉得图片就是山水画的延伸；对摄影语言能做的事情，他们的理解、认识以及对方向的把握，都有局限。从他们编的书里，我也看不到一个我所认识的中国。”

2004 年起，他开始搜集、整理图片，希望用影像真实直观地说明中国。

哪些照片需要特殊身份才能拍

Tiziano Terzani 曾任《明镜》周刊驻京记者，上世纪七八十年代和刘香成同为活跃在北京的国外媒体记者。评论刘香成时他说，“对刘来说，中国不仅是个值得发现的真相，而且关乎尚待阐明的爱。”

刘香成本人却抗拒这种温情表述，他非常介意人们拿他的华人身份说事。

年轻的时候，他在中国取得了成功，人们说他“既有局内人的体验，又有局外人的敏感”，他主动要求调离中国，去印度、韩国、前苏联，“我证明了我在哪里都能做好工作，不仅是在中国。”

如果你把他在中国的成功与海外记者身份联系起来，他也会生气，“你看看我拍的那些照片，有哪些是需要特殊身份才能拍的？都是最普通日常的生活细节。”

“当年我刚到北京时，新华社、《中国日报》的人都和我说，做事情要打擦边球，好像不打擦边球就没事可干了。他们总是说‘我们不能做这个不能做那个’，其实很多事情是你不想做或怕做。人们常说，在中国的媒体里，‘大做大错，小做小错，不做不错’。这也许是很深刻的智慧，但我认为：要想活下来，活得好一点，做总比不做好。”

他说自己从没有什么身份焦虑感，“我焦虑，只是因为我想做的事情还没有做成。认识一个人，不能纠缠于他是什么身份，要把他所做的事情串联起来，认识他。”

他说自己根本的身份是职业新闻人、努力呈现世界真相的人。“我一直都希望把摄影带到新闻语言的主流地位，而不是说摄影只是文字的辅助。摄影是表达事情的一个平台，你去办报纸、刊物也是制造一个平台。在好的平台上不同的人都能理性地讨论问题，冷静地思考问题。”

《China，Portrait of a Country》同样是一个认识世界的平台。在这里他对中国的观察冷静、真实、客观。泛滥的“中国情感”、刻意的遮蔽或揭露都不是他想要的。

以他在业界的盛名，自然有许多摄影师主动把作品送到他手中，但更多真正想要的东西，需要他放下身段亲自登门。为了说服那些手中有特殊时期珍贵底片的老摄影师，他甚至多次登门。

从2004年开始，一直到2008年该书临近出版，刘香成亲自承担了几乎所有编辑工作，“最开始的时候，我的朋友们就说，你要多找几个人帮你甄选照片。但这个工作其实没有人能够分担，它需要的不是别的，就是我的一对眼睛。”

“我用两个准则去看。一是从画面和摄影的角度，是不是一个好的作品。但好的作品有很多，第二点就是是否有助于我陈述60年的中国。我尽量通过日常生活来表现60年的进展。”

“我常说，我去苏联、印度、美国都能增加对中国的了解。我每次去不是两三个星期，而是四五年。经过那么多个春夏秋冬，接触不同的文化与细节，再和中国去比较，你会看出一辈子住在这里的人永远看不到的事情。”

克格勃警告他绝对不许拍照

这本书在西方世界影响巨大，2008年岁末，刘香成在北京今日美术馆举办同名影展，累计观展人数破了该美术馆开馆以来的纪录。久别新闻一线的刘香成延续了过往的神奇，创下自己职业生涯的又一高峰。

“我们恐怕也是最后一代去过那么多地方、经历过那么多大事件的记者了。”这个喟叹绝非夜郎自大。30年前，一入行，竞争对手便给他起了“murf”（多弹头导弹）这个绰号，以此向这个突破能力超强的新人致敬。

当初美联社有多位强手竞争首任驻京记者的机会，谁也没有想到，总社社长拍板，把这个初出茅庐的小伙子送到了中国。

这个小伙子不负众望，很快融入北京。在他30岁生日时，侯宝林送来自己的字，黄永玉他们教他怎么吃大闸蟹，怎么欣赏俄罗斯歌曲。“新凤霞给我画了一幅寿桃，吴祖光先生主动在旁边题了字给我，并且问我，‘你想认识白桦吗？’我说，‘想啊！’就直接跑到他家里去拍他，搞七搞八的，他也都同意了。”

离开了中国，他同样神奇。无论是在洛杉矶、新德里还是现在已经更名为首尔的汉城，他总是那个能够在适当时机出现在适当地点的神奇小子。

1990年，他被美联社派驻莫斯科。因为他在印度工作时，曾与塔斯社一位高级摄影记者有过误会，调他去之前，美联社莫斯科分社的头儿甚是忐忑，但又阻挡不了大老板的决定。

“他就做了一个调查。印度、洛杉矶、北京、汉城，所有我工作过的分社的社长，他一个个去打电话，问他们觉得刘香成这人怎么样。他们就说，Michael，你在苏联做事很不容易，如果你想把事情办成，建议你还是把刘香成弄到你那儿去。”

1991年12月25日晚，“能把事情办成”的刘香成跟着CNN（美国有线

电视新闻网）董事长汤姆·约翰逊混入克里姆林宫，通过关卡时克格勃警告他们绝对不许拍照。

此时此刻，戈尔巴乔夫正在发表震惊世界的讲话。

讲话稿一共4页，戈尔巴乔夫已经读到最后一页："我将终止我担任苏联总统这一职位所履行的一切行为……"读完后，他没有把讲稿平稳地放回桌上，而是猛地一扔。

"那样的时刻不拍怎么可以，得罪人就得罪人吧！"他果断摁下了快门。几乎同时，"砰"，克格勃的一记重拳也砸在了刘香成的后背。"我真没想到会打我，但是没关系，我拍下了我想要的——连塔斯社都没有的镜头。"

第二天，全世界大报的头版头条，用的都是刘香成的照片——"戈尔巴乔夫扔稿子"，苏联解体，冷战结束，一个时代就此终结。

当年，刘香成和他在莫斯科的同事们，一同获得了普利策现场新闻图片报道奖，另一部摄影集《苏联，一个帝国的崩溃》也在这一年出版。"我就和所有同事说，我没有让你们失望吧。"

拍领导人握手一定要在中间

人物周刊（以下简称"问"）：为什么你总能出现在你想出现的地方，除了幸运，还有什么？

刘香成（以下简称"答"）：其实我也不知道是哪阵风吹到我这里的，不过做记者很多东西道理都是相通的。当你和别人说话，别人觉得你知识面太窄或不会说话，人家就会想尽快结束会谈。照相是一样的，你看的书，你交的朋友，从朋友那里学到的东西，是综合的。

当初我要拍陈凯歌，他到我家里来，我让他把鞋脱了、袜子脱了、躺在地上——让他怎么做他就怎么做。后来我才晓得那个人是很难搞的，我当时不知道，我就让他趴在那儿。

问：有没有你也搞不定的人？

答：有，很多人很难搞的，但你要坚持一下。我在洛杉矶拍英格丽·褒曼，一般文字记者采访完就给摄影记者5分钟时间拍图片。我把她带到酒店的后花园照相，过了几天她就给文字记者打电话，说你带来的摄影记者让我很放松。

当年“上海公报”发表10周年，尼克松从上海乘坐专列去杭州西湖。外交部让我们这些境外记者随行。在西湖，我问尼克松可不可以单独给他照相，他说好啊。我们在西湖走了一大圈，我让他停他就停。水门事件之后他对记者是很反感的，但不晓得为什么，他能够信任我。

从杭州回上海的专列上还有个故事。当时李肇星是外交部新闻司管美国记者的处长，对我很好。尼克松在前面有节车厢，李肇星突然跑过来问我相机在哪里，他说尼克松要过来了，拿着一条毛巾、一个水桶和青岛啤酒给我们送啤酒来了。我抓住了那个镜头，那张也成了经典。

李肇星后来当了外长，当外长之前是美国大使，我们也有来有往。不能说是朋友，但他的书，他的诗词也都会给我送。我觉得，做记者很多准备是在工作之外的，让人家喜欢听你讲话不是一件容易的事。

问：除了做好准备，让自己成为一个有亲和力，谈话有内容的人，你还有什么诀窍？

答：我比较好奇。认识一个人，我就要学他，他懂的知识我都问一下。人家觉得你对他感兴趣，他自然也对你感兴趣。

问：你的经验也告诉我们，要多交朋友，特别是有能力的朋友，关键时刻可以把你带到别人进不去的地方。

答：是啊。当年一起驻京的，除了我代表美联社，还有路透社的摄影记者和UPI的摄影记者。只有我和新华社中央组的人很熟，他们当我小弟弟。他们都是50多岁的，专门拍领导人。拍领导人握手一定要在中间。他们往往一个小时前就在人民大会堂排队，迟到的话很难挤到中间位置。每次我晚去了，他们总是说，小刘你来你来，把中间位置留给我。其实我和他们没什么交情，只是见见面说几句，他们就觉得这个人还可以。

问：你什么时候决定定居北京的？

答：我1994年从俄罗斯到香港，1995年回到北京。一回来，就让朋友帮我找一个四合院。我对北京有感情，我的事业是在这里开始的。刚进来的时候这个院子破破烂烂，但位置很好，旁边就是北海景山，我30秒就决定买下来。除了两棵100多年的石榴树，全都是推倒重建的。1996年建好，1997年就搬回来了。

问：你是不是一直要求自己做一些有挑战性的事情？比如现在仍在忙

碌，做的工作都是不断在刷新自己的能力范畴的，其实你已经可以很逍遥地生活了。

答：可能是吧。做新闻就应该越做越大，多去一些困难的地方。当年我离开印度去韩国的时候，印度那边一个同事对我说，他本来很看不过去我对手下要求那么严格，让他们做那么多事情。但是后来看到我对自己更苛刻，就闭口不言了。

去年我在普吉岛盖了一个别墅，冷的时候就去那边休假。但我觉得做事情是一种乐趣，我今年 57 岁，觉得自己还是有精力继续做一些事情。我的个性是，小的事情我会急，但大的事情我很有耐心。

问：你现在还拍东西么？

答: 拍,但没有很强的目的性,前一段时间蔡国强来,他让我拍我就给他拍。

问：你没有带着相机随走随拍的习惯，为什么呢？

答：拿起相机就要进入工作状态，所以我旅行从来不带相机。年轻时当驻外记者相机随身带着,那时生活和工作其实是一回事,现在不需要这样做了。现在我不带相机，但仍然随时都在观察。如果要拍一个人，拿起相机时我已经有想法了。

牛汉　现代文学史要重写

李宗陶　王　媛

牛汉（1923—　）

著名诗人、文学家和作家。“七月”派代表诗人之一，曾任中国诗歌学会副会长、《新文学史料》主编。代表作有《悼念一棵枫树》、《华南虎》、《空旷在远方》、《汗血马》等。

86岁的牛汉脸上，刻满岁月的刀痕。与他同时代的人，谁脸上不是如此？

几十年沉沉光阴将他的身高压缩了5公分。即便如此，他站起来还有1米86。

牛汉的祖先是铁木真的嫡系，叫忙兀特儿。兀、兀特儿是姓氏，忙是部落名，这支部落早年在今天察哈尔、张家口一带。元朝亡后，忙兀特儿迁徙山西，改姓史。他的祖先骁勇善战，常能虏获异族美貌女子。讲到这一点，牛汉笑呵呵的。

他的脾气，用祖母的话说，像家乡的滹沱河。滹沱河平时不像河，除去沙土，尽是石块——潘光旦当年质疑“潮流”时用一条河作比喻，河里有落叶、有鱼卵、有石块，河水断流之际，河床中唯一留下的，是它们。家乡的人们不敢走近滹沱河，不知道什么时候它就发大水了。发大水时，全村人都不敢出气，连狗都不敢叫了。

父亲史步蟾早年怀有革命热情，1927年大革命失败后，回到家乡，虔诚地种地。他嘱咐儿子：“还是好好念书吧。”牛汉对美的寻求，也是在父亲的启发下开始的。父亲的笙、箫、笛，以及那些古老的元曲谱本，让他敏感于美妙的声音。父亲在油灯下朗读诗歌的样子，他满满两架子的书，让徐志摩、郭沫若、朱自清、周作人、鲁迅，以及《新青年》、《语丝》、《译文》等等，陆续走进他的视野。

抗战流亡，牛汉跟父亲到了甘肃天水。在那里，他学画，他晚年画的诗人穆旦、聂鲁达、普希金、阿赫玛托娃、帕斯捷尔纳克真是有趣。他接触了更多诗歌，两本口袋诗集——田间的《呈在大风沙里奔走的岗位们》和胡风的《野花与箭》，是他随身必带的。“我喜欢田间的激情，像一把火。胡风的诗很有湖畔诗的味道，没有口号，写得宁静、凄切，有大革命前后青年的愤懑悲伤，但当时我还不十分理解。”

牛汉的三舅牛佩琮毕业于清华大学，曾任《清华周刊》主编，1934年加入中国共产党。牛汉崇拜三舅。他的逻辑是：三舅那么好，他是共产党，我就跟定了共产党。他在三人小组里入了党，但负责人回了延安，“没有人管我们了”。

第一次考验很快来到。高中毕业时，校长宣布文理两个班七八十人必须集体参加国民党，否则不发毕业证书。“我不干，宁可不要这个毕业证书。那时候进（共产）党比较困难，我通过特别困难。所以心里是很纯洁、很坚定不移的，怎么能够背叛自己的理想，背叛对党的誓言呢？那我还是个人吗？”他和同学郗潭封逃跑了。一年后，牛汉考上西北大学外语系，向教育厅要回了高中毕业证书。

心向圣地延安，盼望抛头颅洒热血去抗日。愿望暂时不能实现，牛汉只好抛头颅洒热血一般地去写诗。天天写，白天写到晚上，晚上写到黎明。1946年7月，他跟党组织接上头，重新宣誓入党。那一段生活，动荡、绚丽、澎湃、神秘。

1948年，牛汉把长诗《采色的生活》（采色即彩色）通过朋友寄给胡风，从此开始通信。胡风的回信有20封，现存16封。

1955年5月初，最高领导人在审阅舒芜交出并整理的胡风信件后，指示有关部门成立“胡风反党集团”专案小组。根据公安部、最高人民检察院、最高人民法院党组的复查报告披露：这场清查斗争共触及2100多人，逮捕92人，隔离62人，停职反省73人；1956年正式定为“胡风反革命集团”分子的78人，其中骨干分子23人。1955年5月14日，牛汉第一个被捕。两天后胡风被捕。因为牛汉的性格和曾流露与胡风等人不同的观点，“上面”想从他这里打开缺口，让他好好揭发。

被拘留一周后，牛汉收拾好行李，对看守说：“一个星期了，我要依法离开这里，再见！”一番搏斗之后，上级出马，牛汉返回囚室。

经过两年的隔离审查，1957年5月牛汉被通知“可以回家了”。派出所每周来人，听取汇报。1958年2月，他被正式开除党籍，回原单位人民文学出版社，降级使用，仍当编辑。

“这人没法改造了，上面肯定这么看。我就这个脾气。我就当编辑，编好书写好字就行了，比当皇帝都强，呵呵。”牛汉说，亏得人文社领导王任叔（巴人）多有相帮。

1965年冬，北京市中级人民法院，牛汉见到了10年未见的胡风。发言时，他照着稿子念，念着念着激动起来。“我说胡风问题不是反党反革命，是文艺思想问题。‘停止发言，下去！’把我赶下去了。别人讲牛汉你真是头脑简单，那种场合你怎么能替胡风辩护呢？我不是感情冲动，人活着就应该是这样的。不同看法嘛，正常的嘛。”

他后来的日子，被切割为两年的劳动改造，半年的“四清”工作队，5年半的五七干校……在咸宁干校，他迎来诗歌创作的第二个高峰，并养了一只狗叫小白。“我跟它那种同属生物的情谊，真可以说是胜过了人。”回头一看，寓言一样。

1979年9月，牛汉获平反并恢复党籍。他说，25年里，他始终没认过错，也没出卖过任何人。胡风去世前说，“牛汉是个可依赖的人。”别人则叫他“倔强的诗人”、“一个被诗神看中的诚实的孩子”。

1980年春，他在北京又见到胡风，“他真正衰老了，很深沉。别人跟他讲这讲那，他只说几个字，但词意准确而有分量。”

现在，牛汉住在让前来拜会的台湾诗人痖弦略微吃惊的简朴公寓里，跟阳台上那些小小的绿色植物“相依为命”。偶尔出门，舍不得打车，坐公交和地铁。他的诗作，跟余光中、洛夫的诗歌一道，被选入中学语文课本，悄悄取代了贺敬之的《回延安》、《三门峡—梳妆台》，郭小川的《甘蔗林—青纱帐》，以及柯岩的《周总理，你在哪里》。

这个唇齿间已有些漏风的老人慢慢地讲啊讲，讲出“受组织信任者”这样的概念，给出“中国的大人物都比较复杂”这样的判断。

“胡风分子”后来各走各的路

人物周刊（以下简称“问”）：您怎么看胡风的30万言上书？

牛汉（以下简称“答”）：我没参与。但我一直不同意“文艺为政治服务”，这是否定人性的。应该像鲁迅他们说的，为人民、为人类和人类的精神服务。《在延安文艺座谈会上的讲话》的这个提法，42年从《新华日报》第一次看到，我就不同意。50年我做成仿吾的秘书，跟他谈这个问题，他完全同意我的观点。他是创造社的骨干、长征干部啊，当时就不赞成。所以后来政治上，怎么说呢，一直压着他，抬不起头。

胡风53年回了北京，没有正式安排工作，没有安身立命。我想他有过巨大的苦恼，在我心里他有一种思考人生和文学的本能，不管处在什么条件下。他肯定是经过思考，才写30万言书向上反映的。

问：他们把您归入“七月派”。

答：“七月派”里也很复杂，人好多，我不是最早的。《七月》37年从上海移到武汉，到重庆改成月刊。我和胡风是解放后（1950年）才见面的，我只是他的追随者，觉得《七月》这个刊物办得好，包括后来的《希望》，都不错。几个作者：路翎、曾卓，人都很好；阿垅是特别好，虽然有偏激的一面，但他正直率真、决不背叛，真的是个人！他跟胡风关系其实不是那么紧密，也不是绝对地认可胡风所有的观点，他跟胡风辩论我看见过（上述3人都是“胡风分子”，其中阿垅1967年因骨髓炎在天津的监狱里去世）。

所谓的“胡风集团”也比较复杂，后来分道扬镳，各走各的路。有的人当官了，就不敢讲真话了，这种人见了面我根本不理他，手都不握——这是我的脾气，毫不含糊。这种人还写什么诗！王元化后来跟我说，人的变化真是令人吃惊、不可想象，当初是那样诚恳而且有个性的人，唉……有的政治上“进步”了，就“超越”别人了。

问：给您平反时这个国家已经发生了翻天覆地的变化，改革开放已经开始了。

答: 但是对我们好像还是有点隔离的意思，后来慢慢地、一点一点在改。第一批就4个人：我、曾卓、王元化、刘雪苇。后来胡风去世（1985年6月8日）以后，遗体在医院里冷冻了七八个月，为什么？就因为大家不认同上面的批示，对他的历史问题没有彻底平反，怎能让逝者归安？就是“胡风集团”也受影响。后来也慢慢改了。现在说起来很简单，一句话就过去了，实际上我们当时真叫痛苦。

假如鲁迅活着

问： 近年来，自由主义知识分子对左翼文人、包括鲁迅多有微词，好像有意重新评估左翼文学作品的价值和历史意义，您觉得有没有道理？

答： 有道理。这个我和施蛰存深谈过好几次。诗人戴望舒、杜衡、施蛰存都是所谓“第三种人”。他们原来都是共青团员，大革命失败后有了一点冷静。我特别欣赏施蛰存，哪怕不算大彻大悟，也是一直在坚持自己的人生态度。鲁迅写文章批判他，他一直没有写过文章去反驳。他告诉我，理解鲁迅，理解他受身边左翼文人的影响。

毛泽东在《讲话》中树鲁迅为旗手，意在团结知识分子和文艺界的人。为什么是鲁迅呢？他有个性。“人性”、“个性解放”、“人道主义”鲁迅都提过，《讲话》全部否定了。但初期总需要一个众望所归的人来“统一”，想来想去只能是鲁迅。

解放后看出来了。1949或1950年，周作人写信问《人民日报》文艺部：如果鲁迅活着，党会如何看待他？我看到过这封信，收信人是编辑李离。当时郭沫若是国务院文化工作委员会主任，信转请他答复。郭沫若的回答是：鲁迅和大家一样，首先要改造思想，再根据改造的情况分配适当工作。以鲁迅的脾气是不会接受改造的，对不对？鲁迅身边亲近的朋友全被打成异己、“反党分子”、右派，一个没剩，是不是？把鲁迅作为一个旗手、一个神坛上的人物看待，是政治的需要。

问： 王元化先生晚年对“五四”、对鲁迅也有过一些反思。

答： 王元化看问题要比我更清楚一点，他思考问题很周到很冷静很细致。80年代初他到我这儿来过，我也去过他家里。我们谈过鲁迅。我们当时准备出个刊物，就是《新启蒙》，王元化领头。光这个名字就肯定不许的：你们要重新启蒙、重新认识这个世界？

问：说到胡风、王元化，不能不提周扬。贾植芳先生说，“胡风要是做了周扬，比周扬还要周扬。”

答：周扬这个人啊，文艺界的人对他不信任。晚年周扬有变化，王元化先生写过文章的，我也当面见过。好像81年吧，政协礼堂，开春节团拜会，我去参加了，周扬坐着，旁边有徐迟、张光年这些人。他握着我的手说：“牛汉啊，我对不起你们，对不起你们这些‘胡风分子’，对不起你们家里的人。由于我的错，55年让你们遭受了很大的苦难，我向你们全家人道歉……”边说边流泪。唉！我就说：我也老了，快60了，请保重身体呵！

问：周扬为什么掉眼泪呢？

答：我回去跟严文井说。严文井说，哎呀，他在延安开会的时候就是这样，会表演。当时跟你痛哭流涕，很诚恳，第二天照样毫不含糊批斗你，不要相信他。后来艾青打电话来也说不要相信他。但我作为一个晚辈、《新文学史料》主编，因为工作关系需要走近他。你回顾一下他一生的经历：一个有影响的左翼老作家，从延安时期开始，特别是《讲话》确立文艺思想以后，他是文艺界的主要领导，建国以后担任文化部副部长，实际上是全国文学艺术界的大前台。

89年夏天周扬去世，他的儿子叫周艾若，鲁迅文学院教务长，特地来我家，希望我去。我去不是代表个人，是代表《史料》去的。我催请他写回忆文章，他答应下来。一次电话里告诉我他摔了一跤，讲话也变得很慢。他说他记得一些事，但夏衍比他更清楚，以后再说。当时夏衍不在北京，到日本去访问了。后来严文井看到追悼会的报道，就说：“牛汉啊，你怎么去参加周扬的追悼会呢？”

问：文汇出版社不是出过一本《晚年周扬》吗？

答：好像看过。我这个人脾气比较倔，但处理问题还注意边界，不能因自己的情绪影响了工作。我也不知道延安“表演”那段，就看他还挺诚恳的。人都是会变化的，即使周扬那样的人，他也会变化的。当时我就是这个观点。王元化也跟我说过，“周扬是有一点变化哦。”至于别人，艾青啊，严文井啊，跟他有误解，批判太多。

为什么我问题老出在右边

问：您最初写诗时受过艾青影响？

答：38 年就认识他啦。那时在西安民众教育馆漫画班，我是学生，他是“蒋先生”。后来在华北大学见到他，当时他是副院长。

我一直喜欢他和田间的诗。他早期的诗论对我很有帮助。他天天鼓动我，我写了几首赞美大自然的小诗，挺得意，请他看，他却说：“不要再让别人看了。”他是善意的。艾青去延安后没写出好诗来，我当面跟他说的，他点头承认，光叹气。

我回北京以后，跟他经常来往。印象最深是57年被划进“胡风集团”以后，有一天开批判大会，突然听到有人高声叫我名字，是艾青，离我就一丈多远，很大声问：“你的事情完了吗？”我说，“没有完，算告一段落。”想不到他站起来，眼睛睁得很大很亮，不是对着我，对着文联礼堂坐满的人，大声说：“你的问题告一段落，我的问题开始了！”然后像朗诵诗歌一样用拖腔说：“时—间—开—始—了！”这是胡风一首诗的题目。他简直就像一座青铜雕塑站在那里，那种神态和声音，今生今世我都不会忘记。毕竟是写过《向太阳》、《火把》、《芦笛》的诗人！

问：后来他们一家人去了新疆吧？

答：是啊，76 年他回来我见到了。有天下班在西单买熟肉，看见一个排在前面的老人，身上是又脏又旧的黄棉军装，戴顶战士冬帽。我看看像他，走近了叫“艾青，艾青”，他认出我，大叫一声：“你还活着！”快 20 年没见了。他告诉我他右眼快瞎了，回北京是来治眼睛的。我后来在西城找到他家，一家人挤在10平方米的一间破平房里。后来他跟我谈到失明的右眼，自嘲：“为什么我这一辈子问题老出在右边？”也有感伤：“人活在世上只靠左眼可不行！老摔跟头。”艾青……唉，也很复杂。

问：您提到好些人，都用了“复杂”这两个字。

答：对对对，大人物都如此。每个人都不简单，不复杂就没法生活。何其芳、成仿吾、丁玲……都是。人与人之间，针锋相对时都会展现某一面。随着时间流逝，又都在变化。

问：您的那本口述，等于梳理了一遍中国新文学史上那么多人的名字。

答：我对许多人的诗有偏爱，像阿垅、曾卓、路翎、戴望舒、冯至……太多了。我觉得文学史上应该留下他们的名字。

问：北岛最近出了本新书《青灯》。

答：他老打电话来。我跟他关系不一般。他和我儿子是同学，北京四中，他高一，我儿子初三。76年，他每次来，俺跟俺老伴儿都招待他吃饭。

问：那时候他在做什么？

答：他修马路，后来不干了，生活困难。我不是执行副总编么，就给他搞了个特约编辑，给他每个月发120块钱，呵呵，又抽烟又喝酒的。出差嘛就带他去，到上海、青岛什么的，好吃好住。他是真正有才，当时《中国》发了好多朦胧派的诗，都是北岛拿来的。跟我谈他的诗，几乎每个礼拜都来我家，呵呵。

每个人都有写不尽的故事

问：聂绀弩先生说过一句话：监狱是学习之地，而且里面卫生医疗之类都很方便。他好像出来以后还想回去？

答：他那么说就是了。他是关在山西，无期徒刑，"四人帮"垮台以后出来的。回来以后给他生活费很低，18块钱一个月，还不如在监狱里呆着舒服呢，胡思乱想，看书，写文章，都可以。他回来后谈过这个。晚年的时候外号叫散宜生。

问：散宜生是西周的一个大臣哎。

答：对对，他就是在铁板一块的体制下，引出一个"散"字来，是个人意识、自由的觉悟，这真是太难得了。所以后来我出了本书叫《散生漫笔》，喜欢这两个字，连起来就是"散漫"。聂绀弩跟我特别亲近，什么事都找我谈——他闷，总要找个人解闷吧。我们不是自由主义，只是求得真正的自由……唉，我们这一生每个人都有非常非常惨痛的写不尽的故事。

问：胡风先生说过，心有余力的话，他要论一论郭沫若、茅盾和田汉。

答：对，他在给我的信里面提过。他对茅盾有看法，对郭沫若更不要说了。

问：那田汉呢？

答：就我的印象，他觉得田汉还可以。老前辈，人很好，跟我关系也不错，晚年没什么钱。

问：重论茅盾是为什么？

答：茅盾就比较复杂了，说了大人物都复杂，不能绝对肯定地谈。他解放后当了第一任文化部长，但他又不是党员，没给他恢复党籍。1954 年年底吧，开一个党内的会，我作为《人民文学》的党组织代表去了，冯雪峰也参加了，茅盾列席这个会。我看茅盾那么气愤，举了好多例子，在台上批了一个钟头。后来周扬马上就把他的文化部长撤掉了。

这段茅盾回忆录没写。这说明他内心并不是没有痛苦的，他晓得实际上他没有权，周扬在操纵他，所以很气愤。就怕搞得不是人了。

问：是不是可以这样讲，你们这几代人经历了漫长的、一场接一场的政治运动，其中一些人终于有了自己的思想？

答：是的。就我接触到的，像丁玲，晚年对历史，对政治，对那些观点、路线，她有她的看法了。巴金是比较善良、单纯的人，最后比较纯净，就算政治需要他当个主席，就当着吧。

问：如果生命可以重来一遍，您还会走当年那条路吗？

答：唉，我就是一个理想主义者。38 年想去延安没去成，我父亲不让去；40 年、42 年也想去，路费都准备好了，父亲又把我拉住了。我父亲早年也参加地下党活动，对政治有一些清醒的看法，不是绝对服从的。他就怕我搞得不是人了，就害怕这个。唉，中国历史，任何人类历史，都不是单线的，都很复杂，都是慢慢地往前流。所以我有个座右铭：有容乃大，得大自在。你容纳，才能让心胸阔大，不那么狭隘；心胸开阔以后，你自在了。

问：现在这个时代您跟得上吗？

答：中国是有变化的，比过去那个时代要好多了。但历史性的变化，不光是楼盖高了，衣服穿好了。

问：这个时代好像没有诗人了，文学也凉了。

答：是，现在是这样，可怕哎。文学艺术，以前是无产阶级的、为政治服务的工具，没有人性哪有诗歌文学？现在这个也不正常。中国这部现代文学史啊，得重新写。对中国作家作真正全面的调查、遴选，重新评判、识别，哪些是真正的作品，哪些不是，这个是需要的。

叶维廉　台湾文坛甜甜的、浅浅的

李乃清

叶维廉（1937—　）

诗人、学者。曾任美国加州大学比较文学系主任，协助北京大学等建立发展了比较文学。对中国传统美学在诗中的表现与西洋现代诗之间的溶汇问题作过一番探索，堪称比较诗学领域的翘楚。著有《东西比较文学模子的运用》、《比较诗学》等。

北岛曾说："我头回听说帕斯是80年代初，那时，圈子里正流传着一本叶维廉编选的外国当代诗选《众树歌唱》，可让我们开了眼界。"

叶维廉何许人也？半个世纪前，还在大学读书的他以《赋格》、《愁渡》等新诗崛起，数度获奖。1978年入选"台湾十大诗人"，与余光中、纪弦等人齐名。赴美后，他以双语诗人、诗学理论家、翻译家的多重身份活跃于国际诗界：他在英文诗里创造了一种可以兼容中西视野的灵活语法；他所翻译的《王维》和《中国古典诗文类举要》匡正了西方翻译对中国美感经验的歪曲；由其译介的中国诗作多次被收入美国大学的教科书。美国当代诗人罗登堡（Jerome Rothenberg）称其为"美国（庞德系列的）现代主义与中国诗艺传统的汇通者"。

"其实，我用英语写文章，即使在西方有影响，也就这么几个人看，中国自己人却不知道。”面对西方的赞誉，古稀老人不以为然，言语中带有几分落寞。

“我诗的生命是在香港开始的，但诗的内蕴却比这还早在心中缠绕，那是战争之血与错位之痛。”

1937 年，叶维廉出生于广东中山一个小村落，父亲瘫痪在床，母亲是乡间的助产士。家中贫穷，童年他备受饥饿折磨，常惊恐于日寇的炮火。

11 岁那年，他随家人逃亡到香港，寄居在舅舅家。

“在香港，‘白色的中国人’压迫‘黄色的中国人’。母亲微薄的薪水无法支持一家 6 口的生计，我的两个哥哥不得不找工作，大哥在监狱当守卫，二哥在一家水族馆打工。父母希望我念完书，找份工作安定下来，母亲希望我做医生，可我却选择了文学，如果当时我有今日的经历，或许会用鲁迅的话解释：我们需要医的不是身体，而是精神，是心。在香港我的成长伴随着无尽的身份焦虑，我被逐向生存意义的求索而萌芽为诗人。“

在画家、诗人王无邪鼓励下，叶维廉开始写诗。受诗人昆南邀请，又参与创办诗刊《诗朵》。这期间，他阅读了大量上世纪三四十年代诗人的作品。“我抄过戴望舒译的《波德莱尔》，翻看《咀华集》里的所有文章。从戴望舒、艾青一直下来，王辛笛、卞之琳、穆旦，我曾深受他们影响，尤其是卞之琳后期的诗以及王辛笛在意象上的处理，都对我有所启发。”

1955 年，叶维廉求学台湾。“国民党蒋政权移台后，台湾被纳入世界两权对立的冷战舞台。当时虽然自称‘自由中国’，但政府的‘恐共情结’如此失衡，‘白色恐怖’变本加厉，整个文化气氛上，尤其是五六十年代有相当程度的管制。”

“铁幕”落下后叶维廉顿觉被故土抛离，“诗人们的特殊‘孤绝’与‘愤怒’成因复杂，有生存威胁、有语言危机，还有文化承传的焦虑。渡海到台湾的‘禁锢’感，不只是个人的，而且是全社会的。‘永绝家园’的废然绝望确是当时的伤痛，但却不能说。”深沉的忧时忧国最终愁结为一篇篇诗作，“用洛夫的话来说：‘写诗即是对付残酷命运的一种报复手段’”。

叶维廉与痖弦、洛夫等人不断探索新诗前卫思潮与技巧。他翻译的《荒原》在 1960 年代的台湾颇受重视，选译的《众树歌唱》在大陆朦胧诗人中也产生了不小的影响。

硕士毕业后，由于不满香港教职的不公待遇，他选择去美国爱荷华大学深造，“当时写作班的老师来自普林斯顿，他把我当年的论文给了比较文学大师克劳迪欧·归岸（Claudio Guillen）。他看后很兴奋，邀我去普大，奖学金没问题，表格都不用填。我便转到普林斯顿攻读比较文学博士。”毕业后，叶维廉定居美国，在加州大学圣地亚哥分校任教至今。

“从一片断裂的历史/跳到另一片断裂的历史/攀升如梯/重入那原初未割的情感/那未曾分封的完整……”这首《归来》选自叶维廉近年的诗集《雨的味道》。

尽管入了美国籍，这位诗学大家仍频繁回到台港和大陆，惦念故土的文脉：“国民党坏就坏在到台湾以后封锁了文化。现在台湾年轻人对大陆印象模糊，就剩一张地图。到后来他们就觉得，与其这样，还不如好好爱台湾。但是，一旦接触并深入进去，中国的根和我们是联系在一起、分不开的。”老人酸楚一笑，沉沉道。

我担心传统艺术慢慢消失

人物周刊（以下简称“问”）：您如何定位自己的读者群？

叶维廉（以下简称“答”）：我不仅是写给某一些中国人看。我想将我的意思传递给一切中国人，我写的时候，可能有许多观众已经是缺席的了。我心底有种很严肃、认真的想法，就是担心我们这么多年的中国文化的演变里面，会有一个可能性：我们对于艺术的爱好，对于中国传统艺术的感受，可能慢慢淡泊以至消失。

问：大陆的流沙河先生曾编过一本《台湾诗人十二家》，以当年的“台湾十大诗人”（纪弦、羊令野、余光中、洛夫、白萩、痖弦、罗门、商禽、杨牧、叶维廉）为主，加入郑愁予和高准二人。作为“十大诗人”之一，您对其他诗人作何评价？

答：“台湾十大诗人”是当年辛郁、管管、张默等几个中年人评选出来的。郑愁予没排进来是个人因素，当时他们写信给他，他不知为什么没搭理他们。高准的诗不入流，他最早跟工农兵结合，所以大家很捧他。我个人觉得羊令野够不上那个位置，林亨泰其实应排进去。他最出名的诗《风景》，“防风林/的/外边/还有防风林/的/外边/还有防风林/的/外边/还有……”他是一名跨语言的诗人，在日本成长，国民党回来后不让用日文，他重新学中文，成功了。他也是位很理性的诗人，作品是建构性的。这方面，白萩也不错，他的名字也是日本有名诗人的名字。

问：当年的“十大诗人”中，大陆对余光中最熟悉，您如何评价他的作品？

答：我最早翻译的中国现代诗，我们那一代的，里面有他。余光中的东西比较传统，文字不错，西方的语法较多，中国的感情是丰富的，但真正的好诗比较少。他是这样有个性的一个人，觉得自己是最大的诗人。前阵，“十大诗人”第二次投票，最后究竟洛夫多还是他多，哎呀，他很紧张很计较。

问：这“十大诗人”后来的交往如何，有没有什么分化？

答：我们还是来往的，近年最大变化是本土化了。当时“乡土派”不是骂我们嘛，“台湾独立”整套东西把我们边缘化了，他们现在推动的不是我们这些人，觉得我们是大陆派的，在他们看来，我们太蓝。但他们很会做，不说我叶维廉不是个诗人，说我是重要的诗歌理论家。实际上，他们当年是学我们出来的，现在觉得该是他们上来的时候了。

问：现在台湾诗歌创作状况如何？年轻诗人和你们那拨诗人有何不同？

答：台湾在西方工业文化（物化、商品化、工具化、划一化）思想长期影响下，消费社会高度发展，纯文学已不易存在。台湾两大报的副刊已非常明显地商品化，他们拒绝严肃的文章与诗歌，甚至说诗是票房毒药。就像痖弦所说，台湾文坛尽是些“甜甜的语言、淡淡的哀愁、浅浅的哲学、帅帅的作品”，属于娱乐性的商品化文学。这种情况下诗人能做什么是发人深思的。在这个看来属于“非诗”的时代，其实也有另一些诗出现，含有社会批判的诗，使人阅读之后必须思考。

台湾的年轻诗人对市场调查很重视，耐不住寂寞，需要掌声；而我们当时纯粹为了喜爱而写诗，因此执着、不愿放弃。现在的很多年轻诗人只渴求即刻的回响，否则就无法坚持，无法找到他的生命感。

朦胧诗一点都不朦胧

问：您很早就对中国大陆1980年代的朦胧诗作过评价，能否具体谈谈？

答：我在海外是第一个捧朦胧诗的，《中国诗学》里有篇文章就是谈朦胧诗的。事实上，我基本认为，朦胧诗一点都不朦胧，并非那么难懂。有些人不是看不懂他们的诗，而是太了解他们在说什么，不愿让他们上来，所以才攻击他们。

中国建国以来最大的一个问题是什么？最好什么都是透明的，不要用一种暧昧暗示的东西来说。艾青有一首散文诗：早上八哥问知了："你在唱什么？"知了说，"太阳刚出来啊！"中午回来，知了还在唱。"你在唱什么？""日正当中嘛。"晚上它还在叽叽喳喳，"晚霞很漂亮。"后来艾青就被送到北大荒去了。他们当然看懂了。

朦胧诗产生就是三个因素，"假"、"大"、"空"嘛。"文革"后，1978—1979年，这些年轻人面临一个重大危机。突然之间，30年来种植在他们意识中，加强又加强、肯定又肯定的东西瓦解了。一位老诗人曾亲口对我说，那个一度被视为有永恒价值的坚实可触的实体，一夜间变为"假、大、空"——虚假的、大言的、空洞的。大灾难面前要用一种特别的语言表达，朦胧诗受到重视，因为那些年轻人特别有感受，把那东西表达出来了。

北岛那首《回答》并不怎么样，可在那时候，你想想看，能够这样讲的非常非常少。后来，每次让他念那首诗，他都说，"算了吧，让我念另一首吧。"

问：北岛出国后的创作有不少变化，您如何评价？

答：我觉得北岛最好的还是在国内写的东西，他离开后也写了些作品，但那和西方的现代诗没什么两样，这是他离开这块土地后比较大的困难。

关于朦胧诗我写得最多的不是北岛，其实欧阳江河的诗很好，可惜后来不写了。你看："枪口向我走来，一只黑色的太阳 / 在干裂的土地上向我走来……"非常强烈的意象。他给我这诗时还没发表，还是油印的。有趣的是，他们这些东西和我的创作很像，也是危机下产生的东西。

白话诗改革不彻底

问：昨天的讲座中，您提及"五四"以来白话诗改革不彻底的问题。在语言上，白话诗究竟是该借鉴西方还是尊崇中国传统？

答："五四"那批诗人有很好的养分：所有人都会写旧诗，也都很懂旧诗，同时又精通外文。当胡适决定用白话做传媒的时候，它有个使命，要传达新消息。因此，很容易把“我要做什么”这种语态用进去。比如郭沫若的《天狗》中，“我”是很重要的，包括徐志摩他们，突然作品中叙述性的东西增多。保守派攻击说这是散文，其实是叙述性过多。革命文学使得这种叙述性和故事性愈来愈强。到30年代，算是有种提炼。戴望舒把词的感觉和基调加进去，后来到了王辛笛的诗，意象和感觉都很经典。他们的传统原本可以很好地延续下去，可惜后来中断了。工农兵上来后，“五四”传统就丢掉了。

问：“五四”那批诗人中，您比较欣赏谁的作品？

答：“五四”有好东西，闻一多的作品就非常好。我曾经讲，当时的文学分三种：第一种，把中国未来的景象看成是眼前的，非常理想化，代表人物郭沫若和徐志摩；第二种，对现实的抗议，在小说里比较多；第三种，内在冲突很大、彷徨的。鲁迅是一个，闻一多是一个，他的《一个观念》和《发现》合成的《两首诗》，你能感觉到其中的挣扎。

两首诗里，闻一多准确地预示了我们注定要承受因文化改观而带来的绞痛：“这不是我的中华！”这个呼号从他和鲁迅的时代，经三四十年代，到60年代台湾的现代派，到七八十年代的乡土派和新生代，到“文化大革命”后的朦胧诗，直到现在，都曾以无数不同的方式呼号，从文化论争到文艺创作，从未间断。我敢说，这个呼号，在现代中国文化真正独立前，将无可避免地继续回响。

这里的“中国”，与任何政党、政府的认同无关，是闻一多心中的“中华文化的国家主义”。他的《死水》具有自传性，同时也是政治诗，最后几句：“这是一沟绝望的死水 / 这里断不是美的所在 / 不如让给丑恶来开垦 / 看他造出个什么世界。”杭约赫（九叶派诗人）说得最清楚：我很希望在文集里造一个世界，可是我不能，外面有太多事要我去做。

钟叔河　我的杯很小，但我用我的杯喝水

李宗陶

钟叔河（1931—　）

作家、历史学家、出版家。1994年获第三届韬奋出版奖。著作有《走向世界——近代知识分子考察西方的历史》、《从东方到西方》等，编辑作品有《走向世界丛书》、《凤凰丛书》、《儿童杂事诗图笺释》等。

这是法国诗人缪塞的名句，许多年来为钟叔河喜欢。也可以翻成他自己的话：“我一直比较喜欢读书，也喜欢用自己的脑子思想。”

真能不用别人的杯么？钟叔河说，也不尽然。“不过有那么一点儿洁癖，就不那么容易随大流、吃大户罢了。”

我愿意做一些精细的事情

钟叔河坐在宽大书桌的后面，被两面设计精巧的书柜衬着。成套的、摆放齐整的大部头，细看之下绝非“装修材料”：《四库藏书》、《汉语大词典》、《广汉和辞典》、旧版《走向世界丛书》、《不列颠百科全书》、《清实录》、《古今图书集成》……这个阳光充沛的客厅在2006年被改为书房，近30平方米内没有沙发电视茶几，中间倒有张小台球桌。钟叔河的妻子朱纯（2007年1月21日去世）在离世前10天发表的《老头挪书房》里说：“我常常笑他‘獭祭鱼’，写篇千把字的小文，也要摊开好多书，这里查，那里对，‘抄都没有你这样不会抄的’……老头和我商量，要把客厅改成书房，我嘴

上没反对，心里却想，‘你都70多岁了，还劳神费力做什么啰。’但转念一想，他的父亲活到90岁，母亲也80多，肯定还活得几年十几年，便同意了。”

桌上的纸笔清清爽爽，周围几个纸屉，分门别类写着“材料”等字样。书桌上还有一个茶叶罐大小的纸盒子，侧壁一角穿了根细铅丝，弯成圆环，正好固定一支短铅笔，旁边挨着血压计和小本子。“自己做的，每天量3次血压，要记一记，做个小环环铅笔不会倒哦。”

我从没想过要以文字为职业，一直想学考古或植物学——有个哥哥是学农的，植物分类学是很有味道的，挖掘人类古文明也很有意思。如果学那个，我自己觉得可能会有另外的成就，有兴趣嘛。你可以写文章，但你总要有门手艺，这样你想写才写，不想写就可以不写。以文字为职业是很苦的，尤其是搞报纸，树一个典型，要你去写；一个三八红旗手，要你去写；有人跳到河里救小孩，要你去写——不是说他们的行为不好，而是这个事我没兴趣。

如果我不走这条路，我会是一个很好的手艺人，（书架）上面那个刨子是我做的，竹筒也是我在劳改队做的。创造力我不是很强，但我愿意做一些比较精细的事情。

1950年代，钟叔河在旧书店买了本德国人写的《细木工作业》，学做了两个刨子，在当右派的年月里，这两个刨子帮了大忙。他在“文革”中坐牢的9年里，朱纯也学会了做木模。

两个都被打成右派，父母都还在，她（朱纯）哥哥妹妹还是党员干部。我们不愿意连累家里人，就租了一个很小的房子。我是早恋早婚早育，23岁结婚，当年生了一个小孩，4个女儿是一年一个。划右派时（朱纯）肚子里还有一个，这个是无论如何养不活了，送到孤儿院。朱纯在南京的姐姐带去一个孩子，那还有两个女儿。

我们两个出去打工，就是干体力活，先拉板车，很快发现那个活是很累的，身体会很痛，虽然痛了十来天也就好了，但挣钱少得很。我们很饿，没东西吃。不过很快找到门路，就是刻油印讲义。

那时没有复印机，大学里有老师的讲义要发给学生，就找人刻蜡纸。我的字也不是很好，但常常能发现老师写的错别字，就偷偷改过来，不让别人知道，也不当面讲穿，或者讲“我认为这个字可能是什么”，这样他发现你减少了他的错误，下次还叫你。

慢慢地，又开始做一些教学模型，做那个刨子就是做模型用的，那是精细加工，普通刨子刨不出来的。我老婆身体好，她还卖过血……

做右派是很苦的，不是肉体上的苦，也没人打我们，最大的苦是碰到认识的人他不理你。所以我到现在还是这样，别人不先打招呼，我也不响，省得自讨没趣。

李锐的表扬

钟叔河的祖父、外祖父都是湖南平江人。父亲是教数学的先生，解放后当了文史馆员，读书人的“格”留给他的印象之一是不能随便接受别人给的吃食。家中本有条件供他念书，但钟叔河说自己有过一个“思想极左时期”，1949 年 8 月，报考了长沙的新闻干部培训班，随后被招进湖南日报社，18 岁不到。

这是一个小时候极喜欢看书的孩子。有一次，母亲叫他去买油豆腐，他提着两串草绳系着的油豆腐，一边走路一边看，走到一半，想起来忘拿找钱，急出一身汗。

抗战期间我在平江老家，同龄的玩伴很少，就是读书。抗战前的教科书里，有曾国藩的《讨粤匪檄》，郑板桥的家书，也收了许多白话散文，像叶圣陶的《藕与莼菜》、苏雪林《鸽儿的通信》、朱自清的《荷塘月色》，周作人的《故乡的野菜》、《乌篷船》、《金鱼、鹦鹉、叭儿狗》，都有。

一开始，这些白话文章对于我都很新鲜，因为以前读的都是文言。朱自清的“燕子去了，有再来的时候；杨柳枯了，有再青的时候……”读起来摇头摆尾，恐怕更有味道些。但后来觉得，周作人的文章“经看”，不做作，看得懂，每次看都有新的感觉。可能他的文章更对我的胃口：话是平淡的，但有更深的意思；去解读这个更深的意思，就给了好奇心重的少年一个空间。我后来有了一点写作能力，就是从看他们的文章得来的。

15岁，钟叔河用文言写了《蛛窗述闻》，用的笔名叫“病鹃”；抗战胜利后写小说、新诗，用的“杨蕾”。成了公家人之后，“杨蕾”还在做文学梦，1950年小说《季梦千》一发表，立即受到批评，《人民文学》的退稿信中说，“思想水平还不很高，没有写出我们的力量与曾经如何战斗。”他只好将“杨蕾”从梦中喊醒。

1949年开国大典前一天，他正在报社朗诵何其芳的《预言》，被南下老干部批评“啥玩意啊”。老干部建议他多读《评白皮书》。

在湖南日报当记者时他署过的名有：柴荆、龚桥、辛文——可知他跑过的条线和文章内容：财经、公交、新闻。

李南央（李锐女儿）的《父母昨日书》我有，她在美国送我的。李锐是湖南日报社的老领导，但只呆了一年多就到省委去了。我们这些人当时还是小年轻，在他那里不会留什么很深的印象。我这个人有个很大的毛病，形体上比较疏懒，内心里也不想上进，所以不爱搞社会活动，也不想跟领导挨得很近。说起来李锐还是我的同乡，他的姐姐还是我两个姐姐的老师。有过一次很小的交道——刚参加工作第二天我就下乡，去采访一个农民地下党员孔四爹，是1926年入党的老党员，后来当了省农协副主席。有个年纪比我大的老同志带着下去的，他写了一篇给我看，我觉得不够好，自己也写了一篇，贴了6分钱邮票丢到邮筒里了。那天李锐上晚班——大样最早是要省委书记黄克诚签字才能印，后来是周小舟跟李锐两个看，最后才是委托李锐看。李锐看了他的稿子，觉得不是很好，但那个题材又舍不得丢。有人就说，这里还有一篇。就是我的。李锐一看说，这个好，用这篇。

他后来在报纸上这篇文章旁批了一段话，大意是：选稿子要看文章而不是看人，老同志的文章未必好，新同志的文章未必不好。我没看到，别人告诉我的。这样就对李锐有了点好感，所谓知己之感吧。但李锐这个表扬可能是害了我了，否则我可能就不走这条路，就不会后来天天晚上开会学习，从猴子变人学起了。

你没经历过那个年代。50年代是比较紧张的，报社每天晚上组织学习两个小时，星期六晚上不学，星期天晚上一定要学！每个月要小结，每年要鉴定。从猴子变人学起，还有就是苏联的政治经济学，还要我当组长。我们这几个人从来没怀疑过这些理论的正确，没有那个水平也没有那个高度，就是觉得太单调枯燥，慢慢地就想看那些明令禁止的书。

从前长沙的旧书店都在南洋街，后来只有一家古旧书店，负责人姓戴，我们跟他关系搞得很好。禁书放在里面，凭证件可以买，熟了也可以拿点回来，看了好的买下，不想要的再送回去。我们虽然在报社里挨批评，但走出去还是报社的人，可以看到禁书。

“这几个人”是指朱正、张志浩、俞润泉、钟叔河，1957年构成所谓湖南日报“反革命小集团”。这年10月，报社“反右办”出过一本10万字的《继续揭发批判钟叔河的反党反社会主义罪行》，其中有言论“四十八条”，譬如“任何一个国家如果没有高度的民主政治，哪怕经济上再强大，也是没有很大吸引力的”：“强调专政必然会限制民主自由，使人民不能享受更多的权利”——当年有人正告钟叔河，哪怕湖南日报社只有一个右派名额，铁定也要给他。

钟叔河说，这都是50多年前一条条写出来的，白纸黑字，所以“归右”没一点被冤枉的感觉，当时没有，现在也没有。

我们4个人怎么会出问题的呢？我们都没有家庭问题、历史问题。朱正的父亲是50年代一个科长，工资18级。张志浩解放前是个教员。俞润泉的问题是乱讲讲出来的，他就是看点书的问题。

我们到旧书店看几本书，就成为批判对象。所以我讲中国的知识分子很坏，有很多人正业搞不好，成天无事寻事，有时候领导还没想到把这个问题列为打击对象，他在那里搞来搞去。这就引起我们的反感，反感就没好样子对他，就结下梁子。

长沙的夏天特别闷热，他常常“挥汗夜读”、“夜读漫抄”，若读出好味，过一阵“夹一筷子”给同好者一尝。前人笔记、日记是他偏爱的，“想从中钩稽一点社会和文化的记录”。从文章长短和书的品相上说，“学其短”、“薄薄本子四号字”为他所爱。书的版式和装订也很要紧，他案头正在细细勾画的书稿就是例证。

> 我讲自己大好年华都用到拖板车和写检讨上去了，外语也没学会一门，但也拣了一个“便宜”：从1957年到1979年，24年里我不需要作命题作文，也不需要按模式思想，在劳动之余，尽可“自由”地考虑中国的过去和未来，也能收集整理一些材料（这个自由，也包括他的好友黄永玉说的“白天受压抑，晚上在被窝里做几个鬼脸”）。我前后大概浏览过300多种1911年前中国人亲历西方的记载，收集到的有200多种。1979年9月平反，刚到湖南出版社就提议编一套《走向世界丛书》。20多年的积累就用上了。

潘汉年说，相信人民

1970年，钟叔河被判10年徒刑，朱纯判了两年。朱纯说：“估计我两年会坐满，你10年坐不满。”结果钟叔河坐了9年牢。

1975年，他在湖南省第三劳改队（也叫洣江茶场）呆到第5年时，劳改队来了潘汉年和他的妻子董慧——泥木队犯人偷偷散布消息说，“小平房住进一个老头和一个老太婆，看样子是犯了错误的大干部，有不少书，有钱买鱼和蛋，抽的是好香烟。”

钟叔河在1949年以前看到过潘汉年的照片。时隔20多年再见，身材矮小，面容清癯，头发稀疏而且白发很多，穿一件旧的灰色干部服，手里提个小竹篮，“似乎像一个什么人，可是全记不得了”。

一年多时间里，钟叔河跟这位20年代的作家、30年代党在香港和上海地下工作的一把手、50年代的上海副市长打过两次照面：第一次，他简短地介绍了自己及“罪行”，潘汉年轻轻说了4个字：相信人民；第二次，他劝潘老写申诉，潘汉年留下轻轻4个字：你还年轻。那一年，钟叔河45岁。

钟叔河后来总结道：1955年“反胡风”，他跟朱正、张志浩、俞润泉被整成反革命小集团，随后改为“反动小集团”，后来又改为“落后小集团”，最后说，“本来并没有什么小集团”，二三十岁的人都七老八十了。

> 我本来也没有想到自己会编书（像小童背书一样）。我本来是湖南日报社的右派，后来到社会上，再后来坐牢，坐牢之后又平反出来。好，按道理要回报社是吧，可地方报纸做不出什么事情也无法去做，每天那么多任务，要搞宣传鼓动，没时间做自己的事，我就不想回去了。

去湖南出版社是朱正的推荐。4年间，钟叔河编了一套影响深远的《走向世界丛书》。当时没有电脑，要请人抄稿，然后一字一字校对，一句一句加注标点，还要加旁批，做索引，写平均1万多字的导读，付印后还要看几次校样—— 一个月出一本。因为是一直想做的事，他不觉得累。

1980年8月，《走向世界丛书》的第一种《环球地球新录》（1876年李圭作为中国企业界代表参加美国费城万国博览会，回国后著此书）出版。到1986年2月出到第36种。钟叔河说，这套书原本计划出100种。如今12卷张德彝的《随使德国记》还搁在他书架上，待印。张德彝8次出国，每次都留下一部翔实的见闻录，其中记述赛金花跟长她33岁的洪钧在柏林万德海街近3年生活的见闻真是细密。因为细密，历历如在眼前，“比许多有思想有文才的中国人的游记更有价值”。

为什么要编这套书?“起到一点帮助打开门窗又防止伤风感冒的作用吧。”

到岳麓出版社后，有一次去北京开会，董秀玉说：“钱钟书先生想见你。”

钱钟书建议将《走向世界丛书》前面钟叔河的导读结集出版，他愿写序——他在序言中写道：“差不多四十年前，我想用英语写一本有关晚清输入西洋文学的小史，曾涉猎叔河同志所讲的那一类书，当时它们已是冷门东西了。我的视野很小，只限于文学，远不如他眼光普照，瞻顾到欧、美以至日本文化的全面……”杨绛先生后来写信给钟叔河提及：“钟书生平主动愿为作序者，唯先生一人耳。”

在“不赞成编辑搭车发表文章”的社内环境下，这些导读当年都以不同名字发表：谷及世（古籍室）、何守中（钟叔河倒念）、金又可（姓名取半），终于纷纷回到作者名下，丛书也有了一个杨宪益先生定的英文版名字“From East toWest”（《从东方到西方》）。

最爱周作人文章

50年的时候，在上海读到一本厚书《鲁迅的故家》，作者叫周遐寿。里面有篇文章《一幅画》，哎，我说这是最好的文章。一打听，是周作人写的。周家三兄弟除了周健人，还有一个夭折的四弟，3岁死的。母亲叫周作人找人来画一幅画，又没有照片，不知道什么样子，最后画好挂在母亲的房里。后来又读到一本《希腊的神与英雄》，翻译的人也叫周遐寿（他的英文、希腊文、法文都很好，这本书是从英文译的，原名叫《希腊的神与英雄与人》），里面神的译名，像爱神维纳斯、宙斯、阿波罗这些，译得都跟我以前读到的不同。我就给上海的文化生活出版社写了一封信，去问为什么要换那些译名。那时候对读者来信很重视的，不像现在。出版社就把这封信转给了周作人，周作人给出版社回了信，出版社又把这封信转给了我。就这样，我知道周遐寿就是周作人，也知道了他的地址。张志浩比我大10岁，今年89了，也是我们“小集团”的，他先写信给周作人，周作人给他寄了两本书，还写了字。我后来也给他写了一封信，寄到北京新街口八道湾十一号周启明先生收。

钟叔河在信中写道：“……二十余年来，我在这小城市中，不断搜求先生的各种著作，凡是能寻到的，无不用心地读，而且都爱不能释。……我一直以为，先生文章的真价值，首先在于它们所反映出来的一种态度，乃是上下数千年来中国读书人最难得有的态度，那就是诚实的态度：对自己、对生活、对艺术、对人生，对自己和别人的国家，对人类的今天和未来，都能够诚实地，冷静地，然而又是积极地去看，去讲，去想，去写。”

当时我家纸笔都没有了，我还在拉板车、做裱糊工，条件很不好，买不起像样的纸笔，是到附近小店买的一分钱两张的极薄的一面粗一面光、上面印着红色横线的“材料纸”，一支一角二分钱的毛笔和一小瓶墨汁。周作人收到我的信以后，很快回了信，写了条幅，还寄了本书给我。周作人的儿子丰一后来把这封信的照片寄给我了，原信都归到鲁迅博物馆去了。

白话文里，写得最好的，或者说我最喜欢的是周作人的文章。文言文里，写得最好的是明朝写《陶庵梦忆》、《西湖梦寻》的张岱。

这个也用不到我来讲。1933 年，斯诺书面采访鲁迅，问了 36 个问题，鲁迅是书面回复的，所以还可信。斯诺问：“中国最好的散文家是谁？”鲁迅讲了几个人：“周作人、林语堂、周树人、陈独秀、梁启超。”第二个是巴金接受采访讲的：“周作人文章写得好。文归文，人归人。”第三个是胡适在五六十年代讲的：“到现在还值得一看的，就只有周作人的东西了。”

那时候我只是一个拉板车的湖南人，周作人也不晓得我后来会编他的书。

曾国藩远在康、梁之上

《曾国藩家书》是解放前湖南家家都有的书。小时候我觉得有可读性，很生动，很诙谐。工作了再读，我觉得这个人不简单，有人格魅力。

我对曾国藩最感兴趣的是他超凡的能力：判断分析的能力、协调组织的能力，制定方针政策、把一件事做成功。他的学习能力也很强，他的道德观念和思想是成体系的。那些家书都是他自己写的，不是幕僚写的，有手迹在。最多的时候一天给弟弟写过 4 封信，派人送去。他那么忙的时候，还做编辑工作，《经史百家杂钞》。不像今天编大书，搞些人来抄，最后署个“总编”名，那都是他一首一首自己选的。他的能力远在康有为、梁启超之上。

而且我认为在政治上批判他也是不对的：说他不该帮满清。他在那个体制内，不帮满清帮谁？说他是汉奸，那么清朝所有的汉人官员都是汉奸。虽然解放后都拿着范文澜的文章批判他，但毛泽东没有说过他什么坏话。

毛泽东和曾国藩的家乡我都去过，我发现他们两个人有些共同的地方：都在县城最偏僻的地方出生。从家里到县城，都不能一天走到，要在路上住一晚。老家有句谚语："县到县，一百二；府到府，二百五。"从前没有汽车、摩托车，连脚踏车都没有，除了水路以外，人就是靠两条腿走路。清早动身，一天最多走120里。我走过的，抗战胜利我从平江到长沙就是走来的。

再有，他们都不是士大夫门第，但是家里读一点书，是家道处在上升阶段的农家。毛泽东家里没有藏书的，要到外面借书看；他父亲还不大希望他读书，想要他回来帮着做生意。这两家的直线距离也很近。他们两个人离开家乡"出山"时，都已经成年，不是到外面再接受培养的，所以我觉得作为地域文化的一种现象，这个值得研究。

你们要做曾国藩，做深一点，把他当作一个人来写。现在拍曾家的电视剧我没有满意的，里面欧阳氏对自己丈夫说，"国藩啊……"

我怎么有那个胆出曾国藩大全集的？那是82年了，国家想出曾国藩的书，我就提出要出大全集。当时《走向世界丛书》已经出了，有了点名。北京找3个地方的出版社开古籍整理的会，北京、上海，还有就是湖南。拍来的电报说，让他本人来，本人不来，就不要派别的人来了。当时冀淑英老太太还在北京图书馆，所以我就通过她去那里去查资料。那里也没手稿，但有台湾版的影印本，我就拿那个东西来说服大家。在湖南没那个胆搞。

一出来还有很多人反对，报纸也有很多批评文章。当时有一部分人，确实是从信念上反对出曾国藩、出周作人，要尊重人家有这个自由——扯远点，改革开放什么人最抵触呢？我乱讲啊，也许是不对的，就是解放初期进大学的，特别是文科的，都是一个模子里训练出来的，不太愿意接受新事物；也有一部分内部的人，他不是反对出曾国藩、周作人——他可能看也没看过，只是反对钟叔河，望他不顺眼，打起架来抄在手里就是棍子，所以曾国藩、周作人的书就是他的棍子。这是中国文化人的小事情，很普遍的。所以不要纠缠于那些小事，否则做不出事来。

当时，有“老同志”状告湖南出版“三种人”：周作人、《查泰莱夫人的情人》、《丑陋的中国人》，其中两种是钟叔河所编。1989年，钟叔河退休。

在国家走上正轨的10年间，钟叔河编撰的出版物有一份长长的名单，但他说，遗憾很多，譬如《走向世界丛书》直到2008年才第一次重印，售价已从最初单本几元钱涨到全套1200元。这跟他当年“让读者花最少的钱，买最好的书”的出版理念相距有点远。

难过和自责

钟叔河有开放的视野，虽然他一生只去过4次北京；他也有公道、平和的心态，从他的说话、作文、做人中透出来。

他在平反后终于找到了自己19岁的女儿，她被孤儿院送到了内蒙，并在那里结婚生女，嫁了一个工人。“我们不好叫她甩掉那个人，她自己也不愿意。”在李锐的帮助下，小女儿一家终于回到长沙。现在第三代已现出“走向世界”的局面。

4个女儿一个在美国，3个在长沙。她们每个人又给我生了一个外孙女。大的跟她父母在美国，第二个从英国回来，在深圳做事；现在一个在法国读博士，一个在美国读本科。

杜高曾在一个访谈中忆起当年他与朱纯在同一个厂干活，5级木工朱纯独自抚养一串女儿的生存能力令他钦佩不已。如今，一生“朴实谦和，宅心仁厚”的爱妻已离钟叔河去了。

两年多了，我到现在还很难过。我判10年，关了9年才放出来。她带着3个小孩，还送了我母亲的终。我年轻的时候很调皮，很贪玩，不是一个好丈夫。坐牢出来倒是好些了，但是拖累了她。她为我付出的太多。我对她不起的事情也有，所以自责得很厉害。这两年我老得很快，我估计自己活不太久了。

2007 年 8 月 31 日，钟叔河在《青灯集》的自序末尾写道：“朱纯啊，书和我会很快来到你身边的，你就好好休息吧。”

任继愈　抱憾的“大师”

卫　毅

任继愈（1916—2009）

哲学家、宗教学家、历史学家。把总结中国古代精神遗产作为自己一生的追求和使命，致力于用唯物史观研究中国佛教史和中国哲学史。著有《汉唐佛教思想论集》、《中国哲学史论》等，主编《中国哲学史》、《中国佛教史》等。

2003 年，李泽厚回国去看任继愈时，任继愈告诉他，自己每天工作 6 个小时。“我当时感到很吃惊，因为我一天都工作不了 6 小时了。”

学者李泽厚住在美国科罗拉多州一个名叫 Boulder 的小镇已经多年，跟国内学界联系得并不多，特别是跟老一辈的学者。“我从来不爱主动与人交往。”他接受本刊记者电话采访时说，“任继愈先生是我这么多年来惟一保持联系的老师。”而这种联系在北京时间 7 月 11 日崩断。任先生在那天早上去世。

他和任继愈的师生关系，保持了近 60 年。

李泽厚家境极贫寒，在北大读书时，一个月有 3 块钱补助，他一块钱都舍不得用。哲学系老师任继愈知道后，就让李泽厚帮他誊抄稿子，每次给他 5 块或 10 块钱，到后来没稿子抄了，就直接给了几次钱。李泽厚身体不好，任继愈经常关心他的身体状况。

对任继愈这份关心，李泽厚很感激。那时候，他是个没什么人关心的人。

2006 年，任继愈 90 大寿时，李泽厚特地从美国挑了张贺卡寄给任先生。“我现在都还没确定他是否收到。”任继愈是从来不做寿的。

去年回国时，他本打算去看任先生，但最后时间太紧，没看成。这些年他并不是每次回国都去看他。“任先生很严谨，有时候不去看他是担心给他惹一些不必要的麻烦。”

任继愈不喜欢外出吃饭应酬。李泽厚每次去看他，都是在他家里吃饭。“一般家庭如果有客人来会做很多个菜，任先生家吃得简单，棒子粥、馒头、小菜。他很会养生，不喜欢吃外边的东西。”

李泽厚现在还保存着一张剪报，上面有一篇任继愈谈闭目养生的文章。

追随任先生多年的学生、上海师范大学教授李申形容老师的时间是“压缩饼干”。任继愈的休息时间是头一天晚上 8 点到第二天早上 4 点。这样就可以尽可能避免被打扰。李申说：“如果大清早有电话打到我家，想都不用想，肯定是任先生。”

今年 3 月 19 日，任继愈因罹患多年的膀胱癌又住院了。6 月 17 日李申去看他。“他有些兴奋，滔滔不绝，讲《中华大典》，讲《大藏经下编》，讲历史，讲哲学。如果不是要治疗，他不知道还要讲多久。”当时任继愈的病已经很严重，第二天他就只能说些单词了，后来陷入了昏迷状态。

7 月 11 日，任继愈在医院去世。

李泽厚是从网上获知这一消息的。他主动打了电话到任先生家，向任先生的女儿任远问了些情况，慰问了一下。

“任先生去世了，”隔着太平洋，李泽厚在电话的那头叹道，“和国内的一条线断了。”

爱国，是理解他的线索

任继愈的父亲毕业于保定军校，在国民党军队任职。他家四世同堂，用他的话说，就像巴金写的《家》那样。他反感这样的家庭，但认同其中好的方面，比如重视教育，子弟必须念书，不能游手好闲。

他存世的文字中，很少回忆自己的家庭，却有多篇回忆自己的老师。

他生于 1916 年，上小学时正是五四风潮席卷之际。在济南读省立第一模范小学（现在的大明湖小学）时，一位叫曹景黄的老师令他印象深刻。曹老师讲课文时，若涉及酗酒、荒淫的文章，就也向学生讲一些性知识，说结婚后性生活要有节制。

在任继愈看来，当时的老师能做到这一点，是相当开明的。

读小学的时候，整个山东都提倡读经，任继愈开始熟悉《论语》、《孟子》。

首都师范大学儒教研究中心主任、《原道》主编陈明访问任继愈时，曾问及他在信仰马克思主义前的信念，任继愈答道：我信儒家思想。并强调：这个很重要。

而在李申看来，“任先生对以儒家为代表的传统文化是真正做到了批判继承的。身上却保留了儒家圣人贤人最优秀的那些品质。

他风度儒雅，行则步履从容，目不斜视；止则双腿并拢，正襟危坐；言则口齿清楚，从不含糊其辞。他为人严格，但从不疾言厉色；衣着整洁，一套穿着多年的中山装洗到发白，仍是干干净净、非常有型。30 年间，李申听过的任继愈对人最严厉的斥责，也不过是说某人是“无耻之徒”。

少年任继愈先是从山东到北平读中学，随后在 1934 年考入了北大哲学系。“那时年轻，不考虑那些，一心想寻找真理，追求人生的归宿。”这并不是个好找工作的专业。入学时全班有十几人，毕业时就只剩下 3 个，任继愈是其中之一。

“七七事变”之后北大南迁。从湖南步行到云南的 1300 多公里被任继愈认为是人生重要的行程。“有机会看到农村败落和农民贫困的景象”，他觉得自己的学问不能离开“这块灾难深重的中国土地”。

爱国，是理解他的一条线索。

在西南联大学习时，钱穆给任继愈留下过好印象。“他（钱穆）是从一个历史学家的角度进行爱国主义教育的好老师。”任继愈曾这样跟陈明说。钱穆的《国史大纲》出版时扉页上写着“谨以此书献给前线百万将士”，“他不是说献给我的亲人、我的爱人什么的。”

对陈寅恪，任继愈认为他虽关心国家命运，但太悲观。陈有两句诗：“南渡自应伤往事，北归端恐待来生。”他不喜欢诗中的情绪，“我们一定要打回去。”

任继愈对于陈寅恪的某些评价，陈明认为有些偏颇。比如任继愈曾说：陈先生的眼睛坏了，他找了个外国大夫主刀。他两个眼睛都不大好，有人劝他，先开一个眼睛，看行不行。陈寅恪觉得是皇家医学会的，另外去一趟也不容易，说两个都开吧。结果，两个眼睛的手术都失败了。任继愈说，“我觉得他还是崇信外国人。”

毛泽东评价“凤毛麟角”

在任继愈去世之后，见诸媒体的报道中，对他的一个定语是——我国马克思主义宗教学的开创者和奠基人。

“是不是信仰马克思主义，我有一个观察的过程。我不是解放以后马上就信仰了共产主义，我是看看，了解了解，1956年我参加了中国共产党。”任继愈曾回忆，解放初期，北大、清华哲学系的教师和一些马克思主义哲学工作者会定期讨论。参加的人除了他，还有汤用彤、贺麟、朱光潜、金岳霖、冯友兰、张岱年等人。

不久，他对多年以来最敬重的老师说：你讲的儒家、佛教的那套哲学，我不信了，我要重新学习。

李泽厚对本刊记者谈到任继愈的这一转变时说：“任先生是真的信奉马克思主义，还有贺麟、汤用彤、冯友兰、朱光潜他们都是真心诚意相信，包括宗白华这样的远离政治的人。像贺麟，在80年代已经80岁了还申请入党，没人逼他，也没必要逼他，说明他是真信。1956年中共中央决定吸收一批高级知识分子入党，很多人都是当时入的党，像季羡林就是。任继愈是当时最年轻的一个。了解他们，得还原当时的语境和社会环境。”

1959年，毛泽东接见任继愈，谈到了宗教研究。这件事，任继愈多年之后不太愿意谈起。陈明采访他时，他拒绝回答相关问题。李申说，“他极少跟我们说起他个人的事情，见面大多数时候都是谈工作、谈学术。”而李泽厚跟任继愈见面时学术都不谈，只谈身体状况，嘘寒问暖。

《毛泽东文集》里有一段话：“世界三大宗教（耶稣教、回教、佛教），至今影响着广大人口，我们却没有知识，国内没有一个由马克思主义者领导的研究机构，没有一本可看的这方面的刊物……用历史唯物主义的观点写的文章也很少，例如任继愈发表的几篇谈佛学的文章，已如凤毛麟角，谈耶稣教、回教的没有见过。”

这是毛泽东说任继愈是“凤毛麟角”的由来。

除了做学问，任继愈还有一个特殊的爱好：做木匠活、修自行车，一直

1987 年 1 月，任继愈（左）在著名哲学家、北京大学教授冯友兰（右）的家中

持续到 1972 年，那时他眼睛坏了。“他的眼睛一只完全失明，一只视力只有 0.2。”李申说。

任继愈的眼睛是在 1970 年被下放河南信阳的干校时坏的。

任继愈曾回忆，当时正在编《汉语大词典》，很多学者把词条带到下边去继续做。干校宣传队说，你们尽故弄玄虚，“一、二、三、四”的“一”还不认识吗？还要编书？从干校回北京，图书下架，分门别类。宣传队的人又说：你们知识分子就是不会干活，大本不归大本，小本不归小本，大大小小弄到了一起。“让我们开包打乱，大本、小本分开，结果全乱套了。”

什么是大师的标准

“文革”之后，1978 年，任继愈担任所长的中国社科院世界宗教研究所开始招收宗教学硕士生、博士生。

李申就是在那个时候成为任继愈的研究生的。之前，他是部队上的参谋。因为在科尔沁草原救火时被烧伤，面目全非的他在30岁上被要求退休。他不想这辈子就这么终结，决定通过考研究生重新找工作。他并不喜欢中国哲学史这个专业。只因为这个专业不考外语，而自己还懂点古代汉语，“希望通过考试，找到一个图书管理员的工作”。

面试的时候，当着任继愈的面，他坦率地说，“我不喜欢这专业，我要工作。”如果没有任继愈，他绝不会被录取。说到这些，他几次止不住流泪。

读研究生时，1979年左右，他跟着任继愈到太原去开会。在会上，任继愈提出儒教是宗教的说法。当时几乎没人就此发表什么看法。“可能过于石破天惊，大家不知道说什么好了。”在分组讨论时，也没人讨论这个问题。李申也是后来才接受老师的学说。他算了算，有近20年时间，全国支持儒教是宗教的人不超过5个。

任继愈很重视如何将个人认识变成群体认识，提出了群体认识论。他举过彭德怀的例子。“彭德怀的话没错，但他的观点就没变成一个群体的东西，达成共识的就少数人，三五个人，那就不行。后来变成群体观念之后，你再想反彭德怀就反不成了。历史就是这样。”

任继愈曾把哲学家分为两部分，一部分是60分级，一部分是60分以上级。“民族的认识、群体的认识，这个很关键。当初就有人说‘开民智’，这个很重要，这是60分那一部分，也是最需要的。”

“在中晚年，任先生做了很多编辑工作。《中华大典》、《中华大藏经》，这是很大的工作，花了他很多精力。把他个人的研究放到一边，去做大量的资料汇集整理，很了不起。”李泽厚说。

李申告诉记者，任先生去年就发病了，中间出过院，仍然每周两次到办公室上班。“我见到他，是参加《中华大典》的审稿会，要求我们每人审阅其中的约10万字。他由护工陪着，带来厚厚两大包。那是送审的全部稿件。他说他的意见都在里边。”

任继愈曾表示，编完这些书之后他想做些自己的东西。但现在，一切都结束了。

任继愈和季羡林的去世，把什么是“大师”这个问题提了出来。陈明坚持的观点是，我们可以没有大师，但不能没有关于大师的标准。“这几十年中世界各国的大师是什么概念？成就是什么量级？一个素质很好、很勤奋的人，为什么不能做自己满意的事？为了使今后的大师做出贡献，我们要怎样改革文化生产和评价制度？”

任继愈生前认为政府对人文学科没有给予足够重视。

语言学家傅懋勣生病时他去看望。“住在协和医院，6个人一个大房间，休息不好，因为有重病人，叫啊闹啊，他就在那个病房里逝世的……你连生病时找个单人房都不能。金岳霖生病时也是住院发生了困难，后来找到胡乔木同志，才把他送到比较好的医院。北大哲学系一个教授，因病在家里去世，遗体往外抬也找不到人，求这个求那个，好不容易才把他送走。”

“为真理而死不容易，为真理而活着更难。”这是斯宾诺莎的话，任继愈曾跟陈明反复提起。陈明问他，1949年之后，我们的时代是不是就没有哲学家？任继愈说：“就这样一批人，国家就这么一个状况。这就算是好的了，真正能影响几百年、影响全世界的哲学家，咱们出不了。这不是能够自封的。”

（实习记者易洁对本文亦有贡献）

杨宪益 最后的士大夫、洋博士兼革命者

蒯乐昊

杨宪益（1915—2009）

著名翻译家、外国文学研究专家、诗人。与夫人戴乃迭合作翻译全本《红楼梦》、全本《儒林外史》等多部中国历史名著，在国外皆获得好评，产生了广泛影响。著作有《零墨新笺》、《赤眉军》等。

北京的后海这个季节游人如织。人称“胡同串子”的人力黄包车迎来了他们的丰收年，他们在错综复杂的小巷来去自如，谙熟每一个旮旯的看点，更了然高鼻梁绿眼睛们的心思。他们一边用流利的英文讲价，一边用饶舌的京腔向老外们搬弄京城名吃：爆肚、豆汁儿、疙瘩、芥末堆儿……这些发音在老外听来几乎没有区别的名目，让他们眼睛瞪得溜圆，彻底“晕菜”了。

昔日整肃庄严的王府繁华已经改换门庭，投其所好地散发出暧昧的小资气息。几乎所有沿街的房子都被割据，经过装修，变成了商店、酒吧、咖啡馆，侵略，还在向胡同深处蔓延。胡同深处，还有人家，他们的大门常关，回避着游客们好奇的眼光。沿街那些都是秀，是戏说，是眼球经济；只有他们才是皇城根下的主人，是正传，是家常日子。老宅子的木门朱漆斑驳，但门口的石狮子告诉你，连低调都是有来历的。

后海的小金丝胡同里，藏着杨宪益的家。“小金丝胡同儿”用京腔念出来，流露出一种对富贵的轻狎，在此之前，他的上一处居所名字更唬人，叫“百万庄”。对杨宪益来说，富贵只是个虚名罢了，推开门，是极素朴的——虽然

他也曾出身王侯之家。

杨宪益的一天简单到几乎没有变化，他常坐在客厅的沙发上，就是这么坐着，打发一个下午。他抽最便宜的烟卷，钟爱的酒已经被医生禁止，他鄙夷电视节目的无聊，而他的眼睛，也渐渐不能读书了。这个94岁的老人思路依然清晰，记忆力一流，智慧的头颅似乎将是他最后一个衰老的器官，但其他器官已力不从心，很难再给这个全身最卓越的器官提供乐趣。

白虎星照命

富贵与杨宪益总有着擦身而过的缘分，作为天津中国银行行长惟一的公子，杨宪益从小就穿着袁世凯赠送的、象征王公身份的清廷黄马褂。父亲去世以后，只有七八岁的他就须穿戴整齐，以父亲的名义出席董事会。但这一份丰厚的家产很快被两个叔叔的投机生意亏空，加上货币贬值和仆人的偷盗，到了1949年解放时，杨家的房产田地已经卖得罄尽，银行存款实际也化为乌有。

出生在民国四年（1915年）的杨宪益生肖属虎，母亲在生他之前得了一梦：梦见一只白虎跃入怀中。白虎星是凶星，但算命先生说，这个梦既是凶兆又是吉兆：这个男孩将是家中唯一的男丁，克父伤子，而他在经历重重磨难后，将会成就辉煌的事业。“我不知道自己一生的事业是否算得上辉煌，但是我确实是母亲唯一的男孩，而且我5岁时父亲就病逝了。在过去的70余年生涯中，我确实经历了重重磨难。所以，那位算命先生尽可以说他的推算大致不差。”

杨宪益的自传在意大利出版的时候，书名是《从富家少爷到党员同志》，题目里透露出的是基于财富与政治的个人命运；在大陆出版的中文版本是《漏船载酒忆当年》，是知识分子那种顾左右而言他的隐晦；到了笃信风水命理的香港人那里，书名就变成了直戳戳的《白虎星照命》。

杨宪益常说自己是不迷信白虎说的，但他并不忌讳谈这些，他在自传开头便把自己的出生与父亲的去世联系起来，认为这就是他的命运。这种矛盾的态度，揭示出他内心的隐痛。他唯一的儿子，因在“文革”中受牵连而精神分裂，最后用汽油自焚身亡，成为算命先生“白虎说”的又一佐证，这也成为后来他与戴乃迭之间最大的分歧。

《离骚》可以翻译吗

中学毕业以后的杨宪益随师长和朋友一起前往英国牛津求学，彼时的牛津每年只接受一位亚裔学生，在得知杨宪益只用了5个月学习希腊文和拉丁文就通过入学考试时，学校的官员认为他一定是侥幸过关，并坚持让他推迟一年入学。这位出手阔绰的中国少爷正好利用这一年时间游历了欧洲大陆，见识了赌场、妓院、夜总会、沙漠……喝遍了各种各样的小酒馆，阅读了大量的书籍。他生性不羁，以违规为荣，在学校里干尽调皮捣蛋的事情。

从幼年起杨宪益就不是一个用功读书的人，在牛津他的学习成绩并不出色，他把精力全部投入到自己感兴趣的书籍和社会活动之中，但他的文采和聪慧在牛津却有口皆碑。“因为我知道，即使考头等对于我也毫无意义，我是要回中国的。”出于好玩，他在牛津一口气把《离骚》按照英国18世纪的英雄双行体的格式翻译了出来。这一年，他24岁，这是他第一次接触翻译，他在翻译中显示出来的磅礴才华和独立性，让英国人大吃一惊。现在，这首译诗还作为经典，屹立在欧洲各大学的图书馆书架上。

杨宪益的《离骚》译作充满了嘲讽与夸张，他对《离骚》原作也并无尊敬之意。“我始终认为《离骚》是一首伪作，它的真正作者不是屈原，而是比他晚几个世纪的汉代淮南王刘安。”既然原作都是赝品，译作就更可以天马行空了。著名的英国汉学家大卫·霍克斯对杨宪益这首译作的评价是：“这部《离骚》的诗体译文，在精神上与原作的相似程度，正如一只巧克力制成的复活节彩蛋和一只鸡蛋卷之间的相似程度一样。”

杨宪益与妻子结婚照

“大卫是我和乃迭的好朋友，我们都觉得他说得很好玩。”1953年，杨宪益作为政协特邀委员，跟一群科学家、艺术家一起接受毛主席接见。“他（毛主席）身体已经发福，但看上去非常健康，他走过来，挨个和我们握手。周恩来跟在他身边，依次把我们向他介绍。”周恩来当时特别对毛主席说：这是一位翻译家，已经把《离骚》译成了英文。

“毛主席热爱中国古典诗歌，《离骚》正是毛主席最喜爱的作品之一。他伸出汗津津的手掌和我热烈地握了握说：‘你觉得《离骚》能够翻译吗，嗯？’‘主席，谅必所有的文学作品都是可以翻译的吧？’我不假思索地回答。”

主席的反应是微微一笑，欲言又止，颇有几分不以为然。“后来我想，毛主席显然不相信《离骚》这样的伟大诗篇能够翻译成其他语言，当然，他怀疑得有理……毛主席本人就写诗，他又不是不懂。”可惜再没有机会跟毛主席讨论这个问题。

煤油与壮阳药

在牛津毕业并取得荣誉学位以后，杨宪益迫不及待地回国了，留学7年，很多事情变了。去的时候，他是坐一等舱挥金如土的翩翩公子，回来时，他连路费都是靠变卖书籍和跟人借贷——他在天津的大家庭已经坐吃山空，沦为贫困了。不过，去的时候，他是单身，回来赚得美人归——戴乃迭陪在他的身边。

戴乃迭（Gladys Margaret Tayler）是杨宪益法国文学课上的同学，她出生在中国，父亲是一位传教士，曾经在燕京大学教书，并为中国的地方工会工作过。乃迭从小对中国怀着别样的情感，在她的印象中，伦敦是“灰蒙蒙”的，而北京是“五颜六色”的，有各种好吃的和好玩的东西。

可当她再次回到中国，这个家园已经充满了战乱和贫穷，物资匮乏，人民流离失所，许多知识分子跟他们一样，怀揣一张任教的聘书，身无长物，颠簸在深入内地的旅途上。

杨宪益在后方任教期间，结交到许多志同道合的朋友，如当时在复旦大学（校址重庆）任教的梁宗岱。两人诗酒逍遥，用法国诗歌和文学佐下大量的烈性酒。

“有一天晚上他上我家来，我有一整坛白酒，里面还浸泡着龙眼，这坛酒平时藏在我的床底下。凑巧的是，床底下还放着同样大小的一个坛子，里面盛满煤油……煤油颜色浅黄，和龙眼酒颜色相同。”当时电力供应不正常，常常停电，一次梁宗岱来访，杨宪益摸黑端起煤油坛子，给他倒上了满满一碗。

“他尝了尝说，我的酒似乎很有劲头，有一种特殊的味道，但他还是毫不犹豫地把碗里的酒喝干了。”幸好梁宗岱没被毒死，第二天照样上杨家，照样健康而好色，爱追求年轻漂亮的女士。还因为绯闻，跟有漂亮太太的教务长大打出手，从桌子上打到桌子底下，就此丢了工作饭碗。

杨宪益欣赏的人，往往符合两个条件：爱酒，爱女人。他因此喜欢曹操。如果杨老先生说一个人“好玩”，那就是最高的评价。梁宗岱显然是一个好玩的性情中人，1970年代末，杨宪益跟同样经历过牢狱之灾的梁宗岱再次相见了，当时的梁宗岱已经完成了莎士比亚十四行诗的翻译，还从德文翻译了《浮士德》，正在对祖国的中医药发生浓厚的兴趣，他专门赠送给杨宪益一瓶自己特制的壮阳药水。

“一年以后，我听说他死了，不知道他是不是被自己配制的药水害死的。他和我一样都是性情中人，可惜的是，如今像他那样的学者和诗人已是凤毛麟角。”

酒气最香的囚犯

早在入狱之前，杨宪益和戴乃迭已经遭受了很长时间的政治敌意。杨宪益翻译的一本中国古代文学简史是山东一位教授写的，这位教授效法苏联的《联共党史》，在文学史每一章结尾都整篇整段地引用毛主席的话。“我认为这种写法荒唐可笑，完全不符合国外读者的需要，于是我征得编辑同意，把语录统统删掉。结果这本书的篇幅还不到原来长度的一半。在审查时，他们发现了这一件事：居然敢删除毛主席语录！都震惊得目瞪口呆。”

1966年，“文化大革命”在瞬间席卷全国，北京首当其冲，“大字报铺天盖地，所有的墙上都涂满红漆。短短几天时间，整座城市就变成一片‘红海洋’”。

杨宪益回忆中的“文革”，有着黑色幽默式的荒诞。他所在的外文局，造反派们批斗两名领导，除了敲锣打鼓和转圈游斗，还随处张贴大字报。“很显然，这两名领导人的主要罪状就是他们爱吃好东西。大字报上满载着他们早先吃过的美味佳肴的详细记录。这就好像外文局突然变成了一家大饭店，到处都张贴起用斗大的字书写的菜单。”

批斗的矛头很快从领导普及到了杨宪益这样的“专家”和“坏分子”。

“三张饭桌摞在一起，一张上架着一张。他们颇为客气地帮我爬到最高处的那张桌子上，这时群众聚合在桌子周围，开始对我进行声讨，质问我为什么要反对毛主席，为什么要为赫鲁晓夫辩护……

“他们让我们低着头在台上站成一列，接着又让我们把胳膊往后伸，高高地举过我们低垂的头颅。……我胳膊的肌肉很灵活，有弹性，所以我能轻而易举地做出这种姿态。

“有一段时间，我被勒令打扫厕所……而我干得很好，把便盆上残存的陈年污垢统统刮掉，用清水冲干净。不久，我就因为工作勤勤恳恳、一丝不苟而受到人们夸奖。《中国文学》编辑部的厕所成了全外文局最清洁的厕所。”

杨宪益开始出现轻微的神经分裂征兆，他常有幻听，并产生迫害妄想。而戴乃迭所面临的是孤独与不信任，所有的同事都不再与这个金色头发的外国人说话，她走到哪里都碰到敌意的眼神，人们像躲避瘟疫一样地躲着她，有些激进的学生甚至当着她的面高呼“打倒美帝国主义！”

戴乃迭所在单位的领导质问过她：你为什么不加入中国国籍？乃迭回应：“只有加入中国籍才叫爱中国吗？你是什么共产党员？一点国际主义都没有！”

1968年4月，美籍犹太人爱泼斯坦和他的英国籍妻子被捕入狱。不到一个月，就轮到了杨宪益和他的英国妻子。杨被捕那天，夫妻俩正在家中相对无言，沉默地喝着白酒消愁。

杨宪益入狱时满身酒气，同狱的犯人以为他是因为喝酒闹事才被抓的，他吸着鼻子说：“你的酒气好闻极了，一定是高档货，多少钱一两的？”

杨宪益告诉他，他买的酒不是散称的，是论瓶的。离家的时候，他跟太太刚喝了一瓶的2/3，酒瓶里还留着1/3。这让同监的狱友垂涎不已。

杨宪益在狱友中很快赢得尊敬，与此同时，戴乃迭被关在另一所女子监狱里。他们最放心不下的是3个孩子，但监狱的同志告诉他们，孩子有人照顾。戴乃迭出狱后才知道：她的3个孩子，几年内没有一分钱生活来源，衣食无着，流落在农村。

郁达夫的侄女郁风跟戴乃迭同在半步桥监狱。郁风说，在狱中，这位可敬的英国女子也依然保持着文明和风度，她爱清洁，用牙刷把监狱的墙刷得干干净净，每天送牢饭的过来时，隔着一条走廊的郁风听见戴乃迭从来不忘记对狱卒说：谢谢。

红宝书撕掉了一页

在狱中杨宪益依然保持着对政治的敏感，1971年9月，林彪事件突然发生，但是监狱里的犯人们对外面发生的一切一无所知。按照惯例，每年国庆节的那一天，准许犯人从收音机里收听天安门广场的庆祝广播，这一年，杨宪益注意到，林彪没有照常出来，以嘶哑的声音发表演说，甚至连名字都没有被提及。

他很快捕捉到了这一信号，并寻找到了佐证：党报《人民日报》上刊登的外国贺电，西哈努克亲王的贺电只发给毛主席和周总理两人，这是极不寻常的。“当时西哈努克亲王被认为是中国最亲近的朋友，他的大部分时间都在北京度过，如果林彪继续得宠，西哈努克绝不会犯一个如此严重的错误。”

杨宪益思索片刻，就拿起自己的“红宝书”，把第一页林彪写的前言撕掉了。

一周以后，看守走进牢房，要求大家把自己的“红宝书”统统交上来，当他拿到杨宪益的那本时，发现林彪的前言已经不见了。看守大惑不解，又翻看了一遍，还是找不到那篇前言。“他什么话都没有说，就把那本小红书扔还给我，而把其他所有犯人的书都带走了。”

这一举动使全体犯人都觉得很奇怪，杨宪益暗自得意，他告诉狱友，外面可能快要变天了。

1972年春天，看守突然带杨宪益到一个很大的房间，往他的脖子上挂了一块写有名字的纸板，他打开所有的灯，叫一名摄影师进来给杨拍照，照完相又把他送回牢房。

所有的犯人都一脸忧伤：看来杨宪益要被枪毙了。

但第二天，杨被带了出去，一位监狱的官员对他发表了一番语重心长的谈话，大意是：你干过好事，也干过坏事；当初抓你是对的，现在放你也是对的。你在监狱住了4年，伙食费要从你的工资里扣取。说完这一切，他们宣布，杨宪益出狱了。

最后的士大夫

杨宪益出狱后不久，戴乃迭也被无罪释放了，在政治高压的年代里，这对异国夫妻的代价无疑是巨大的。

早在杨戴两人结婚之前，双方的母亲就对这门婚事十分担忧，乃迭的母亲塞琳娜更是激烈反对，她甚至对女儿说：如果你们结婚，你们的婚姻持续不了4年，而你们将来的孩子会自杀而死。

是诅咒还是谶语？杨宪益最疼爱的儿子杨烨，因为“文革”中受到父亲的牵连，逐渐神经分裂，在姨妈家中用汽油点火自焚。这成为一生恩爱的杨戴二人之间永恒的隔阂，戴乃迭始终认为杨宪益在儿子的叛逆期忙于政治，疏忽了孩子。乃迭忠于自己的选择：杨宪益和中国，从未后悔和动摇，无论战乱、流亡、贫困……直到儿子的死亡，她开始怀疑自己所付出的一切，内心深处，她更因为母亲当年的预言应验而深感挫败。

“文革”结束以后，杨宪益的政治生涯得到了延续，他的学术抱负也得以施展。在这段时间里，他除了跟乃迭继续翻译作品，还常有机会与友人聚会和旅行，写下了不少痛快淋漓的诗作。杨宪益自嘲是：“学成半瓶醋，诗打一缸油。”虽然不少诗歌是含讽的打油诗，但整体看来，这一段时间中，杨老先生的精神是愉快的：他在百万庄的寓所里，往来无白丁，经常来往的好朋友有廖冰兄、黄苗子、黄永玉、丁聪、新凤霞、郁风……除了相伴出游，他们在诗文书画上也互有酬答。

晚年的戴乃迭受困于老年痴呆症，杨宪益与她寸步不离，朋友们去看望她，她有时已认不出他们，但她一直微笑着，白色卷发松软地围着老太太泛红的脸。郁风就这样为她画了一幅肖像，他在画上题了两行字：金头发变银白了，可金子的心是不会变的。

乃迭去世以后，这幅画就长伴杨宪益的案头。他作了一首诗悼念亡妻：

> 早期比翼赴幽冥，不料中途失健翎。
> 结发糟糠贫贱惯，陷身囹圄死生轻。
> 青春作伴多成鬼，白首同归我负卿。

天若有情天亦老，从来银汉隔双星。

青春作伴多成鬼，朋友们一个接一个地逝去了，陪他喝酒联诗的人越来越少了。有人说，杨宪益也许是中国最后一个集“士大夫”、“洋博士”和“革命者”于一身的知识分子了。他穿着已经洗出毛边的蓝灰色线衣，坐在沙发上，瘦骨嶙峋，寂静无声，看着窗外。这是小金丝胡同的下午，北京难得一见的晴朗阳光，从窗棂的东边移到了西边，杨宪益的一天，又要过去了。

沙叶新　我遇到的那些真人假人

李宗陶

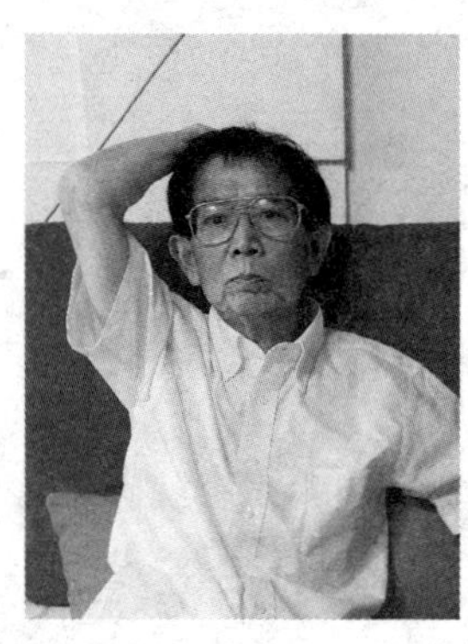

沙叶新（1939—　）

剧作家，国家一级编剧。曾任上海人民艺术剧院院长，中国戏剧家协会常务理事、中国戏剧家协会创作委员会副主任。代表作有《假如我是真的》、《陈毅市长》、《大幕已经拉开》、《马克思秘史》等，已出版《沙叶新剧作选》。

沙叶新瘦了好几圈，化名“少十斤”已难形容。他不再是那个“身高 1.66 米（晨间 1.67 米、晚间 1.65 米），体重曾达 150 多市斤”的宽人，不过，“黄皮肤、黄头发、淡褐眼珠、红色中国心”没有变。

两年前，他得了胃癌，胃被切除 3/4，没有了贲门；在接受采访时，他偶有被食物返流困扰的迹象。沙叶新说，“我不怕死。怕也死，不怕也死，陆陆续续、前仆后继都死了，怕它作啥？”

搬家整理书，找出一本 1947 年版的巴掌大小书《左拉》，书页焦黄，书脊也颓，沙叶新自己用针线重新装订，再读一遍，依然感动。他用沙哑的嗓音为我们朗诵那些打动他的段落。

虽然很多作品难以和读者见面，沙叶新依然每天很认真地读书写作，依然“每天为你的事业流一斤汗”。受《契诃夫手记》启示，沙叶新也有“手记”的习惯。“听别人讲话，看到听到一个故事、一个细节，忽然情有所动，笑了哭了，或者陷入沉思，那就要停下来想一想，并且随时随地写下来，这是作家应有的职业习惯。”他的电脑里有一些非常有趣的“想到就写下来”的文档——“对死者以最大的浮华来赞美，对生者则漠视。”

“思考即受难。”赶紧补充：“这是马克思说的。”

“丧失底线、丧失底裤。”

“‘集体主义’？集体是虚幻的、抽象的，最多只是一些有共同利益的个人的集合。”

他正在构思文化系列中的“告密文化”和“崇拜文化”。关于前者，思绪纷纷——“告密可以申报非物质文化遗产，中国人的一盘散沙、窝里斗、大义灭亲、汇报制度、斗私批修，谁个人前无人说，谁个背后不说人，都和这个有关。”

沙叶新的社交半径颇大，跟他的性格为人有关。1990年代他与作家白桦、音乐家陈钢等8位沪上文艺界人士合资开过一家“三十年代大饭店”，兼做沙龙，办过许多文艺讲座和欣赏会。“钞票点勿清爽”（钱数不清楚）的沙叶新是称职的沙龙男主人之一，当年各地名流来沪，必到“三十年代”踩点。

沙叶新自称“书呆子一样”，直，轴。他会在正式的大会上对某人说：“你怎么拍马屁拍得这样恶心！”回族人的烈性基因此时可能在起作用。但他也很有人缘，凭的也是真和直——魏明伦当年还在自贡川剧团时，曾在沪上领教他的直以及看手相的功夫。他敬重读书人，但他从没有停止过对读书人的批判。

他又是注意策略和方法的，以便自我保护、与人为善。譬如，受访后他打来电话，请记者不要写对某些人的批评，“以后如有机会，我会当面讲。”

每天吃5顿，少量多餐，锻炼3次，近两小时，包括八段锦、气功以及晚饭前做了几十年的体操。他的胃肯定在生长，他现在的胃口比切除手术那会儿好些了。

他对一儿一女的要求是“自立、诚实、有爱心”，其中“诚实”最重要。采访时，他揽过结婚40年的妻子，请摄影记者兼老朋友雍和为两人合张影，前一天，是妻子的生日。“只有书和老婆，我是不外借的。”他在一篇短文里说。

沙叶新问余秋雨

沙叶新刚过完70岁生日。那天，好友们张罗了一个饭局给他祝寿。席间，某先生刚一就座，突然说：“沙叶新是坏人，我也是坏人，我们大家都是坏人。”接着解释：“在余秋雨先生眼里，我们都是坏人。”于是，有好奇者就向在座的一位先生求证：“我真的搞不懂，余秋雨这么斩钉截铁地说他不是‘石一歌’成员，甚至愿意拿出一年的收入来找举证人，到底有没有这回事？”那位先生淡淡道：“怎么不是呢？当时为了叫‘石一戈’还是‘石一歌’还推敲了一番。”《朝霞》的负责人说：“才不要他的臭钱，告诉他，我们还没死！”席间还有一两位也是当年“写作组”成员或与之有过交际，都说：“办公室进进出出，都看到过他的。”

沙叶新与余秋雨是校友，后来，一个是上海人民艺术剧院院长，一个是上海戏剧学院院长，彼此有些欣赏。沙曾聘请余担任上海人艺的理论顾问。余杰指出余秋雨“文革”期间参加“石一歌”写作组的文章引起波澜后，有一天，沙叶新问：“难道那些质疑你的声音，真的没有一点道理吗？”余秋雨答：“连你也这样看啊？”沙叶新觉得自己不便再说什么了。

再后来，余秋雨称沙叶新为“沙警官”，并列为“四大咬余专业户”之一；而沙叶新在接受中央电视台采访时表示：“他误会了，我不咬人，也不专业，很惭愧。我也从来不希望提到他。”

“文章好坏在其次，关键是人品。他做作，不诚实。‘文革’是他一块心病。他的书在港台卖得不错，如果当地人知道他有过那样一段经历，销量一定受损，这时唯一能保护他的就是权力。他得到权力庇护后，便能说出一串颠倒黑白的话。而往往因为说了一个谎就得说第二个谎，内心怀着极大的恐惧。圆滑、投机，他是一个典型。”

将这位典型和他代表的一小部分与上一辈人相比，当年的朋友们认为，前者德行缺了很多。“文化根基不够，所以没有什么大智慧。然后被路径选择，走红。然后胆小，贪婪，媚俗。撒谎那么多，不知道晚上能不能睡得安心。”

台湾著名诗人余光中先生曾对大陆文化界“都不大要看这个人”抱打不平：我觉得余秋雨先生早期的散文还是不错的，但紧接着，他奉劝散文大师“多读点书”。

叫板姚文元

人物周刊（以下简称“问”）：当年您跟姚文元在《文汇报》上打过一

场笔仗，“反右”过后姚文元风头正健，怎么会允许一个在校研究生跟他商榷？

沙叶新（以下简称“答”）：那是1963年，氛围还相对宽松，就是因为“反右”的教训，反着反着发现不对啊。像每次农民起义之后，就会有让步政策。

当时我买了上海音乐出版社一本音乐评论集叫《克罗斯先生》，是法国印象主义的一个大作曲家德彪西写的。我不太懂西方音乐，但有时听完会流下眼泪，会感动。德彪西的文风有点奇特，后来看了钱钟书先生的文章我才知道他用的是通感，把视觉啊、听觉啊、嗅觉啊打通。

这本书在内容简介里说，德彪西的文章有“一种独到而深刻的见解”，后来姚文元写了一篇批判文章《请看“一种独到而深刻的见解”》。我看了之后觉得不对啊，他从音乐里听出了无产阶级、资产阶级，我听不出来。我就想办法搜集资料，写了篇反驳文章《审美的鼻子如何伸向德彪西——和姚文元商榷》。我是按正常步骤投稿的，登出来大概有半个版，自己也很高兴。

问：但后来您给《文汇报》总编写过一封信，检讨自己。

答：认错有3种：一种是事情的确错了，你也心服口服；第二种是事情没错，你屈从了；还有一种是事情可能没错，但你被外界搞糊涂了——当时的情形有点像这种：到处都是批判我的声音，出的集子有那么厚，我当时23岁，孤立无援，怕了，觉得自己错了。

一件坏事也常常变成好事。我后来听说，贺绿汀先生曾经打听：“沙叶新是谁？会不会是从法国回来的？”黄佐临先生那时候是人艺院长，说：“什么法国回来的，是上海戏剧学院研究班的一个应届毕业生，在我们这儿实习。”

佐临先生当时反应是很强的。人艺有位老先生叫朱琨，他后来跟我讲，“小沙啊，那篇文章发表之后，院长从传达室拿了报纸到我的办公室，把报纸往我桌上轻轻一丢，说，“看，小沙的文章！”佐临先生平时是英国绅士派头，含蓄、幽默，很少这样喜形于色。

这件事可能影响了我的分配。可能上面觉得，尽管你的观点是错的，但理论水平不错，所以一开始我被分到上海市文化局某处，是黄佐临先生要的我，这才进了上海人艺的。他于我有知遇之恩，是恩师。我常说，人生在世有两件事你是没办法定的，一是出生你没法决定，二是这一路上你遇见什么人你没法决定，而这太重要了。

问：现在如果写回忆黄佐临先生的文章，他的样子是不是就在您脑子里？

答：第一次见他是1960年，我有个同学写信给他，请教戏剧问题。我跟那个同学都是华东师大话剧团的，就跟着一道去拜访。印象很深的是他个子高高的，相貌堂堂，健步如飞，就是个睿智男人的样子。后来进了人艺，佐临先生话不多，像尊雕塑，让你肃然起敬。他不喝茶、不迟到、爱运动，不怒而威，身上有一股正气。

《假如我是真的》在京开座谈会，他不能去，我想是有意不让他这样重量级的人物到会讲话，以免尴尬。我临走前他把一盘磁带交给我，说，“你拿到会上去放，里面是我的发言。”这是他在保护我。

经过“文革”，我才认识到他已经被“工具化”了。“文革”后他说过一句话，“小沙啊，我觉得现在好像钱不够用了。”君子不言利，他怎么说钱?这让我非常吃惊。其实这说明他开始关注自己的权益了，已经“去工具化”了——这是个飞跃!

问：黄佐临先生曾带您去北京拜访过一些戏剧界的前辈，比方夏衍先生。

答：那一次我是比较吃惊，原先我不知道他的腿在“文革”中被打残了，因为延误医治，短了半截，我觉得太残忍了。那是在南竹竿巷一个很杂乱的四合院里，已经不是一户人家了，据说还是部长待遇。夏公那时已经快80岁了，人很瘦小，养了好几只猫，记忆力惊人……我不知道怎样去评价，只能说他坚韧、不计较得失。

“让我们还是老实一点吧”

问：在那个年代，一些前辈做过一些事、说过一些话，您现在怎样来理解他们?例如您曾说曹禺先生是表态专家。

答：我在《“表态”文化》里说“曹禺先生也是一个表态专家”。“反胡风”他表态——我以前看过一本“反胡风”的批判集，收录当时很多大批判、大表态的文章：侯外庐的《胡风——反革命的灰色蛇》、曹禺的《胡风——你的主子是谁？》、于伶的《敌人不投降，就消灭他！》、赵丹的《我的愤怒已到极点》等等，光看这些题目就令人不寒而栗。“反右”他也表态，一直到自己在“文革”中被别人的表态打倒。吴祖光说曹禺“太听话了”，巴金也劝他“少开会、少表态”，他在晚年终于觉悟到“表态”的卑下和危害，有过深刻的反省：今天你表态打倒别人，明天就很有可能被别人的表态打倒。像曹禺这样的例子不是个别的，只要我们的民主和法制不健全，那人人都不可能是安全的，包括曾经的国家主席刘少奇。

对文化界的这些前辈，我很少去拜访。他们中间有良知的人，言行都会影响我。比如说吴祖光先生，我有幸跟他出境访问了3次，近距离观察。他对我影响也很大。

问：吴祖光先生给您留下什么印象？

答：他给我最大的感觉是自然。他的形象、言谈举止没有任何造作、卖弄的地方，丝毫没有要表现自己博学、睿智，或者勇敢、胆大。他在政协大会上敢出言批评毛泽东。这句话从他嘴里讲出来极不容易啊，因为毛泽东的《沁园春·雪》当年就是经他手在重庆发表的，当年他倾注了多大的感情啊！

当年我读《毛选》，有两句是抄到日记本上的，一句是“让我们还是老实一点吧”，还有一句是“有些人吃亏就吃亏在不老实”。我觉得祖光先生内心就是朴实和老实。

问：您收下过巴金亲笔签送的《随想录》，写过晚年的徐景贤，也提到过永不回头、最后服毒自杀的于会泳……上一代人跟你们这代人有什么不一样？

答：他们有信念，忠诚。这一代人中许多出身名门，有一定西方文化背景，知识结构跟老红军不一样。

他们一生坎坷，到晚年两袖清风，所谓“两头清”。他们中的许多人到晚年能达到那样一种认识，已经很了不起了。

“四人帮”倒台之后，我见到过陆定一，当过宣传部长的人，感觉就是忠诚：我是党的儿子，无论妈妈怎样打骂，绝不能说妈妈的坏话。他们信仰并为之奋斗了一生的东西，怎么能去否定？

我跟朱永嘉先生见过一面，吃过顿饭。他写了一篇文章，说梦见毛泽东、朱德、周恩来，一起过党的组织生活，每个人都有很长的发言，他都写了出来，很有意思。

我还听说他打算写回忆录，就对他说：“我希望你写一部真实的回忆录，而不是一本正确的回忆录。”

他说：“首先要正确，否则真实就没意义。”可见他还是坚持他以往的认识，我很敬佩这样的人，不随风倒，有自己的认识。

说真话是在治病、做好事啊

问：您这一生，把“说真话”看得很重，为什么？

答：我得癌的时候跟医生讲：“我什么都能承受，你要跟我说实话。”医生很诚实，你生什么病，他诚实地告诉你，这本身就是一种尊重。好朋友跟我讲，少写点那样的文章，伤心伤神。他们没有想到我这么开心！一般批评人要咬牙切齿、横眉冷对，我不是，我就是看见你病了，告诉你病在哪儿。我相信你跟我一样诚实，所以才告诉你。这是在治病、做好事啊！我真是这样想的，所以讲出来我很快乐。另外我觉得自己可能说得比较到位，能说到点子上，而且是有感情的——就像一个医生，医术高明，但他不冷漠。

问：有一次您去北京开会，临走前妻子劝您少讲话，说您看出来的那些东西，别人不是没看出来，您说的那些东西别人不是不懂，而是他们都在演戏，就您当真。您觉得这话是不是也说到点子上了？

答：我不敢说他们都在演戏。但有些人说真话，确实负担比较重，因此不大敢说。最近我重读这本左拉的小书，还是感动。他那时 52 岁了，已经非常疲倦，没人要求他继续战斗下去。（翻到标注“感动”处，念：）“一种使人想栖住家园，享受自己辛劳果实，想要以更年轻、更坚强的肩头负起这副担子的时候……无论如何，他已比他应尽的责任多付了不少。”我不是政治家、批评家，我只是一个作家，本来应该回到书斋。我不喜欢什么“腐败文化”、“宣传文化”，为什么要由我来写？左拉，这位世界级的大作家，也有过这种想法，也有过犹豫和动摇，但他还是要写，写出自己应担当的道义、责任和良知。

当然，我和他不是一个等量级的。别人称我“著名作家”的时候、看到网上那些留言的时候，我真的会脸红。

诚恳相当重要，而且要理解。我能理解。不但尊重不说真话、不得不说假话和不得不保持沉默的人，也尊重来找我麻烦的人，我真心诚意地跟他们交流。

问：您 1985 年入党，当过 9 年上海人艺的院长。在 9 年的体制生涯里，您是否一直都说真话呢？

答：有没有说过假话我自己知道。严格地讲，基本上没有。有次演讲我说，我厌恶谎言不见得我就不撒谎，下面一片笑声。一点不说假话不可能，善意的谎言就更是免不了的。

江泽民来了，一起唱歌

问：您会和当官的真正交朋友吗？

答：我可以和他们交往、交流。也有个别高级官员曾经视我为朋友，还说有事可以直接去找他。

问：和江泽民几次会面什么印象？

答：他在上海任职时，有一年去给白杨拜年，我当时在场。1989 年接见知识分子代表，我也在场。

有个事情我挺震惊的，是一个关系不错的朋友告诉我的。他就住在上海市委大院里面，大院有个边门，那附近有一家新疆返沪青年，爱唱歌跳舞，家里总很热闹。有一天突然来了一个中年男子，这家人以为是唱歌扰了邻居，刚想道歉，中年男子说，“不是不是，继续唱继续唱。”后来，江泽民来了，一起唱歌。原来中年男子是江泽民的儿子。

问：说到亲和力，您好像讲过温总理许多好话。

答：就在那次国际笔会举行的“文学之夜”上，我作了演讲《学习温家宝总理的讲话》。首先我觉得他是爱读书的人，许多诗词、典故脱口而出。第二个，我觉得他有感性的、人性的一面。如今我们很多干部不会哭了，也不会笑了，温总理常常流泪。汶川地震，70 岁的人啊，第一时间跑到那里，哭了。要说作秀，你去作作看？他是有真情的，有人文关怀的。

问：就您的经历，这 30 年在讲真话这个问题上，发言者的处境有哪些变化？

答：当然好一些了。现在不会因为我说真话，就把我抓起来。领导上门来做工作，买点水果我也收，同时收敛一些，要不然他们也不好交代。像这次去香港书展，我就是想去看书买书。我主动告诉他们我不想演讲，也不想接受采访，我怕麻烦，也怕累。结果还是没办法，书展盛况空前，难以拒绝，广告也早就登了出去，我就只好讲了一场。

“沙老师你是名人啊，还为我做这种事？”

问：问两个跟你萍水相逢的普通人，一个是张泉龙，《假如我是真的》男主角原型。

答：（激动地）他现在在哪里？

问：1983 年你们不是在澧宝路吃过饭吗？

答：后来就没联系了啊。一个蛮聪明的小青年，在“向贫下中农学习”的口号下被发到农场。他有个同学是上海某局副局长，为了回城，他每次探亲都到这个同学家做家务，顺便也接接电话。他很聪明，听到找某个领导，姓名、电话、住哪儿、亲属关系，都记在心里。久而久之，脑子里就编好了关系网，最后冒充李达的儿子，要把他同学“知青张泉龙”调回城。当时一位老干部和一位著名歌唱家都上了当。

我和另两位同事到静安区公安局听了对他的预审，写成了话剧《骗子》，后来改叫《假如我是真的》，开始反响很好，不久被禁演。

张泉龙在狱中给我写过一封长信，因为我们这个剧是同情他的。3 年后他放出来，当了一家公司的总经理，请我在澧宝路吃了一顿饭。他比原先稍微胖了一点，但没有掼派头什么的，我还去他公司看了看，办公室布置得蛮好。

问：另一个是陕西代课老师李小峰。

答：我之所以感动，想帮他，是因为他真实。他在乡里当代课老师，一个人，从一年级教到六年级。13 年里，一共教出 134 名学生，其中有 4 个考上了大学。可他自己一贫如洗，每月工资只有 103 元。就是这点可怜的钱后来也不发了。

他心里很矛盾很痛苦，他要生活呀，还要结婚呀。迫不得已，到西安打工，一个月赚 1000 元，他很开心，不想回去了，他也是人呀！后来出了工伤，才不得不回乡。回去那天，学生和家长来了一屋，送来玉米、鸡蛋和红枣，没什么话，光是哭。他也哭了，大家一起哭。他知道这个穷山村需要他，这些孩子需要他，下定决心再也不走了，即便没有工资，他也要撑起这个山村小学。他那时有严重的关节炎，体重年年下降，轻了 20 斤。

我看了报道就想哭！我给他寄钱去，一个月 1000 元，才寄了两三个月，他就来信，说他的事情传开之后政府重视了，很多好心人都支援他，困难解决了，他现在有 300 元的月工资，足够了，让我别再寄钱了。

那年过年，我寄了两箱糖果和巧克力去，还有一些文具，每人一份，一共 24 份。我想让孩子们过一个有点甜味的春节。后来他打电话给我说："我会上网了，沙老师你是个名人啊？你这么有名，还为我做这种事。"我说你千万别说客气话。

问：您还帮助过别的什么人吗？

答：有过，不值得一提。这些事以前我老婆都不知道。

问：寄钱不要通过嘉华阿姨么？您不是数字管理混乱的人么？

答：哎，我有小金库的。

问：您碰到乞丐会给钱么？

答：常常碰到，我心软，怕看到，看到就难受，也怕受骗。有一次我在莘庄南广场碰到兄妹两个跪在那里，都十几岁光景。哥哥面前有一张西安什么师范学院中文系的学生证。我一看，中文系的，心里一动，我也是中文系毕业哎。就跟他们谈了几句，他们说母亲在上海住院，没钱交医疗费，所以乞讨。我对那个哥哥说，你不是中文系的吗？我一定会帮你们，但为了让我相信你们，你能不能讲出国外的 3 个作家和国内的 5 个作家的名字？他不说话了，我心想可能是骗人的。受骗的感觉非常不好。我有时候想，10 个乞丐，我给了 9 个骗了，但也帮到了一个真乞丐——可是要做到这点很难。

（实习生伏昕对本文亦有贡献）

季羡林 “大师”的背后

李宗陶

季羡林（1911—2009）

著名古文字学家、历史学家、作家，北京大学唯一的终身教授。梵学、佛学、吐火罗文研究并举，中国文学、比较文学、文艺理论研究齐飞。尤其精于吐火罗文，是世界上仅有的精于此语言的几位学者之一。其著作已汇编成24卷的《季羡林文集》。

季羡林先生去世几小时后，北大发布消息，称呼是“北京大学资深教授”。经网络标题党人改造：一代国学大师去了。

2007年，季先生曾借《病榻杂记》出版，厘清了什么叫国学、什么叫泰斗，并向天下人昭告：请从我头顶上把“国学大师”、“学界（术）泰斗”、“国宝”三项桂冠摘下；洗掉泡沫，还我一个自由自在身。

文中季羡林稍微考证了一下“国学大师”称谓的出处：“有一次在还没有改建的北京大学大讲堂里开了一个什么会，专门向同学们谈国学。当时主席台上共坐着5位教授，每个人都讲上一通……一位资深记者是北大校友，在报上写了一篇长文《国学热悄悄在燕园兴起》。从此以后，其中4位教授，包括我在内，就被称为‘国学大师’。他们3位的国学基础都比我强得多。他们对这一顶桂冠的想法如何，我不清楚。我自己被戴上了这一顶桂冠，却是浑身起鸡皮疙瘩。”

正如卑鄙是卑鄙者的通行证，误会是网络口水的趵突泉。一时间误会自己跟自己过招——就是先提出误会，再生产出一篇篇辩误的文章。好在，总有人能静下心来看看季先生的传记，听听他在90岁以后形容词越来越少、心思越来越澄明的话语，包括他在学界安身立命的梵文、巴利文、佛教混合梵文、吐火罗文究竟是什么——复旦大学图书馆有关季老的书，几天内被借空。

文才舒展，数学4分

季羡林出生那一年，中国还有皇帝。宣统三年闰六月初八，即1911年8月2日，他生在山东省西部最穷的清平县（今聊城临清市）官庄村，季家，是全村最穷的人家。他小名喜子，6岁之前跟一位叫马景恭的先生识得几个字。母亲娘家姓赵，没有名字，一生走过的最远距离是从娘家到夫家的5里路。

叔父季嗣诚没有儿子，将年仅6岁的季羡林接到济南去上学。他自己选编了一些宋明理学文章，辑成《课侄选文》。但直到进了小学，季羡林还是顽童一名。

初中成绩平平，高中转到山东大学附中以后，除了前清遗老，他遇到几位在中国文学史上留下名字的老师。

教语文的是胡也频，给18岁的季羡林留下了深刻印象的是，“每次上课，他都在黑板上大书：什么是现代文艺？然后滔滔不绝地讲了起来……下一次上课，黑板上仍然是7个大字：什么是现代文艺？”在胡也频指点下，季羡林接触了当时流行的一些马克思主义文艺理论书籍。

才教了3个月，有一天，突然不见了胡先生瘦小的身影，“小道消息说，胡先生被国民党通缉，连夜逃到上海去了。到了第二年，1931年，他就同柔石等4人在上海被国民党逮捕，秘密杀害，身中十几枪。当时他只有28岁。”

接替胡也频的，是和鲁迅先生也有密切交往的董秋芳先生。董先生命学生写作文，题目只有一个：“随便写来。”他在季羡林的作文上写过不少批语，叫“一处节奏”，“又一处节奏”。季羡林懂了，原来写文章是要讲究节奏的。

高中阶段，季羡林连续6个学期考得山东省第一名。

他在念高中时成婚，娶妻彭德华，这在当时很适龄。高中毕业后，他想找份工作养家糊口，去考邮政局，却没能考上。于是报考北大和清华。

那年高考，季羡林数学得4分（百分制）。这是钱文忠问出来的准确数字，他说，“比季羡林先生高一届的钱钟书先生，中英文俱佳，这是不必说的，可是老人家的数学考了15分。吴晗先生，我国著名的明史专家，据说英文国文都是满分，但是老人家的数学是0分……在当时，只要有权威学者认可，还是照收不误。而这些人往往在后来都成了文史领域的大师。”

他被北大、清华同时录取。1930年，入读清华大学西洋文学系的德语专业，学费全靠家乡。清平县虽穷，却很重视教育，对当地每位考上国立大学的学生，每年补助150块大洋。其时清华大学生一个月伙食费是6块大洋，据季先生回忆，这个标准是每天能吃到杏花丸子、叉烧或狮子头。

复旦大学哲学系张汝伦教授曾告诉记者：今人特别怀念过去的大学，容易犯浪漫唯美的毛病，殊不知那时大学里混日子的教授也不少。季羡林在清华大学读书阶段的日记中，对西洋文学系外国教授的评价近于“哭笑不得”，对中国教授的品评也滋味复杂。

闻一多先生是当时名士，上课先掏烟火，问，“诸位有抽烟的吗？”大家一般都说不敢。他随即点起一支烟开讲《楚辞》。每讲之前，总有一句话：“痛饮酒，熟读《离骚》，方得为真名士！”钱文忠说，季羡林先生对闻先生是非常崇敬的。他在北大读书的时候，有一次陪季先生在校内散步，经过大饭厅门口的空地时，看见地上堆着很多套《闻一多全集》，且打很大折扣。“季先生晚年是几乎不动怒的人，但当时他突然脸色涨到通红，对我讲，闻先生的书居然放到地上，居然还打这种折扣，简直是胡闹！当场命我把这一堆《闻一多全集》全部买下来。”

在季羡林看来，反对白话文、主编《学衡》的吴宓教授是西洋文学系最有学问的，且“古貌古心，待人诚恳”。

受惠于“师叔”陈寅恪

西洋文学系的教授水平不高，却培养出曹禺、季羡林、钱钟书这样的人物，原因可能在于当时清华的自由选课制，即不一定只选本系的课程。那段时间，季羡林旁听过朱自清、郑振铎、冰心等先生的课，并与郑振铎结下终生的友谊。后来，他旁听了陈寅恪的《佛经翻译文学》和朱光潜的《文艺心理学》。

上世纪30年代，陈寅恪在清华被誉为“教授的教授”。与那些留洋归来西装革履、发光鉴人的教授不同，他总是一袭朴素长袍，肘下夹一个布包，里面装着讲课用的书籍资料，常有人以为他是琉璃厂某书店来送书的老板。

季羡林从德国回来之后，穿了一辈子的中山装、圆口布鞋，曾有北大新生误以为他是老工友，让他帮忙照看行李。陈寅恪在天有知，或会一笑。

季羡林本在西洋文学系研习莎士比亚、歌德、塞万提斯等名家，到了德国哥廷根大学后却一头钻进了梵文、巴利文和吐火罗文的故纸堆，这个转变来自陈寅恪的影响。旁听曲径通幽的《佛经翻译文学》，他渐渐萌生对佛学的兴趣。他在哥廷根大学师从的瓦尔德·施米特教授，恰是陈寅恪柏林大学的同学，并且都是吕斯德教授的弟子。

在《回忆陈寅恪先生》中，季羡林写道：“生平帮过我的人无虑数百。要我举出人名的话，我首先要举出的，在国外有两个人……在国内的有4个人：一个是冯友兰先生，如果没有他同德国签订德国清华交换研究生的话，我根本到不了德国。一个是胡适之先生，一个是汤用彤先生，如果没有他们的提携的话，我根本来不到北大。最后但不是最少，是陈寅恪先生。如果没有他的影响的话，我不会走上现在走的这一条治学的道路。”

1945年，季羡林留德已10年，准备回国。听说陈寅恪在英国治疗眼疾，即写信汇报自己的学习研究情况。陈寅恪一听季羡林的指导老师竟是自己的同门，即复长信鼓励，后又推荐他去北大任教。

1949年之前，季羡林写了一篇《浮屠与佛》，以精通吐火罗文的优势，解决了胡适、陈垣都感困惑的难题。季羡林把文章读给陈寅恪听，陈大为赞赏，立即将文章推荐给《中央研究院史语所集刊》。能在这本当时国内最具权威的学术刊物上发文章，有“一登龙门，身价百倍”之说。果然，文章一发表，季羡林声名鹊起，他曾有言“受宠若惊”。在学术道路上，陈寅恪助他奠定了一块重要的基石。

陈寅恪还未完全失明、影影绰绰还能看到一团影子的某年春天，中山公园里藤萝开花了，花朵挂满藤，紫气弥漫。在兵荒马乱、朝不虑夕的年月里，一群弟子，周一良、王永兴、汪篯，还有季羡林，扶先生到“来今雨轩”藤萝深处散心赏花。那一天，陈寅恪兴致很高，师生谈笑风生，尽欢而散。

季羡林晚年仍不时拜读陈寅恪的诗文，总觉得“还未能登他的堂奥”。1995年，中山大学举办“陈寅恪学术研讨会”，季羡林作了长篇发言，他说，寅恪先生绝不是一个“闭门只读圣贤书”的书呆子，他继承了中国“士”的优良传统：天下兴亡，匹夫有责。从他的著作中可以看出他非常关心政治。他研究隋唐史，表面上满篇考证，骨子里谈的都是成败兴衰的政治问题，可惜难得解人。

胡适爱才，求贤若渴，当年赴台前，他从南京要了架专机，点名要接几位老朋友。他在南京机场恭候，机舱门一开，只一两位，他当即大哭。

季羡林到北大后受到胡适的礼遇。共事 3 年，印象最深的是胡适特别亲切和蔼。不论对教授、职员、学生、工友，都是满面笑容。

胡适去世，“（大陆）报纸杂志上没有一点儿反应，我自己当然是被蒙在鼓里，毫无所知。十几二十年以后，我脑袋里开始透进点儿光的时候，我越想越不是滋味……”一次偶见一报纸发文章批判胡适“一生追随国民党和蒋介石”，季羡林就写了篇《为胡适说几句话》。“我连‘先生’二字都没有勇气加上，可是还有人劝我以不发表为宜。文章终于发表了，反应还差强人意，至少没有人来追查我，我心里一块石头落了地。”

1999 年，季羡林在“望九之年”赴台访问，拜谒了胡适陵墓，献花，行三叩大礼。友人告诉他，胡适曾对台湾“中研院”李亦园先生说过：“做学问应该像北京大学的季羡林那样。”此行他才发现，“50 年前在北平结识的老朋友，比如梁实秋、袁同礼、傅斯年、毛子水、姚从吾等等，全已作古。我真是‘访旧全为鬼，惊呼热衷肠’了。”

有评论者委婉地说，季羡林先生成为“大师”，是因为他长寿。然而，如果那个年代的优秀学人都能享“米寿”、“茶寿”，今天的同行后辈及世人，会自惭吧？

沈从文先生与张兆和女士结婚，在北京前门外大栅栏撷英番菜馆设了盛大宴席，还是学生的季羡林也被邀请了。季羡林对沈先生的作品是佩服的：“在所有并世的作家中，文章有独立风格的人并不多见。除了鲁迅先生之外，就是从文先生。”

1946 年夏，沈、季二人同回北大教书，沈先生住中老胡同，季先生住翠花胡同，见面渐频，并吃了顿难忘的云南汽锅鸡。饭间，沈先生的一个动作给他留下深刻的印象。“当时要解开一个用麻绳捆得紧紧的什么东西。只需用剪子或小刀轻轻地一剪一割，就能弄开。然而从文先生却抢了过去，硬是用牙把麻绳咬断……”

这个小动作令季羡林引为同类：“土包子”。然而，“同那一些只会吃西餐、穿西装、半句洋话也不会讲偏又自认为是‘洋包子’的人比起来，我并不觉得低他们一等。”

说到留洋，1935年8月，与季羡林同车赴德的还有5位，其中一位是物理学家王竹溪先生，他后来担任过北大副校长，也是杨振宁的研究生导师；另一位是1974年位居共和国外交部长的乔冠华先生。

结识梁实秋先生是1946年夏，南京，借住李长之供职的国立编译馆办公室之时。恰逢梁实秋从重庆到南京，也在国立编译馆工作。季羡林听说后喜出望外。“见面之后，立刻对他的人品和谈吐十分倾倒。没有经过什么繁文缛节，我们成了朋友。”

谈到梁实秋与鲁迅的争论，季羡林直言：“今天，事实已经证明，鲁迅也有一些话是不正确的，是形而上学的，是有偏见的。难道因为他对梁实秋有过批评意见，梁实秋这个人就应该永远打入十八层地狱吗？”

3年前季羡林忆及巴金，“巴老是我的师辈，同我的老师郑振铎是一辈人。我在清华读书时，就已经读过他的作品，并且认识了他本人。当时，他是一个大作家，我是一个穷学生。然而他却一点架子都没有，不多言多语，给人一个老实巴交的印象。这更引起了我的敬重。”“巴老，你的作品和人格却会永远永远地留下来。在学习你的作品时，有一个人决不会掉队，这就是95岁的季羡林。”

与胡乔木的“君子之交”

清华物理系（*后转入历史系*）的胡鼎新也是季羡林往来较多的外系同学。胡鼎新当时在从事反对国民党统治的地下活动，创办了一个工友子弟夜校，为比较贫苦的人补习，季羡林也应邀去讲过课。

有天夜里，胡鼎新摸黑坐在季羡林的床头说，你出身贫苦，应该参加革命活动啊。季羡林后来对弟子钱文忠说，他当然痛恨腐败的国民党政府，但当时第一是觉悟低，第二实在怕风险，所以不敢答应。最后，胡鼎新叹了一口气，离开了季羡林的房间。

1950年代初，他在北大教书，有天收到一封从中南海寄出的信，开头是这样的:“你还记得当年你有个清华的同学吗？今天的胡乔木，当年的胡鼎新。”

“不久，胡乔木到我住的翠花胡同来看我。一进门就说：‘东语系马坚教授写的几篇文章：《穆罕默德的宝剑》、《回教徒为什么不吃猪肉？》等，毛先生很喜欢，请转告马教授。’他大概知道，我们不习惯于说‘毛主席’，所以用了‘毛先生’这一个词儿。我当时就觉得很新鲜。所以至今不忘。“

胡乔木跟季羡林商量，当时的新中国无论是外交方面，还是文化方面，急需研究东方语言的人才，中央想把南京的东方语专、中央大学的边政系以及当时的边疆学院并入北大，问季羡林愿不愿意。

季羡林当然愿意。结果，1950 年代东语系成为北大第一大系，是中国外交官的摇篮。所以季羡林 90 寿辰那天，到场 100 多位外交官。

“文革”之后，胡乔木多次走访季羡林，有了新大米、螃蟹之类的好东西，都不忘给季羡林捎一点。很多年里，季羡林一次也没有回访过，他称二人之间这种保持终生的同学友谊是“君子之交”。

季羡林说，“我是一个上不得台盘的人，我很怕见官。我最讨厌人摆官架子，然而偏偏有人爱摆。这是一种极端的低级趣味的表现。我的政策是：先礼后兵。不管你是多么大的官，初见面时，我总是彬彬有礼。如果你对我稍摆官谱，从此我就不再理你。”

但胡乔木是不同的。对大陆和香港一些人士封胡为“左王”，季羡林说:“我总觉得乔木是冤枉的，他哪里是那种有意害人的人呢？”“他实则是一个正直的人，一个正派的人，一个感情异常丰富的人，一个脱离了低级趣味的人。”

1991 年他破例给胡乔木写信求助，故乡山东临清一座濒临倒塌的古塔需要立即修复。后来国家文物局拨款 40 万元，古塔得救。

他去胡家吃过一顿饭，“祖孙三代围坐在一张非常大的圆桌旁，让我吃惊的是，他们吃得竟是这样菲薄。”

胡乔木最后一次走访季羡林，由夫人谷羽陪同，在季羡林那“低矮、窄小、又脏又乱的书堆中”再次并肩晤叙。胡乔木赞扬季羡林的学术成就时，用了几个比较隆重的词，令季羡林“顿感觳觫不安”，忙说，“你取得的成就比我大得多又多呀。”胡乔木微微叹了口气，慢声细语说，“那是另一码事儿。”

1992 年八九月间，住院的胡乔木捎信给季羡林，希望他去。季羡林到了医院，胡乔木躺在病床上，吸着氧气。见季羡林来了，胡乔木抓住他的手，久久不松开。

从内心有火到“和”

季羡林写了一辈子日记，除了“文革”中抄家遗失几本，其余都在。从学生时代起，他内心的火气、他的激愤，他对环境的大不满，都在日记里留存下来。

譬如解放前，因在文坛上已有声名，所以有机会参加当时名流的聚会。对出席的好多名流他很不以为然，有这么一段记述：“北平文艺界知名之士差不多全到了，有的像理发匠，有的像流氓，有的像政客，有的像罪囚，有的东招西呼认识人，有的仰面朝天，一个也不理。”

对一些混日子的同学他的话挺厉害：“没热情，没思想，死木头一块，没有生命力，丝毫也没有。”还有段话：“早晨上了一课古代文学，有百余人之多，个个歪头斜眼，不成东西，真讨厌死了。”

当时出身富家的一些学生，整天热衷于跳舞、音乐会，或者谈恋爱。到了德国，他亲眼看见许多国民党高官子弟是如何留学的：从不上课，把毛巾、牙刷都放在某家中餐馆里，每天早晨到中餐馆洗脸刷牙，该吃什么吃什么。上午出去逛街，中午回来吃饭，下午再逛街，晚上再回到中餐馆吃晚饭，洗完脸刷完牙回去睡觉，或者去赌博，甚至嫖妓——等于把在国内的习气照搬到德国。当时有相当一部分留德学生是这样，回国后连德文都不会讲。

这样的留学生怎么能让季羡林瞧得起？在1935年10月17日的日记中，他这样写道：“在柏林看到不知道有多少中国学生，每人手里提着照相机，一脸满不在乎的神气。谈话，不是怎样去跳舞，就是国内某某人做了科长了，某某人做了司长了。不客气地说，我简直还没有看到一个像样的‘人’。到今天我才真知道了留学生的真面目！”

他曾经打算写一本小说，叫《新留西外史》，来描写当时柏林那群所谓的留学生的丑态，后来没有写成。

据弟子钱文忠总结，他在日记里经常用的句式（大概有近百次之多）是：滑天下之大稽，笑天下之大话，糟天下之大糕，混天下之大蛋。

季先生晚年的一些话也在民间广为流传，比如：“现在人们有时候骂人为‘畜生’，我觉得这是对畜生的污蔑。畜生吃人，因为它饿。它不会说谎，不会要刁，决不会先讲上一大篇必须吃人的道理，旁征博引，洋洋洒洒，然后才张嘴吃人。而人则不然。”

几十年过去，季羡林归于谦和、仁爱，并用一个字概括中华文化：“和”——“和气”、“和为贵”的“和”。

钟文典　忆北大

钟文典（1924—2010）

历史学家。以研究太平天国著称，曾任广西师范大学历史系主任，中国太平天国研究会会长。著有《太平军在永安》、《太平天国人物》等，主编或参与撰写《太平天国史》、《20世纪30年代的广西》、《广西通史》等。

在俞大缜家喝咖啡

我在北大上的第一课是外语课，老师是个老太太，俞大缜，国民党那个俞大维的妹妹，曾国藩的外曾孙女。老太太很认真，也很严格，一看有个新同学来，就叫我起来念。我第一天报到，第二天就上课，当时还没有书，就拿了边上同学——就是傅作义儿子——的书。念完了，老太太没叫我坐，说："怎么开学一个月了，你连课本也没有？"我是刚从南方去，普通话也说不好，又不好解释，就在那里听她批评。完了她马上就测验。第3天放榜了，成绩单公布在图书馆前的那面墙上，我的名字排第一个，钟文典，59.5，用红笔写的。哎呀，我一看，糟糕了，全班有3个不及格，我是一个。

第3天又上课了，老太太又叫我起来念书，我念完了她说："你的发音不错，就是说得太快了。"然后又问我："你现在有书了没有？怎么回事？"我就把情况告诉她。老太太人很好啊，就说我错怪你了。后来有一天，她要我到她家里去，冲了一杯咖啡给我喝。所以我第一次喝咖啡就是在她家里。

当时北大师生是这样一种关系。

俞大缜先生这个人很耿直。后来罗尔纲先生研究太平天国，写了《李秀成伪降考》，受到批判。俞先生就出来作证，说李秀成的确是伪降，她说我听我的先辈说过，李秀成劝曾文正公做皇帝，他是想策反，曾文正不敢。当时正在批判（罗尔纲）的风头上，她敢出来作证，那是很不容易的哦，而且她还去找周总理说理。

曾国藩的曾孙曾昭抡那时也在北大，是教务长。他不是搞化学的嘛，一天到晚穿黄呢大褂，上面有很多洞，都是化学药品搞的。他刚上班的时候有个笑话，门卫守住门不让他进。他是教务长，要上班，为什么不让他进？穿的是破大褂，两只鞋穿反了，人家一看以为他神经不正常。后来有人说这是教务长啊，你不让他进？才放他进去。我听过他的演讲，在大礼堂，差不多坐满人了，站着听的都有。当时北大每天差不多十几二十场讲座，随你听，挤破人的有，十几个人的也有，照样讲。不会像现在这样正规，一定要到多少人数，十几个人好像就不行。

跟沈从文淘文物

大学国文第一课，是沈从文先生上的。沈从文我们大家都知道啊，一看，沈先生是这个样子：很清瘦，个子不高，戴了一副近视眼镜，外面穿一个大褂。他讲课像他人一样，慢条斯理，有时候讲着讲着自己还笑一笑。所以他给我的印象是温文尔雅的一个君子。我上了他一个学期的课，聊过几次。

解放以后沈先生没有工作，后来是郑振铎帮他安排到故宫博物院。文学搞不了他就研究古代服饰。但他研究什么成什么，他那个服饰史现在也没人超过他，是吧？

1954 年，学校（广西大学）叫我去买些文物，第一站我就到故宫博物馆。他们说这个你要问沈先生。一看，他就在那个大厅的角落里。我马上过去，叫了一声先生。他抬头看，我向他鞠了一个躬。他说："你是谁呀？"我说我是你的学生。他有点印象，就问我找他干什么，我说学校给我 2000 块钱买文物，要建文物室。

因为我们是师生，他很坦率，说你不懂，你明天 8 点钟来，我带你去。

第二天就带我从故宫博物院跑到西琉璃厂。我请他坐黄包车他不坐，一定要走路去，故宫到西琉璃厂蛮远的啊！一连 3 个上午，他一家家挑，一件件比，再一件件砍价。用完 2000 块钱，他就去监督人家装箱，然后跟我说你可以回去了，剩下的我帮你做得了。

结果为这些文物，沈先生先后来了 6 封信，都是蝇头小楷，毛笔字写得很清秀。我临走时，他还送了一块自己的唐代铜镜给我们文物室。1960 年还是 1963 年，他来桂林，到文物室去看，很高兴，说，“我这个破铜镜也在！”我特地用个玻璃盒装起来的，注明是沈从文先生捐。文物室还有一套钱币，从古代的一直到清代的铜钱、钞票都有，他说这一套我们当时没有买啊。我说这一套你记得没有？我们交易最多的那一家文物商，他送了一套到我家里。当时标价不高，24 块钱。

沈先生，一直到现在我都想念他。我 1988 年去宝鸡开会，在火车上听到他去世的消息，很伤感，一到宝鸡就写了一篇回忆他的文章。

请胡适给小学题字

1946 年 10 月，胡适先生主持了北大的开学典礼，那是我第一次见到胡适先生，后来就见多了。有一天我从图书馆出来，往北走，他从他那个办公室绕道往南来，刚好就在图书馆那儿相遇。我向他鞠个躬，他也脱了帽回礼，很客气地问我：“你有什么事要我帮忙么？”我说：“报告校长，没有什么事。”

刚好那时候我家乡办一个小学，用我祖父的名字命名。我一个堂兄的母亲去世了，把剩下的几十亩田捐给小学作办学经费。我跟堂兄谈了这个事情，我说胡校长尽管那么有名，但对学生还是非常客气的。他说那你请他帮忙写个校名啊。我就拿了那个校名的条子，在他办公室外转悠了 3 天。第 3 天碰到他了，他也帮忙写了“定荣纪念学校　胡适题　一九四七”。

后来我在北大读研究生、当助教，就住在胡适先生对门。他妻子江冬秀人胖胖的，胡先生对她很好。有时候他们出门来，胡先生拿把纸扇，穿着大褂，江夫人穿着布鞋、白袜子，头上还插着花，两个人就这样慢慢走。

胡先生当时没开什么课，外国学者来，他就去介绍一下。但他演讲很好，我听过。他做校长有点无为而治，真的是兼容并蓄。天主教会一个美国神父，在红楼西边的教室做报告讲解放区怎么怎么不好。但是在东边，地下党进来了，就在那儿讲解放区怎么怎么好。我先去听西边的，因为对教会我从来没接触过。很多教徒在那里念“阿门”，低着头，闭着眼睛，吓了我一跳。又到东边去听解放区那边怎么样。那个时候就是这样的，兼容并包。

后来国共内战，快打到北平了，学校分成两派，一派主张迁校，一派主张留守。胡先生在红楼摆两个桌子、放两个本子，赞成迁校的反对迁校的，大家都可以提意见，记下来。后来反对迁校的占多数，所以没迁。胡适先生本来不想离开北平，后来闹得厉害，他就走了。

钱端升一堂课只讲10分钟

那时候解放军已经围城了，学校里就搞护校运动，名头叫“保护老教授”，实际上就是稳住老教授，不让蒋介石抢走，所以每个教授家都住了四五个同学。我当时分到楚辞专家游国恩先生家里。那时教授的房子也不大，游先生睡床上，我们就睡在他床前，吃饭也在他家里，游先生后来就留下来了。解放以后周总理到北大和资深教授开会，30几个人吧，坐下来第一句话就说：“可惜胡适走了，要不走，北大校长还是他来当。”说明共产党原本还是对他寄希望的。这是后来钱端升先生告诉我的。

钱先生是浙江人，口音比较重，所以你听他的课要集中注意力才行，不然听不懂。他是当时国民参政会3门大炮之一，他一个，许德珩一个，周炳琳一个，经常向国民党开炮。所以他上课议论时政牢骚很多，见了桌子骂桌子，见了凳子骂凳子，有了新闻先发一顿牢骚，然后一看表，还有10分钟下课了。一讲课，底下大家谁也听不懂，所以有同学递条子给他：“临表涕零，不知所云。”——《出师表》里的话。他看到这条子也摇头笑。

但是我想，钱先生是国民党那时候30多个院士之一，美国人经常请他去讲学，他的著作也不少，说他没有学问没道理。所以我就下决心听听他那10分钟课，一试，你只要认真听进去了，可以给你很多启发，他真是有大学问的。

我跟胡适先生的大弟子罗尔纲比较熟。罗先生做学问很扎实，人也很随和。他能得到胡先生的欣赏是因为帮胡先生做他父亲的文稿。胡先生父亲的字很难看懂，找了几个人都做不下去，罗先生在那里搞了一年多，把它搞清楚了，所以胡先生很欣赏他。

罗先生的《师门五年记》本来叫《师门辱教记》，后来胡适先生帮他改了（书名）。胡先生在台湾做60大寿的时候，自己出钱印了400本，来祝寿的每个人一本。后来大陆批判胡适，罗尔纲说我不批判。消息传到了台湾，（有人就告诉胡适）说罗尔纲也批判你了。胡先生很坦然，说尔纲不会这样做的，我相信他是违心的。这话又传了回来，传到罗先生那里，罗先生整整一天不说话，在那里流泪。

吴之春只剩一个学生也上课

当时有个吴之春先生，教西洋思想史的，原来是清华大学教务长，湖北人，70多岁，身体不太好，上他的课分数容易得，只要交一份作业都及格。他开选修课，选的人很多，我记得第一堂课交选课单时，80多个人；第二堂来听课的，20多个人；第三堂，5个人，其中有一个是我。第四堂课我琢磨还去不去，后来一想，5个人，再去一次吧。到那儿一看，就我一个人。我想走，吴之春先生来了。他一上讲台，瞪大眼睛，用湖北话问我："你还来啊？"我说，吴先生，我在听。他说你不要来了，以后到我家里去好了。所以每周三的3、4两节课到他家里去，就是面对面聊天，能学到很多东西。那时候北大是你爱听就听，不爱听就不听，作业做好就得了。当然那时候作假的人也少。

西洋思想史专家吴恩裕先生——他也研究红楼梦——跟我无话不谈。他爱听京剧，我也爱听京剧，有时候他买到两个留声机片子，马上就跑到宿舍来找我："文典，今天晚上来啊！"到那里去，一杯清茶，有时候两个烧饼，我们就一起听京剧。

当时俞平伯还在，贺麟也在。俞平伯先生也很有意思，他不修边幅。学校有个邮电所，很多老师、同学在那儿寄信，他近视眼，一进去把两边的人都挤开了，他先来。我说这不是俞先生嘛，他好像也蛮不在乎。

我在历史系读了一年，因为我对外交史、国际法有兴趣，系主任郑天挺先生说，既然对外交史有兴趣，转到政治系去吧。他还帮我去政治系联系，政治系主任王铁崖先生同意了，所以我就转到政治系。当时是没有门户之见的。

卖了裤子衣服去听梅兰芳

我感觉在北大最受益的就是和一些朋友一块儿闲聊，特别是读研究生那段。那时宿舍里面12个小房间，一人一个房间，楼下一部公用电话，还有小厨房、卫生间、洗澡间。每天下课了回来休息，或者吃完晚饭，一人一张扶手椅，就在宿舍前的院子里，捧着开水开始瞎聊了：我今天看了什么，我是怎么看的；我今天读了什么书，我是怎么感觉的；我今天听了谁的报告。就在那儿聊，一聊一两个钟头。哎，我就感觉我也听了那个报告、读了那个书。

那时候周末活动也很多。我是南方去的，一到周末就去游览。北京城的老城门，还有那些老街道、老市场、庙会，我都去过。我们还组织去游长城、香山、颐和园。有时候去听京剧、相声，有时候去赶庙会，吃街边炖的羊杂牛杂。

解放后，梅兰芳、周信芳在北京第一次演出，我跟几个同学很高兴，但是没钱买票。怎么办呢？我就卖了两条裤子一件衣服，连夜去排队买票。我们买的楼座，坐成一排。梅兰芳解放以后经常听，到底老了，比不上以前了，以前灌的片子那的确是唱得好。马连良啊，杨宝森啊，叶盛兰啊，这些都听过。侯宝林的相声，当时5毛钱一张票。现在说相声没有谁能比得过侯宝林，老前辈就是老前辈啊，那功夫真的不一样。他的相声生活气息比较浓，说出来的东西就跟你很接近。现在的相声我不愿意听，他不是说，是喊，老在打闹，没意思。侯宝林跟郭启儒就不一样，就站在那儿说，一听起来味道很足，没有人比得上他们。

钟文典口述　林东林采访

周有光　105 岁从世界看中国

吴虹飞

周有光（1906—　）

杰出的语言文字学家。几十年来一直致力于中国内地的语文改革。参加并主持拟定《汉语拼音方案》（1958 年公布），被誉为汉语拼音创始人之一。是《简明不列颠百科全书》中文版三位编委之一。

眼前的小书桌，黄色的漆掉了大半，露出木头纹理，但磨得久了，也不觉得粗糙。眉毛已经全然没有，两道眉骨泛着红润的光，105 岁的周有光老人端端正正坐在椅子上讲笑话，他说：“很有趣味。”一笑就用手挡在嘴前，好像不该笑得这么开心似的。“人老了，牙不大好。”他调皮地说，“我不讲究吃，可是有好东西我要吃。”

“资本主义是腐朽的，我这种从外国回来的人腐朽思想是很多的，你们听我讲话要小心了。”待在桌前坐定，他摘下眼镜，合上书，将台灯推开些，戴上助听器，手不抖，气不喘。“我们要讲老实话，你们记录的时候，有些话少记录一点好了。”

“我计算过，用电脑写文章之后，我的收入增加 5 倍。”他举着一只手，手指揸开，很认真。105 岁的周有光，完全跟得上时代脚步。他知道“谷歌”的纠纷，还差点去看了《阿凡达》；我们用惯电脑，“提笔忘字”，他也会忘；当年他推行简体字，现在却经常忘记简体字怎么写，记得英文怎么说，却记不得中文怎么说。他完全有资格跟记者讲古：“我看着私塾变成了洋学堂，

从留辫子到剪发；看着家里面从原来点洋灯变成点电灯，用上了电脑；还有手机，万里之外的人跑到耳朵旁边了。不是过上神仙生活了吗？”

1956年，周有光刚从上海来到北京，住在沙滩，外面大雨里面小雨，他自己写了个《新陋室铭》，“房间阴暗，更显得窗子明亮。书桌不平，更怪我伏案太勤。门槛破烂，偏多不速之客。地板跳舞，欢迎老友来临。卧室就是厨房，饮食方便。书橱兼做菜橱，菜有书香。”

改革开放后，换到朝内大街后拐棒胡同，不大的面积被分成4间，已经是特别优待。“后来单位在方庄买了比较好的房子，叫我搬走。我说年纪大了，不活动了，小一点无所谓，半张破桌子、半间小屋子，我不要好的了。我老了，再好也没有意思。再说我是过过好生活的人，不在乎这个。”

“文革”时，下放到宁夏，“大家以为不会回来了，很多人心情很坏，我觉得很好，不是下放这种地方我怎么会来？都不知道中国还有这种地方。过了两年4个月，林彪死了又回来了。所以我不发愁，发愁没有用处。我遇到过许多困难，已经有经验了，觉得塞翁失马，焉知非福，不要慌。”他又半掩着嘴笑了，很自得。他的《汉字改革概论》发行量很大，但“50年代有稿费的，‘文革’就没有了，我好多书都没有稿费。我们的稿费真少，现在的跟50年代的差得不太多，物价涨了几十倍了，靠稿费吃饭你要饿死了！”

他不喜欢官场那一套。“国民党里好多重要人物都是我的同学、好朋友，要做官早做了，我不加入；跟共产党很多重要人物也是好朋友。我跟周恩来在重庆就认识，1945年国共合作谈妥之后政协成立，他开座谈会总有我；陈毅在上海当市长时，开座谈会总请我，我给他提经济方面的建议。他在很多场合说，‘周有光的建议都很好，但我不在他也实现不了！’但我也没加入共产党。后来胡愈之说，没有一个组织关系不方便，我就参加了民盟，其实什么都不管。《群言》是民盟的刊物，我给他们写文章，20个编委现在就剩我一个。政协开会，我跟毛主席也碰到过，拍了几次照，但从来不挂。许多人把重要人物的照片挂在墙上，我只挂家里人。”

妻子张允和80岁时回忆昔日恋爱情景，写了篇《温柔的防浪石堤》，“两个人不说一句话。他从口袋里取出一本英文小书，多么美丽的蓝皮小书，是《罗密欧和朱丽叶》，小书签夹在第某幕、第某页中，写两个恋人相见的一刹那。什么‘我愿在这一吻中洗尽了罪恶！’这个不怀好意的人，他不好意思地把小书放进了口袋，他轻轻用右手抓住她的左手。”虽然她没有用一吻“洗尽了罪恶”，但从此，“她的一生的命运，紧紧地握在他的手里”。

提到这篇文章，周有光笑了：“恋爱的文章嘛，大家都喜欢看。我老伴去世前一天晚上有朋友来拍照，第二天发病就去世了。她的心脏不大好，93 岁，去世应该说是自然的了。”他在纸上写下“93”这个数字，画个圈，让保姆找来一本张允和的自述文集《曲终人不散》，送给记者，署“周有光代张允和赠”。他始终叫她“我的老伴儿”，质朴情深。

人家看他是 100 多岁的长者，常常问他中国的前途怎么样。他说所有的国家都有前途，都是光明的，区别是快一点和慢一点，“我们国家还是发展得比较快的”。

沈从文的本事比我大

人物周刊（以下简称“问”）：您跟张允和先生的恋爱故事是大家很感兴趣的话题。

周有光（以下简称“答”）：人家对我们的恋爱很感兴趣，可是我的兴趣在学问上面，不在家庭生活上面，我和她结婚是偶然的。我的老伴儿曾祖父是清朝大官僚，做过两广总督、两江总督。到她父亲的时候，家里败落了，但还是很有钱。她父亲接受了新思想，跟蔡元培、蒋梦麟做朋友，离开本乡，在苏州办了一个女子中学，直到今天还在。我的老伴儿进这个学校，跟我妹妹同班。她到我家里玩，我们很早就认得。我跟她的关系，可以分为 3 个阶段。苏州阶段，好多人一块出去玩；上海阶段，我们俩往来多了一点；最奇怪的是在杭州又碰到了，杭州风景好，是恋爱最好的地方，这是恋爱阶段了。后来结婚就到外国去了。

沈从文跟三妹（张兆和）的恋爱是另一种。他在中国公学教书，给三妹写情书，三妹找到校长胡适，说他是老师还写这些乱七八糟的东西给我。胡适说，他又没有结婚，向你表示好感没有错。这句话讲完三妹就很不高兴，结果胡适第二句话更糟糕，他说我跟你父亲也是朋友，要不要我跟你父亲讲讲？三妹气得扔下信就走了。（大笑）沈从文本事比我大，你不理我信照样写，你看也好不看也好，一封一封来。他们后来到了山东大学慢慢好起来。我说沈从文脸皮老厚的！我一点不用追，我跟老伴儿是流水式的，他是冲击性的。

问: 据说您给张允和先生写信说，“我很穷，怕不能给你幸福。”是真的吗?

答: 对。他们家太有钱了！我们家也是大家，但太平天国把我们家打掉了。那时我很穷，我说我害怕不能给你幸福。她回了10页纸，说，幸福是要靠自己创造的。我们在杭州很有趣味，礼拜天去玩，不能手牵手，走路还要离开一段。一个和尚跟在我们后面，我们走得快他也走得快，我们走得慢他也走得慢，故意听我们讲话。后来，我们在一块大石头上坐下来，他坐在我们旁边，问我，这个外国人来中国几年了？我说来了3年了。他说怪不得她中国话说得这么好！我的老伴儿鼻子比普通人稍微高一点，他以为她是外国人！

问: 您觉得金钱对婚姻重要吗?

答: 可以说重要也可以说不重要。婚姻恋爱本来跟经济没有关系的，可是在这个社会里面不能没有钱。有许多人为了钱结婚，也有人为了钱闹离婚，这不是钱本身的问题。我主张恋爱不仅要爱，还要有敬。许多人离婚是因为对对方没有敬重的心。我们两个人吃咖啡、喝茶，都是举杯齐眉，表示敬重。既有爱又有敬，婚姻会比较圆满。我跟我老伴儿，结婚70年，美满70年。我一个孙女在美国，买周年礼给我们，发现印好的卡片就到60年，没有70年的。人家问我们保姆，他们吵架吗？保姆说不吵架。其实也吵，但都是两三句就吵完了，不会哇啦哇啦让保姆听见。都是为别人的事，不是为两个人的事。我对什么事都是乐观态度，加上我既要爱又要敬的婚姻观，我们很幸福。

要以世界视角看中国

问: 您曾将文字的历史分为三期：原始（形意）文字时期，古典（意音）时期和字母（表音）时期，汉字在宏观分期中处于古典时期。这3个历史时期是不是文字发展的必然轨迹？您曾说要让汉字字母化“等500年吧”，但从更宏观的视角来看，字母化是不是一种历史趋势?

答: 人类文字发展分几个阶段，不同学者看法不一样，我比较了几十种看法之后，把它分3个阶段，原始文字、古典文字和字母文字。原始文字是不成熟的，它不能全部记下我们想说的，尤其是虚指，有些部分要靠你自己记。汉字是古典文字，重要的古典文字还有两河流域的楔形字、古埃及的象形字和美洲的玛雅文。玛雅文一度失传了，差不多 600 年没有人认识，后来一个俄罗斯人把它认出来了。我在 1956 年搞到了俄罗斯的资料，第一个把它介绍过来。可是几年之前举行大规模的玛雅文化展览，只有玛雅文没有玛雅文解释，他们不知道玛雅文已经看得懂了！

古典文字作为符号是很难认的，之后有了字母文字，这是高度思维的结果，也是发展趋势。在咱们国家，有人争论我们的拼音能否成为文字。拼音化有两个含义：广义的拼音化，比如用拼音发短信、给汉字注音，方便了很多到中国来的外国人，他们觉得汉字很难。80 年代到欧美去讲学，有个教授问我，你们汉字有没有 1000 个？他以为 1000 个就不得了了，我说我们通用汉字有 7000 个。他吓坏了！狭义的拼音化，就是把拼音变成正式的文字，这个很困难。拼音从理论上讲当然可以成为文字，但要真正成为文字，不仅要我能写，还要你能看懂，100 年后的人能看懂。人家问我最短要多久，我说你等 500 年吧！

问：您曾举文艺复兴的例子旁证对“华夏文化”应该“温故而知新”，对古代文化的精华加以提高和发展，再创造新的文化。您对当前的“国学热”怎么看？

答：民国那时候就有好多人说不要用“国学”这两个字。什么叫“国学”？只是中国有“国学”吗？我就用“华夏文化”来代替“国学”。我主张研究华夏古代的东西，温故而知新。近来复古风很厉害，其中一种是真正的复古，以为古代好现在不好，这是错误的。孔夫子说“述而不作”，先把古代的东西学好，不要乱七八糟自己搞，这个态度开头是很对的，但再进一步就不行了。我们今天要“述而又作”，社会是进化的，我们要学古代的，也要创造今天的。孔夫子是谨慎，说不要创造，其实他创造了很多东西。这就是正确的复古态度，不仅继承，还要发展和更新。

问：除了向内观照华夏文化之外，您一直很关注全球化的问题。

答：我是学经济出身，1955 年全国文字改革会议之后领导让我做文字改革，我就改行了。研究语言文字学时我发现，中国在这方面有很好的传统，缺点是只研究中国不研究外国，只研究古代不研究现代。新时代语言文字的许多问题其实从清朝末年就开始了，古老的语言文字跟现代化不能配合。所以我写成了《汉字改革概论》，把群众的感性认识提高到理性认识，把文字改革跟现代科学挂钩。当时发行量很大，日本很快就翻译过去了。

我做研究有这种视野——必须从世界来看中国，不能从中国来看世界。比如提出一个问题，汉字在世界历史上占什么地位？这个问题很重要，我从50年代开始研究，一直到80多岁把它写成书，叫做《世界文字发展史》，补充了现代的知识，跟外国联系，把汉字的学问扩大到世界。

前两天我看到这本《许倬云访谈录》，有一段话很对，大意是说过去我们讲爱国，现在全球化年代不能这么讲了。法国人爱法国，德国人爱德国，于是打了两次世界大战。要爱人类，从爱人类的角度来爱国。这种想法在英美很早就有了，我最近写了两篇文章稍稍提到一点，出版社说写得太心急了，不知道读者能不能接受得了。说真的，迟早我们要接受，这是一个趋势。

文化不分国家。但我们这里，《人民日报》好多文章还是老一套，现在大学政治课都是老师讲给天花板听。要从世界看国家，不能从国家看世界，老一套的宣传迟早要改掉的。

我们很多社会科学处于玄学阶段

问：您曾提及历史发展的轨道主要是：在经济方面，从农业化到工业化到信息化，从听任自然到改造自然；在政治方面，从神权到君权到民权，从专制制度到民主制度；在思维方面，从神学思维到玄学思维到科学思维，从迷信盲从到独立思考。您这个轨道的设想是怎么产生的？

答：社会的发展可以从好多角度看，主要是3个：经济的、政治的和文化的。经济方面有3个高峰：农业化、工业化、信息化。中国农业化发展特别好，值得骄傲；工业化我们落后了，现在靠引进外包经济慢慢好起来，但这是初级阶段；信息化我们也进入了，比较快，特别是手机。但也在低阶段，最近不是正跟谷歌吵架吗，就是信息化的问题。

政治是从神权政治到君权政治再到民权政治，就是从专制到民主。民主制度3000多年前古希腊就有了，可美国发展得比别的地方快。欧洲传统势力大，有很强大的特权阶级。我常说贪污很简单的，有特权有保密权，当然可以贪污，一民主特权没用处了，所以许多人要反对民主。

文化方面，从神学思维到玄学思维再到科学思维。人家问我，你105岁，还能写文章，有什么长寿之道？我说没有，是上帝太忙了，把我忘了，这就是神学思维；玄学思维是推理性的，譬如我们看到太阳早上从东方升起晚上从西方落下，推出地球绕着太阳转；科学思维要靠实证，所以我们说实践是检验真理的惟一标准。

问：您觉得当下中国处于什么阶段？

答：民主最近几十年的发展，在美国多了两样东西：第一是电视辩论。美国选举总统要在电视上面辩论。这两天新闻说，英国这个最早开创民主的国家一直没有电视辩论，也宣布今年首相大选要开始电视辩论了；第二是国际观察。他在国际上有3个重要的观察团，谁选举他就派人来看，看了也不讲话，回去之后才讲话，把你这个选举的真假看得很清楚。我们的选举，我这个老头子不能出去，什么人代替我选、选什么人，我都不知道。

我们改革开放已经改了很多了，全部都改是不可能的。社会发展到一定阶段要求民主，这是自然趋势。当然民主也不是有利无弊的，但利多一点。很多人问为什么欧洲帝国主义垮台了而美帝国主义没有。有人说美国条件好，有两个洋保护它，那南美洲为什么直到今天还很糟糕？关键是美国有民主。

欧洲国家垮在殖民地上，美国用技术创新代替殖民，用许多新方法赚你的钱，你还要感激它。最近《阿凡达》这么火，他们要给我买票，买不到。北京人家里几十样电器，90%都是美国的。最近我们跟美国吵，不行，吵不过它。全世界的网络有一个主根服务器，在美国；12个根服务器，9个在美国。它控制全世界的网络，怎么跟它打仗呢？美国花了3天时间切断萨达姆的通讯系统，不到一个礼拜美国坦克就开到了巴格达城里。所以不能用老办法对付它。怎么对付它？要研究！它最怕我们的科技进步！

我们的自然科学越来越发达，用的是科学思维，但我们的社会科学还很不发达，自己限制自己，有很多处于玄学思维阶段。有一次《群言》杂志开座谈会，清华大学的一个教授讲，他的一个朋友从美国回来，女儿跟着回来读中学。老师让她说读完《卖火柴的小女孩》有什么感想，她说资本主义不好，害得这个孩子很苦，社会主义要注意不要这样做。老师批她一个零分。他朋友就去找老师。老师说，你怎么这么教孩子，要告诉孩子社会主义国家是不可能有坏事的！家长说，这不是叫她讲假话吗？老师回答，这不叫假话，叫思想引导！

这显然是玄学思想，不是科学思想。我们至少在社会科学方面还停留在玄学时代，很多思想没有引进来。比如没有引进教育学，教育搞得很糟糕。许多社会规律在我们这里都不起作用。

整个来讲我们还在第二阶段。我们是在前进，速度是比较快的，这一点是很好的。“满招损，谦受益”，假如这样，我们可以发展得更好一些。

马克昌　我为“四人帮”主犯辩护

陈彦炜　刘　星

马克昌（1926—2011）

著名法学家，新中国刑法学开拓者和奠基人之一。与人大高铭暄教授合称为我国刑法学界的“北高南马”。参与修订1997年《中华人民共和国刑法》。著作有《比较刑法原理》，主编《犯罪通论》、《刑罚通论》、《经济犯罪新论》等。

1980年11月16日，清晨6点，马克昌匆匆吃完了早餐，在国务院第一招待所乘车，经长安街一路向北，朝京郊昌平而去。

两个小时后，他在五云山麓下车。眼前的建筑砖墙高耸、电网密布、铁门紧闭、气氛森严。墙内有10栋灰色的砖砌楼，窗户离地面两米多高，在人的视线以上。每道大门皆装有“监视孔”，门旁是荷枪实弹的武警。这里实行“认证不认人”的铁则，再大的官儿到访，没有专门印制的出入凭据也休想迈进半步。马克昌谨慎地掏出由司法部、公安部开具的介绍信，经门卫与公安部电话核实，最终得以进入大院。他默不作声，只顾一路向前，心里却暗自慨叹着：好一座插翅难逃的秦城监狱！

一个月前，54岁的武汉大学法律系副主任马克昌正给学生上课时忽然接到学校办公室转来的急电，令他火速进京，到全国人大法制工作委员会报到，“其他不详”。他坐上当天下午的火车，次日凌晨抵达北京，被接到了国务院第二招待所。这时他才知道，“上面”让他参与对“林彪、江青”集团起诉书的讨论。一周后他又被指定为“四人帮”主犯张春桥的律师，因张抗拒

律师辩护，换成为“林彪案”主犯，曾任中共中央政治局委员、解放军副总参谋长、空军司令员的吴法宪辩护。

“他不想死，认罪态度相当好。”这是马克昌对吴法宪最初的印象。昔日呼风唤雨的吴是“林副主席”面前的红人。1967年，林彪的妻子叶群对吴法宪说，女儿已经在空军了，想把儿子也放到空军来：“我儿子、女儿都到空军，这是对你的信任……你应当让他们在空军大胆工作、大胆活动。”为了表示对林彪的忠心，吴法宪将林立果安排进空军党委办公室当秘书，当时林立果甚至还没入党。几个月后，按照林彪意思，吴法宪又将林立果提升为办公室副主任兼空军司令部作战部副部长，并指示空军：林立果可以“指挥一切，调动一切”。随后，林立果利用吴法宪赋予的特殊权力，开始培植亲信，密调部队及飞机、武器，建立秘密据点，窃取外汇，购买特工器材，谋划暗杀毛泽东。这些事成为后来起诉吴法宪的重要罪状。

当年的律师小组由司法部直接举荐，云集北京、上海、武汉、西安等地的17名律师，时任司法部副部长陈卓亲自分管。

马克昌回忆，彼时，中国正常司法刚刚恢复，而林彪集团、“四人帮”集团的罪犯大多曾身居高位，掌握大量国家机密，因此，主管部门对辩护律师的态度是谨慎甚至严苛的。时任全国人大常委会副委员长的彭真亲自圈阅了《辩护工作方案的建议》，提出“会见被告人必须有看守人员在场”、“律师在法庭上不得作无理强辩”、“要保障法庭审判顺利进行”等要求。后来，司法部又提出“不搞单干”、“要谨慎”、“把问题想周全”、“严格保密”等4项要求；除了“某些细节”可以“作相应辩护”，就只能“请法庭依法裁判”。但马克昌说，事实上，在实际审判中，后来为几名被告人所作的辩护词突破了上述规定。

他本人便是特别法庭上对被告人提问最多的律师之一。他认为吴法宪可减轻罪名的几个关键点在于：吴法宪确立林立果“两个一切”的地位后，是否知道可能导致的后果；当年周宇驰无视周恩来下达的禁飞令，杀害飞行员陈修文，并驾机逃往广州，事先吴法宪是否知晓；吴法宪按叶群指示通知江腾蛟到京议事，随后叶群向江布置了查抄郑君里、赵丹等5位上海知名文艺人士住所的秘密任务，吴法宪是否事先了解叶群的真正意图。对于这些问题，吴法宪均予以否认，证人和证词也支持辩护意见。马克昌据此力争，提请法庭对吴从轻判处。获准进入庭审现场的新华社记者回忆，当马克昌道出“从轻判处”4 字后，台下观众窃窃私语：原来辩护是玩真的呢！

最终，吴法宪被判处有期徒刑 17 年，服刑大半年后保外就医至济南齐鲁医院。

马克昌从此声名大噪。

事实上他极少作为律师出庭，特别法庭上的舌战，是他毕生最为特殊的一段经历。他说自己的身份就是一位研究刑法的专家。1950 年，马克昌由武大法律系毕业，进入中国人民大学，师从苏联刑法学家贝斯特洛娃，成为建国后首位刑法学硕士。1956 年冬，他进入全国人大参与中国刑法的起草工作。两年后，他被冠上“右派”的帽子，脱离法学教育和研究长达 20 年。直至 1979 年，马克昌才得以重回武大，与著名法学家韩德培共同筹划恢复法学教育。那一年，他已经 53 岁。7 年后，武汉大学在全国率先重建法学院，马克昌任首任院长。1996 年和 1997 年，他又作为专家代表，参与刑法修正案的讨论，提出了“限制死刑的适用范围”等意见，引起高度关注。刑法学界多将马克昌与中国人民大学的高铭暄教授并称为“南马北高”。

如今，84 岁高龄的马克昌仍耳聪目明、精神矍铄。拿着计步器，他可以一口气走上 4000 米，武汉协和医院的大夫说这才是“80 岁的老人，40 岁的心脏”。在他珞珈山脚下的寓所里，他身穿运动夹克，侃侃而谈。他说他一定要强调一句话：作为法学家，他很庆幸自己遇上了林彪集团、“四人帮”集团这样的特别案件。“不是说我的水平有多高，而是以后的同仁，再难有这样的机会，亲历如此空前绝后的世纪审判。”

为“四人帮”辩护不是走过场

人物周刊（以下简称“问”）：您是“文化大革命”的受害者，后来却成了林彪、“四人帮”集团的辩护人。经历这种角色转变，内心有没有冲突？

马克昌（以下简称“答”）：我当年是被划为“右派”的，送到湖北蕲春八里湖农场去劳动改造，干过重体力活儿。好容易摘了帽子，又把我弄去武大的伙食科。劳动劳动倒没什么，可惜浪费了一个学者最宝贵的研究时间。不过，我作为林彪、“四人帮”集团主犯吴法宪的辩护律师，没有任何个人

恩怨夹杂其间。我是搞法律工作的嘛，按照宪法，他们也有辩护权，应当让他们享有权利，这样国家才能真正走上法治之路。

问：他们真的能享有这种权利吗？当年的审判，辩护律师有没有真正起到制衡作用？还是仅仅流于形式？

答：庭审结束后很多群众评价，“哎呀，他们这还是真辩护！”就是说这不是走过场，也不是应付一下就算了。我的观点：在那样的特殊时期有这种评价，就算是辩护成功了。如果别人是说“哎呀，这就是做个样子”，那就失败了。

问：“上面”有没有给你们施加压力？

答：可以说没有。

问：您说您的辩护放在那个特殊时期看是成功的，那么放到今天来看存在什么问题吗？

答：是存在问题。比如律师们心存顾虑，对应当提出辩护的论点没有提出或不敢径直提出。比如起诉书指控江青、张春桥、姚文元、王洪文密谋，由王洪文到长沙向毛泽东诬告周恩来、邓小平搞篡权活动，阻挠邓小平出任第一副总理。对此律师曾进行研究，认为王、张、江、姚是党的政治局常委或委员，他们商议问题，向党的最高领导人陈述意见，尽管内容是对周、邓的诬陷，但做法上还是符合党的组织原则的，不应认为是罪行。尽管有这样的认识，律师为姚文元辩护时却没有提出。比如律师认识到指控姚文元参与上海叛乱没有足以认定的罪状，应作无罪辩护，但考虑到这样就推倒了姚的一大罪状，事关重大，不敢直接提出。

当时对律师小组有种种规定，并且要求律师的辩护“须有利于审判工作的进行”，律师只能处处依照规定行事，只是根据案卷材料找出为被告人辩护的论点，没有另外再找有利于被告人的证言或者其他证据。在法庭调查时律师发言不多，只在非常必要时才向被告人发问，并且自始至终没有提出传唤新的证人到庭的要求。

问：在律师中，一部分人提出“不要真辩”。

答：对，只是其中几个人。但我还是坚持应当真辩护，只要言之成理就说。该说的话你不说，这对律师来说是失职。当时在那儿发言我也这样说，一定要辩，这样才能让人家信服。后来我有一段话，出书的时候被删掉了。我说，就像演戏，如果你真是进入角色，那下面听审的人也会感觉到的。想演好，就要进入角色。

问：最终，10名主犯中，江青、张春桥、王洪文、黄永胜、邱会作没有辩护律师，为什么？

答：对，他们没有委托律师辩护，也没有接受特别法庭的指定。江青提出过聘请律师，并且有3位律师跟她会面，最终她又放弃了。出于多方面考虑，江青等5名主犯没有请律师辩护，这和工作做得不够主动有关系。如果事前多方面做工作，使他们对请律师辩护有正确的认识，最终同意请律师，就不会有这个缺憾。这真的是一件憾事。

吴法宪态度最好，称我们“首长”

问：除了辩护对象特殊外，特别辩护还有哪些特别之处？

答：1980年12月中旬，全案判决书拟出，提议送律师小组听取意见。后来，律师代表到审判小组参加了判决书修改意见的集体讨论。辩护律师得以事先参与本案判决文书的讨论，并可以发表修改意见，这在中国审判史上可谓空前、富有特色。另外，特别法庭还通知律师观摩了他们审判准备工作中的几次“开庭预演”。

问：当年，美联社发表了哈佛大学中国法律问题专家科恩对这次特别法庭辩护律师的评论，“迄今为止，辩护律师一直是胆怯和软弱无力的，没有对这次国家起诉的案件提出异议，他们的作用，看来仅限于为坦白认罪的被告人要求宽大处理。”

答：事实上，我们的律师超出了科恩教授设想的“作用”。辩护律师不只是“为坦白认罪的被告人要求宽大处理”，而且对起诉书中控告被告人的7条罪行提出了异议，并且取得了成功。吴法宪、江腾蛟和李作鹏事后都对律师的工作表示满意。江腾蛟说，“我讲3天3夜也不如律师为我辩的4条有力。”吴和李都不止一次地讲，“律师为我们说了公道话。”

问：您本人如何评价这场特别审判中的特别辩护？

答：不容易啊！中国的律师制度受“左”的思想影响，早在1950年代末就已不复存在。后来，大批律师被打成“右派分子”，失去了工作的权利。“文化大革命”是要“砸烂公检法”的，更没有律师存在的余地。成立审理林彪、“四人帮”特别法庭的第一次全体审判员会议上，彭真明确指出，有律师辩护比没有好。这次审判，可以说是中国法制建设的一个里程碑。在特别法庭上的辩护，是中国律师在世界上的第一次亮相。

问：您对吴法宪有什么印象？

答：他给我的印象是人很老实，而且字写得很好。过去大家都说他是草包嘛，我会见他后让他签字，同意或不同意我当他的辩护律师。他写完以后，我拿起来一看，那几个字写得真是漂亮，真不能说他是个草包啊。

问：您说他很老实？

答：相比江青他们，他真的是很老实，几乎没有否认过所列罪行。

问：作为曾经身居高位、显赫一时的人物，他对您态度怎么样？

答：他的态度可以说是最好的。在秦城监狱预审时，预审员每次都肯定他的态度。他所写的旁证材料最多，揭发同党的材料有 20 多万字。他还给预审员下了一次跪，说，“我犯的错误很大，枪毙我也是应该的，但我有老婆孩子，希望给予宽大。”我们第一次见他的时候，他称我们“首长”，说，“我叫习惯了。”

问：吴法宪最终判了 17 年，算是比较轻的。这与您的辩护是否有关？

答：最高法院院长兼特别法庭庭长江华后来在庭审结束之后做了一个报告，明确说起诉书中有些内容是不妥的，不是实事求是下的论断。他这个说法跟我们的辩护观点是一致的，那就是说我们的辩护还是得到了承认。最后他判得比较轻，应当说还是有辩护得当的因素。

应该严格依法，不能迁就舆论

问：刑法是应用法学，经常引发公众的广泛关注和评论。司法实践过程中，舆论、民意与业界、学界的观点往往会有分歧，网络兴起后这种现象愈发突出。作为法学家，您怎么看这个问题？

答：我赞成舆论对一切案子发表意见。从法官角度来说，的确应当尊重民意。但尊重是一回事，是不是听是另外一回事。归根结底还是要依法：民意讲得对的、符合法律的，当然要吸收，要采纳；民意不符合法律，那你就要敢顶，还是严格依法来处理。

问：您对邓玉娇案的表态，遭来了骂名。您说过，如果认定邓玉娇无罪，就是将法律置之度外，并支持法院判定邓玉娇防卫过当、“有罪免处”的刑事判决。媒体报道这些观点后，不少人说您“奉旨说话”、“晚节不保”。

答：我平时不上网，看不到这些评论，但是后来有不少人向我转述。不过，我了解到，法律界人士还是普遍支持法院的判决，支持我的观点。从一个法学家的观点来看呢，应当说，法院还是受到了舆论的影响，判得轻了，判徒刑缓刑更适合她的情况。

问：您的意思是舆论其实已经干预了司法。

答：我刚才说了，在我看来舆论和司法是两回事。这牵涉到敢不敢严格依法执行。你严格依法判决会挨骂的，还会受到一些制裁。这要看法官后边的领导敢不敢正确对待。如果能正确对待，而不迁就民意，就能真正树立我们国家法制的权威。

问：但我们的法制的确存在不健全的地方。

答：是的，这个事情本身就是不健全的表现。因此，我该说的话还是要说，你爱骂就骂吧，我能够理解。为什么我能够理解？因为现在社会矛盾太突出了，老百姓有太多不满，有些就发泄到案子上了。他们觉得你赞成官方的判决就是跟官方一个鼻孔出气，所以他骂你。从这个角度说，我能够理解他们。所以法学家要有正确的态度，司法人员要有正确的态度，关键是官方要有正确的态度。有些事情，不应当一味地被舆论引导。这是我的基本观点。

问：您觉得官方的态度特别重要？

答：法学家的力量是有限的，这些案子的判决不一定是当地法院的哪个法官所决定的，可能还是由当局来决定的。要敢于面对批评、依法办事，然后再解释。不应当采取迁就的态度，你越迁就越出问题，法制永远都健全不了。可以给大家说清楚嘛：你们是要法治呢，还是要让舆论审判胜利呢？如果舆论审判胜利了，将来是什么后果？

问：您会有判断失误的时候吗？

答：当然。有时是因为证据不是真实的，跟着做出错误的判断、错误的结论。所以，必须保证一切都是真实的。

问：您对中国目前的刑法，从立法到司法，有何期待？

答：我们的刑法应从“国家刑法”转变为“市民刑法”，从强调国家权威转向强调保障公民人权——可捕可不捕的不捕，可诉可不诉的不诉，可判可不判的不判，可杀可不杀的不杀。

（本文部分内容参考马克昌主编的《刑法学》、《中国刑法学》、《特别辩护——为林彪、江青反革命集团主犯辩护纪实》等书。感谢武汉大学法学院刘文戈提供帮助）

何兹全　一个世纪的人和事

刘子超

何兹全（1911—2011）

著名历史学家。主要致力于研究汉唐经济史、兵制史、寺院经济和魏晋南北朝史，是我国魏晋封建说的创始者和代表者。代表作有《中国古代社会》、《中国文化六讲》、《三国史》等。

雪后的北京。早上9点刚过，100岁的何兹全就坐到了电视机前，看冬奥会滑雪比赛。运动员在空中做着高难度的翻腾，现场的观众一阵阵惊呼，电视机前的何兹全却不动声色。他坐在轮椅上，穿着厚厚的棉袄，胸脯平稳地起伏，让人一时分辨不出他是不是已经沉沉睡去。

何兹全听力不好，思维却依旧清晰。他讲述着过往的人和事，仿佛就发生在昨天，就写在史书前页。轻轻一翻，就是百年。

加入国民党与研究社会史

何兹全生于山东菏泽。何家本是大族，到何兹全父亲一辈中落。他父亲只好到河北保定军官学校从军。何兹全出生时，他父亲已经做了小军官，家境也有了起色。

何兹全的小学老师曹香谷是位教育家，经常在大礼堂前廊的柱子上挂个小黑板，上面写着古圣先贤的格言，给学生们讲解。“是非审之于已，毁誉听之于人，得失安之于数”、“请看风急天寒夜，谁是当门定脚人”、“已

欲立而立人，己欲达而达人”——这些话，给了何兹全深刻的影响，成为他一生为人处事的准则。

他说，这辈子他的朋友形色各异，有跟蒋介石去台湾的，有跟共产党搞革命的，而他一直是中间偏左，进步，但不过激。这与早年的教育是分不开的。

1927 年，正值北伐战争。15 岁的何兹全已是一名注意政治形势的学生。北伐军的胜利让他非常兴奋地加入了国民党。不久，他读到陈公博主编的《革命评论》。何兹全说，加入国民党改组派，读《革命评论》，是他人生长路上的一个节点。自此，三民主义成了他的信仰。

第一次国内革命战争失败后，革命者反思失败原因，由此引发了对中国社会和中国社会史的研究。此时，何兹全已考入北平大学。开始他选读了政治系，后来发现政治系只讲政治理论，不讲历史根源，于是转入了史学系。

北大的自由学风，何兹全记忆犹新。他当时不曾想到的是，许多年后，他的儿子何芳川成了北大的副校长。

“那时，讲课最受欢迎的是胡适、傅斯年、陶希圣和钱穆，不仅生动，而且见解独到。”何兹全回忆，“老一代学者，学问基础都很扎实，前四史、‘十三经’都可以背诵。傅斯年引用古书要找出处，就整篇整篇地背诵，发现不在这篇，又背另外一篇。”

在学术上，何兹全受陶希圣影响最大。而恩格斯的《家庭、私有制和国家的起源》、《德国农民战争》和考茨基的《基督教之基础》则让他接触到了辩证法和唯物论。

1949 年以前，中国传统史学思想受到过两次大冲击：一次是 1919 年五四运动带来的西方资产阶级新史学的冲击；一次是 1927 年北伐战争后带来的马克思主义史学思想的冲击，具体地说，就是1930年前后的中国社会史论战。

何兹全说：“我是在这次冲击中，接受了马克思主义历史理论、史学思想的。像我这样年纪的人而又终生做历史研究的是少数人，多数人去革命了。”

后来，他在中央研究院历史语言研究所，直接在傅斯年的指导下做研究工作，受史语所学风和治学方法熏陶。傅斯年出身“五四”，陶希圣出身中国社会史论战，何兹全的同辈学人中，多半出身“五四”这一系统，只有他左右兼顾，接续了社会史研究的香火。

老史语所唯一健在的人

1944年何兹全进入史语所时，正值战火纷飞的抗战年月。如今，他已是老史语所唯一健在的人。

1928年，傅斯年创办史语所，集中了陈寅恪、赵元任、罗常培、李方桂、李济、董作宾等一批学者，一方面继承了乾嘉学派的治学精神，一方面汲取了西方近代新史学、人文科学和自然科学的研究方法，是当时中国最权威的学术机构。

何兹全加入时，史语所已迁往重庆附近的李庄。李庄没有码头，大船都停在江里，由小船划到江心去接，上岸后还要坐滑竿上山。史语所办公室是当地一个大乡绅的房子，同事们住在一起。何兹全和劳榦、董同龢、芮逸夫、岑仲勉等同住一院。傅斯年住桂花院，董作宾住牌坊头。

“在李庄的两年，是我们一生生活得最安详的一段时间，”何兹全回忆，“读书、休息、睡大觉，山前山后，田埂林边走走，偷闲学少年。”

山上没有电灯，每天早晨天一亮，大家就起来读书，利用白天的时间工作，晚上便聚到一家海阔天空地聊。“那时，我们没有广播，报纸是十天半个月前的，山外的天下大事，靠每天送菜来的人把听到的广播带上来几条。”

李庄是战时长江上游的文化区。除了史语所，还有同济大学、梁思成主持的营造学社等，而离李庄不远，有中央研究院的社会学研究所。偏远荒僻的小镇，一时云集诸多学术文化机关，一下子热闹起来。何兹全回忆，史语所的人每逢星期日就到社会所去玩，也有的到营造学社听梁思成的夫人林徽因女士“训话”。林徽因很健谈，和她在一起，总是受到热情的款待。

在战争年代，史语所辉煌的学术成就，堪称学术史上的佳话。在李庄，何兹全写出了3篇文章。因条件困难，史语所以手写石印的方法出版同人在李庄的文章，命名为《六同别录》，到抗战胜利后，才以史语所集刊的正规形式刊出。

如今，大半个世纪过去了，何兹全说，那段经历奠定了他一生学术研究的基础。他很感激傅斯年，当年若没有傅的帮助，他很难在李庄专注学术。史语所迁台时，尽管何兹全正在美国留学，傅斯年还是把他的书、被子、衣服全都带到了台湾。

1995年，傅斯年百年诞辰，何兹全应邀赴台参加纪念活动。一个下着大雨的清晨，他和夫人来到台大墓园，跪在傅斯年墓前哭悼恩师。

“择善而固执之”

傅斯年、陶希圣等人迁往台湾时，何兹全放弃了哥伦比亚大学的研究职位，回到大陆，落户北师大历史系。

1950年代，何兹全写了一篇《汉魏之际社会经济的变化》。那时，魏晋封建说是敏感问题。毛泽东说过，中国的封建制度“自周秦以来一直延续了三千年左右”，支持范文澜的西周封建说。郭沫若的春秋战国封建说在“文化大革命”后取代范说，但也不违背“一直延续了三千年左右”的论断。只有何兹全的魏晋封建说，与“周秦以来”相距甚远。

尽管如此，他还是大胆地写了《关于中国古代社会的几个问题》，正式提出汉魏之际封建说，最后在《文史哲》（1956年8月号）发表。

不久，史学界就开始了对尚钺和魏晋之际封建社会说的批判。何兹全与他私交不算深，但学术思想是有共鸣的。更可怕的是蒋介石的“文胆”陶希圣也曾执此说。

何兹全说，“作为陶希圣的学生，我一度认为自己在劫难逃，多亏当年的批判风潮瞬息万变，还没来得及安排批判陶希圣，运动的风向就转了，我得以逃过一劫。”

1958年，全国到处掀起炼钢高潮，家家户户都把破铁烂锅拿出来炼。北师大也就地炼钢，何兹全的任务是把收来的破锅砸碎，碎到比指甲还小。

官方还组织知识分子下乡参观人民公社。何兹全记得，一次去参观河北徐水一个小学，几个孩子围成一桌，老师把饭端上来。桌上、碗上、孩子的手上满是苍蝇，轰开又来。回去的路上，何兹全心情沉重：共产主义是物质极大丰富后才出现的，这么贫苦落后的农村，怎么就共产主义了？

“文化大革命”开始，他被贴上“特务”和“反动学术权威”的标签，遭到批斗。1970年，又被分配到临汾干校劳动两年。

他至今记得一位批判他的人说的话：“你哪里是做学问的？你是搞政治的。”这句话让何兹全念念不忘。“我是一个读书人，也确实是一个念念不忘国事、念念不忘政治的人。当爱国、关心政治成为罪状，那人的话使我警惕：要读书，不要使人说你不是读书人。”

“文革”后，他终于得以发表长文《汉魏之际社会经济的变化》，使他提倡的魏晋封建说更趋完善。

“在治学上，我服膺《中庸》里的一句话：择善而固执之。”何兹全说，“就我的学术论点说，1930 年代的论点，今天多仍在固执。”

只不过经历了“文革”的风雨，他不再与人争辩，只埋头于自己的学问。1989 年，标志着他史学思想的集大成之作《中国古代社会》出版了。这部书的主旨发端于他在北大求学期间，历经半个多世纪，终于呈现在世人面前。此时，何兹全已是须发皆白的老人。

10 年前，《九十自我学术评述》里，何兹全写道：20 世纪 30 年代初学写文章，到现在已近 70 年。虽然有时也曾“骄傲”、“委屈”，但大多时间还是虚心甚或心虚的。客观、公平地评估自己一生，有 4 字可用：“贫乏”但不“浅薄”。

如今，这位百年沧桑的见证者，坐在轮椅上，穿行于雪后的校园。偶尔会有年轻的学生路过，向他打声招呼——那是一个时代向另一个时代的致敬了。

“我生的时代，是世界、中国千载不遇的大变动时代，也是一个大浪淘沙的时代，”何兹全说，“时间都浪费掉了！我是‘幸运’的，也是‘悲剧’的。”

（本文参考了何兹全著作：《大时代的小人物》、《爱国一书生》、《中国古代社会》、《中国文化六讲》、《何兹全文集》等）

草婴的胜利

李宗陶

草婴（1923—　）

文学翻译家，被中国翻译工作者协会授予“中国资深翻译家”荣誉称号。曾任《辞海》编委兼外国文学学科主编，中国译协副会长。系统翻译了列夫·托尔斯泰的全部小说作品。

87岁的草婴坐在病床旁的椅子里，穿件红黑相间的毛衣，气定神闲。华东医院统一的细条纹薄棉袄此刻盖在他的膝上。

妻子盛天民走进来，帮他掖掖衣领。

“我也不晓得今朝为啥要换衣裳。”草婴慢慢道。

“不是同你讲过了，记者今天要来采访。”盛天民笑着说。

草婴像孩子一样笑起来，哦，想起来了。

护工递给他一只小白碗，里面有一些切好的苹果。说着话，草婴忘记了苹果，把碗搁在床上。盛天民跟记者交谈时，护工指了指碗，意思是“您还没吃完呐”，草婴立刻将碗抱进怀中，放一小块苹果进嘴里。那神态，是顺从，是无争，是纯净。

就是这位看起来已返老还童的先生，在“文革”后的20多年里，不要编制、不要职称、不拿工资，冷冷清清翻译了400多万字列夫·托尔斯泰全部小说，以及肖洛霍夫、莱蒙托夫等人的作品——一张八仙桌都不够摊开这些译著。

在很长时间里，他生了病，只能到街道小医院诊治。即使有市委领导关照，医院也还是一拖再拖。最后，时任上海市委书记芮杏文“怒责下属”，草婴才有了医疗待遇。也难怪，有关部门领导不会换算“大翻译家”相当于“行政几级”。

祖上传下来的东西

宁波镇海盛家是当地望族，从康熙朝到民国前，家族中考取功名的、做官的有408人，近代出国留洋学业有成者、实业家不计其数。

1923年，草婴在骆驼桥盛家出生，原名盛峻峰。盛滋记酿园是祖业，《镇海志》记载，是盛峻峰的曾祖父在道光十八年（1838年）开创的。1915年民国大总统袁世凯拍板，中国第一次以政府名义参加旧金山“巴拿马—太平洋国际博览会”。190万人次在耗资9万元的中国陈列馆里参观了4000多件中国货。最后，杭州张小泉剪刀、贵州茅台酒和宁波盛滋记酱油获得金奖——这件事，2006年草婴还记得清清楚楚。也是在华东医院，他亲口告诉家乡来的记者。盛天民说，草婴家还做腐乳、黄酒、醋什么的，解放后“公私合营”，到1960年代厂子还在。

草婴的母亲徐书卷是慈溪县的大家闺秀。徐家出了个比张爱玲出道还早的浪漫派小说家徐訏（草婴的表哥），其小说《鬼恋》许多年后被宁波镇海人陈逸飞拍成电影《人约黄昏》。草婴的父亲学的是西医，1919年从上海的同济医学院毕业，之后开诊所行医，一年多后回老家，在宁波铁路医院当院长。祖传的酱园则有专门的经理打理，家里的经济状况很不错。

后来，盛峻峰有了小他8岁的弟弟盛晓峰，从复旦大学新闻系毕业后，在上海古籍出版社当编辑。

1931年10月21日，宁波地区的《时事公报》登了条消息：《小学生盛峻峰独捐30金》，说的是“九·一八”事变后，宁波各界抗日救国的募捐活动中，8岁的盛峻峰捐出了30块大洋。这笔钱在当时可买100斤猪肉或150斤麻油。这是父亲盛济舲嘱咐儿子捐的，用这种方式，把“爱国”两个字交代给儿子。

1937年，日本人离宁波越来越近，父亲带着一家人去上海逃难。老家的花园洋房驻扎了日本的部队，直到抗战胜利。解放后，考虑到不大会回宁波住了，父亲把洋房捐给了甬江女子中学。

在上海，他们租了复兴公园（从前叫法国公园）对面的新式里弄房子，有一个小花园。

抗战初期，国内首次出版《鲁迅全集》20卷，定价20元，但预订只收8元。盛峻峰用攒的零花钱订了一套，从此“反复读”。全集的后10卷都是鲁迅的译作，他说后来走上翻译之路，是受了鲁迅的影响。

盛峻峰在英国人办的雷士德工学院学的是英文，那时候进步书刊和俄罗斯文学作品大量涌入，他遂起意学习俄文。循着报上一条广告，他敲开一户人家的门。开门的是一位戴深度近视眼镜的俄国中年妇女（当时在上海有几万旧俄难民），问明来由后告诉他学费是每小时1元银洋。盛峻峰算了算，要求每周上一次课。他按老师指点，去霞飞路一家俄侨开的书店买了教材：《俄文津梁》第一册。那时他每月有5元银洋零花钱，用4元学俄语，剩下1元买参考书，甚至没看过一场电影。

塔斯社和翻译生涯的开端

1941年，上海地下党组织和苏联塔斯社商量合办中文刊物，为反法西斯做宣传。地下党领导姜椿芳找到盛峻峰，希望他做一点翻译工作。那时盛峻峰大约18岁。第二年他发表了第一篇译作普拉东诺夫的短篇小说《老人》，用了笔名“草婴”。

其时有不少国家的新闻社在上海设立分社，如路透社、美联社、法新社，用的大多是通外文的中国人。草婴1945年正式加入塔斯社。该社在上海办了一份中文刊物《时代》、一份英文报纸《每日战讯》（有人开玩笑叫它“淡来黄牛丝”，Daily War News谐音），还有一个“呼声电台”。草婴记得，有位苏联女广播员能对着英文稿直接念出俄文来。负责电台音乐节目的是个中国人，叫李德伦，每天早上咬着大饼油条来上班，一边吃一边拿出唱片来放。解放后他去苏联学了指挥，后来做过中央交响乐团团长。

当时国民党封锁战争消息，只报胜仗不报败仗，所以要“偷听敌台”才能全面了解情况。姜椿芳请精通法语的傅雷听法国通讯社的短波广播，然后译成中文。草婴于是常常去石门路巴黎新村傅雷先生家里拿译稿。

1940至1950年代，在“以俄为师”的大背景下，草婴译过大量介绍苏联国家制度、企业中党的管理、婚姻家庭、儿童教育的著作以及俄语文法读物，同时向中国读者引介俄苏文艺作品，不少篇目入选当时的中学语文课本。

1955年，他发表了译作《拖拉机站站长和总农艺师》（尼古拉耶娃等著），当时担任团中央第一书记的胡耀邦读后号召全国青年团员向女主人公娜斯嘉学习，“关心人民疾苦，反对官僚主义”。一年后，王蒙发表了《组织部新来的年轻人》。

草婴的学生章海陵说：“胡耀邦注意到《拖拉机站站长和总农艺师》很可能是文学浏览的‘偶然’，但其中也有‘必然’，其中之一就是草婴优秀的译笔，令原作大为生色。”

草婴曾撰文介绍过苏俄5位诺贝尔文学奖得主，其中包括帕斯捷尔纳克、肖洛霍夫和索尔仁尼琴。他对俄国诗人也很熟悉，翻译过叶赛宁、马雅可夫斯基、阿赫玛托娃、曼德尔施塔姆和茨维塔耶娃的部分诗作。

在他心目中，列夫·托尔斯泰是俄罗斯文学的巨人，用一生的作品向人宣示博爱、自由和人道主义精神，而肖洛霍夫是继承托氏精神及技艺最成功的一位，所以他在1950年代倾力翻译肖洛霍夫的作品。

肖洛霍夫的《一个人的遭遇》在1956年最后一天开始在《真理报》上连载。卫国战争期间，“不是阵亡就是叛徒”，许多幸存的苏联官兵归来后都承受过巨大苦难。华东师范大学徐振亚教授说，那年除夕，莫斯科广播这篇小说时万人空巷，许多苏联人站着听，在寒风中流下眼泪。“草婴是思想家，他很敏感，马上感觉到其中的内涵意义，立刻动手翻译。”

草婴后来写道：“我在翻译时心情激动，常常停下笔来擦眼泪……苏联人民在卫国战争中损失大约四千万人，因此战后几乎家家餐桌都留有空位，摆着没人动用的餐具。”

他对肖洛霍夫的许多作品感兴趣，解放前译过《学会仇恨》，解放后又译了《被开垦的处女地》（重译时改名《新垦地》和《顿河故事》）。

对俄罗斯心灵的深刻理解

草婴有句名言：我像犹太人吝啬他们的每一块钱那样，吝啬自己的每一分钟。

一年365天，他坐在自家书房，像上班一样跟那些细小的俄国文字做伴。

一次朋友借住他家，早上刚聊了几句，草婴说："对不起，我要上班了。"盛天民告诉记者，他工作的时候，子女们都知道不能打搅。

草婴认为，好的翻译应该是让异国读者读译文的感受与本国读者读原文的感受相当。

他曾向朋友透露他翻译的工序：先通读几遍，使人物在头脑中形象清晰；接着逐字逐句翻译；然后对照原文，看看有无脱漏、误解的地方；接下来从中文角度审阅，常请演员朋友朗读，改正拗口之处（比如老朋友孙道临为他朗读过肖洛霍夫《一个人的遭遇》译稿，草婴据此作音韵上的调整。在华东医院，他们也曾经是邻居）；最后根据编辑意见作些调整。

《战争与和平》中有559个人物，草婴做过559张小卡片，将每个人的姓名、身份、性格特点写在上面，直到真正进入小说中的世界，才开始动笔。此外，托翁辽阔的历史画卷，迫使他广泛涉猎俄国的哲学、宗教、政治、经济、军事、风俗以及俄国人的日常生活习惯。这4卷作品他整整译了6年。

今天，559张卡片和4本已经翻烂了的原著寂寂地躺在他的书橱里。

徐振亚在《复活》的几种汉语译本中最推崇草婴的译本。他说，草婴吃透了原著，用词准确、传神，也更简练。

在翻译《安娜·卡列尼娜》时，安娜的命运常常使他深陷其中。学生章海陵记得，有天上门拜访，发现老师有些异样。他起身告辞，草婴一再挽留。过了一会儿，草婴动容地说："安娜死了……我刚才在翻译'安娜之死'，心里难过。"

1985年，他第一次随代表团去苏联，踏上了托尔斯泰故园的土地。这是图拉市附近的雅斯纳雅。波良纳庄园，占地380公顷，有白桦树林和湖泊。草婴说："他是一个真正的大贵族、大地主，却那么关心穷苦农民，这在全世界找不到第二个。"

1987年，苏联作家协会授予草婴"高尔基文学奖"，颁奖辞中有这样一句话："（草婴）这两个汉字表现出难以估计的艰苦劳动、文化上的天赋以及对俄罗斯心灵的深刻理解。"

从1990年8月到1995年1月，《安娜·卡列尼娜》加印了14次，总印数为77.5万册——这只是上海一家出版社的数据。

1996年草婴这样写道："一些大学生，学好了外语到中外合资企业去赚大钱，真正甘于寂寞从事翻译的凤毛麟角。有些大学生中外文基础都很好，但他们的工作条件、生活条件都没有落实，无法从事他们心爱的工作。”

胸椎骨断了，脊梁骨没断

草婴说，知识分子要有5样东西：良心、头脑、眼光、脊梁、胆识。

“人活着，不能说违心话，做违心事；不论什么事，要用自己的头脑思考、分析、判断，不能弯腰曲背，随风摇摆。”

1950年代反胡风时，朋友满涛成为批斗对象，“反右”时，傅雷被戴上“右派”帽子。有关部门请草婴写批判文章，他一个字不写。他说：“我不能昧着良心批判他们呀。”

对年轻时崇拜的斯大林他也有自己的反思。在给朋友蓝英年的信中他说：“以前我们对苏联的看法完全是‘一边倒’，我们从能接触的材料中只看到它光明的一面，只听到对它的一片赞歌……近年来，我读了高尔基以前没有公开出版的《不合时宜的思想》，罗曼·罗兰封存50年重见天日的《莫斯科日记》和纪德的《访苏联归来》，对苏联的历史有了进一步的认识……读了您写的一系列文章，真如拨开重重迷雾看到了一段未被歪曲的历史和一个未被包装的高尔基。”

正是为了除掉这种历史包装，“文革”后，草婴与巴金一道为建立“文革博物馆”奔走斡旋。摄影人杨克林编著了上下两卷“文革博物馆”画册，两位老人的文字出现在画册的最前面。草婴在序言中说：“凡有良知的人都会从心底发出呼声：再也不能让这样的历史悲剧重演。”

比较草婴与妻子在1940年代、1970年代的照片可以明显看出：身高差距不见了。这场浩劫令他的身体有了短缺：1965年下放劳动，他因大出血失去了3/4的胃；1975年，100斤的水泥包生生压断了90斤身躯中的胸椎骨。草婴说：胸椎骨断了，脊梁骨没有断。

到今天，他们已经一起走过60年了。

采访中，老两口核对着人名、事迹，翻拣记忆中压箱底的部分，场面很温暖。

他们的小女儿盛姗姗，早年学国画，后赴美习油画，以大型油画及玻璃雕塑闻名。上海世博园内，有一组她的大型室外装置《开放长城》。这组作品，曾在2009年威尼斯双年展上亮相。盛天民说，等天气暖和一点，她会推草婴去看看。

“‘文革’后千字50元，几十年没变”

人物周刊（以下简称“问”）：能讲讲盛家家风吗？

盛天民：宁波很早就有开放风气，草婴父亲这辈人里就有许多人留洋，所以他们家既有传统，也有西方的影响。家里摆设也是中西合璧的，有条幅字画，也有沙发。草婴的父亲留学日本，受的是德式教育，所以做事非常严谨。这一点好像传给了草婴。他一个姑妈留学美国，最大的姑妈留学法国，大姑父也留法，回来后到杭州当市长（1931年6月—1934年2月），叫赵什么……

草婴：（冷不丁缓缓道出）赵—志—游。他是中国第一个会开飞机的人（做驾驶方向盘动作）。

问：现在先生完全靠稿费养家？是不是稿费蛮高的？

盛天民：解放前还可以，后来不高。解放后他们这些搞翻译的等于开始自谋生路。1954年成立了华东作家协会，专业会员就8个人，巴金是会长，专职翻译就是罗稷南、傅雷、满涛、梦海和草婴。虽说挂靠文联，但没有编制，也不拿工资，就是靠稿费；50年代有印数稿费，每次加印有稿酬可拿。“反右”时姚文元说要取消，后来就没了。“文革”以后千字50元，几十年没变。

问：据说1982年盛姗姗是用父亲3年翻译《安娜·卡列尼娜》的全部稿费2000块，换了张去美国的机票。

盛天民：是的，一次性付给2000元。

问：“文革”过后，领导出面请您当上海译文社社长，为什么不当呢？

草婴：我就是想把托尔斯泰全部翻出来，这是我更想做的事。

问：有专门研究中国知识分子的学者讲过这么一个看法：真正的世家子弟紧要关头都是蛮舍得的，钱财舍得，乌纱帽也舍得。

盛天民：结婚60多年，我觉得草婴是个非常坚强的人——75年那次胸椎断了，他没有资格看病，医生叫他躺在木板上半年，让腰骨自然愈合。他就那样躺了一年，稍微动一动都痛得钻心，但他挺过来了。他碰到事情很冷静，会用自己的头脑分析，不趋炎附势。还有就是他耐力非常之好。我们家里的人都很尊敬他、支持他。

草婴：人的精力、时间都是有限的，把有限的时间、精力用到最应该用的地方，这就是胜利。

盛天民：他们当年一起搞翻译的人，后来许多到北京去当官了。这些年碰到草婴他们会讲，“还是你好，有这么多作品留下来。”是呀，当官这种，过去了就过去了。

问：俄罗斯出了许多了不起的作家，先生为什么对托尔斯泰情有独钟？

草婴：通过“文化大革命”，我越来越清楚，少数人统治多数人、用自己的意志决定他们的命运，是人类苦难的根源。要让这种悲剧不再上演，就要培养人和人之间美好的感情，建立平等的关系，宣扬人道主义的精神。托尔斯泰就是一个人道主义者。

盛天民：你说的好些作品是后来引进中国的，我们这辈人最早接触到的是托尔斯泰的作品。

问：在您之前，《安娜·卡列尼娜》有周扬、谢素台的译本；《复活》有汝龙、力冈的译本；《战争与和平》有郭沫若、高植的译本，您翻译时会不会对照着看一看？

草婴：没有时间这样做。

盛天民：我记得大概是汪道涵讲过，草婴翻的《安娜》比周扬的好。

草婴：讲过这话的么也不止一个喽。

问：翻译了那么多苏俄小说，在那么多女性形象里，您最喜欢谁？

草婴：安娜·卡列尼娜啰。翻译的时候我常常哭，一个人偷偷哭。巴金先生讲过，托尔斯泰是19世纪文学的高峰，代表19世纪的良心。他的小说是炉火纯青的。

问：如果还有精力，您会选些别的俄罗斯大家的作品来译么？

草婴：还是托尔斯泰。

问：现在有没有什么东西让您比较担心的？

草婴：比较担心的就是，现在的人比较浅薄。

盛天民：还有就是追求个人利益比较厉害，他以前讲起过。（向草婴）还有呢？

答：呒没啥来（沪语，没有什么了）。

阿垅　我可以被压碎，但绝不可能被压服

刘子超

阿垅（1907—1967）

中国文艺理论家、诗人。参加过淞沪抗战，写有《闸北打了起来》等报告文学。代表作品有长篇小说《南京》，诗集《无弦琴》，文艺论集《人和诗》、《诗与现实》和《作家的性格和人》等。

无　题

不要踏着露水——
因为有过人夜哭。
……
哦，我底人啊，我记得极清楚，
在白鱼烛光里为你读过《雅歌》。
但是不要这样为我祷告，不要！
我无罪，我会赤裸着你这身体去见上帝。
……
但是不要计算星和星间的空间吧
不要用光年；用万有引力，用相照的光。
要开做一枝白色花——
因为我要这样宣告，我们无罪，然后我们凋谢。

——阿垅　1944.9.9

“文革”爆发后不久，重病的阿垅在狱中写下遗书：“我可以被压碎，但绝不可能被压服。”

“他完全超脱了，不顾一切，坚持自己的观点。”现年87岁的诗人牛汉说。“阿垅的神情总是悲抑的。我一次也没有见过阿垅大笑。他像一块石头，有金属的分量和光芒。”

1980年代，在平反复查“胡风案件”的讨论会上，他第一次读到阿垅的遗书。这封遗书打动了在座的很多人，时任中宣部副部长贺敬之流下了眼泪。

阿垅是“七月派”诗人、国民党军官，也是中共情报人员。他写了大量诗歌、诗论和报告文学，还像余则成一样潜伏在国统区，为中共提供军事情报。

1950年代，毛泽东发动清剿胡风文艺思想的运动，阿垅被打成“反革命”和“国民党特务”，然而直到生命的最后一刻，他都没有承认这个罪名。

一

1907年2月，阿垅生于杭州一个市民家庭，只念了几年私塾和高小，就被送到绸布店做学徒。他利用夜晚的时间自学，20岁时就在杭州的报刊发表旧体诗和小品文。

不久，绸布店倒闭，阿垅只身来到上海。在“实业救国”思潮的影响下，考入上海中国公学大学部经济系。他读到鲁迅的著作，深受感染。

“一·二八”事变爆发，阿垅目睹吴淞口的校舍被日军炮火摧毁。他感到在强敌面前，仅靠“实业救国”远远不够。1933年他考入国民党中央陆军军官学校（黄埔军校）第10期步兵科，至南京受训。毕业后在国民党第88师任见习军官及少尉排长。没过多久，他就参加了“淞沪会战”。他身先士卒，带领士兵们来到闸北最前线。在一次敌机轰炸中，阿垅脸部受伤，不得不离开队伍治疗。这段经历给他留下了刻骨铭心的感受，他将其写入报告文学《闸北打了起来》和《从攻击到防御》，以S.M的笔名发表在胡风主编的《七月》杂志上。

当时《大晚报》特聘记者曹聚仁也写了大量战地通讯，但他只能在88师师长孙元良的司令部根据地图、战报和消息写作。“七月派”诗人罗飞说：“淞沪抗战期间，当时前线也有随军记者在活动，但像阿垅这样深潜在生活的最底层，手持武器与士兵同生死共荣辱一起战斗的作家是极少的。”

阿垅不仅写到了爱国的热情，也写到了战争的残酷和真实的人性。晚年，胡风在回忆录中写道：“他（阿垅）把战争初期雄壮的东西和悲惨的东西都送给了读者，是抗战初期的忠实的记录之一。”

部队中的种种情况使阿垅失望。少年时的好友陈道生是中共地下党员，受到他的影响，阿垅逐渐倾向革命和共产党。

1938 年 7 月，胡风在武汉第一次见到阿垅。胡风记得他身材不高，但面容坚毅、真诚，满怀激情却不溢于言表。他们成了志同道合的朋友。阿垅向胡风透露了对国民党政治体制和人事作风的不满，对共产党则充满信任和希望。

在胡风的介绍下，阿垅去见了当时在八路军办事处工作的吴奚如（周恩来的政治秘书之一）。吴奚如对阿垅印象很好，决定介绍他到延安去学习，并计划让他在学习之后回到国民党部队，从事情报工作和统战工作。

二

1938 年 11 月，阿垅动身去延安。为掩人耳目，他只身从衡阳步行到西安，与 18 集团军取得联系后，再进入他“梦想的王国”（阿垅语）。他先后在抗日军政大学和延安抗大学习，感受到和国民党部队截然不同的气息。那里的生活深深吸引着他，他赞美窑洞像蜂巢，而这里的人似酿蜜的蜜蜂。在诗歌《哨》中，他写道：一月的夜的延安前线带回来的一身困倦，从这深深的夜逾越过去，又是新红太阳的战斗的明天。几个月后，他的眼睛在一次野战演习中受伤。在组织的安排下，他来到西安治病。病未痊愈，去延安的交通就被国民党封锁了。

在西安与日本友人聊天时，阿垅听说一位日本通信兵写了部关于侵华战争的报告文学。尽管是歌颂战争的，但从作者放一枪又写一笔的写作态度来说，又是中国的作者所不及的。

阿垅深受触动，他不能接受“伟大的作品不产生于中国，而出现于日本；不产生于抗战，而出现于侵略”，在不断遭到日军空袭的西安，开始写作《南京》。

阿垅以纪实的笔触记述了士兵们英勇杀敌、视死如归的壮举，同时也描写了陷于战事的市民形形色色的艰辛、绝望与挣扎。他写了发生在南京中华门、光华门、中山门的激战，也写了之后中国军队的多次重大会战。他想通过这部作品表达出“中国军人悲壮的爱国情怀和最终战胜敌人的光明前途”。

他说，南京一战所产生的消极影响，一方面从南京的失陷开始，一方面又从南京的失陷完结了。徐州的一战，使中国在军事上从溃败和混乱的泥海里振作起来；武汉的一战，使中国收获了有利于持久战的、宝贵的稳定；豫南、鄂北的一战，和洞庭湖畔的争夺，胜利的晨光已经熹微地照着中国的军旗了。

正是由于写到了国民党军队的正面作战，《南京》在解放后没有任何出版机会。

阿垅认为，最重要的是“真实”：“人不能够改变历史，也就不能够改变真实，更不需要改变真实。”

“为什么非要在红色上再涂些红色，使它变紫、变黑呢？”

三

胡风曾这样形容阿垅：“战士和诗人是一个神的两个化身。”

1941 年，阿垅奉命到重庆“潜伏”。经黄埔同学介绍，他进入国民党军事委员会任少校参谋。后又考入陆军大学，毕业后任战术教官。他为共产党提供了大量情报，但随着当事人的纷纷离世，这段历史也逐渐湮灭。

直到 2001 年，当年参与审理“胡风反革命集团”案、如今已经退休的王增铎撰文回忆了对阿垅的审查情况，才使这段历史浮出水面。

根据王曾铎的记述，1942 年阿垅曾托诗人绿原将刊载有国民党部队编制、番号及部署地点的一包袱小册子带给胡风，由他转交给地下党。

诗人冀在一篇文章中更详细地回忆了这段历史：“1942 年，我和绿原同时考进了复旦大学。有一天，绿原从重庆回到学校之后，不无余悸地告诉我守梅（阿垅）托他带一包东西给胡先生（胡风），并严肃而郑重地告诉他，那是比生命更宝贵的东西，丢失了它，同时也就丢失了生命。”他后来才知道那“东西”原来是国民党军队编制、部署的印本和图表。

不久，阿垅遭到国民党的怀疑。他收到了一封匿名信，里面写着“你干的好事，当心揭露你的真面目”。阿垅认为这是深知内情的同情者的警告。

他丢下了工作，对孩子匆匆做了安排，逃到重庆。刚到重庆，通缉令也跟着过来了。他乘船离开，一路东下。作为一名逃亡者，他混在众多旅客中，小心翼翼，避免与人接触交谈。之后他化名“陈君龙”避居杭州、南京一带。

1947 年，阿垅在气象台当临时雇员，由于感到并不安全，随即称病辞职，匿居军界朋友家中。为了装出有病的样子，他养了热带观赏鱼、寄居蟹和花草，深居简出。

从旧同事那里，阿垅获知了国民党对沂蒙山区的作战计划。他敏感地意识到这个情报的重要性，连夜跑到上海通知胡风。胡风将情报转给地下党的负责人廖梦醒。

冀还记得当时的情景：一天他和阿垅在新街口闹市漫步，见一家照相馆的临街橱窗中陈列着许多国民党高级将领的照片，阿垅指着整编第 74 师师长张灵甫的照片悄声说：“等着，有好消息听，有好戏看。”阿垅的话当时并没有引起他的注意。当年 5 月，孟良崮一役，74 师全军覆没，张灵甫被击毙，南京震动，冀才又记起这件事。阿垅笑道：“早从军界朋友那里知道了这支部队的调动和作战部署，并且把它传到那边去了。”

不久，胡风也在信中转达了组织对阿垅的褒奖，以隐语说：“上次转告友人的话，他听了似乎高兴，并嘱以后有同类的话还想听到。这也可以作为找职业的参考。”

组织交给阿垅又一个艰巨的任务：想尽办法，利用旧关系再入国民党的军事系统。

1948 年夏，他化名进入国民党陆军大学研究院 12 期任中校研究员，后任国民党参谋学校中校、上校战术教官。他受到了监视，但只要有机会，仍然通过胡风和罗飞继续向地下党组织提供情报。

当年，阿垅 5 次将从军校同学蔡炽甫处了解到的国民党部队军事调动、军队番号、驻地资料，交代给地下党郑瑛。1948 年至 1949 年春，他说服蔡炽甫，将蔡所知国民党有关军事布置、武器配备等资料通过罗飞转交给了上海地下党组织。1948 年冬，他通过方然向浙东游击区转交由蔡炽甫提供的浙江全省军用地图百余份。

这些事实在“胡风反革命集团案”调查中就已查明，但他还是被打成了“胡风反革命集团骨干”。

四

1950年3月，阿垅受鲁藜和芦甸之邀来到天津，被安排在文联工作。尽管当时刚入中年，他的双鬓已经斑白了。

不久，阿垅连续发表了两篇论文——《论倾向性》和《略论正面人物与反面人物》，提出了自己对当时高度敏感的文学与政治关系的理解。他反对政治内容的概念化表现，反对除工农兵以外不能写的论调，反对对正面人物的神话和对反面人物的丑化。

阿垅没想到这两篇文章会为他惹下大祸。

拍摄过讲述右派群体的纪录片《红日风暴》的导演彭小莲说，阿垅的观点实际上也是胡风文艺思想的呈现。胡风是鲁迅的弟子，在鲁迅晚年曾帮助鲁迅打过很多笔仗。“鲁迅逝世后，胡风以及他身边的一批作者，以鲁迅精神为楷模。”彭小莲说，“在他们看来，鲁迅代表了独立于政治之外的理想的知识分子形象。”

阿垅的文章一发表就遭到了《人民日报》的猛烈批判——“反对艺术为政治服务”、“歪曲和伪造马列主义”。阿垅给《人民日报》写信，并附上一篇辩论文章。信中，他做出了某种程度的“检查”。很快，检查在《人民日报》发表，辩论文章则遭到扣押。对他的批判其实不是针对他个人的。

随后的思想改造和文艺整风运动中，阿垅不断遭到批判。他的入党申请支部早就通过了，但报到上级又被压了下来。1955年5月，阿垅以“胡风反革命集团骨干分子”和“反动军官”的罪名被捕入狱，秘密关押。独子陈沛由公安局托管。

陈沛当时只有10岁，半个多世纪之后，他向本刊记者描述了当时的情景：“5月15日，来了很多人搜查我父亲的手稿和书信。当时我爸爸说，是出版社的叔叔。公安局的一个叔叔就把我带出去玩。不久，公安局长万晓棠找我爸爸谈话。我爸爸说，我一辈子追随共产党，我想不到说我是反革命，说胡风是反革命。”

一封私信在对胡风和阿垅的定性上起到了决定性作用。

1946年7月15日，阿垅曾以隐语写信给胡风：“至于大局，这里一切充满了乐观，那么，也告诉你乐观一下。三个月可以击破主力，一年肃清。

曾经召集了一个独立营长以上的会，训话，他底自信也使大家更为鼓舞。同时，这里的机械部队空运济南，反战车部队空运归绥。一不做，二不休，是脓，总要排出！”

1955年6月8日，在得到这封信后，毛泽东致信中宣部部长陆定一：“我以为应当借此机会，做一点文章进去。”

两天后《人民日报》以编者名义给信下了如此按语：“阿垅在一封给胡风的信里，对蒋介石在1946年7月开始的在全国范围发动的反革命内战‘充满了乐观’；认为中国人民解放军的‘主力’‘三个月可以击破’，‘一年肃清’；并对蒋贼的‘训话’加以无耻的吹嘘，说甚么‘他的自信’‘使大家更为鼓舞’。阿垅把人民革命力量看做是‘脓’，认为‘总要排出’，并认为进攻人民革命力量必须坚决彻底，‘一不做二不休’！”

胡风在交代材料中曾对此做详细解释：“当时是在和谈和军事调解期间，但蒋介石在疯狂地暗地里准备发动内战。阿垅在陆军大学，有些同学在军界做事，知道了信里所说的情况，就急于告诉了我。为了防止信被检查，所以用了伪装的口气，但受信人是一眼可以感到那所包含的严肃的战斗的心情的。”

实际上，早在办案初期公安部门就已完全搞清了阿垅的无辜和他对革命的贡献，周恩来也对把阿垅定为“反动军官”、“国民党特务”提出了异议，但既然最高领导早已定下了调子，阿垅的命运最终便未能改变。

五

1955年，19岁的文学青年林希（*原名侯红鹅*）因曾向阿垅请教写作被打为“胡风反革命集团分子”。

1966年2月，被监禁了10年之后，阿垅开始正式在法庭受审。10年来，他从未在“原则”上“低头认罪”，一直被审讯者认为“态度极端恶劣”。在审判中，林希被强迫出庭作证。当阿垅看到林希也被卷入时，他决定承担全部责任。在美国的林希至今还清晰地记得当时的情景：对阿垅宣判的那天，法官宣布开庭后，阿垅被带到法庭。当时，阿垅和我只有几步之遥。他的头发全白了，脸上那种永远和善的笑容不见了，皱纹已经僵硬了，目光变得凝重。他坐在一只小木板凳上，前面有一张小课桌，课桌上放着对他的起诉书。我看到那起诉书上有阿垅画的红道，起诉书旁边放着一副眼镜。阿垅坐在被告席上，好像已经没有什么愤怒了，甚至于给人一种平静的印象，比我还要平静。

我按照官方审定的证词讲了一遍，这时法官问阿垅："对于侯红鹅的证词，你有什么质问吗？"我显得有些紧张了，我想阿垅一定会向法庭争辩的，因为事先检察院的人就对我说过，阿垅有申辩的可能，而且他们还告诉我，如果阿垅申辩，你不必直接回答，法庭会有办法让你出来的。

"没有。"阿垅只说了两个字，就再也不说话了。前前后后只用了几分钟的时间，我完成了自己"证人"的表演。法官宣布我可以退出法庭，法警又带着我从法庭走了出来。

阿垅再次走进法庭，没有让他坐下，只让他面对法官站着。法官和陪审员也站了起来，站在中间的首席法官一字一字地读着宣判书。宣判书自然是概述了阿垅的"罪行"，最后判决阿垅有期徒刑 12 年。法官向阿垅说："被告如对判决不服，可于 × 日内提出上诉。"这时整个法庭一片死寂，大家都在紧张地等待阿垅的公开表态，等待着阿垅最后的申辩。

"我放弃上诉，"阿垅的声音很镇定，"一切事情都由我负责，与任何人无关。"说罢，他站起身来，由 4 名法警押着走出法庭。他从法庭两廊座位中间走过，他的身子挺得笔直笔直，头微微地昂着，目光平视，步子迈得极是镇定。就像我第一次见到阿垅时那样。

"文革"爆发，阿垅发现自己患了骨髓结核病。他每天忍着巨大的病痛，面壁而坐。他感到自己将不久于人世，写下了一封遗书。他仍然相信党一定能够对他的问题作出公正的裁决。

1967 年 3 月 21 日，阿垅死在狱中，身边没有亲人。负责处理尸体的人，是一位姓刘的公安干警。他将阿垅的尸体送到了火化场。

按照规定，这类没亲属认领的"死囚"骨灰是不保留的，但他还是在火化场工人协助下找到一只木箱存放阿垅的骨灰。在一间骨灰盒停放室的墙外，他深深地挖了一个坑，将木箱埋了进去。

六

陈沛如今退休在家。他用大量时间整理父亲的手稿，希望有生之年可以写出一部父亲的传记。

父亲被捕时，他只有10岁。面对铺天盖地的批判，他曾相信父亲是“反革命分子”、“国民党特务”，拒绝去监狱探望。谈起这一段往事，他至今抑制不住心中的悲伤。1963年，阿垅第一次获准与他通信。然而，8年来在特殊环境里长大的他却不敢与父亲联系，来信被退回监狱。

这对阿垅是一个沉重打击。从此，两人再无联系，甚至阿垅病重时，陈沛也未敢去看望父亲。

审判结束4个月后，阿垅给审判员写了一封信谈他最后的想法。陈沛向本刊记者出示了这份遗书的复印件。

审讯员，并请转达：首先，从根本上说，“胡风反革命集团”案件全然是人为的、虚构的、捏造的！（重点为原有，下同）

所发布的“材料”，不仅实质上是不真实的，而且还恰好混淆、颠倒了是非黑白。

一方面歪曲对方，迫害对方，另一方面则欺骗和愚弄全党群众，和全国人民！

因此，我认为，这个“案件”，肯定是一个错误。

就像巴西政变当局一样！就像“松川事件”一样！但那是资产阶级政权，那是资产阶级政客。

如果一个无产阶级政党也暗中偷干类似的事，那它就丧失了无产阶级的气息，就一丝一毫的无产阶级的气息也保留不住了，那它就成了假无产阶级政党了！

何况被迫害的人，政治上是同志，并非敌人。

即使是打击敌人，也应该用敌人本身的罪过去打，不能捏造罪名，无中生有，更不能颠倒是非，混淆黑白。

……

谎话的寿命是不长的。一个政党，一向人民说谎，在道义上它就自己崩溃了。并且，欺骗这类错误，会发展起来，会积累起来，从数量的变化到质量的变化，从渐变到突变，通过辩证法，搬起石头打自己的脚，自我否定。它自己将承担自己所造成的历史后果，再逃避这个命运是不可能的。正像想掩盖事实真相也是不可能的一样。

……

从1938年以来，我追求党，热爱党，内心洁净而单纯，做梦也想不到会发生如此不祥的“案件”。当然，我也从大处着眼，看光明处。但这件“案件”始终黑影似的存在。我还期望着，能够像1942年延安鲁迅艺术学院整风的结果那样，能够像毛主席亲自解决问题那样，最终见到真理，见到事实。

我也多次表白：我可以被压碎，但绝不可能被压服。

陈亦门

1965年6月23日

吴冠中　最负盛名者最遭物议

彭　淑　袁　诚

吴冠中（1919—2010）

当代著名画家、美术评论家。代表作品有《北国风光》、《长江万里图》、《春雪》、《狮子林》、《长城》等。在 2011 年的拍卖会上，《狮子林》以 1.15 亿元人民币成交，《长江万里图》以 1.495 亿元人民币成交。

书房里，淡淡的颜料味还在，人却不在了。

“喏，你要不要看一看？”七月黄昏，年过八旬的朱碧琴笑得像孩童。

儿子说她糊涂了，晚饭过后，谁也不认得。中饭前，她倒问，“咦，你爸怎么还不回来？”

此刻她递给我的是沉甸甸的也许不曾磨灭的记忆：《踏花归来——吴冠中师生坝上采风摄影集》。

“那是我父亲第一次允许别人拍摄他在外写生的状态。”相比画册中老画家的激扬投入，头发花白的吴家三子吴乙丁，平和中透出一丝倦意。

为照料双亲，他已从父亲生前单位清华美院的医疗室退休。6 月 25 日晚 11 时 57 分，他眼见因肺癌转移长时间昏迷的父亲，心电图停止了波动。

如吴冠中生前所要求，“走”后一切从简：不设灵堂、不开追悼会、不搞遗体告别。

“这也是为朱先生考虑。有政府官员要送花圈去，吴家人都婉拒了，就怕她突然清醒过来，大受刺激。”清华美院副院长刘巨德说。

“逝世 15 天前，他从昏迷中醒来，交代大儿子吴可雨，家中还有 5 幅近作，尽快捐给香港美术馆。”另一位副院长卢新华补充。

1946 年夏，吴冠中与朱碧琴在重庆合影

香港美术馆、上海美术馆、新加坡美术馆、中国美术馆是吴冠中作品的主要收藏机构。最后一笔捐赠，在他走前 5 小时，大儿子为他了了心愿。

还有未如愿的。

他的老同事、清华美院博导袁运甫透露，2009 年吴冠中已住过一次院。中央一位领导人去看望他时问，“你还有什么需要？”

“我想要我的《清奇古怪》参加在中国美术馆的个展。”老画家念念不忘他在 1980 年代为北京饭店画的巨幅水墨画，它已久被“雪藏”。

最终未果。

“吴先生走时，身上一件旧的红夹克，脚上一双以前写生穿的旅游鞋。”刘巨德感伤地说。

那双鞋再配上他那顶草帽，老在外写生，他常被喊作“修鞋的”、“修伞的”。

他朋友鲁光，一次在方庄菜市场正遇他和夫人买乌鸡，与小贩讨价还价。

夫妇二人走后，小贩说，“老头老太挺穷的，能便宜就便宜点吧。”鲁光说，“知道他是谁吗？他是大画家吴冠中，小区里的大富翁。”

小贩惊讶地说，“看不出啊，不像呀！”

他去世后数天，荣宝斋便传出，他的两幅水墨旧作《香港夜景》和《鲁迅诗意》拍卖价可能突破千万。更早，他的一幅《长江万里图》已转拍至 5700 多万元。

送他火化时，火葬场有两条路。一条贵宾路，一条普通路。刘巨德他们一商量，还是走普通的吧。

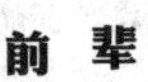

一匹不肯归槽的野马

江苏宜兴北渠村，一个教书兼务农的穷教员和一位大家庭破落户出身的文盲女子结婚后，生下一大堆儿女，我是长子。

……

读完初中，我不愿进入师范部了，因同学们自嘲师范生是稀饭生，没前途。我改而投考浙江大学代办省立工业职业学校的电机科，工业救国，出路有保障，但更加难考。我考上了，却不意被命运之神引入迷茫的星空。

1935年，国家规定大学生和高中一年级生暑期必须军训3个月。吴冠中与来自杭州艺专预科的朱德群（1955年定居巴黎，1997年当选法兰西学院艺术院终身院士）被编入同连同班。

一个星期天，朱德群带他去参观艺专。

我见到前所未见的图画和雕塑，强烈遭到异样世界的冲击。也许像婴儿睁眼初见的光景。我开始面对美，美有如此魅力，她轻易就击中一颗年轻的心……

吴冠中将其比作“热恋”，坠入爱河，无法自拔。他决心抛弃电机科，转入艺专从头开始。望子成龙的父亲自然不肯，“听说画家没有出路。”10年后，类似的话又被他岳父提起，“学艺术的将来都很穷。”

“年轻时，我就是一匹不肯归槽的野马。”吴冠中对留法同学，法籍华人艺术家、哲学家熊秉明说过。1936年，他考入杭州艺专预科。那年他17岁。

1927年，林风眠应北大校长蔡元培之邀，在杭州创办中国第一个艺术高等学府国立艺术院，后更名国立杭州艺专。在中国美术史上，他与徐悲鸿同属探索绘画“中西结合”之路的一代大师。徐悲鸿信奉写实主义，林风眠则偏好印象主义。

“他们在艺术观点上存有极大分歧。这也为吴冠中1949年后事业一度受挫埋下了伏笔。”袁运甫说。

那时的杭州艺专，“教授们如吴大羽、刘开渠、蔡威廉、雷圭元等老师，几乎清一色都是留法的”；从授课方式和教学观点看，“艺专近乎是法国美术院校的中国分校”。

学完 3 年基础课，再读绘画系，每天上午学西洋画，每周有两个下午学中国画。

吴冠中曾说，“绘画系 99% 的学生重学西画。潘天寿（国画大师）德高望重，听课的学生也没几个。赵无极（著名华裔法国画家）是我的同学，他不愿意学，考试画一个圈就交了，潘天寿要开除他，后来林风眠把他保下来。”

21 岁，吴冠中师从潘天寿，学过一年国画，“大量临摹石涛、弘仁、八大、板桥及元代四大山水画家的作品”。

2000 年，吴冠中因“笔墨等于零”一说，与一些美术评论家打起笔墨官司。

中国艺术研究院美术研究员朗绍君曾质疑：“吴冠中分明没有对国画下过大功夫，却坚持自己‘大量临摹过近代水墨画’——1937 年冬天之后，艺专老师、学生们历经江西、湖南、贵州、云南、四川，终日逃难奔波、进行抗战宣传，画速写、插图、宣传画成了学习内容。潘天寿一度离校，中国画课尤其是临摹课无法进行。”

吴冠中自己则说：“学校在不断迁移中上课，一路都有日本飞机来轰炸，在湖南沅陵时，几乎三天两头有警报，但并未真的投炸弹，因此在警报声中我干脆留在图书馆里临摹古画，让管理员将我反锁在里面，他自己上山进防空洞去。在贵阳真的遇上了大轰炸，市中心全部炸光，火光昼夜不灭，遍地陈尸，有的人腿挂在电杆上，焦黄焦黄，近乎火腿模样，我幸而在山野写生，保了命。后来，重庆大轰炸时防空大隧道中窒息死一万多人，几条街上锁着的店门不再有人回来开锁。我都幸免了，属大难不死。”

在湖南时，吴冠中患上脚疮，不得不渡江进城治疗，“渐渐注意到经常替我换药的她”。离开沅陵的前夜，冒着狂风，他携带最心爱的油画，在朋友的陪伴下，来到护士宿舍的大门口。

“从门口进去是一条长长的幽暗过道，过道尽头有微弱的灯光。我让朋友在门外街头等我，自己悄悄摸进去，心怦怦地跳。灯下有人守着，是传达人员，他问我找谁，我壮着胆说找某某。他登上破旧的木头楼梯去……有人大步下楼来，高呼：谁找我！是一个老太太的声音。我立即回头拔腿逃出过道。”

1942年，吴冠中毕业了，在重庆大学建筑系任助教，教素描和水彩。在那里，他的同学、江苏画家李长白向他介绍了自己的学生朱碧琴。

有一天，我向她谈了我的初恋，谈到忽然感悟到她仿佛像我初恋中女主角的形象，是偶合？是我永远着迷于一见倾心？她似乎没有表态。

1946年，二人结为夫妇。

你是麦子，你的位置是在故乡的麦田里

“2006年，我在陈之佛先生的女儿家中见到了吴先生的考卷。”百雅轩文化艺术机构负责人李大钧兴奋地说。

1946年，中国教育部选送“二战”后第一批、100多名留欧美公费生，在全国9大城市设立考区，同日同题。考试包括美术专业、外文、综合学科。考卷最后云集南京教育部，著名国画家陈之佛参与阅卷。

4张毛边纸上，陈之佛工整、娟秀地抄录着：三五年官费留学考试美术史最优试卷。

试题分两部分。一、“试言中国山水画兴于何时，盛于何时，并说明其原因”；二、“意大利文艺复兴对于后世西洋美术有何影响，试略论之”。整张试卷，吴冠中的回答共1715个字。第一题答曰：吾国山水画始作于晋之顾恺之，但仅作人物之背景，非用以作独立之题材者，就此已为吾国风景之画之嚆矢……

他顺利考取，钻进了巴黎有300年历史的美术学院、坚固的象牙之塔。

巴黎高级美术学校油画系教授杜拜亲切地称吴冠中为“我的小东西”。可惜“小东西”不喜欢他，投入了现代派画家苏弗尔皮的怀抱。

“艺术分两条路：大路撼人心魄，小路娱人耳目。”苏弗尔皮的告诫，他刻骨铭心。

“他也将画分作两类：美与漂亮。若他说学生的作品，‘哼，漂亮呵！’那绝非夸辞，而是贬义，是讥讽，是警惕。”吴冠中说。

3年公费留学结束，苏弗尔皮关心地问，要不要为你签字，申请延长？

“我说不必了。因我决定回国了。他有些意外，似乎也有些惋惜。”

留学时，两件事如“尖刀刺入心脏，永远拔不出来”。

在巴黎蒙马特高地，那个举世闻名的广场，全是卖画的人。“那一刻，

我很心痛。回到学院，每当看到同学背着画夹画箱出门，就总感觉他们都要到广场上卖画去。那滋味让我很难受。我再没去过那个广场。”

艺术于他不再高高在上，他开始对长期追求的象牙塔“感到空虚和失望”。

1949 年，为补习英语，他去伦敦小住。一次坐公共汽车，用硬币买票。售票员将他的硬币找给旁边一位洋绅士。结果，洋绅士看着硬币，极轻蔑地摇摇头。

> 到巴黎前，我是不打算回国了，因国内搞美术没有出路，美术界的当权人物又极保守，视西方现代艺术如毒蛇猛兽。因之我想在巴黎扬名，飞黄腾达。

“他可以不回国的，虽然妻儿老小在国内。”他的一位朋友说，“考虑到自己在巴黎的前途；经济实力无法与老同学赵无极相比，他是个穷人，赵无极带了一万美元出国；他回国前，赵无极已在巴黎准备个展……这些因素都不排除。但我认为，都不是他回国的重要理由。”

可能是怀乡情结，故而特别重视梵高的书信。梵高写给他弟弟的话中说：“你也许会说，在巴黎也有花朵，你也可以开花、结果。但你是麦子，你的位置是在故乡的麦田里。种到故乡的泥土里去，你才能生根、发芽。不要再在巴黎道貌岸然地浪费年轻的生命啦！”

> 或去或留的决定经过多次反复，我与熊秉明等讨论无数回。

许多年后熊秉明说，“1950 年 2 月一个寒冷的晚上，几个学艺术的朋友聚在一起，讨论回国不回国的问题，谈到社会主义和艺术道路，艺术创造需要空气，还是更需要泥土……谈了一个通宵。当然没有结论。”

“冠中已经遇到过这样和命运下赌注的选择……然而这一次的决定困难得多。他终于回去了。”

改造不好，改行只画风景画

回是回来了，但去的时候费用是中华民国出的，回来时却已是中华人民共和国。

1950年，北京大雅宝胡同中央美术学院宿舍，回国等待分配工作的吴冠中巧遇老同学董希文（油画《开国大典》作者）。

董希文借走他在巴黎的几幅作品，向中央美院举荐他。得知此事，他马上问董："徐悲鸿怎能容我的观点与作风？"

"老实告诉你，徐先生有政治地位，没有政治质量，今天是党掌握方针和政策，不再是个人当权独揽。"董希文宽慰他说。

中央美院院长是徐悲鸿，吴冠中的母校是杭州艺专（后改名中国美院），林风眠艺术实践的王国。徐、林艺术观点势若水火，所以旧时"两校的教师也好，同学也好，互相不屑，门户之见很深"。

"徐先生在1949年以后，属于我党团结对象。"上海梅龙镇，华东师大艺术系老教授汪志杰嗓门沙哑。

1950年代初，汪是中央美院西洋绘画班高材生，徐、吴二师都曾教过他。

他说："那时候，'央美'的领导班子主要是从华北联合大学（中共领导下的干部学校，中国人民大学前身）、延安过来的革命干部。全校师生都要进行大规模革命思想改造。

"'央美'崇尚苏联绘画。苏联画家马克西诺夫曾来任教，成立研究班，地位很高，超过了董希文等教授。徐先生对美术界参与革命不感兴趣，他只关心艺术本身，但他的实权一步步被架空。他来学校教课，人事处干部说，'徐先生，您辛苦了，您要多休息。'硬把他架走，目的是不让他向学生灌输所谓的西方资产阶级教育思想。

"吴先生刚来'央美'时，名分还不明确，类似于讲师、助理。班主任伍必端私下跟我们透风：吴冠中是从法国回来的，属于没改造好的分子。

"一次，学校派我和吴先生去太原钢铁厂体验生活。走之前校领导就跟我打招呼，要我盯住他，他是个危险人物。吴先生极感性。到厂里后，他看到工人们出钢条，便大叫，'红红的钢火哦！'马上摆起画架，疯狂地画火花。工人们烦他，觉得他在影响生产，让我劝他别这样。我跟他讲，他很生气，一周不理人。

“他就是这样倔，又爱发表意见，爱抨击他看不惯的事，不可避免地，要在‘央美’受挫。”

我教的是一年级素描……觉得同学们作画小处着眼，画得碎，只描物之形，不识造型之体面与结构，尤其面对石膏像，无情无意，一味理性地写实……我从巴黎带回三铁箱画册，每次上课给同学们看一二本，他们兴奋极了……令我惊讶的是，他们从未听说过波提切利、尤特利罗和莫迪里安尼等名家。

有学生问吴冠中，“有列宾（俄苏画家）的画册吗？”他懵然无知。数月后，他在王府井外文书店偶见一份过期的《法兰西文艺报》，头版头条，法文加图片介绍列宾，开头第一句便是：提起列宾，我们法国画家谁也不知道他是谁。他这才释然。

“呵呵，”电话中，汪志杰笑问：“你晓不晓得吴先生画过《一朵大红花》？那时，他家住在煤渣胡同。有一天他带我去看他的近作。进门后，我看见他家墙上挂了一块布。他把布一掀开，我当场吓了一大跳。

“画中，一个老农坐在椅子上，全身布衣，戴八角帽。因为吴先生对后期印象派画家塞尚等的风格情有独钟，人物的脸、衣服、帽子，全用土蓝色，还微微泛黄。只有胸口别了一朵大红花。

“这哪行啊？工农阶级只能用火红色基调，要充满血红地去反映。这幅作品要是发表出去，后果相当可怕。何况内部斗争那么激烈，哪管他是心存善意地歌颂。听了我的建议后，他满腔热忱犹如被浇了一盆冷水，很不高兴，却也无可奈何。”

我想我是改造不好的了……但我实在不能接受别人的“美”的程式，来描画工农兵，逼上梁山，这就是我改行只画风景画的初衷。

当时几乎没有人画风景，认为不能为政治服务……后来文艺界领导人周扬说风景画无害，有益无害。无害论一出，我感到放心……

1952年，全国文艺整风，吴冠中被批为“形式主义的堡垒”。

在整风中我成了放毒者，整风小组会中，不断有人递给我条子，都是学生们状告我放毒的言行，大都批我是资产阶级文艺观，是形式主义。更直截了当的，要我学了无产阶级的艺术再来教。当然条子都是匿名的，上课时学生对我都很热情，对我所谈很感兴趣，怎么忽然转了一百八十度。

尽管晚年深受徐悲鸿弟子冯法祀、戴泽的质疑，吴冠中仍不断对外讲述下面的事。

一次全院教师大会，是集中各小组整风情况的总结，党委领导王朝闻就方针政策讲了话，徐悲鸿也讲了话。他讲得比较具体，说自然主义是懒汉，应打倒，形式主义是恶棍，必须消灭。这是对吴冠中讲的。

1953年，吴冠中接到调离“央美”通知，去清华建筑系任副教授，教素描与水彩。

汪志杰说，“‘央美’是中国美术界的权威，培养无产阶级艺术家。如果在这里，有才能的人思想上出问题，结局只有两种：一是派往清华建筑系；一是进入北师大艺术系。内行人都明白，这意味着，画家被赶出美术界，打入冷宫。”

政治运动中，汪志杰的命运也充满坎坷。他仍然记得，吴冠中刚去清华时，描绘农村风景，颜色全用土黄色，看着压抑。“那是他最差的一批画，后来找不着了。他是把痛苦深埋进肚子里了。”

“要教艺术，不要只教技术”

1955年，国家推行“双百方针”。北师大的张安治找到吴冠中，说美术系正需要绘画教师，望他回归文艺领域。这一年秋，吴冠中调入北师大美术系，系主任是油画家卫天霖。

因为屡受排挤，卫天霖对来自徐悲鸿体系的师生持有戒心，张安治原是徐的弟子。吴冠中由张介绍而来，使得卫天霖起先并不十分信任他。

后来，他发现吴冠中在艺术上是同道，便邀请他共同创办北京艺术师范学院，后改名北京艺术学院，卫天霖任副院长，吴冠中任油画教研室主任。学校起先定为 7 年制，后来学生们要求提前为人民服务，于是改为 6 年制。

1957 年，16 岁的李付元前来报考，吴冠中负责口试。

现在，李付元朗声说："一次我问吴先生，50 年代到 70 年代，您是怎样作画的？他吐出一个字：躲！"

> 1959 年，我利用暑假自费到海南岛作画，因经济不宽裕，来回都只能买硬座。从广州返北京时，拖着大包尚未干的油画，而行李架上已压得满满的，我的画怕压，无可奈何，只好将画放在自己的座位上，手扶着，人站着。一路上旅客虽时有上下，但总是挤得没个空位，谁也不会同意让我的画独占一个座位。就这样，从广州站到北京，两夜两天，双脚完全站肿！
>
> 1977 年，我第二次上井冈山……几乎画到了日落时分，才不得不住手。公路车早已收班，硬着头皮步行回住所去，大约要夜半才能走到。幸好被我拦截了一辆拉木头的卡车，木头堆得高高的，爬不上人，驾驶室里也已有客人，我勉强挤下，一只手伸在窗外，捏着遍体彩色未干的油画，一路上，车疾驰，手臂酸痛难忍，但无法换手，画虽不满意，像病儿呵！不敢丝毫放松，及至茨坪，手指完全痉挛麻木了！

吴冠中爱外出写生，但毫不掩饰他厌恶"旅游写生"。2008 年他指责美协、画院，"每年都搞采风，一大帮人集体下去，打着旗帜，跟老乡照相，这样做，老乡都不敢讲话了。真正的采风是要偷偷下去的，要生活在民间，体验风土人情，了解民生疾苦，这个过程是很艰苦的。"

1959 年，画家罗尔纯一来学院便在公开场合听到吴冠中对年轻教员呼吁："要教艺术，不要只教技术。"有 5 年时间，他每个周末都到前海北沿的破旧大杂院——吴冠中家里交流。

1950 年代末，法国某代表团要去拜访吴冠中。外交部的官员先来大杂院探查，发现房内装饰全无，院内脏水四溅，要求吴冠中把家具全部更换，再请外宾入屋。他生硬地顶回去："别人是来见我的，不是来见我的家具的。"

> "内容决定形式"成了美术界创造之法律，于是作品成了政治口号的图解。许多青年人很用功，很认真，赤胆忠心，但不理解造型美的基本规律，制作了大批无美感的图画。我自己在教学中仍偷偷给学生们灌输形式美的营养，冒着毒害青年的罪名，果然，有一位学生被我直接毒害了——1963年，李付元毕业在即，苦思毕业作品：背景是农家小院，院里两头大黑牛，加上鲜红的辣椒，"画面以形的量感与色的对照突出了形式美"。

吴冠中给他打了5分，但系里用集体评分的办法改评为2分。

"我在楼下听到他们吵得很激烈。赵域是学院领导，反右后，他取代卫老掌握了教学方向。他对吴先生这样被'央美'赶出的'资产阶级'很排斥。"李付元忿忿地说。

最终他被责令重新创作，延迟毕业。吴冠中安抚他，"不管他！你这盆辣椒，有人吃不了！""'不管他'这3个字，他说得硬气，也跟了我一辈子。"李付元睁大了双眼。

1964年，文化部下令撤销北京艺术学院。吴冠中与卫天霖调到中央工美任教。其时，正逢李付元等人毕业离校。李付元恍惚记得，最后一课，吴冠中对学生们语重心长：你们刚跨入艺术门槛。我现在看着你们，就像站在港口观望千万艘船挤入大海，驶向远方。前面是巨浪礁石，就看你们自己如何驾驶了。

"911部队"和"粪筐画家"

"文革"爆发了，红卫兵来抄家，孩子们帮着吴冠中毁掉裸体油画、素描、速写，"这一次毁尽了我在巴黎的所有作品，用剪刀剪，用火烧。"

留在巴黎的老同学已成为名画家，回国观光，作为上宾被周总理接见。能服气？吴冠中问自己。在写给熊秉明的信上他说："今生不能相见了，连纸上的细说也不可能。人生短，艺术长，但愿我们的作品终得见面，由它们去相对倾诉吧。”

他在“四清”运动时患上了肝炎，一度食欲全无，终日恹恹地躺在竹椅上，守着个破败的大杂院，“精神沉入死海中”。

幸而“文革”发动时，他到工美不久，“放毒”有限。如果北京艺术学院没撤，他恐难自保。

“吴先生这点挺幸运，在‘文革’中没有元气大伤，属于‘靠边站’的队伍。”满头白发的画家王怀庆，1964 年考入“工美”。

“文革”头 4 年，老院长张仃、老画家庞薰琹等被批斗。校内派系混战，老师无心教学。吴冠中和几个教师，被强令每天上午 9 点到 11 点在系办公室待命，自嘲为“911 部队”。

1970 年，北京所有文艺院校奉上级指示下乡，接受改造。“工美”师生一起到了河北获鹿李村。“不准画画、不准出村、不准串联。师生编在一个连，在军队的管制下，白天强体力劳动，晚上抓‘五·一六’反革命分子，过着集中营式的生活。”王怀庆苦笑一下。

在李村，吴冠中与阿老住在一起。阿老是老共产党员，擅长速写、宣传画。

那会他还在跟人讲，阿老人非常好，但我跟他的艺术观点绝不同。

“他认为阿老的作品和华君武的类似，不算纯艺术。”袁运甫笑笑，1960 年代他任“工美”装饰绘画系主任。

在李村，吴冠中为 3 件事痛苦，最大的痛苦莫过于不让画画。

第二件，痔疮严重。据吴自己说，脱肛大如红柿子，痛得不能走路，“做了一件类似妇女用的月经带，托着痔疮走路，在行刑中种地。”

还有一个“十五贯”事件。

吴冠中被连里安排放鸭。某日，一只小绒鸭翻身死掉。有人向指导员报告，他对鸭子搞阶级泄愤。连队让他坦白。他分外憋屈，晚上与人诉苦：“真是《十五贯》冤案。”指导员把他叫到连部，拍桌子吼：“老子上《水浒》了！《十五贯》不是《水浒》吗？你以为我没有看过？我要发动全连批判你！”

“我亲眼瞧见过他在荒芜的冀中平原上来回行走。”王怀庆说，“吴先生很情绪化。有一回他在连队闹肚子，吃黄连素好了。他就宣称，以后干脆什么药都别生产了，就生产黄连素。”

“林彪事件”过后，李村的气氛相应松弛，周末允许作画。

吴冠中买来村里写语录的小黑板作画板，用老乡的粪筐作画架，学生们笑称“粪筐画家”，模仿者众，诞生了“粪筐画派”。

村前村后，他在平常景物中寻找新颖的素材。每天傍晚，蹲在藤蔓交错、瓜叶缠绵的海洋中，摸索美的规律和生命的脉络。在庄稼地里作了画，回到房东家，孩子们围拢，他索性在院内摊开。

> 文盲不等于美盲。我的画是具象的，老乡看得明白……当我画糟了，失败了，他们仍说像，很好，我感到似乎欺骗了他们，感到内疚；当我画成功了，自己很满意，老乡们一见画，便叫起来：真美呵！

1970年代初，他明确自己的艺术标准——“群众点头、专家鼓掌”。这与他后来的艺术理论“风筝不断线”如出一辙。

1973年，吴冠中回京，受委派参与北京饭店新楼的巨幅壁画制作。

饭店的中央大厅，每面墙高3米长15米，要画一幅四壁相连的壁画。周总理当场问，黄河可以画，长江为什么不能画？

“万里让秘书来找我，要我具体负责这件事，先列一份画家小组名单。”袁运甫说，他列出了：吴冠中、黄永玉、祝大年。

“上海、苏州、南京、重庆，100多天里，4人沿途写生，住在一起，不刮胡子，不洗衣服，难以形容。吴先生最特殊，一条灯芯绒裤子穿到底，从没换过。

“他作画前，喜欢叉起腰，围上景物绕个十来圈，胸有成竹后才落定起笔。”

工程终因政治因素受阻。袁说，“正赶上‘批林批孔批周公’。回北京当晚，王曼恬（“四人帮”在天津的代理人）就命令我们待在北京饭店，画要全部交出。”

因为画的是风景画，未能审出一张“黑画”。倒是黄永玉在出发前，画过一只鹰，睁一只眼闭一只眼，被指有隐喻，挨了批。

1970年代末，赵无极从法国归来，去吴冠中住的前海大杂院。欢庆相聚之余，吴冠中不忘叮嘱赵无极不要多喝水。老同学不解，他只得明说：家中无厕所。唯一的方便地是院内的公厕，脏得无法跨入。

他赶上了一个追求形式的时代

1978 年，吴冠中归国后首次个展，在“工美”的一间旧教室里举办；第二年春，中国美术馆举办了“吴冠中绘画作品展”。

个展结束后，他应邀到西南师范大学美术系讲学，声称“印象派在色彩上的推进作用是任何人否认不了的”。发言稿以《绘画的形式美》为题发表在同年第 5 期《美术》上。第二年《美术》又发表了他的《关于抽象美》，认为抽象美是形式美的核心，人们对形式美和抽象美的喜爱是本能的。第三年，《内容决定形式？》被刊出。

3 篇文章在美术界连续引起巨大的反响，辅以画展，一举奠定了吴冠中在画坛的坚实地位。

被吴冠中称为“坚定保卫革命文艺、现实主义美术的中流砥柱”的原中央美院院长江丰，是“一个花岗石脑袋的汉子”。他对《关于抽象美》大为不满，多次在讲演中批评吴冠中，“并骂马蒂斯和毕加索是没有什么可学习的”。

全国美协的理事会上，江丰再次攻击抽象派，“他显得激动，真正的非常激动，突然晕倒，大家七手八脚找硝酸甘油，送医院急救，幸而救醒了。”

“但此后不太久的常务理事会上，江丰讲话又触及抽象派，他不能自控地又暴怒，立即又昏倒，遗憾这回没有救回来，他是为保卫现实主义、搏击抽象派而牺牲的……”

艺术评论家高名潞说，“‘文革’后吴先生提出形式美、抽象美，是对‘文革’的主题先行、意识形态僵化的局面持一种深刻批评的态度，对年轻人有很大影响。

“他早期的一批江南水乡风景画，符合他的美术标准，形式上画出抽象美，赋予一种南方的情趣。我作为北方人看到这些画时也感觉到一种非常特别的东西。”

美术评论家陈履生则认为，“时势造英雄。吴先生在绘画上的长处是对形式美的敏感。他的呐喊是个性的表现，恰好后‘文革’时期，他赶上了追求形式的时代。”

1980 年代初，美术界“星星画会”等一批新生力量涌现。

一次全国油画讨论会上，高名潞注意到，率性的吴冠中坐在第一排，非常认真地在听、在看。“但他没有发表意见。我感觉得到，他对年轻人中出现的新现象，从姿态上愿意支持；另一方面，他并不是很喜欢这些作品。”

高名潞的猜测在袁运甫那儿得到一定的证实，“‘文革’结束后，艺术青黄不接了。年轻人要搞现代派，又不知道现代派是怎么回事。养鱼、捞虾、开枪，以为什么都是艺术。吴冠中觉得惊讶，说孩子们有点过了。他又不想因为批评年轻人，被说成保守。”

“吴先生这类艺术家比较强调形式与语言自身的美，视觉的愉悦性、优雅。当代艺术除了视觉和语言的探索外，还要和当代人的心理变化、文化变迁、社会转型紧密相连。他的艺术和这些方面显得没有直接关系，加上年事越来越高，距离就越来越远。”高名潞坦言。

李付元说，“1991年，我们想搞个师生展。吴先生提名叫‘叛徒的画展’。他不要我们像他，他要我们忠于自己。同学霍根仲为人朴实，画也朴拙。吴先生鼓励他就这样走下去。后来他想变得花哨一点。吴先生很生气地说，你背叛了你自己！”

身后是非谁管得

“有一对做宝石生意的香港姐妹，很喜欢吴先生的画作，带头买他的画，在港台火起来后，又到了日本。香港一画廊老板方毓仁是吴先生大儿子吴可雨的同学，她们主动找方毓仁合作。吴先生在大英博物馆的个展，两姐妹也帮忙联系过。”吴冠中的一个学生末了直说，一个画家的作品必须有人捧。

1992年，大英博物馆举办的展览“吴冠中——一个二十世纪的中国画家”，很为吴冠中看重。

> 作画为表达独特的情思与美感，我一向主张不择手段，即择一切手段。在大英博物馆的一次讲座中，谈笔墨问题，我认为笔墨只是奴役于特定思绪的手段，脱离了具体画面的孤立的笔墨，其价值等于零。

同年在香港，与港大艺术系教授万力青就笔墨问题作辩论后，吴冠中在《明报周刊》发表了他最引人非议的文章《笔墨等于零》。

1998年，吴冠中多年好友、“工美”院长张仃发表《守住中国画的底线》，并在学术讨论会上对“笔墨等于零论”提出公开批评。

“张先生批评吴先生时，我正好在旁边。”袁运甫缓缓地说。“那次，在《人民日报》举办的青年美术作品评审结束后，休息中途张先生好意劝道：冠中啊，艺术这根线条不要都说‘不’，要留有表现，注意线本身存在的功力，它的节奏啊、速度啊、美观啊……”

50年代，吴冠中与三子

1999年深秋，吴冠中在北京方庄芳古园的陋室里接受了华天雪的采访。“我讲过‘身后是非谁管得’，就是因为我有绝对的自信，不需要去管。在将来的美术史上我一定是一个起到了极大的转折与作用的人。”

华天雪当时是中国艺术研究院美术研究所助理研究员，在《下午·客厅·逆光——听吴冠中教授传“道”授“业”解“惑”》刊发前，她曾颇受吴的欣赏。文章发表后，吴冠中却与她绝交。10年间，华天雪对媒体绝口不提往事。吴的学生透露，吴冠中责怪华天雪不该将自己私底下的一些讲话公之于众，例如——林风眠是我所走的这条路的开拓者，但由于历史的原因，他只能是一个开始、一个起步，容量上不如我。潘天寿当然是很了不起的大家，但面也比较窄。黄宾虹我是不重视的，张大千就更反感。李可染变得也有限，石鲁画得也还不错。所以站在美术史上，我认为我的开拓性在于使中国绘画，包括油画和水墨都走向了现代，走向了世界。

如今，华天雪仅淡然回应：那一次采访有录音。稿件刊登前，经由吴先生过目。没惹来争执时，得过他的赞许。

1999年11月初，文化部主办的“吴冠中艺术展”将在中国美术馆举行。

她的文章是为活动打前奏。评论家陈履生看到文章后，针对该文质疑吴冠中，署名“江洲”，在2000年1月的《文艺报》上相继发表了《断线的风筝——我看吴冠中先生用彩墨画在宣纸上的画》和《与吴冠中先生商榷》。《商榷》里，陈履生将吴冠中的作品与林风眠、潘天寿、黄宾虹、李可染的作品进行对比，对其言谈逐一批驳，言词激烈。

其后中国艺术研究院美术研究所研究员翟墨在《吴冠中四题》中，为吴冠中辩护——“最负盛名者最遭物议，这似乎也是一条规律。”

另一中国艺术研究院美术研究员朗绍君发表《笔墨问题答客问》，文中尖锐地指出：吴冠中一方面决绝地否弃笔墨，一方面却又把否弃说成是“革新笔墨”，令人不可理解。

> 我称自己的50年是“横站生涯”……在国外的时候与西方对抗，回来以后又这样不被容纳，这种腹背受敌的状况，多少年来一直是这样的……现在的矛盾又变成与传统、笔墨的冲突，变成古今之间的“横站”了。

那次采访中，吴冠中对华天雪这样说。这有点像鲁迅的自述。她描述道，“他的丝丝银发向上冲着，像火焰，干瘦的手臂不时随着话语舞动着。”

一辈子的“悔”就在于离强有力的东西远了

“总的来说，将吴冠中放到整个美术史中，他属于学院艺术家。”高名潞最后说道。

> 年轻的时候，个性比较倔强，画的画也都是很强烈、刺激的，大红大绿的，比如喜欢翠绿、粉绿画人体等等；从国立艺专到法国，一直是偏于抽象的。回国后，现实要求我必须画那种严谨的、比较细的东西……在清华建筑系教书的几年，倒是我的水彩画先出名……所以我的油画风景一开始就这样有了抒情的味道，发展下去竟是越来越抒情，秀美，甚至是带些甜味的。

改革开放后，我摆脱这种状态的愿望越来越强烈，现在完全是抽象的和强烈的了。

越到晚年，他越觉得绘画技术并不重要。他对刘巨德感叹，肉体无法承载精神时，最苦。

他说，内涵最重要。绘画艺术毕竟是用眼睛看的，具有平面局限性，许多感情都无法表现出来，不能像文学那样具有社会性。在他看来，100 个齐白石也抵不上一个鲁迅的社会功能，齐白石多一个少一个无所谓，但少了一个鲁迅，中国人的脊梁就少半截。“我不该学丹青，我该学文学，成为鲁迅那样的文学家。从这个角度来说，是丹青负我。”

“他觉得到高度了，可以讲了，讲了也没什么关系了。他在背后的话远比桌面上厉害得多。”李付元急切地说。

吴冠中说话直截了当：“虚谷在的话，我要请他喝茶、聊天。张大千来，对不起，不见，我觉得话不投机，有代沟。”“漂亮和美不同；漂亮讲的是质感、细腻，美往往是造型艺术里面的独特性，构成美，这两个不一样。我觉得张大千的就是漂亮，像《飞箫楼》；潘天寿的是美，感人。”

“他有时直言不讳：某某艺术家水平差，根本不应该出现在媒体上；如果出文集，他会在意编进书中的其他艺术家的水准、与他的艺术性是否相投。”今日美术馆馆长张子康说。为此，吴冠中会用吴侬软语硬生生地冲编辑发火：如果这个人在里面，这本书我不参加了。

生命的最后几年，他理直气壮骂美协、画院，“养了一大群不下蛋的鸡”、“像妓院一样”，应该取消，对画家采取“以奖代养”。

“我们对他说，在现行体制下，他简直是说梦话。”刘巨德说道，卢新华默不作声，他们都是美协会员。

袁运甫印象深刻的是——“1998 年，孙家正第一年担任文化部长，首次召开全国美协会议。孙部长一上来说‘我刚刚从朱总理那里出来’，吴冠中已迫不及待举手发言，‘孙部长，祝贺你当部长，我下面的意见请你参考。’”他大概意思是，文联、美协每年拿国家的钱相当多，搞一个全国美展，实际上劳民伤财。能不能采取比较简单的方法？而且这里面很多开支不是花在画家创作过程中，他很心疼。

“他觉得全世界没有其他国家设画院，我们却有那么多画院，把画家养在里面，就像过去的宫廷画家。而且有人进去不是靠选举，是靠关系，作品又很多都不行。这类机构设置完全不符合艺术创作规律。”

他极认同鲁迅的遗嘱：万不可做空头文学家。故而他也不愿他的儿子、孙子学画画。3个儿子中二儿子下放回城后跟他学过一段时间绘画，终究没能走上他的路。

他的朋友、学生说，吴先生曾和二儿子一家住过。一次，有一张白描的《石林》找不着了，他怀疑是媳妇拿走了，不乐意，闹得不愉快。其实也就是张普通写生，而且不大，真让孩子拿了又能怎样呢？

还有一次，一位与他齐名、关系甚笃的同时代画家，相中了他一幅巨型油画——估摸有半面墙壁大小。也不知他们具体怎么谈的，对方提出，作为交换，也让他在自己的作品里挑选一幅。

画家向画家索要作品挺少见，不过他还是同意了。

第二天那位画家就派车来拖走了巨型油画。他不便当场发作，生起了闷气。并且，他后来也没拿对方的画。两人断绝了往来。

“有没有觉得自己艺术上有什么不足呢？”华天雪曾问他。

当然有不足。他说过，“自己的创作不成熟，经不住槌打。”“自己一辈子的‘悔’就在于离强有力的东西远了。”

1970年代，他重新拾起水墨，自称为“水陆兼程”——在油画中探索民族化，在水墨中寻求现代化。

“艺术家在这个年代要么被神话，要么缺少客观公正的评价。对吴冠中的理解，绝不能建立在他作品的高价上，那是对他的误解。对于他的观察，需要一段时间过程，可能10年或者20年。”陈履生在电话中大声说。

这次，他俩不会再有摩擦。生前，吴冠中对弟子们说，“高价与我无关。我的作品有待历史的评价。”

（参考资料：吴冠中著《我负丹青》、《生命的风景》；水天中、徐虹主编《思考的回声——吴冠中艺术研究与评论》；华天雪作《下午·客厅·逆光——听吴冠中教授传“道”授“业”解“惑”》。感谢百雅轩文化艺术机构提供帮助）

李文俊　翻译家算半个先知

刘子超　　史卫燕

李文俊（1930—　）

著名翻译家，中国译协副会长。主要译作有美国作家福克纳的《喧哗与骚动》、《押沙龙，押沙龙！》、《我弥留之际》、《去吧，摩西》，参与撰写《美国文学简史》、《大百科全书英美卷》等。1994年获中美文学交流奖。

李文俊80岁了。几个月前，他的面孔登上了国内一家著名时尚杂志。

那是一张刀刻般的面孔。因为拿掉了厚厚的镜片，眼睛失去掩护，显得湿润润的。

“我也不晓得他们为什么找我，”李文俊慢条斯理地说，“大概他们的主编曾是一名文学青年。”

是的，凡喜欢过外国文学的人，都知道李文俊。他是福克纳、塞林格、麦卡勒斯和卡夫卡的译者，他译的每一本书都至少影响过一位当代作家。余华、莫言、苏童都满怀眷恋地回忆过当初读到这些作家的中译本时的震动。

2000年，因为翻译福克纳的《押沙龙，押沙龙！》和写作《福克纳评传》过于劳累，李文俊曾大病一场，光病危通知就收到5次。从鬼门关回来，家人都劝他不要再做翻译，可李文俊自叹“尘缘未了”，这些年又翻译了近10本著作。这些著作如今静静地躺在老先生的书柜里。李文俊说，这是他一辈子的行李。

美国诗人伊丽莎白·毕肖普在一首诗里列举了她一生所失去的，如钥匙、母亲的表、宝贵的光阴、朋友、3所房子、家园和祖国。

回顾自己的一生，李文俊说：“我也有所失去……然而也并非一无所获：我有亲人，有也许还不算太菲薄的成绩，以及友情、家园、还有人生阅历……”

在他看来，翻译是一项神圣的事业。他引用歌德的话说：在一个民族里，翻译家算得上半个先知。

如今，李文俊坐在书房里，翻着一本《外国文学插图精鉴》。这是他用15年的时间集成的，相当于一部外国文学翻译史。

墙上挂着“静轩”两个隶书大字，是从琉璃厂淘回来的拓片，装入紫檀木的镜框里。家里摆着不少瓶瓶罐罐，都是潘家园淘来的“古董”。老先生饶有兴致地拉着我们看，过一会儿又很严肃地说：“我是不打算卖的。”

翻译生涯的开端

1930年，李文俊出生于上海。父亲在洋行工作，母亲中学时也学过英文。中学时代，他译过一些好莱坞明星的讯息，如“凯瑟琳·赫本的三围”，投给当时的《大晚报》。

李文俊至今记得第一次去领稿费的情景：“乘上49路红色公共汽车，推开四马路报馆铜棍锃亮的玻璃门，在齐眼睛高的大理石柜台前，看那位烫着一头蓬乱头发的出纳小姐扔出几张小额钞票。”

1948年，他考入复旦大学新闻系，和同学一起翻译了美共作家霍华德·法斯特（Howard Fast）的两部著作：《最后的边疆》和《没有被征服的》。这是他翻译生涯的开端。

大学毕业后，李文俊进入中宣部办的干训班，学了8个月的马列主义和新闻业务，之后被分配到《人民文学》编辑部。1953年，作协决定恢复《译文》杂志（鲁迅1930年代创办，《世界文学》前身）。从那时起，他开始了在《世界文学》的人生，绵延40年。

当时编辑部鼓励年轻人去向专家请教。刚开始工作，李文俊就骑着自行车去拜访归国不久的冰心和加入了中国籍的沙博里。

李文俊说，每次拜访都有故事：拜访钱钟书、杨绛，“他们那时住在中关村平房，不到顶的隔墙上供着一尊铜佛”；拜访金克木，“求他译《云使》，他太太发话了他才答应的”；拜访赵萝蕤，“可惜没见到陈梦家的明代家具”；

拜访杨宪益和他太太，“记得杨先生对我说‘搞翻译不能太老实’，戴乃迭正好从门外进来，只听见了最后几个字，眉毛一扬问：‘干吗要不老实？’”；拜访王佐良、周珏良，“他们和我一起挤上一辆332路公共汽车，请我在动物园对面的广东饭馆吃了一顿饭”；拜访冯至，“他对我说，歌德不好算作浪漫主义诗人，接着很有权威性地一笑”。

从卡夫卡到福克纳

在《世界文学》，李文俊做了20多年的助理编辑。1978年，《世界文学》所在的外文所招入了“文革”后第一批研究生，其中包括赵毅衡、裘小龙等人，而文学也迎来了一个最狂热的时代。

1979年，“文革”后复刊第一期的《世界文学》刊登了李文俊翻译的卡夫卡的《变形记》，它影响了一代读者的阅读趣味。

卡夫卡的推介得益于李文俊的慧眼。当时国内德语翻译家并不知道卡夫卡，甚至冯至也是如此。当他在德国留学时，卡夫卡还不为人知。因为经常浏览国外报刊，李文俊知道卡夫卡在国外很受重视，建议上海译文社出版卡夫卡的作品，“结果出了6本，作为反面教材内部发行”。

时值《世界文学》复刊，李文俊请学德语的太太用德文版校对了一遍《变形记》译文。他没想到卡夫卡在青年人中会引起那么大反响。当时还在浙江海盐做牙医的余华看到卡夫卡，被深深震动。他后来写道：“在我即将沦为文学迷信的殉葬品时，卡夫卡在川端康成的屠刀下拯救了我。我把这理解成命运的一次恩赐。”

李文俊把翻译喻为“行人寥落的小径”。

上世纪80年代初，李文俊开始翻译福克纳时，曾写信给钱钟书请教几个问题。钱钟书在复信中说：“翻译（福克纳）恐怕吃力不讨好。你的勇气和耐心值得上帝保佑。”

福克纳难译，而《押沙龙，押沙龙！》更是难上之难。在福克纳的作品里，长句比比皆是。李文俊说，翻译时难就难在必须要把作者蓄意表达的一切因素全部准确地表达出来，文字尽可能熨帖老练，符合中文习惯用法，还要保留住作者的“神来之笔”。

长句子并不是唯一的困难。福克纳的作品是一个整体，必须对他的全部作品大致有所了解，才能译好其中的一篇。福克纳是语言艺术大师，文风时庄时谐，有时像莎士比亚和艾略特，有时却又土得掉渣。这一切均需译者悉心体会，紧紧追随。

在译《押沙龙，押沙龙！》的整整 3 个年头里，李文俊日日夜夜都在受着这样的煎熬，往往一天只能译一小段甚至一个长句，第二天再将之改定。他至今对译毕当天的情景记忆犹新："那天下午 4 时 45 分，我将圆珠笔一掷，身子朝后一仰，长长地叹了口气：总算是完成了。这是我译的第四部福著，我对得起这位大师了。"

说到这里，李文俊走向书柜，在我们惊异的注视下，拿出那本《押沙龙，押沙龙！》，轻轻地把第一段的译文念了出来："在那个漫长安静炎热令人困倦死气沉沉的九月下午从两点刚过一直到太阳下山他们一直坐在科德菲尔德小姐仍然称之为办公室的那个房间里因为当初她父亲就是那样叫的——那是个昏暗炎热不通风的房间四十三个夏季以来几扇百叶窗都是关紧插上的因为她是小姑娘时有人说光照和流通的空气会把热气带进来幽暗却总是比较凉快，这房间里显现出一道道从百叶窗缝里漏进来的黄色光束其中充满了微尘在昆丁看来这是年久干枯的油漆本身的碎屑是从起了鳞片的百叶窗上刮进来的就好像是风把它们吹进来似的。"

"文学在合适的位置上就行"

人物周刊（以下简称"问"）：现在您和太太还翻译吗？

李文俊（以下简称"答"）：当然，还翻译一些东西，出版社叫我翻译一个中篇。现在我不做苦工了，一天两个钟点，3 个钟点顶多了。昨天就少些，因为陪太太去了亦庄的同仁医院。她是搞德文的，黑塞、歌德、豪夫，古典的也译一些。她现在译得少了，德国的一本正经的东西现在出版社不大出，时髦的那些她不喜欢，也看不懂。

问：您是复旦新闻系毕业的，怎么没有做记者，而成为了翻译家？

答：最初没想专门做翻译，而且我的外文学得也不怎么样。一般的看得懂，但是文法结构搞得也不是很清楚。后来一点点做起来了，才弄清楚这之间细微的区别在什么地方。考大学的时候，复旦大学新闻系和燕京大学新闻系是最有名的。当时想像萧乾那样到英国去访问，做战地采访什么的。我觉得我这个人还比较灵活，跑跑写写应该还行吧，就报的新闻系。考上后第二年上海就解放了，然后就强调要贯彻党的意图，没有什么个人发挥的余地。很多同学都分配到广播电台，做了一辈子，到退休也没什么太大的成就。当时有哪个是有名的记者？没有，都不让出名的，写的全是干巴巴的会议报告。我感觉没有什么活动余地，我还是搞翻译，搞文学吧。因为我在大学里出了两本书了，分配的时候就把我分到了作家协会。

问：作协一直是各种运动集中“整顿”的部门，没有受到冲击吗？

答：我们作家协会名额多着呢，你想呀，丁玲、艾青什么的都是在一块儿的，这些人首当其冲。轮到我们编辑部，就只有一个人历史有点问题，是国民党励志社培养的，南京中央大学毕业，其实人很好，对我帮助很大。当时是杨朔（写过《荔枝蜜》）负责审查，他的《三千里江山》薄薄一个中篇，不知印了多少万册，靠这个买了一个四合院。当时我是负责记录，杨朔打了电话给我，我就和那个有“历史问题”的同事蹬着自行车去杨朔的四合院。

问：后来您下过干校吧？和钱钟书同一拨。

答：下干校是 1970 到 1972 年，到河南。钱钟书比我去得早，不过都是盖房子、挖井。后来我被分到木工组，做木匠去了。手艺还没学会，上面就没人抓这个事情了，因为林彪失宠了。后来，钱钟书被调回去翻译毛泽东诗词。不久，我也被调回去了。从干校回来以后不能做业务工作，但是图书馆开放了，可以借点书来看。那时候看了很多英美小说，尤其是钱钟书借过的书，我会特别注意，也借出来看。《伤心咖啡馆之歌》就是那时候看的。

问：《世界文学》最初和现在的发行量是多少？

答：最多时 30 多万册，现在 1 万册以下吧。这就算不错了，文学在合适的位置上就行。

问：您怎么看 80 年代的外国文学热潮和它的慢慢退去？

答：这个社会变了啊，那时候是从不开放到开放，你们这一代人或者比你们更早一代的人，经历了一个思想解放的过程，像海绵一样吸收外国的各种新鲜的味道，如饥似渴。现在，人们要买房子、买股票，各人走各人的路、各人奋斗啦，不然你房子都买不起，怎么娶老婆啊？各人有各人现实的困难，你再喜欢文学也没用了。

问：您是这样的看法？

答：社会是这个看法。我个人是不会说要挣多少钱，够用就行了，活得下去，能去潘家园淘点古董就行。反正我也没那么多本钱，也不和富豪打交道。4 亿买一幅黄庭坚的字，拍卖公司收 12%，多黑啊。我是做不到他们这样。

1960 年，北京民族文化宫，李文俊与张佩芬

问：“文革”之前的翻译稿费是怎么算的？

答：大概 10 多块钱 1000 字吧。那时候的 10 多块钱比现在 100 多块钱还多呢。所以那时候有职业翻译家，别的不干，就在家里翻译也能维持生活，而且生活挺好，像傅雷、汝龙就这样。他们也不愿意出来工作，觉得浪费时间挺多的，又要开会，又要政治学习，这些时间都去掉，剩下来翻译的时间就不多了。但是时间一长，书出少了，翻译速度慢了，收入就受影响。傅雷就写信给上海文化部，这信在《傅雷书简》里还可以看到，说他生活困难，维持不下去了。文化部就批，让出版社多预支他点钱。其实 1950 年代的时候，靠稿费也可以生活下去。

问：现在稿费标准似乎没太大调整。

答：大牌出版社也就是 1000 字 60 元。有的出版社对我客气一点，给我 80 块钱，特别高的就 100 块。反正我也活得下去，退休金涨啊涨的，到现在也快 5000 块钱了，还有国家特殊津贴，还有我太太的退休金。

“自古圣贤皆寂寞”，都是这样。水平高的东西看的人就少，曲高和寡。很多人都是穷死的，我没有穷死已经不错了。政府还给我们养老金，最好过一段时间能提一提，和通货膨胀的速度拉近一点，不要越来越远就已经满意了。现在也没什么牵挂，我写的东西都在电脑里，自己的大事记也都在那里。我死了之后，儿子打印出来一看就知道他父亲这个人。钱嘛，存不了多少。

问：回忆这一生，您愿意如何评价？

答：玩得还算漂亮。好比作为一个运动员，还踢出过几个好球。也就这样了，反正不能永远出风头，都要退场。

夏志清　90 岁的顽童

卫　毅

夏志清（1921—　）

中国文学评论家，美国哥伦比亚大学教授。2006 年当选台湾“中央研究院院士”。其代表作品《中国现代小说史》是一本中国现代小说批评的拓荒巨著，具有开创性的地位。

去年冬日的一个上午，火车行驶在纽黑文通往纽约的铁道上，窗外掠过树林、雪地、房屋和停靠在港湾里的船只。

纽黑文—纽约，耶鲁大学—哥伦比亚大学，大约 60 年前，1950 年代初，30 出头的夏志清在这条路线上往返奔波。那时他正在撰写《中国现代小说史》——这部日后让他声誉鹊起的学术著作，苦于耶鲁大学中文书籍匮乏，于是他成为哥伦比亚大学中日文系（现在的东亚语文系）图书馆的常客。他通常是上午从耶鲁出发，下午在哥大饱览群书，然后再借上一箱子资料，返回纽黑文。

离耶鲁并不遥远的哈佛大学当年的中文藏书虽然并不丰富，但也有一些哥大所没有的书籍。夏志清没去哈佛借过书，除了生性不爱动之外，另一个重要原因是：缺钱。他曾为此而遗憾，作为文学史的研究者，占有的资料再多都不为过。

“朝鲜战争开始，我就得省下钱来寄给上海家里。从 1951 年 7 月开始，月寄 100 美金，一年 1200 元。所以那 3 年，每年自用 2800 美元，够维持生活，谈不上有什么研究经费。”当时已经从耶鲁大学英文系博士毕业的夏志清仍然住学生宿舍，吃食堂。

夏志清如今住在纽约113街的一幢公寓，紧邻晨边高地上的哥伦比亚大学，通往他家楼层的电梯有着木质外壳，楼龄超过百年。

在夏志清家里，有墙壁处皆是书。他自己的著作都集中在一个书架上。我从大陆带来的几本署名“夏志清”的简体字书，却不在此列。

“大陆出版他的书，几乎从来不给稿费，很多时候连书都不寄过来，真是很过分。”夏志清的太太王洞女士翻着我带来的书说道。

夏志清则拿着我带去的“桂系军阀”做封面的《南方人物周刊》说：“这是白崇禧年轻的时候，我跟他儿子白先勇很熟。”白先勇是夏志清的哥哥夏济安在台湾大学外文系教过的学生。白先勇认为夏济安对那一届台大外文系学生有过非常好的指导。那批学生中，日后成名的除了白先勇，还有李欧梵、陈若曦、王文兴、欧阳子等人。对于夏济安和夏志清，刘再复的评价是：中国文学研究界的兄弟双子星座。

上海来的年轻人

夏志清在2011年阴历正月十一度过了自己90岁生日，为了避开美国东北部多雪的冬天，生日的聚会提前到2010年秋天。1921年，夏志清出生在上海浦东。浦东当时只是落后的郊区，黄浦江对岸才是繁华的十里洋场。夏志清的家境并不好。“年轻时的夏志清多少有一些自卑感，这对他之后的人生会有影响。”哈佛大学教授王德威说。

客厅里挂着马英九送来的一幅生日贺匾：绩学雅范。“这个出典我不晓得。”夏志清指着这幅字说，“这些字都有出典的，他们不敢乱写，中国人胆子小，你自己发明一个什么‘伟大的……’，大家会笑的，所以中国人总是要用古人的话。”

这幅字上还写着：“志清院士九秩嵩庆”。夏志清在2006年当选台湾“中央研究院”院士，为当选院士中最年长者。

胡适曾任台湾“中央研究院”院长，他可能没料到，自己不太器重的夏志清几十年后会当选院士。1946年，从沪江大学毕业的夏志清到北大外文系

做助教时，时任北大校长胡适“听说我是沪江大学毕业生，脸就一沉，透露很大的失望。我那时还不知道胡校长偏见如此之深，好像全国最优秀的学生，都该进北大、清华、南开才是正路。”

1947 年，纽约华侨富商李国钦决定给北大的年轻教员 3 个留美奖学金的名额，文、法、理各一名。刚到北大工作不到一年的夏志清过关斩将，得到文科唯一的名额。发榜后，十几位教员一起到校长胡适那里表示抗议：夏志清是什么人啊，怎么能让他把这个名额占去。胡适虽然不喜欢夏志清，但非常尊重评选委员会的决定，夏志清获得了赴美留学的机会。

1947 年对夏志清来说，是特别的一年。这一年，他最喜欢的德裔美国电影导演刘别谦（Ernst Lubitsch）在洛杉矶突发心脏病去世。“我对刘别谦的导演手法特别佩服，他的好多电影我都看过 3 遍。”他认为作为电影导演的刘别谦相当于诗人中的蒲伯、剧作家中的莫里哀。

夏志清是个超级影迷，他在上海的时候，曾经在《新闻报》上发表《好莱坞大导演阵容》。“那个时候，我对电影的研究比文学更好。我大学还没毕业，电影全都懂了”，“刘别谦的电影好得一塌糊涂”，“现在的电影是退步得一塌糊涂”。他所喜欢的大抵是 1960 年代以前的电影，书房里，挂着伊丽莎白·泰勒和玛丽莲·梦露的照片。

1947 年，还发生了一件影响夏志清学术生涯的事，那就是，钱钟书在这一年出版了小说《围城》。多年以后，夏志清在《中国现代小说史》里写道：“《围城》是中国现代文学中最有趣和最用心经营的小说，可能亦是最伟大的一部。”

从西到中

夏志清坐在客厅的沙发上说话，正如他的朋友所言，他的语速飞快且毫无束缚，对情绪的表达总是淋漓尽致。“××× 是好人。”“××× 是坏人。”这些极端的话语还带着浓重的上海口音。

夏志清喜欢说别人笨，说自己聪明，如果别人这样说，容易让人产生反感，但在他的语境里，倒显出几分可爱来。“到我这里时，在耶鲁拿到英文博士学位的中国人只有 3 个。”夏志清说。耶鲁大学英文系的博士是全美国要求最严的英文博士学位。博士生要想拿到学位，至少需要通过法、德、拉丁3门语言的考试。夏志清之前，华人当中只有柳无忌、陈嘉两位拿到过耶鲁大学英文系的博士，那已经是1930年代的事情了。

1951年，作为耶鲁大学英文系优等生的夏志清，进入博士生研读的最后一年，开始为自己的前途发起愁来。他希望在美国谋得一份工作。这在当时对一位东方人来说，并非易事。

此时，同住一幢宿舍楼的政治系同学告诉他，耶鲁大学政治系的饶大卫（DavidN.Rowe）教授从政府那里获得了一笔研究基金，正在找人帮他做事。当时正值朝鲜战争，美国需要了解中国。饶大卫主持的工作是编写一部《中国：地区导览》（China：An Arca Manual），供美国军官做参考之用。

夏志清既了解中国又精通英文，他找到饶大卫，顺利加入了这个编写团队，年薪是4000美元。夏志清是这个团队的主力，他一个人就撰写了《文学》、《思想》、《中共大众传播》3大章，还有《礼节》、《幽默》两小章。《家喻户晓的人物小传》一章，也参与了《中共人物》章、《地理》章的编写。

《中国：地区导览》试印本编写出来后，先由美国军政官员审阅。这本册子最终未被正式采用，只印了350册。

在纽约的这个早上，夏志清扒开一叠叠资料，从家中靠近窗户的书架上找出一册《中国：地区导览》。王洞女士为夏志清能找出这本册子而大为惊讶。“你是第一个看这本册子的记者，我都没看过。”王洞女士说。

1950年代，《时代》周刊做过一期以毛泽东为封面人物的中国报道。夏志清在看这期《时代》周刊时，发现里面的许多内容都是根据他在《中国：地区导览》里的文字来写，有的地方甚至一个字都没改。“生平看《时代》周刊，从来没有这样得意过。”

在编写这套书的过程中，原本一心研读英美文学的夏志清对自己的祖国有了更多的了解。特别是在编写《文学》这一章的时候，夏志清翻看了大量的中国现代文学史料，突然发现“中国现代文学史竟没有一部像样的书”，“我当时觉得非常诧异。”

1952年春，虽然饶大卫将夏志清的年薪加至4800，但他已对继续编写册子失去了兴趣。夏志清有了新的计划：撰写一部中国现代文学史。他将计划书寄给洛克菲勒基金会，最后获得两年的研究补助金，每年4000美元。

此后，夏志清辗转美国各地授课为生，工作十分繁忙，《中国现代小说史》

的撰写也是断断续续。直到 1961 年 3 月，《中国现代小说史》才得以出版。

1961 年 4 月 13 日的《基督教科学箴言报》上，刊登了芝加哥大学中国文学教授大卫·洛埃（David Roy）写的长篇评论。他认为《中国现代小说史》的出版是一件大事，它不仅是专论中国现代小说的第一本严肃英文著述，“更令人稀罕的是，现有各国文字书写的此类研究中，也推此书为最佳。”

1961 年，哥伦比亚大学东亚系教授王际真正在耶鲁大学短期授课，他已经临近退休，想寻找合适的人选接替他的位置。在饶大卫的推荐下，王际真看了夏志清的《中国现代小说史》，激赏不已。他写信给这个年轻的后辈，表达了自己对这本书的喜爱，在信中赞扬 40 岁的夏志清的英文造诣高过了所有留美的华籍教授，“简直可同罗素、狄金森两位大师媲美”。

王际真的赏识让夏志清在 1962 年获聘为哥伦比亚大学东亚系副教授。1968 年，他出版了《中国古典小说史论》，再次引起学界震动，这两本书奠定了夏志清在中国文学研究领域殿堂级的地位。

谈到《中国现代小说史》时，夏志清说：“我的看法没有改变。”他一再指出，他并不是以左或右来挑选作家进入他的小说史。“我不是恨左派，东西的好坏也不是用左派或右派来判断，你是个高级的人我就佩服嘛。中国的作家中好的我就喜欢，我推崇张天翼，他就是左派嘛。”

在《中国现代小说史》里，张爱玲、沈从文、钱钟书、张天翼被前所未有地放到了重要的位置上。特别是张爱玲，夏志清对她在中国现代文学史上的地位最早做出了高度评价，“《金锁记》长达 50 页，据我看来，这是中国从古以来最伟大的中篇小说”，这样的话从来没人说过，这在当时需要锐利的眼光。“我一看她（张爱玲）的东西就觉得她厉害，我是自己看她的书看出来的，我没有什么老师指导的。我把很多大作家打了下来，比如老舍的《四世同堂》，大家捧得一塌糊涂，我在书里讲他不行。”

这些文字对于抱持左翼文学史观的中国现代文学研究者是巨大的刺激，引起的争论可想而知。最有名的是夏志清和捷克左翼汉学家普实克在 1962 年的争论。直到今天，《中国现代小说史》仍然是左翼批评者攻击的重要靶子。

“如果从人文主义的关怀出发，里面有很多东西，无论你持什么样的政治立场，都会同意。说夏志清是右派没有问题，但是大家要知道，右派有很多种啊，有可爱的右派，有不可爱的右派，有疯狂的右派，有不疯狂的右派。

夏先生可以说是超左的右派，他是右派里的左派，右派看了他也不痛快的。”这是王德威教授的说法。

“国民党也不喜欢他。台湾有很多奖，他一个奖也没有拿到，他在那边没有朋友嘛，他也不说国民党爱听的话。”王洞女士说。

左派对于夏志清的批评，更为极端的说法是：夏志清是美国政府请来的“打手”。

“夏志清写的东西是有意识形态在里面，但没有人逼着他这么讲，他是一位特立独行的批评者。左派的批评者高估了夏志清和美国政府的关系，你能相信美国政府会用夏志清这样个性的人来做‘打手’吗？太不能相信了，他讲话讲三句之后就不靠谱了，完全是一个疯狂的老顽童嘛。”王德威笑着说。

好玩的人

关于学术上的争论，有时也发生在夏志清和他要好的朋友身上。在张爱玲和鲁迅谁更伟大这个问题上，夏志清和刘再复持有不同的意见。夏志清也曾在会场上为此而生气，不过，就如同他老顽童的性格，他用开玩笑的方式与刘再复言好。

直到今天，夏志清还是不喜欢鲁迅。“鲁迅学问不灵，不如他弟弟，周作人比他好多了。鲁迅本身没有什么问题，但被人家捧得太高。鲁迅有一点最不好，他不喜欢自己的原配，但又不让她离开，又不跟她生孩子，这对女性很残忍啊，这是什么意思！”夏志清说到这的时候，嗓门很大，就好像刚从报纸上看到这么一则新闻时的反应。“对鲁迅，你要讲一讲这件事情，你就说是我讲的。”说完，他又用英文加了一句：“It's very cruel。”他还是喜欢张爱玲。对1960年代之后的电影已经没有太多兴趣的夏志清，2007年又去看了一场电影——根据张爱玲同名小说改编的《色·戒》。《色·戒》上映之前，李安的团队想听听文学专家的意见，找到王德威。王德威说，我给你们推荐一位张爱玲专家。他推荐的是夏志清。

“李安当时感到不安的地方是，电影里的上海有没有拍得很像？对于张爱玲小说里性和暴力的理解是不是到位？我特别约了夏先生去看。他觉得很好啊，右派通常是保守派，但是他完全可以接受。在看电影的时候，在不可怕的地方，他‘哎呀’一声，把我们全场的气氛都打坏了。在最露骨的性描写部分，他突然跑去跟夏师母说，这个好像是真的。他太好玩了。”

夏志清与夫人王洞（卫毅）

说到政治，夏志清不喜欢毛泽东，但他承认毛泽东打仗很厉害。“老毛很厉害，我是不厉害，我连太太都打不过。”

说到宗教信仰，他甚至调侃起教皇。“教皇懂这么多种语言，他学问比我好，但他信不信上帝，我就不晓得了，他这么聪明的人，会信上帝吗？”

“您怎么看生死的问题？”

“没法子看。靠着我的书，我还可以多活几年。人是没有梦的，死掉了就死掉了。我哥哥死了多少年了，他从来没有给过我一个梦。我从来没有梦到过我哥哥，没有梦到过我爸爸妈妈。我没有什么宗教信仰，什么都不信最好，没有寄托。”

90 岁的夏志清来美国已经 60 多年了，在纽约住了 50 年。他喜欢纽约生活的快捷方便，比如公共交通。所以，夏志清至今还未学会开车，连脚踏车都不会。到这个时候，一直说自己聪明的夏志清才会说一句“我很笨”。他会感叹现在没有多少年轻人愿意沉下心来多研究几国文学。“现在的人都去弄 computer（电脑）去了。”

当全世界都在谈论电影《社交网络》时，当年轻人都在羡慕扎克伯格时，夏志清仍在为不能重看刘别谦的电影《驸马艳史》而感到遗憾。

“节奏太快了，我们这些老派人士已经跟不上了。”

艺 界

说书人单田芳

单田芳（1934—　）

著名评书表演艺术大师，国家级非物质文化遗产继承人。录制、播出《隋唐演义》、《三侠五义》、《乱世枭雄》等100余部评书作品，开评书走向市场的先河。“凡有井水处，皆听单田芳”，“单田芳评书”已成为中国传统文化的一个重要符号。

单田芳艺术公司

1994年，我退休了，就来了北京。天子脚下，大邦之地，藏龙卧虎，文化中心、政治中心，看的，听的，那是什么样，辽宁没法比。

到北京来，不是平白无故。北京电视台接我录评书。第一套是1993年，录的是《七杰小五义》，前些日子还放了，之后就回鞍山了。接着他们又接我录《大明英烈》、《铁伞怪侠》、《千古功臣张学良》、《白眉大侠》，一套又一套。我当时住在北京广播学院，外事公寓楼里。因为书一录就好几百讲，时间比较长，结识了北京很多朋友，电视台的、电台的、报社的，他们说你干脆就在北京定居得了，省得来回折腾。我说我倒有这个想法，但是到北京干嘛，录书了我录，不录了我在那儿蹲着，没事可干。

北京青年报有一个朋友，他说这样吧，咱成立个公司。他说，以你为名，单田芳小有名气，叫北京单田芳文化艺术公司。我说做公司干嘛？他说，都喜欢你的评书，往全国卖你的评书，你在这儿住着录，录完我们去给你推销。我一想可也不错。

他们说，你到北京房子不用管，衣食住不用管，都是我们给安排，你就安心录书，我们运作，只要同意就拍板，吃着饭就把这个事定下来了。没过两个月营业执照也下来了，现在还是这个营业执照，很顺利办完了，办公室也成立了，电话也安上了。

我一琢磨也行，这谁要找我方便，我有个单田芳艺术公 司，找我打电话，我在北京落脚了，比我独自来来往往强得多。其实我看这个公司，咱是外行，经商得有商道。你想的挺好，推销我的评书，没人要。

当时制作了，为什么没人要？都卡在价钱上……白听行，听收音机有意思，要钱，钱是硬通货，一提钱，不要。哪家放我照样听，我干嘛花钱买，这些人白折腾，又录又制作，花这钱，整房子。

当时做了不少，卖不出去，烂在家里，把我 30 万块钱存折烂在里面，鼻子眼也破了，嘴也破了。我说没事吃饱了撑的，成立什么公司，懂得经商吗？不懂。内行的事外行干不了，有点名顶什么，一动钱，不好使。大伙也着急上火，总而言之，这个事曲折、坎坷。

后来，还拍电视剧。学校没成立，运作了半天没运作成。拍电视剧有人出资，我们就搭时间。电视剧有钱的出几百万，我写剧本，评书不整了，评书不赚钱，没人要，拍电视剧。

拍什么？跟山东台合作的《白眉大侠》，34 集电视连续剧，剧本不是我写的，是根据我的书改编的，我也参与了。那个赚钱了。人家赚钱，我没赚着，跟我没关系，就弄个香嘴臭屁股，别的没得着。我们自己拍的，跟河北电影制片厂拍的……《山河泪》，出钱的这位是搞房地产的，他没有涉足影视圈。我是说书的，也不知道影视还有圈。各位这圈可厉害了，现在是看不见圈，你没见这个圈，你的东西卖不出去，没人要。得认得，你是管推销的，你有网，你有多少家朋友，我给你多少好处，你交给我吧，这 10 家我包下来，就能出去。这是市场，咱不懂。

人家挑毛病，演员不行，不是名演员，本子也不行，本子写得太拖长了；要也行，价钱给你压得没法那么低。拍了几部电视剧，耽误了两年。我一看书也没录，电视剧拍那玩意儿也不受欢迎，看来外行不行。心想的挺好，不好使。干脆老老实实发挥我的长处，转了个圈回来还说评书，只有说评书，我心有底，我干那些玩意儿都干不了。说某某名人开了个什么公司，你放心，也可能赚钱，但我敢说，绝大多数赚不了钱。文艺界的人贼精八怪的，做买卖不行，两回事儿。

在北京当年跟我合作的人姓肖，现在我们公司业务全靠他，他过去是北京青年报的记者，小伙子很专。我们都是外行，跟记者是两回事，也不懂得经营之道。他是北京人，人熟是一宝，他认识很多新闻界的朋友，大伙给出主意，找卖点，我们跌倒爬起，爬起跌倒，曲曲弯弯，坎坎坷坷，10年。到了去年算入轨了，扭亏为盈了，房子也买了，车子也有了，全公司的人除了比较高的工薪之外，纳税全抛去略有盈余，仅此而已。

我们最近在搞一些动漫评书。动漫，漫画的漫，跟纯的动画还不一样，铁臂阿童木，还有现在的，我叫不上名来，跟它还不太一样。我不露面，我说故事，我的故事有画面，画面是动漫。嘴也干巴，眼睛也眨，也动弹两下子，景也有，但是有时就停住了，不动。

这个产品还没正式上市。有人说我现在新潮，不甘落后。顶多失败，赔点钱也无所谓，试验试验，但是估计错不了，开辟一条新路子。光是一个人在那儿说评书，又累，也适应不了要求。

我喜欢传统的东西，因为传统的东西费脑筋少一点，现在一年比一年岁数大了，新东西，备课太费劲，所以侧重于传统的。但是我喜欢录新的吗？喜欢，只要豁出自己没有问题。从客观上讲，另一个主要的原因，我们现在的公司跟多少家电台成立一个网，叫单田芳书场，我们不断跟他们沟通，争求他们的意见，你们想要什么样的书，本地听众喜欢听什么样的书，要询问，90%的人都爱听传统的，电台说我们要传统的书，你怎么办？就得客随主便，就得听人家的，人家喜欢传统的，我们就得多录传统的。尽管这样，新书也没少录，像“三个代表”的纪委书记也录过，现在我录的是《大河风流》。比重没有传统的多，但是今后的侧重也要多录一些新东西。还有一些新东西有时都在这儿摆着，容易让人听出毛病。我说秦琼一丈高谁见过秦琼？秦琼哪有一丈高？才九尺四。现在的东西都在那儿摆着，你说的不对，容易让人挑毛病。

金毛小王子

我想在怀柔搞个旅游区什么的。在北京来说，我认为怀柔风景最好，空气新鲜。我们经常开着车到怀柔去玩，看看司马台长城，而且每年旅游的人特别多。市里车水马龙，乌烟瘴气，没有什么可留恋的。我愿意回到大自然，咱们在怀柔找个地儿，花钱买也好，租也好，盖点房子，不养鸡也不养鸭。盖房子干什么呢？经营个旅游项目，怎么个旅游项目？让大伙去玩得好，吃得好，乐得好，他就是不来咱也不怕，咱自己还享受着了，自己家，享受着了，不来拉倒。我儿子就反对，说我不成熟，说出的话非常幼稚。

我都这把年龄了，其实我一点都不省心。一年少说几百段评书，多了上千段评书，天天录书，天天备课，天天找资料，把我累的，嘴都瓢了，太痛苦了。现在每天都在录书，我没上你们这儿之前在家里录书，每天起床，三点多钟，四点左右，因为养成习惯了。没货说什么？我得备课，看书，写，找资料。

一遍一遍想好了，开头怎么说，结尾怎么结，这段书的中心点在哪儿，告诉听众什么玩意儿，包袱、笑料怎样设计，第一段，完了再第二段，弄着弄着天亮了，我开始下楼遛狗。

这个说书好像有点命中注定。“龙生龙，虫生虫，老鼠的儿子会打洞”。话说我们那一家子呀，祖父、祖母、外祖父、外祖母、父亲、母亲、叔叔、舅舅、大爷，三亲六故没一个当官的，也没那本事，都说书。别看我生长在那个家庭，耳濡目染，受环境的熏陶，我对说书厌烦，人前出丑，呲牙咧嘴。不喜欢，讨厌。转了八圈还是干了这个，这是天意还是什么，解释不清。

我有一种偏爱，爱养热带鱼，远在20年前我家就跟鱼市差不多少，周围全是缸子。虽然养不好，觉得心里高兴，养鱼清心明目，有时工作之余累了，看看鱼，瞅瞅水草，心里非常平静，能缓解疲劳，不信您也养养试试。不过挺麻烦的，又得给鱼换水，还得掌握温度，尤其这东西娇气特别爱死，得特别特别注意，每天还得喂它。看看我这鱼，没什么名贵的，但都还不错，天天看一看，心情愉快。

看看干嘛呢？我们的小虎可懂事了，每天给我解闷，养的宠物也有好处，也使人身心愉快。现在国家不也号召吗，跟动物交朋友，它就不会说话，其实心里倍儿清楚，有时候工作之余或者从外头回来，你这一叫门它一叫，进来往你身上扑，那种感觉的确是不错。我还有个感觉，凡是养宠物的人，好像心地都比较善良，难道说不养宠物的，心就不善良吗？我没那个意思。

我们小虎，纯京巴。人家都说京巴是白色的，其实应当是黄色的，就是金毛。

原来这种狗叫金毛皇后，我给起名叫金毛小王子，性情极其温顺，特别懂事，我非常非常喜欢，没事，工作之余抱抱它，遛遛它，很好。又遛人又遛狗，有人说你遛狗，我说门前一老叟牵着一条狗，不知狗遛人还是人遛狗。

我是 1935 年生的，那时“满洲国”在日本的刺刀下刚“建国”，溥仪是末代皇帝，我就是在他的名号下长大的。我出生在天津，很小的时候，抱着到东北。也不光东北，关内，天津、北京也都走。

我一生经历中很难忘的是 1948 年。这段历史没个忘，只要神经不错乱，没死，没个忘。

48 年解放大军包围了长春，当时不明，后来一看电视剧，一看电影，这才明白，长春守军是 13 万 5 千人，国民党新一军、新六军、27 师、铁师部队，都是归郑洞国、李洪指挥，这我都还记得。长春市的市长叫尚传道，让解放军给包围了，里无粮草外无救兵，应了这句话，功高不如救驾，技狠不如绝粮。这招狠。

当时 80 多万人困在里面，里外不通，没有水，没有电，这一年吃什么，喝什么？

我们熬过来了。里不通外不进怎么办？都有防范，我们家比较富裕一点，买粮，大缸小缸，大坛子小坛子都储备下粮食，起码不能断顿，起码吃这点粮食能维持几个月，这几个月万一发生变化，谁知他围多长时间？

另外墙犄角、柜后都有大豆饼，硬的拿水把它泡软了，凿碎了以后搁点葱花一炒还挺好，不是味。

终身难忘，中间实在受不了。弹尽粮绝，后来冒着危险逃难，爬卡子口逃难跑出来的，到了天津解放区。到了吉林省解放区物产丰富，太平盛世，想吃什么就吃什么。大量的人都往解放区跑。我就是没死。

凡事都有两面性，你看起来是个坏事，另一面也许就是好事，经历大风大浪，经过波折，经过八十一磨难才积累了丰富的经验，到时再说再用深有体会。温室的花朵什么也没受过，就是过的太平生活，反倒显得枯燥。世间就是这个理。正因为我从小就跟他们奔波，接触的、见的、听的，后来说书都想起来了，都能为我说书服务，所以就好像有点经验似的，就这么回事。

口述：单田芳　采访：吴虹飞

廖冰兄　中国漫画死了

陈　静

廖冰兄（1915—2006）

著名漫画家。2003年荣获中国文联、中国美术家协会颁发的第二届中国美术金彩奖成就奖，2007年获得全球华语动漫终身奖。作品多讽刺时弊，抨击社会不良现象，代表作有《猫国春秋》、《智公移山》、《自嘲》等。

89岁的冰兄

第一次见廖冰兄老人，是在广东美协的宿舍楼里。普通的公寓楼房，没有沙发，客厅里挂满了他的画，有重彩风景画，有70自画像，有12生肖打油词画。没有单独的书房，一张宽大的书桌搁在床边，卧室兼书房，狭小简朴。

老人午睡过后，颤颤巍巍一步一步挪出卧室，让人不敢相信，这位头发全白，竖起，穿条纹睡衣，和自家爷爷有几分相似的老人，就是廖冰兄。

挪威专门研究中国漫画的学者何莫邪，认为近代中国漫画有两人可以称为世界级艺术大师，一是丰子恺，一是廖冰兄。

耄耋之年的廖冰兄戴着助听器，言语不清，只能吐出一个一个模糊的粤语音节，甚至已无法成句。与记者交流只能通过纸笔，还有他女儿廖陵儿的翻译。

记者写了一个问题“什么样的漫画是好的？”，老人看明白后，激动地表示，“画死着了，中国漫画死了！（“死着”为粤语，意思是死了）”，这

句话说得很清楚，这也是记者惟一清晰听懂的一句话。老人极力想表达自己，很多话却好像堵在喉咙口，说不出来，只有咕噜声。

几年前的廖冰兄，大嗓门，声如洪钟，有说不完的话。不管对象，不管时间，不管别人是否理解，想到就说，妙语连珠，谈人生，谈艺术，谈政治。陵儿回忆，父亲在“文革”后很形象地说自己“领回了上缴三十多年的脑袋”。他针砭时弊，反思历史，句句都很精彩。她不停地记录，有时在饭店的餐桌上，就在筷子的纸套上赶紧写。很多接触过廖冰兄的人，都觉得听他说话是一种享受。

陵儿说，现在父亲很痛苦。虽然他像往常一样，每天一如既往地坐在桌前，看几个小时报纸，但很多字，认得也不懂其义了。而看报刊是他惟一的爱好。几年前，他还看《南方周末》、《南风窗》。一直关心国计民生，关注生活中的“重”。2001 年生病住院时，陵儿给他一本《读者》，他却扔在一边，说这些轻松的东西不看。

老人的思维尚且清晰，但已无法跟上常人的速度。反反复复回到同一个话题，多次念叨：“原来的廖冰兄已经死了”，“原来是天才，现在是蠢材”。

2001 年脑梗塞，住院。廖冰兄已无法再和人深入交流，即便是亲人，有时也不明白他的特殊语言。他的记忆力已经衰退。

他还是抽着两块五一包的烟，每天抽 10 支，抽完一支就在本本上画个“√”，画完 10 个“√”，就不再抽了。还保持着每天写日记的习惯，只是内容都是琐碎的客人往来。白天写草稿，晚上还要在专门的日记本上重新誊写一遍。记者告辞时，看到老人已经在本子上歪歪扭扭地写下“《南方人物周刊》记者采访”等字句。

记者第二次走进廖冰兄家时，他正在书房，坐在那张宽大的皮椅上抽烟，面前的桌子上放着一张《羊城晚报》，很大的标题“庞巴迪飞机再演空中惊魂”，旁边有一个放大镜。老人精神极好，和第一次见面判若两人。他给我拿画册，还主动走到客厅，坐下，就像惯常接受访问一样，让记者坐在他对面。他知道今天有朋友来，记者写下一个问题，他看明白后，点头，又抢过笔，写下“失忆失眠”，同时不断试图表达，却只有断断续续的粤语音节吐出来，陵儿在一旁翻译，才明白，他是在说，老朋友来了，也不记得名字。

60 岁的舞蹈家姚珠珠，小时候廖老抱过她，临近告别时，她在客厅里给老人跳起了舞。音乐老人是听不见的，喜悦或伤感他也无法表达出来，但老人最后歪歪扭扭地写下了“你60岁好似小孩”几个字，惹得姚珠珠眼泪直流，廖陵儿也红了眼圈。

“六人漫画展”和《自嘲》

廖冰兄的漫画是独特的，不是餐中调料或餐后甜点，看他的漫画甚至会令人笑中带泪，感到莫名的沉重和压抑。他自己也曾在文章中提及：“我感到自己处于世界漫画史的纵横线的一个交叉点上，因为中外古今的漫画大都偏于幽默以及所谓黑色幽默，而我的作品却偏于发泄悲愤，不是使人感到轻松而是感到压抑、震撼。”

从1932年到1994年，70余年的漫画生涯起起伏伏，但廖冰兄一直恪守着他的艺术原则。在他一生的4个创作高潮中，抗日战争初期的连环漫画，和40年代以《猫国春秋》为代表的抨击国民党政权的组画，为他赢得了“一代鬼才”之誉；解放前在香港的3年，他创作的适合小市民口味的漫画《阿庚传》，至今还有不少香港市民念念不忘；而1979年之后，《自嘲》、《噩梦录》等反思之作，则开创了80年代漫画界的“冰兄时代”。

这是一个谦虚的老人，对自己的艺术与为人的评价远远低于别人。漫画界的天才张正宇1976年临终前还对黄苗子说，廖冰兄老是否定自己的成就。1979年引起社会轰动的《自嘲》面世前，他还怀着忐忑不安的心情，询问木偶剧团的一个工人，是否能看懂。得到肯定的答复后，他才松了口气。

1979年，廖冰兄组织“六人漫画展”，首次展出《自嘲》、《噩梦录》，控诉十年浩劫。那是美术界乃至文化界的奇观。10天左右的展览，每天有上万人参观，知识分子，平民百姓，里三层，外三层。广州美院的一位教授去了两回，都因为个子不够高而无法挤进去。展览引起了前所未有的思想共鸣，尤其是《自嘲》，破坛而出的惊喜、恐惧、瑟瑟发抖，道出了整整一代人的心声。张悦楷，当时的一个话剧演员，是哭着看完的，他说，他看到了知识分子千般的自畏，和万般的思索。

记者翻看廖冰兄漫画时，一看到《自嘲》，老人立刻竖起大拇指，称这是他最满意最好的一幅画。

在那次“六人画展”中，廖冰兄为了纪念张志新以生命的代价说真话，特地做了类似行为艺术的创意：在门口放了一面镜子，旁边写着：“共产党员请来照一照”，以警世人。为此还特地重绘早年作品《禁鸣》，以雄鸡和猫头鹰的生死搏斗，象征光明与黑暗的对抗。

在众多对他漫画的评论中，上世纪30年代《中国漫画》主编朱金楼的叙述，他最满意。“廖冰兄的漫画重得像有一根横梁在你的头顶将要压下，怪得像一场噩梦里你看见一块巨大的陨星在眼前坠落；凶险得像古农民发现白虹贯日和长安市上听到红衣小孩的童谣；阴森得像墓旁的尸怪或嫠妇挑着油灯夜哭！……”

是的，他批判着一切丑恶，欺诈、压榨、贪婪、残暴、鄙污、下流、荒淫、无耻、营私、谄媚、凶狠、阴毒……所有溺杀善良的东西。

如此深刻记录中国半个多世纪的苦难历程，在漫画界，唯有廖冰兄一人。

22年没有作品问世

时代成就了廖冰兄。老人毫不讳言：“造就了我此生的有4个人，一个是日本天皇，为救亡，成就了我的漫画；一个是蒋介石；一个是毛泽东；一个是邓小平。”

自上世纪30年代始，他不断加入进步团体。1937年，在武汉加入郭沫若领导的军委会第三厅属下的漫画宣传队；1947年，在香港加入中共香港文委直接领导的“人间画会”。

和大多数国人一样，廖冰兄以无比的热情期待和拥抱新中国，在建国初期的各次运动中，积极参与，“三反”，“五反”，“反右”，直到自己也被打成右派。期间，他画过数量众多的歌颂之作，也参与了对于胡风的批判。陶铸（当时的广东省委书记）把他当作文化战线上的积极分子。老人后来回忆这段历史时说，“我也要批判自己，我也做过很多坏事。”

1957年，廖冰兄画了一组《打油词画——赠教条主义诸公》，本是“遵命之作”，他却因此被打成右派。更为戏剧性的是，在右派期间，他还被广东省工商联借去，大画反右漫画。“右派反右派，真是以毒攻毒”，后来廖冰兄也觉得甚是可笑，但当时的他，却丝毫不觉得滑稽，十分认真。

“父亲宁可相信自己错了，也不希望是他一贯认为正确的党犯了错误。”

陵儿能理解父亲的心境，即使有朋友议论，共产党也会搞错的哦，他也会制止：不要这样说，不要这样说。

廖冰兄一直认为是自己错了，虔诚且自卑地活着，22 年没有作品问世。

“他对于政治介入太深，妨碍了他成为大艺术家。”很多同辈朋友这样评价他。黄永玉也说，廖冰兄没有发掘自己，他是可以画大画的画家，比如壁画之类。年轻时和他熟识的人，都会为他磅礴的想象力和非凡的才华所折服。聂绀弩说过，廖冰兄是个大诗人。他的竹枝词、粤讴，几乎随口成章，句句见好。

但他似乎没有将艺术作为自己人生的唯一目标。陵儿的丈夫打了一个形象的比喻，廖冰兄就像一个卖专利的科学家，永远要把他的作品卖给社会，卖给人民。“他太关心社会了，不可能去玩艺术。”

这位曾经紧紧追随共产党的漫画家一直没有成为党员。上世纪 50 年代初，组织上认为他已经合格，可是他却说：“我家里负担太重，不能全身心投入。”陵儿说，他是一个虔诚的理想主义者。

我的心肠其实是很柔软的

1988 年廖冰兄接受台湾《远见》杂志访问时，有过这样的表白：“我的画很恐怖，但我的人一点也不恐怖，我的心肠其实是很柔软的。”

陵儿和丈夫也同样认为，父亲是一个敏感、善良、容易动情的人。他对于普罗阶级的爱，对于不人道社会的恨，都源自贫苦悲惨的童年。

这个 1915 年出生在广州城北贫民窟的孩子，4 岁丧父，母亲被逼疯，随后改嫁。自幼和妹妹廖冰跟随外婆长大，曾经一人住在空荡荡的关帝庙里，童年的恐惧在以后的漫画中留下了难以抹去的阴影。他挚爱妹妹，在第一次投稿署名时，用的是“廖冰兄”，廖冰之兄，替换本名“廖东生”，沿用至今。

“父亲身上有很多女性的气质，敏感、心细，一点点小事都牵动着他的心。”陵儿的丈夫深有感触。晚年的廖冰兄身边，有很多朋友来来往往。很多女孩都要认他作干爹。伊莎白，一个法国女孩，现在的法国外交部亚洲地区学术研究委员会主席，1981 年看到廖老的漫画后，非常喜欢，后来专程来中国拜访，成为老人的干女儿。“很多接触过父亲的人，都会很自然地迷上他，他心很好，总是会牵挂着你。”

廖冰兄一生追求真、善、美，从他的漫画可见其赤子之心，即使建国初期绘制“遵命之作”，他也做得非常认真，他是真心诚意地拥抱共产主义理想。陵儿说，父亲挨批斗时，耳聋听不见，但他很认真，头低着，同时把助听器伸到人家嘴边，像采访一样，这时头上的高帽子就掉下来，他赶忙弯腰去捡，掸一掸，再戴上去。几乎所有的人都想笑，又不敢笑，偷偷跑出去笑。

这种源自真诚的幽默反而保护了他。回忆起这段往事，陵儿自己都忍不住笑个不停，还模仿老人伸出助听器的样子。“父亲平常待人都很平等，所以他们对他也很难恨得起来。”后来，廖冰兄也常说，比起他那些北方的朋友，吴祖光、黄苗子、郁风，他还是幸运的。

“文革”时，廖冰兄埋头写下几十万字的“交心”材料。在重庆时期，他曾是“二流堂”的座上客，因此必须交代各个时期与什么人，如夏衍、郭沫若、黄苗子、叶浅予、张乐平等，甚至初恋对象，有过什么关系。

但老人的过于真诚有时也伤害了别人。他将始终也想不透的，初恋女友莫名离开他的谜也和盘托出，怀疑她是国民党特务，所以即使在国共合作期间，也不能和相爱的人结婚。而那个杭州女孩，为此在“文革”中受到多次调查。上世纪 80 年代，老人终于得知，初恋女友的突然离去，仅仅是因为曾有遭受强暴的经历，不禁仰天长叹：这怎么能成为分开的理由呢？“他其实很爱她。”陵儿轻轻地说。

口无遮拦

廖冰兄有数不清的朋友，各个时期，各个阶层。他戏称自己是“谈笑有鸿儒，往来多白丁”。

晚年的廖冰兄是热闹的。他的荣誉头衔最多时有 40 多个，他笑称自己是“华威先生”。他曾被聘为《象棋报》顾问，其实他只知马行日，象行田，却从不下棋。不久前，广州举办老舍文学创作生涯展览，舒乙亲自登门造访，希望老人能出席开幕式。

廖冰兄为人坦率真诚，因此得罪过很多人。他曾对华君武半开玩笑：“你说的是官话，我说的是民话。”担任广东省美协副主席时，对从不来上班的主席关山月，也当面说：“你官僚主义考第一哦！”

无所畏惧的个性也让有些政府官员敬他又怕他，只因他直言不讳。有些青年开玩笑说：“廖老您太崇高了，弄得我们不好做人。”

“父亲不是这个社会的宠儿，主要是人太真了。”廖冰兄有一颗印章，上边刻着“八折真人”，百分之八十的真，不是十足的真，“但这已经很难得了。”陵儿的丈夫说。

中国漫画死了

晚年的廖冰兄在《自嘲》的辉煌后，动笔越来越慢。他希望将更多的思考和反省注入笔端。“我现在画漫画不是生产爆竹，来得快，我是制造原子弹，用了很长久的时间积蓄力量，才能一朝释放。”1994 年的《残梦纪奇篇》即是如此。这一组对于建国以来历次运动进行反思的作品，老人 10 年前就有了腹稿，可称“十年磨一剑”。

1994年后，廖冰兄很少画漫画了。“父亲从不屑于画类似讽刺‘吐痰’、‘走后门’等被他称之为‘抓痒’的东西，他期望涉及社会的本质，他一再强调，画漫画就是要记录历史。”一直负责收集父亲资料的陵儿，对他的创作思想了然于胸。

对于 90 年代后飞速变化的社会，廖老感慨万千：现实比我的想象力还要夸张！终于掷笔收山。

陵儿理解父亲的忧国忧民心，她认为父亲只抽两块五一包的烟，对自己那么刻薄，其实是用这样的方式表达自己对潮流的一种态度。她说时下的媒体都把廖冰兄写成学雷锋的老人，其实是一个误解。

90 年代之后，廖冰兄不再用漫画表达自己，转而画起风景画。一批有独特民族风格的重彩风景画，呈现了他艺术才华的另一面。同时他不断捐钱助人，以此为社会效力。

即使在无法清楚地说话时，他还是激烈地说出“中国的漫画死了”，廖冰兄式的漫画死了，讽刺批判的漫画死了。他并不是不了解漫画娱乐化、商业化的趋势，上世纪 80 年代初，他访问日本，看到了漫画日渐商业化的未来。他看不惯现在日本漫画的大举入侵。

但他很欣赏迪斯尼的动画，因为它艺术性很强，可以让孩子们快乐起来。

“我们也给他看宫崎骏的《千与千寻》,他说好,但比不上张光宇的《大闹天宫》。”陵儿说着也笑了,“张光宇那种民间的传统的艺术风格对父亲影响很大。我有时候觉得,父亲是像大海、大山一样的人,他看不上这些轻飘飘的东西。”

梁羽生　一千万字的刀光剑影

陈　静

梁羽生（1924—2009）

中国著名武侠小说家。与金庸、古龙并称为中国武侠小说三大宗师，被誉为新派武侠小说的开山祖师。其代表作有《白发魔女传》、《七剑下天山》、《萍踪侠影录》、《云海玉弓缘》等。

他，从1954年到1984年，30年，35部小说，160册，1000万字的刀光剑影。上接《儿女英雄传》以来的侠义小说和民国旧武侠小说，开创新派武侠文学；下开金庸、古龙的一片天地。他这样评价自己在武侠小说界的地位：开风气也，梁羽生，发扬光大者，金庸。

他生性平淡，不求功名，一生只在《大公报》及其副刊工作，编辑，撰述员。和曾经的同事金庸相比，普普通通，晚年没有诸多荣誉头衔，也甚少在内地曝光露面。他自小浸染国学，四书五经，爱好诗词。词比诗好，武侠小说中篇章回目多用诗词，堪称一绝。他爱下棋，围棋和象棋水平都不错，可以同时应付几人。除了小说、诗词，棋评也写得很妙。

他和金庸，共同扛起了新派武侠小说的大旗。在上世纪六七十年代，“金梁并称，一时瑜亮”。1966年，受人之邀，梁羽生署名“佟硕之”，写了《金庸、梁羽生合论》，谈到两人的不同：梁羽生是名士气味甚浓（中国式）的，而金庸则是现代的“洋才子”。梁羽生受中国传统文化（包括诗词、小说、历史等等）的影响较深，而金庸接受西方文艺（包括电影）的影响较重。本是切中肯綮的比较，但由于特殊的时代背景，左右对立，令他承受了莫大的

压力。30年后，又有文人曲解评论，认为此文有借金庸标榜自己之嫌，从而引发一段金梁公案。但任凭世人如何揣度，梁羽生和金庸，在不同场合都表示过，他们是好朋友。其实，孰优孰劣，只是庸人所想，缺了任何一人，武侠世界怎能有如此的绚烂？

自1987年移居澳洲，梁羽生过上了闲云野鹤的日子，读书下棋，钻研对联，偶尔回香港看看。2004年12月，他回来，小住一月，多方会友。20日，记者在香港基督教青年会酒店见到了这位80高龄赫赫有名的武侠小说大家。

戴着一副方框老花眼镜，趿着黑色皮拖鞋，虽已白发苍苍，但精神极佳。兴之所至，他说话滔滔不绝，扯到历史更是刹不住脚。乡音难改，听不懂时，他拿起笔，在纸上写下汉字，有时还夹杂一些英文单词。半边牙齿掉落，说话好像有些漏风，但声音洪亮，高兴时音量突然提高八度，笑声荡漾在房间的每个角落，害得在隔壁卧室的梁老太太特意走出来，不满意地指指：又声音这么大，但他毫不介意。在一旁作陪的香港天地图书副总孙立川先生，不断提醒他喝水，又不时暗示我时间不多，因为晚上已和金庸约好一起吃饭，现在不能让他太兴奋。但梁羽生不管，想说就说，担心可能有所忌讳的金梁话题，也照谈不误，原定一个小时的访问延长了一倍。

对文学，对历史，梁羽生怀着真兴趣，经典的，最新的，他都看，“90岁的我看，19岁的我也看”。讲起来，一连串的名字从他口中蹦出，中国的，钱钟书、陈寅恪、沈从文、王蒙、余杰，西方的，卡夫卡、萨特、达达派、野兽派、存在主义。去年诺贝尔奖文学奖获得者耶利内克的《钢琴教师》，也看过，“这么另类的文学能得奖，我年纪大了，关于性的，不去评论。”

这次回来，他刚刚荣获岭南大学荣誉博士学位。从一个红色布袋里，掏出一叠收拾整齐的报纸，翻到那一张《大公报》，指给我看，一起获奖的4个人，这是谁，这是谁。说到以前的历史老师简又文的那块隋代碑文，他立马起身到小书房里找给我看。说到数学，他说，我现在就可以给您开立方，精神头十足。

采访时，孙先生拿出一幅题字——“梁羽生文库”，是国学大师饶宗颐的笔墨，为中国现代文学馆筹建梁羽生文库而题。梁羽生大声叫好，开玩笑说“对着老师的字，可以养颜”。

碰巧，记者和梁羽生住在同一家酒店。第二日，他给我题字，边写边聊。

从落款的日期，甲申年冬，谈及1944年郭沫若的《甲申三百年祭》，和1644年李自成的失败。谈简体繁体，谈《管锥篇》，谈音韵对仗，平仄工整，令人如沐春风。在两本武侠小说的题字中，一为“雅正”，一为“闲阅”，他说，“‘雅正’是因为你是有文化的记者，‘闲阅’是把你当小女孩，空闲时阅读，不要沉迷其中。”但在他的新书《名联观止》中写的是“惠存”，因为喜爱所以好好保存就可以了。快走的时候，他俯身对我说，“你昨天问我，有没有去过天山，没有去过也可以写，其实，金庸也没有去过天山。”又是一阵爽朗的笑声。

宁可无武，不可无侠

人物周刊（以下简称“问”）：您对武侠小说有很多看法，“宁可无武，不可无侠”，侠比武重要，“侠”到底如何解释？

梁羽生（以下简称“答”）：侠有很多种不同的定义，孔子说“行必果、言必信、诺必成”。近代起码有3种说法，金庸前期讲为国为民，侠之大者，后期不一定是这样，比如韦小宝，我个人的感觉。还有就是人的一般的美德，强调友谊，比如对朋友好啦。旧上海时代，青红帮自称侠门，哥们讲义气就是侠，杜月笙也讲侠。我个人的看法，对大多数人有利的行为就是侠义行为，和金庸的看法还是比较相近的。

问：您写了35部小说，塑造了上百个人物，谁最能体现您的“侠”思想？您自己最喜爱的是哪个角色？

答：张丹枫吧，比较理想的。我喜爱的，一个是张丹枫，一个是金世遗。张比较靠近儒家，心中有一个道德观念，金比较接近道家，他本身没有一个规范，可能会有一些小过错，但本性是善良的，整体还是好的。一个作家也不能老是扎堆一个吧，所以有时候我也变一下。（笑）

问：女性角色呢？

答：讲正派当然是吕四娘啦（笑），不过她太规范了。云蕾呢，是贤妻良母型，比较适合做妻子，性格最鲜明的是厉胜男，你可以讲她邪中有正。任何人都不可能是完美的，对不对？任何侠也好，圣人也好，都不可能没有瑕疵。她是非常有刺激性的，老是给你想象不到的东西，一个情感很丰富的男子，也许会喜欢她，但是他会经常心惊肉跳。

问：这是您心目中理想的女性形象？

答：很难讲理想不理想，不过作为一个男性，假定有这样一个女朋友的话，也不错（笑）。云蕾呢，能够娶了她，很幸福很幸福。

问：最近，徐克要将《七剑下天山》改编成电影，如果变动较大，您会不会不满意？

答：那要看有没有创意。我这样想，小说和电影是不同的。写小说是一个人的事情，脑筋里面怎么想就怎么写，个人性非常强，但是电影是teamwork，一群人的工作，甚至灯光不好都不行。尤其作为一部内涵比较丰富的小说，突入点很多，您可以从这方面进去，也可以从那方面。比如《七剑下天山》，纳兰容若，是清代第一才子，很有浪漫故事，从这个角度进去，就是另外一个故事；从时代入手，清朝入关，民族斗争，又是一个切入点。

问：到目前为止，改编的影视作品您最满意的是哪一部？

答：好像没有（笑）。比较满意的，是刘松仁和米雪演的《萍踪侠影》，还有一部，不是电影，1984年北京风雷京剧团改编的京剧《萍踪侠影》。那年我去北京参加第四届作家代表会，刚刚演完没有多久，可惜得很，我没看到。后来翻了剧本，相当忠实原著，相当不错。

问：内地观众对张国荣、林青霞的《白发魔女传》印象较深，但跟原著不大一样，据说您不太满意？

答：对对，和原著不大一样，那个是唯美一点，拿到一个巴黎国际影展的冠军。但很难讲满意不满意，他们的特长就在那里。每个人都有每个人的不同特点，金庸是金庸，梁羽生是梁羽生，古龙是古龙。我去写古龙，那不像。要尊重作家，也要尊重导演。

问：您觉得自己的特点是什么？

答：我是比较喜欢跟历史结合的，比较喜欢历史啦、诗词啦、中国文化啦，有时候接受西方的一些东西，比如心理学的观点，比较偏重文化这方面。可能对一般人来讲高一点，这个不是自己标榜自己，看我的小说可能吃力一点。有时候要想一想，比如《七剑下天山》里面，牵涉到弗洛伊德，你没有读过的话，要考虑一下，想一想，到底里边讲的是什么东西。有个心理活动，张丹枫的弟子于承珠，两个男子追求她，这个不行那个不行，突然想到不如师父，这就是“恋父情结”，Electra complex，这就牵涉到一些学理问题。我觉得写到那个时候这个理论可以适合她，至于是不是离经叛道，让别人去说，我就不写了，点到即止。

我还没有out

问：您不仅对国学，对西学也是非常了解的？

答：对，现代派我也看。萨特，卡夫卡，都看。这在香港是不可避免的，香港的比较文学还是很好，现代啊，结构啊，解构啊，不学不行的，不学那就真真正正老了。

问：最新的东西您也看？

答：也看，最新的，新到很新很新也看，最新的宇宙大爆炸理论也看。一个作家要防止自己老化，年轻人的东西要看，我怕真真正正的out了。香港人的说法，你老了，你out了。我想，到了我对年轻人的作品完全没有兴趣的时候，我就是真正地out了，我现在还有一点信心，还没有out！

问：您最钟爱的是天山系列，很多时候都会写到天山，但其实您根本没有去过，对吧？

答：没有，我想去，但身体不行。不过我看了一些。你知道我以前看了什么书？什么书都看，从《旅行家》里面“偷师”好多啊，那是50年代很出名的探险杂志，写得非常细致，到了哪一个高度，有高山缺氧症，哪一个高度，冰蘑菇怎么样。我看了很多种牡丹的书，好像我在有一本小说《广陵剑》里写种牡丹，其实我也不会种，但是我不会骗你（呵呵笑）。就是天山雪莲也没有这么神奇，据我所知，它最大的效果是用于妇科的，后来我从国外回来，到处有人讲天山雪莲。

问：当时您的武侠小说都是在报纸上连载的，每天大概要写多少字？

答：看情况，一篇就是1000字，一般是写两三篇，最多的时候写过4篇，另外还有一些杂文。我写的时候比较困难一点，要看看参考书，还要思考一下，我写得比较认真。

问：同时写几部，有没有搞错的时候？

答：有这个可能啊，我不知道，很难讲，也许可能也会错。

问：其实开始写的时候也不知道结局如何？

答：有大概，很模糊的，慢慢具体化，要一路一路想，可能中途收到读者来信，或者自己看了什么书，改变的话也不一定。

人物周刊：近来金庸说要改写几部小说的结局，您有没有这个打算？

答：我 80 多岁了，恐怕不行了（笑），心有余而力不足。每个人到某个年龄，想法会为了什么而改呢？可能是年龄不同，想法不同，也可能是时代不同，要与时并进。改有改的好处，不改有不改的好处，不改就保持原来的我，我不想以 80 岁的我写 30 岁的我，幼稚也好，不成熟也好，那都是真我。一到老了，人的智商就会两升两降，创造力和记忆力下降，但是分析和综合能力却相对提高。我年纪大了，就写对联去了，沈从文搞服装了，巴金写《随想录》了，各人的情况都不相同。

问：您不是也要写历史小说吗？

答：是，但是我现在身体恐怕不行。中国还是有进步的，年轻一代已经不需要我了，他们能够用多元化的观点来写，比如唐浩明的《曾国藩》，《杨度》写得更好，还有《走向共和》等等。写历史小说，一定要有第一手的材料，然后再去整理分析。我本来要写，有兴趣的是武则天时期和太平天国，太平天国的材料我以为容易，一到想写的时候觉得太多了。

金庸比我写得好

问：提到梁羽生不能不提到金庸，您写得比他早，但似乎名气还是金庸大一些。

答：金庸比我写得好（笑），我占点便宜，比他写得早，我是开启的。1916年，胡适第一个写新诗，很幼稚，“天上两只鸟，一个飞上天，一个跌下来”之类。总之，开始的时候不一定很成熟，在正常情况下，任何文学应该后胜于前。现在有一个争论，是不是金梁之后，后继无人？《明报》有过整版的报道。后来在澳洲的会上提到这个问题，金庸说可能是的，我认为这个很难讲。中国有 13 亿人口，有那么多人喜欢武侠。可能性不是没有，就像运动员，总有一两个，以前也有跳水冠军，现在不是“亮晶晶”出来了吗？现在没有好的武侠作家，并不等于将来也没有。

问：当年《新晚报》总编辑罗孚让您写了《金庸梁羽生合论》，但用“佟硕之”的笔名，后来好像还引发了一些争论？

答：梁启超、康有为他们是师徒啊，梁启超有一本书《清代学术概论》，一开始就写他和康有为的比较，那是民国 11 年，实际有好多是批评康有为的。批评并不等于把你踩在地上骂你，康有为是他老师，弟子批评老师，那有什么关系？我写“开风气也，梁羽生，发扬光大者，金庸”，这是结论先行的，并没有借文章去打倒谁。（孙：比较公道地正面评价金庸，这在当时要承担很大政治风险）当时左右两边对立得很厉害，左边骂右边，右边骂左边。后来最大的攻击不是金庸对我的攻击，也不是右边，最大的是左边的高层，认为我对金庸的评价过高。

问：当时您承受了很大的压力？

答：当然。左右对立，你跟他有来往不可以，说他一句好话也不可以。

人物周刊：40 年过去了，如果让您再写一篇类似的文章，比较自己和金庸，还会动笔吗？

答：不写了，现在没有这样的必要了。不过在那个时代来讲，我的说法还是基本站得住脚的，这篇文章还是有存在的价值。

问：简单地说，您觉得你们两人在武侠小说上的区别到底是什么？

答：怎么样说得清楚呢。金庸讲为国为民侠之大者，后来也不见得就是这样，韦小宝处于正邪之间，也不是什么大师。金庸写“恶”、写坏人比写好人成功，写邪派比写正派成功，我认为《书剑恩仇录》中写得最精彩的是张召重，写 4 大恶人，一个比一个精彩，但写好人君子，段誉啊，不够精彩。这也是一个艺术手法，但从大的历史观来看，不要搞得正邪不分。我自己写邪派怎么样写，都不够金庸那么精彩，我写名士风流比较有一手。

谈到比较，总要论出个谁第一，谁第二，好像《隋唐演义》的好汉排名，李元霸第一，宇文成都第二，第 8 条好汉碰到第 7 条好汉一定输（哈哈）。真真正正的比较是表述、叙述，鲁迅的杂文是辛辣的，周作人的是清雅清淡的，辛辣的要比清淡的好一些？不是这样的。就算是同一类的作家，一定是每个人有每个人的特色。但是中国的比较老是谈到第一第二，无聊，比较俗。我常常说，我是全世界第一个知道金庸比梁羽生好的，现在有很多人讲啦。

我对政治兴趣不大

问：都说您是一个有名士风度的传统文人，喜欢诗词、下棋。

答：那是别人说的，我自己没有这样的感觉，黄苗子给我写“名士风流”，那个字写得蛮漂亮的。我比较随心所欲，比较率性，有时候乱讲话，没有防备人的。现在很多事情牵涉到政治，对一个作家来讲，很麻烦：是不是另有所指啊，我没有顾虑的。我对政治兴趣不大，不想做官，也不想有什么大名，普普通通就算了，随遇所安。不想发财，财呢，一定要有，太多不好，太少也不行，总之，像我现在这样就好了，够用就行了，在这里能够住得起这样一个房间就行了。

问：您大学先学的是化学，后来又学经济，当时的理想是什么？

答：其实我想学数学，但是岭南大学没有数学系，毕业之后我对数学还是很有兴趣，也不一定要成“家”，数学有很多有趣的东西。现在我还可以开立方，3 秒钟就可以。当时抗战期间，大家都要理工救国，学化学可以制作一些化工产品。后来我是没有办法学下去，搞实验老是乱七八糟，这边烧一个洞，那边怎么样，不懂做实验是致命伤。后来想学文学，但是那时一个很有名的女老师冼玉清，说以我的水平在大学里学文学已经学不到什么了。岭南的经济管理还是比较好的，比较实用，起码将来不会饿死吧。

问：您一向不愿与政治发生关系，这种性格和成长经历是不是有关系？

答：我从小跟外祖父念四书五经，念古文观止，旧学的东西很多。而且呢，很难说（欲言又止），您看看《梁羽生传》就会了解。我的家庭是地主阶级，好像是天生原罪一样。刚巧大学毕业时，大革命浪潮来，家庭一下子就没了。金庸也有相同的经历，但每个人的性格不一样。他是振奋，知难而进，我呢，不是退而是守，政治压力我受不了。不为天下先，我有这样一个信念。大概我是一个中庸的人，做编辑，老是不想做主任，不想做主编，做个普普通通的编辑就够了。

问：但是在您的小说中，却都是交织着民族矛盾、国家利益等重大关系，而且人物也大多卷在其中，这和您本人非常不同，怎么会有这样的反差？

答：还是要有历史感，张丹枫也是要名利的，但他还是有使命感。那时候的青年是这样的，尽管共产党犯了很多错误，但是共产党代表了方向，当时年轻人还是有希望，还是有理想主义，要不然，早就被历史淘汰了。

问：现在回头看，您觉得这一生有遗憾吗？

答：太多了，讲不了那么多，不讲了。人生总是有遗憾的。

问：但是您现在是这么有名的武侠小说家。

答：人的价值不一定在这些方面。我希望看到中国好，真真正正的好。现在看上去有光明前景，但是还没有达到我理想中的社会。年轻时想得太美了，共产主义啊，为理想奋斗啊。实际上，一个社会，即使是最完美的，也有脓疮有血瘤有丑陋的一面。当时想，东方红、太阳升，美得不得了啊。这是我人生的遗憾，也许能看到，也不一定。

黄永玉　这个胡说八道的湘西老刁民

江　华　　赵佳月

黄永玉（1924—　）

著名画家。曾任中国国家画院版画院院长、中国美术家协会副主席。入选 2010 年《中国国家形象宣传片》人物。代表作品有版画雷锋像、中国第一张生肖邮票 1980 年猴票，油画《鱼》，国画《鸡鸣》、《老鼠》等。

"黄永玉八十"画展在广东美术馆开展的前一天，广州大酒店 18 楼，一个豪华套间。

刚刚午睡过后的黄永玉，像一个黑社会大佬，被人们簇拥着。老人脸上泛起的红晕让人想起他笔下的荷花。黄老随意地坐着，笑眯眯地用他几千烟斗中的一个抽着烟，身边放着自己打造的"黄家"专用的茶杯。他的每句话，都让屋子里的人哄堂大笑。

这简直不是接受专访，简直是一个可爱老头在哄大家乐。

记者请他起身照相，他斜着眼犹豫片刻，那片刻让人看到这个 80 岁老人不愿被人摆布的倨傲。终于决定要照相了。高楼顶上，手衔烟斗，一手叉腰，一副气壮山河的样子。

诗歌、散文、杂文、小说，文学顽童。水墨、雕塑、木刻、版画，丹青怪杰。凤凰、北京、香港、意大利，处处为家。人们几乎很难界定到底哪种身份更适合他。

"搞艺术创作不容易，年轻人靠的是本事，像我这样的老人，就只有靠牌子了。”黄永玉笑呵呵地说，搞不清是自嘲还是自夸——不论如何，他都有资格这样。

少小离开凤凰、中学时各科成绩总和100分，到远离科班教条，自成画派一宗；被过去的时代狂扁，被当下的时代狂捧，老头却将这一切轻松化解，称自己为刁民。与岁月互为表里的黄永玉将自己的一生作为，总结为或轻松或尖刻的幽默历程。被他轻轻一抖，便满地生花。

言谈中，他放不下的，是变得越来越认不出来的故乡凤凰。手持烟斗的老人在追问下，竟对此刻的凤凰“古城”，顾左右而言他。

留级大王和天价艺术家

1924年出生于湖南常德，半岁后随父母回凤凰老家。入凤凰县岩脑坡县立模范小学，入福建厦门集美中学。在这里，变成了一个著名的留级大王。一个人，竟然有几百个同班同学。

1938年参加金华野夫、金逢孙二先生主持的中国东南木刻协会。1939年木刻《下场》发表在福建永安宋秉恒先生主持的《大众木刻》月刊上，得到有生以来的第一次稿费。1947年后，参加中华全国木刻协会，从事木刻运动与创作活动，刻反饥饿、反内战的木刻传单及其他木刻。先后任中华全国木刻协会理事、常务理事。参加上海美术作家协会。在香港大学冯平山图书馆举办第一次个人画展。

1977至1991年，步出“文革”炼狱的黄永玉，等到了他的黄金时期：他创作设计的金猴邮票成为目前炙手可热的珍藏；在美国大都会博物馆举办个人画展；获意大利总统颁发的最高司令勋章……1999年，在香港大学博物馆举办《流光五十年》个人画展；在中国美术馆举办个人画展。2003年7月，荣获第二届美术金彩奖。

黄永玉，现在他的一纸书法的草稿，也许就会让人的眼睛发出绿光。1986年他的画作拍卖价格在5万元以下，3年后达到13万元；1990年他的一幅《春图》卖到16.5万元；1992年他的《好鹤图》拍到19万元；2001年他的一件作品在嘉德拍卖会上拍到了77万元。

苦难只是一碗汤中多加点盐

2004年秋天，黄永玉回忆一生时，最刻骨而且乐道的，却是毁了他以及他表叔沈从文等人大好时光的“反右”和“文化大革命”。

小孩子黄永玉，老头儿齐白石

“文革”时期，几千个著名的文化人被关在京城郊外一个叫“社会主义学院”的地方，那些被黄永玉称为“爷爷、叔叔、伯伯”的人们中间，有夏衍、田汉、周扬等等。

音乐家马思聪在那里与黄永玉相邻而居，每天会有人给马思聪送《参考消息》，于是黄永玉沾了他的光，每天早晨从他那里要过来看。晚上马思聪又从黄永玉这里把《参考消息》拿走，就这样来来往往，日子悄无声息。突然有一天，黄永玉被告知：不要学马思聪。黄永玉暗自犯嘀咕：学马思聪？学得了吗？人家可是大音乐家！后来有传言说马思聪全家逃到巴黎去了。黄永玉怎么也想不明白，这怎么可能？

“嘿——他还真去了！”黄永玉仍然吃惊地对记者说。

“那个时候我心里在拼命琢磨他究竟是怎么跑的。有什么办法跑呢？而且全家都跑了，这是多么奇妙啊！要我一个人跑我肯定不会跑，全家少半个人跑我都不干。但要是全家人能一起跑掉，那可真是精彩啦！哈哈！他们让我不要学他，嘿嘿，我心里可真想学啊！可就是学不了啊！”

“牛鬼蛇神”的岁月，屈辱与迫害，在黄永玉眼中只是“一碗汤中盐的多少问题”。“老舍和马思聪当然会受不了。对我就像喝汤，咸了一点，皱一下眉还是能喝下去。”

彼时的黄永玉在中央美术学院教书，没有太多的大是非，“革命”的风暴刮起来之后，他的教学被定性为“资产阶级教学方法”，黄永玉觉得“这在当时的环境下也能理解”。同样的道理在其表叔沈从文身上也有同样的演绎：

沈从文从一开始就没从时代的变迁中得到厚遇，“文革”到来后的惨淡生活，也就没有引起他过分的心理失衡。

但是到了老舍那里，一切就相反了：“他那碗汤天天调得非常妙，忽然多加了点盐他就受不了了，再加一调羹盐，他就死了。”黄永玉回忆老舍的离世时，瞪大了眼睛。

黄永玉挨打的那天正逢他的生日，回到家，脱下衣服，贴身的背心被血牢牢粘在身上，用温水焐了以后，才脱下来。“文革”开始后，黄永玉执意要回北京，这样的境遇之下，黄太太所有的抱怨和辛酸只成了一句话：“唉，那时叫你不要回来你都不相信！”然而黄永玉的回答是：“不是这样的，将来不会永远这样的！”听起来像临危不惧的口号。

黄永玉心里很清楚：“那个时候逞英雄肯定是死路一条，早被打死了。”

“四人帮”垮台后，廖承志询问黄永玉是如何同“四人帮”斗的。黄永玉说：“我哪还敢跟他们斗争啊，他们不想斗我就不错了！”

“文革”后黄永玉找到了曾经动手打他的人，他的朋友表示要帮黄永玉“收拾”他们，他拒绝了：“全国人民家家都在遭遇不幸，你打他没有用。要使全国每家都幸福，那可能更难一点，但让全国每一家都痛苦也不容易，而那时就是家家都痛苦的。年轻人是不会了解我们的痛恨的，就像我奶奶和我讲她小时候怎么痛恨太平天国一样，说他们当街强奸妇女，抢东西杀人，但我们听起来是不会有切身体会的。和我们现在讲‘文革’一样，年轻人不一定能理解，到了将来就更不懂了。”

金庸太浪费自己了

与黄永玉一同在历史波涛中起起伏伏的“武林高手”金庸和梁羽生，在黄永玉的嘴里说出来，充满了不可思议的意味。

“直到现在，我还认为他们不是写这个东西（武侠小说）的料。”黄永玉评价说。

作为旧时同事，金庸在黄永玉的眼中是个“普普通通”的“杰出人物”，不爱说话。初中时金庸就可以编写出流通全国的会考指南，梦想着从事外交事业，终未遂愿，只得从事武侠创作的“旁门左道”。

这个名字在黄永玉的记忆里显然有着无限可惜：“好几次，他送我书，我看一两页就不看了。他怎么能写武侠小说呢？！人才这样浪费太可惜了！但他认为他并不可惜啊，觉得自己成就很大呢！”

梁羽生矮矮瘦瘦，是个戴着两圈“瓶底眼镜”的文弱书生，“吹弹得破”。因为报纸销路不畅，只能通过武侠来吸引读者，于是梁羽生才抄起武侠的笔杆。黄永玉很戏谑地说起梁羽生：“他还没开始写，大家就嘲笑他了。”

站在痛苦和欢乐的外头

“不管痛苦和欢乐，都要站在痛苦和欢乐的外头。”黄永玉说。

上世纪40年代末，黄永玉经野夫、李桦、陈烟桥、章西厓介绍，在上海参加了中华全国木刻协会，先后任中华全国木刻协会理事、常务理事。在这些人的影响下，黄永玉和他们“团结得像一个人”。“后来说的团结得像一个人，那都是靠不住的。”

在全国青年“反饥饿，反内战”的运动中，黄永玉被召集去刻传单，几个人用毯子把窗子钉起来，通宵达旦地干，心里想的是：如果被国民党抓去，是绝对不会求饶的。有人笑他们说：你们不钉毯子人家可能不注意，突然钉了个毯子，人家就知道你们肯定不是在做好事。黄永玉和当时任何一个有志青年一样，满怀神圣的使命感，生活充实得一塌糊涂。

初到上海，黄永玉依靠刻木刻维持着紧巴巴的生活，5块钱一张木刻，一个月刻10张用来交房租。

“如果那时候我一个月能有100元的收入就好了，50交房租，还有50零用！”那些前辈们总在帮助这个年轻人。黄永玉拿着自己的木刻叩开了臧克家和唐弢的门。“他们看着我的木刻就说：这5张，我拿去找他们，你就不要管了，钱我就先垫吧。现在到哪里再去找这么好的老头啊！”

穿梭了80个春秋之后，黄永玉依然心存迷惘：“解放前，党的领导就像我们的叔叔伯伯爷爷一样亲切，凡事只需一声令下，我们便奋不顾身，马上去做，而且衣食住行都是自己管；解放后，有吃有住有房子了，我们反倒觉得压抑了，连叔叔伯伯爷爷也挨整了，为什么要这样子呢？现在‘四人帮’垮了，改革开放了，但是大家又都散了——奋斗的目标、人与人的交往都把钱摆在了前头。”

现在的黄永玉，在意大利、北京、香港和湘西的故乡凤凰游走，意大利画家达·芬奇故居隔壁，就是他的别墅。北京数十亩占地的“万荷堂”里有他的狗和满堂的荷叶荷花，愈老愈纯真的老人，感受着童年般的快乐。

“所以如果我死了，我的墓碑上应该刻这几个字：爱、怜悯、感恩。”

黄永玉透彻地看过历史和现实，他是否真正地轻松和快乐，也只有他自己知道。

人物周刊（以下简称“问”）：什么样的人是最不幽默的？

黄永玉（以下简称“答”）：官做得长了、做大了之后，就不会幽默，也经受不住幽默。

问：您的绘画和写作，您对哪一个比较满意？

答：很难说满意不满意，写东西对我是比较容易做的，写起来也快活。但画画更大的好处就是可以卖钱，可以赚钱请朋友吃饭，可以玩。

问：您胃口很好，对吃怎么看？

答：到了不能吃的时候我就不得不停下了。好多东西平常我都能吃，吃饱为止。但是不要一天到晚想吃好东西，一天到晚想吃好东西会死得快，和我一样年纪的画家都死了，因为他们吃好东西，喝酒，都死了。

问：您都 80 了，身体还这么好。

答：养生之道就是多吃饭。打乒乓球啦，画画啦。拳击现在不能打了，最多打打沙包。

问：行走天下，口味还是地域主义吗？

答：用鼻子吃辣椒不行，用嘴巴就行。你说广州人的口味怎么样？天下的口味都一样，我干校都去过，还有什么口味挑？

问：您在干校“洗澡”的时候都干些什么？那是您生命的旺盛期。

答：每天上工走 16 里去种地，再走 16 里回来，要唱歌表示高兴。不许画画。25 年啊，25 年搞运动，下乡，“文革”。我现在 80 岁，睡觉睡了一半，小的那段十几二十岁不算，去掉；真正干活也就 10 年。我怎么一下子就 80 岁了？好像抽奖抽到的。这么有意思的时光给耽误了，我们也不是懒惰的人，愿意工作。我要是现在 50 岁，多好啊！

问：除了盖大房子、画画、写书，有什么业余爱好？

答：弹钢琴的水平和我日文差不多，只懂中国字的那部分。再就是看电视剧，不管好坏。有的故事很糟糕，看着骂着还要看。《还珠格格》、乾隆、康熙啦，《走向共和》都看。电影院是不去了，我家里有上千影碟。《十面埋伏》看了，那是张艺谋最失败的东西了，张艺谋不学好。不过张艺谋拍《图兰朵》，公主穿的那件衣服我在意大利买了。那个公主很胖，非常胖，不是普通的胖，衣服做到第 4 次才合适。那件衣服非常漂亮。

问：您曾写过，人在狗的眼睛里是长得比较奇怪的狗，您在凤凰、北京有一个狗的联合国，您觉得人有哪些地方比不上狗？

答：狗单纯得多啦，人太复杂。人会说：我想我喜欢的人一定天天在想我，事实上他想不想你你也不知道。但狗它可真是在天天想你，你要回家的话，一进门，狗都会过来。每只狗有每只狗的脾气，有的狗真的喜欢你就用嘴巴咬你；真的喜欢你，有的就拿脸去贴你……它们表达感情的方式都不一样。我有一只老狗在北京，我这次要离开它的时候，那只狗就一直拿脸贴啊贴啊，他知道我要走了他就贴我。我在凤凰的那只狗呢，看到我就咬我，到处咬，它是这么来表达感情。狗的最大特点，就是它不会嫌家贫，讨饭人的狗也一直跟着他，有钱人把它买了，让它跟着有钱人，它不会的。人就不要说了。狗没有那么多利害关系，没那么复杂。

问：它们之间的利害关系也有啊。不同的狗和人一样，也要打架啊。

答：会打的，但是只有一次，就是争领导权的时候。成功了就不打了。现在家里领头的狗是一条意大利的大狗，但很快他会没有领导权了，大约再过一年就不行了。另外那只竞争的高加索的狗，很大。

问：您似乎是个全才。

答：你不要在我面前讲我是全才，你背后去讲好了。我喜欢文学。

问：但您年轻时没有发展写作，老了却妙笔生花。

答：那会儿写作就成右派啦！我敢写吗？一些讨好的文章我也写过。汪曾祺他没有写，他敢写吗？他没有写就变“右派”了，就只讲了一句话。

问：您好像说，在“文革”的时候，有个人攻击过您，后来您把他打了一顿？

答：没有。不敢。他们打过我，两个人拿皮带打，打了 240 下，我受不了了，那是真的。

问：您的性格是怎么形成的？天生的吗？您和沈从文先生的区别呢？

答：他是在文字里头长大的，我是在江湖长大的，不一样。他的文化是很纯粹的，从小写字，听老人家们谈文学。老人家抽鸦片烟，他在旁边伺候着，老人家讲话他在听，听到好点的东西就去学。就是在旁边逐步逐步听老人家嘴里流露出来的东西，连他的名字沈从文三个字都是一个姓萧的老人家给他取的，说"你喜欢文学就叫从文吧"。钱钟书先生有次对我谈起他，说，"从文这个人，你不要认为他总是温文典雅。骨子里很硬。不想干的事，你强迫他试试！"

问：您现在 80 岁，您怎么看待您年轻时候做的这些事情？

答：我觉得很可爱的！

问：您觉得您自己的人生的意义是什么？

答：（沉默）这个问题问得好，我也想过这个问题。我看到人们生活上的差别这么大，有的人这么苦，有的人用一百多万买一个月饼，一公斤黄金才 11 万多。所以就不能不想这个问题。但想有什么用啊？你当了毛主席也救不了了啊。

我的人生意义容易些，就是别嚣张。

有人说活着太没有意思了，我说还可以啦，死了有什么意思啊？鲁迅说，任何一个人不活在人的心上，他就真正地死了。

我对死有几个方案，一是把骨灰放在抽水马桶里面，请一个尊敬的老先生拉一下。我的爱人反对，说会塞住水管的，还要找人来修，多麻烦，那就说明第一个不能用；第二个方案就是一小包一小包地包起来栽花，送给朋友。但是有个问题，就是这个朋友晚上睡觉的时候知道骨灰在花盆里，会害怕，睡不着觉。那也没有意思。我说，那只好让朋友永远痛恨我，咬牙切齿地骂我。我把骨灰糅在面粉里头，包饺子给大家吃。哈哈！——完了宣布：你们刚才吃的是黄永玉的骨灰！

马季　未完成的功课

蒯乐昊

马季（1934—2006）

著名表演艺术家。新相声的代表人物，近现代相声艺术承前继后的关键人物，继承发展了侯派风格，走出了自己的创作道路。代表作品有《宇宙牌香烟》、《五官争功》、《打电话》等。

最后一次采访马季，是在南京举办的全国第四届曲艺牡丹奖的活动现场，当晚，72 岁的马季捧得“终身成就奖”奖杯。他还是那么副圆墩墩、笑呵呵的模样，满身喜气。久说相声的人，身上好像带着股笑的气场，一上台，还未开口，台下观众就乐，就鼓掌。

第二天清早，马季又出现在“首届中国曲艺江苏论坛”上，当时他脸色不太好，看起来有些疲倦，他的大弟子、中国曲协副主席姜昆马上上前嘘寒问暖，还特意让服务员给老爷子端来一杯热气腾腾的牛奶。

马季曾在采访中向我透露过他的心愿：把毕生的相声作品整理出来，最好能做成中国相声教育的初级教材。他得意地偷偷伸出 5 个手指头，向我悄声比划：“我现在自己在家对着录像机录段子呢，已经录了 52 个小时不重复了。”当时因为他赶着去苏州出席一个活动，采访没能继续，我们约定以后再聊。老爷子被活动主办方的一群人，前呼后拥地包围着，走了。

12 月 6 日晚上，我致电他在北京的寓所，老爷子很高兴，“我后天又要飞了，去海口！”电话里他的声音毫无异常，听起来兴致还挺高昂。

他坚决不同意用电话的形式补充采访，“这是关于我一生的专访，这么

马季与两位恩师侯宝林（左）、刘宝瑞（中）同台表演相声

重要的采访，电话里边没法儿聊，我们得再见一次面，坐下来，好好儿谈。你等着我这次回来，咱们找时间。”

这个电话，成了我与老爷子的最后一次通话。他显然还没来得及录完所有的相声段子。

2006 年，狗年，马季投身相声曲艺界的第 50 年，也是他的本命年。过年的时候，72 岁的马季特地穿上了本命年辟邪的红色唐装，他说，“人活七十不算啥，泰山、黄山照样爬。人活七十不算多，能挑担子能拉车。人活七十不算怪，老头老太谈恋爱。人活七十不算长，八十二岁还入洞房。”

马先生爱狗，家里养着两条狗，一条京巴、一条很凶猛的黑贝，姜昆狗年送给老师的贺岁大礼，就是一套各式各样以小狗为图案的珍贵纪念币。72 岁了，很少登台，马季的主要生活内容，除了参加一些社会活动，就是在家练书法，以前喜欢钓钓鱼、逗逗狗，伺弄伺弄他的爱车，随着年龄的递增也逐渐少了。去世前两个月，他捧回了象征着曲艺界最高贡献的曲艺牡丹“终身成就奖”。

入行 50 年

马季，原名马树槐，1934 年生人，少时家贫，父亲早亡，母亲以一人之力，抚养 4 个孩子。当时，他们住在北京西直门附近的喇叭胡同，以做小买卖为生。

60 年前，1946 年，12 岁的马季过了一个辛酸的春节，大年三十那天，母亲在胡同口花一毛钱，买了一包铁蚕豆，把孩子领到北海公园，因为是过年，那一天北海公园不收门票。母亲找张长椅坐下，4 个孩子把铁蚕豆分一分，就玩开了。一直到天黑，母亲估摸着邻居家的年夜饭都已经吃完、饭食的香味都已经散尽，才把玩累了的孩子领进家门，打发着啃几个窝窝头。

刚刚懂事的马季一直忘不了这个春节。为了减轻家里的负担，这一年结束，他就去了上海，在上海宏德织造厂当了一名学徒。每天除了干活，还得伺候师傅的生活起居，只有过年的时候，可以放一天假。“那时候上海的南京路上，有一个金国大戏院，就去那听滑稽戏，都是滑稽名家，听一整天，晚上呢，还不肯罢休，接着再去天蟾剧院，听童芷苓、言慧珠。我记得有一出《大劈棺》，也是喜剧。”天生具有喜剧细胞的马季很快又迷上了相声。1953 年，他回到北京，考入新华书店华北发行所当卖书员，每月 27 元钱的工资和工人阶级的称号，让马季欣喜若狂。

好事还在后面。经常在单位或工会的联欢活动中唱京剧和模拟丑角表演的马季，1956 年参加了全国职工业余曲艺汇演，当时，马季 22 岁。“1956 年是我人生转折最关键的一年，当时被伯乐看上了。先是刘宝瑞老师，他说，‘你干专业吧，我看你挺有前途，我教你。’可是这时呢，侯宝林先生也发现我了。一次休息的时候他把我叫来了，问：‘认识我吗？’我说我认识您，可我不敢跟您说话。他说，‘你学相声吧，我教给你。’”就这样，马季被调入中国广播说唱团，他的艺名马季，也是在这个时候得来的。

“我是 1957 年改的名，侯先生说，你这个马树槐呀，绕嘴。做个演员，应该名字起得响亮一点，这样人家容易记住。那时候，北京正在放映匈牙利喜剧电影《牧鹅少年马季》，现成的，我说就用这个得了，借人家点儿仙气。侯先生一听，说，好，这个行。”

夹在两个名师中间

正式成为专业相声演员后，中国广播说唱团的领导确定了侯宝林、刘宝瑞、郭启儒、郭全宝等当马季的老师，其中侯宝林为责任老师。“几位名师教一个，像今天的独生子似的，千顷地，一棵苗。你跟刘先生时间多了，侯先生吃醋儿，跟侯先生的时间多了，刘先生不乐意。同时有那么多大师当老师是好事，但也挺难的。”

曲艺圈子里规矩大，要协调跟老师们的关系，得格外小心。马季因为上过几年学，在书店当过卖书员，略通文墨，热衷于自己创作新的相声段子，每次写出来，都得征求老师的意见，联合署名发表。第一个段子署了 A 老师的名，第二个段子就得想着署 B 老师的名，两个段子的创作水平还得平均发力、旗鼓相当，怠慢了谁都不行。

“这方面的关系要是处理得不恰当，这矛盾就来了。有一次我上侯先生办公室说，侯老师您给我再出出主意，您看我下一步定的这个学习计划怎么样？侯老师说，找你师傅去，那就是让我找刘宝瑞去。我听着有点吃醋的意思。我说侯老师您别这么说，您也是我老师，刘老师也是我老师。”

“文革”开始后，师傅侯宝林被扣上“反动艺术权威”的帽子，徒弟马季也被定为“反革命修正主义分子”，在北京扫厕所，刷标语。批斗会上因为创作的问题，加上造反派的来回挑拨，师徒之间造成很多误会和矛盾。直到十年动乱之后，两人之间的关系才慢慢恢复正常。

1984 年，马季应邀去香港演出，侯宝林担任艺术顾问，在审查演出中，马季表演的作品大受欢迎。“当时侯先生说：‘马季，你过来，到香港之后，我的段子你都可以演。’说这话是第一次给我开绿灯，对我满意了。我说，侯先生，您放心吧。”

曾有传说，“文革”时马季打过侯宝林。有人问过侯宝林，侯先生没正面回答，他说，别问这个了，旧社会徒弟打师父有的是。再问马季，马季说：“我觉得没有这些，就没有生活；没有这些误会，没有挨骂，没有谣言，就前进不得，任何人都是这样。”

为相声的前景担忧

马季是个闲不住的人，2006年10月底，去世前两个月不到，他还出席了德云社的10周年庆典活动。2006年央视相声大赛上出现两名清华学子，马季说："相声界能出现这种人才，中国相声有希望。"11月初，马季出席武汉电视台《都市茶座》改版节目；月底在电视剧《旗袍》中客串了一个卖汤圆的小老板，这也是他最后的一次演出。

虽然外界对马季的"歌颂相声"毁誉参半，但是不可否认，他是中国相声史上承前启后的人物，带出了许多优秀弟子，创作了很多脍炙人口的作品，他一生写了300多个相声段子，家里创作的稿纸是用麻袋装的。现在，他在北京的"笑人居"里悲声一片，大概只有天堂里可以欣赏到他逗乐的《宇宙牌香烟》了。

人物周刊（以下简称"问"）：昨天曲艺牡丹奖颁奖晚会几乎汇集了中国相声界的所有大腕，不少人登台表演了节目，像张国立，我们昨天才知道原来他也是学相声出身，有最近炒得火热的郭德纲，还有久不露面的侯耀文，您能不能点评一下他们昨天的表演？

马季（以下简称"答"）：昨天晚上我自己领了奖，感觉很兴奋，但除此之外，看到整个的演出，看到我们的相声名家在这次表彰会上的演出，我有点忧虑。这种忧虑是（因为）相声的现状，侯耀文的功夫没有吗？有！跟石富宽合作这么多年了，大家都佩服，但是作品有问题。郭德纲炒得如此红火，搁在一起一演，也不过如此（侯耀文、石富宽携弟子郭德纲、于谦在颁奖晚会上表演了一段群口相声《红花绿叶》）。所以我有些忧虑，再加上我们4个名家，5个朗诵诗（张国立、刘芳菲、吕少明、巩汉林和邹德江在晚会上用方言朗诵了《再别康桥》），朗诵诗这算什么结构呢？用点方言，逗逗笑就完了。在这么一个表彰会上，表现曲艺的未来，表现曲艺的发展的方向，我们的相声形式表现得比较贫瘠，这是现状。

问：相声这几年比较低迷，有人说中国相声死了。您怎么看？

答：纵观这些现象，我觉得是创作的问题。可是这些年我们想一想，到处反馈过来的声音，好像现在相声的创作方式，是一种调侃的创作方式，一个人、两个人关在屋里，自己憋，就憋出这么段相声，笑料都是过去前辈们一再反对的“外插花”的东西。结构不是结构，包袱不是包袱。所有包袱都似曾相识。侯宝林先生说过，一个相声里面你哪怕只有一个包袱是新的，就是相当不错的创新。相声的正确创作道路是“深入生活”，过去我们去农村蹲点，7个月才写出一个相声的本子来。现在是什么？“电脑时代”，秀才不出门，便知天下事。但是感情呢？感情上你不跟生活连接，能出不朽的作品？

问：前段时间郭德纲给相声界“揭黑”，给大家的感觉，好像这个圈子里人际关系特复杂，是不是这个也影响了优秀相声产品的生产和优秀人才的选拔？

答：我给你说个事儿。过去有个地方曲协的领导，找到我，说，能不能组织几个志同道合的人，大家在一起研究研究当前的相声创作问题？我说好啊！那你提名吧，让我提名，我说我甭提名，你提就行，大家坐一块儿，讨论讨论。结果这事儿就迟迟没下文了。隔了好几个月，他跟我说，向曲协反映，曲协某领导说了，搞这种活动未免有点拉山头的嫌疑。得！告吹！所以从这里头，我自己的亲身体会：一个人在曲艺界50年，得把2/3的时间，对付在人事关系上，对付在业务之外的关系上，我们不能不落后，这是我的亲身体验。

以前的一次全国文艺工作者的座谈会上，我提出相声要反映、歌颂当下的生活，结果会上我成落汤鸡啦！许多老前辈、老艺人都说，“嘛叫歌颂？歌颂里能有包袱吗？这不成非驴非马了吗？”我那个时候，入行年头也少，火力都冲着我来了。结果呢，老舍先生站出来了，替我说话，他发言，说你们别说他非驴非马，非驴非马他是骡子，劲儿更大呀。相声曲艺在学术上的讨论，就那一次，以后没有过，今天是第二次，我本来没抱希望。但是这次曲协能办论坛，这是个很好的事情。我希望以后还能举办一些，专门的专题学术上的讨论。

问：跟很多传统曲艺品种一样，相声讲究口传心授，一个师傅，就带一个弟子，或几个弟子，这种教育模式，您觉得如何？

答：人都说“马季马家军”，但我不是一个成功的老师。为什么呢？我没有新东西，没有总结出新的教育方法。我只是继承了前辈的这种带学生的模式。学生怎么带？“身教胜于言教”，“师傅领进门，修行在个人”，这部历史怎么写，你们自己进门、你们自己写，我没有创新。过了几十年，我到现在才感觉到了：相声不能用大课堂的方式培养，相声也不能完全口传心授，

应该找到两者之间的一个结合，才是最适当的，而这种结合的方法，现在没有。相声怎么培养下一代，我很担忧。

尽管我们现在有了多少的曲艺学校，多少的相声班——我们天津的曲校是陈云同志批准的，建校几十年，一批又一批相声学员出来了，都给电视台、电台当编导去了。他们有了曲艺知识，但就是不能够上台表演。

问：为什么？

答：比方说吧，你现在不能上台了，给你两间房，你上那学校当老师去，你去不去？当然去！你有什么教学经验吗？没有。你有的是过去在舞台上的经验。那怎么上课呢？上课不就是端着个茶杯吗？就咱们练个背菜单子："你背背。换一个学生，你再背背。听清楚了吗？他那个口，比你正，你跟他好好儿练练，下课吧！"就这，能培养出下一代吗？另外一个就是教材，拿什么教材去教？现在的年轻人，知识比你丰富得多，你怎么样引导他？我就觉得，我们多少前辈，在舞台上几十年，有着丰富的经验，也有很多深刻的教训，这些东西就是财富，前辈们留下来的，就是宝贵的遗产，我们要提早知道。派一些有知识的、有文化的年轻人加入进来，请他们协助老人，总结这方面的经验，用现代化的方法进行传播。可是现在呢？没人管！我们这一代，我感觉到了，我72了，偶尔还上一次台，不能老上台了，可是50年的风风雨雨，我积累了不少东西啊。我就觉得，中国的第一部相声的初级教材，应该落在我们这一代人身上，应该在我们这一代出来！

问：您觉得有希望吗？

答：可是没人组织啊，没人组织！把那个精力全放在人事关系上。我告诉你吧，我现在自个儿在家整理呢，没人帮我，我就对着录像机，录我说过的段子，已经录了52个小时了，不带重复的。我分三部分说，第一部分说我50年的艺术经历，从学艺那天开始，想起什么说什么；第二部分总结我在创作中的艺术心得；第三部分是我的艺术见解，这些都是我在实践中体会出来的东西。

问：我们的相声有过黄金时期，当时学说相声的年轻人特别多，不少搞文艺工作的，不管是唱歌的、跳舞的、演戏的，好多都愿意专门地学一点说学逗唱的基本功，学说几个段子，现在后继乏人，您觉得最主要的原因是什么？

答：其实你说的也不全对，我们这些年不是没出新人，也出了新人了，几次大奖赛也出现了好的苗子，可是这些苗子只要一出来，第二个作品就看不着了，他拍电视剧去了。也就是说，相声的才华，非得到相声以外的其他领域里才能得到充分的展现。我们昨天的主持人（张国立），电视剧大腕，对吧？早年也是说相声的，王刚也是说相声的，还有好多位，在相声这个队伍里头，他的才华展现不出来，这是不是个问题？

十几年前、20年前我们感觉到一个现象，当时我们不敢说，中国曲艺界有一些重要的演出，或者是一些大的聚会比赛、汇演等等，都是请其他界的大腕来主持。我记得的，就有请北京人艺的演员、请电视台的著名主持人来给我们曲艺界、相声界主持重大的演出，这曲艺界就没人了吗？那时候就出现这种现象，给别人的印象是：曲艺界就会瞎说瞎演，什么素质也没有。

问：都说相声不景气，可是听说郭德纲的“德云社”演出热到一票难求，可见老百姓里头，对相声的需求还是很大。您觉得相声的主要阵地在哪里？对现在越来越高的“相声回归小剧场”的呼声，您怎么看？

答：在北京，这样的小剧场里的相声演出还有一些，比方说，李金斗牵头组织了一个“星期六相声俱乐部”，非常好。很多演员、名家，都愿意来演出，不挣钱，难得的是与观众交流的机会，“回归剧场”。我认为，这是相声回到它自己应该呆的位置上。相声就是这样出来的，是老百姓给你捧起来的。你就要回到老百姓希望你去的地方。而这些年，相声被人为地拔高了，拔到中央电视台春节晚会这样一个大舞台上，而我们逐渐不适应这种舞台。相声的出身，就是直接面对老百姓，离开这样的面对面，生命力就差了。拔高到电视晚会上，和那些交响乐、芭蕾舞去比，比不了。

现在好多地方建起茶馆式的演出场所，票价很便宜，观众很欢迎，演员有了和观众交流的机会。我说，只能从这里开始，慢慢提升你的作品质量，提高你的表演能力，慢慢发展起来。这是正道。

问：这是您理想中的相声复兴之路？

答：是啊，别人也老问我，“你说这么热闹，你来呀！”我也来不了。侯（宝林）先生临终的时候，在病床上拉着我的手，说过这样的话，他说，“马季，即兴发挥是相声的主要技巧，千万别丢了哇。”他走了。我们要继承先辈的遗志，千真万确的，这是真理。

蔡澜　人生就是吃吃喝喝

陈　静

蔡澜（1941 年—　）

电影制片人、专栏作家、主持人、美食家。与黄沾、倪匡、金庸同称“香港四才”。主持的节目有《今夜不设防》、《蔡澜品味》等，监制的电影有《龙兄虎弟》、《城市猎人》等，已出版书籍超过 200 本。

虽魏晋风流，犹有不及

在香港，蔡澜是家喻户晓的文化名人。翻开报纸，就会读到他的文字，简短而清新，美食、旅游、电影、人生，声色犬马，无所不谈。走进街角一家普普通通的茶餐厅，不经意间发现，墙上的菜单旁边标有“蔡澜推荐”。

出现在公众眼前的蔡澜，似乎总有三两美女相伴，红袖添香，谈论着美食和美女，好不快活！1997 年 TVB 专门制作了旅游节目《蔡澜叹世界》，赴 13 个国家拍摄代表了人生最高享受的生活场景。“叹”是典型的广东词，“叹世界”乃惬意地享受人生之意，这可不是普罗大众所能轻易达到的境界。

蔡澜活跃在香港文化界。他的写作，以小品文见长，至今文集已有 100 本；书法、篆刻、绘画都很了得；更将喜爱美食的天性发扬至极，开餐厅，当料理评审，甚至在 1994 年自创“暴暴茶”，也就是暴饮暴食之后，喝了就可以不必担心的茶，风靡香港和日本。好友金庸这么写道：“蔡澜见识广博，琴棋书画、酒色财气、吃喝嫖赌、文学电影，什么都懂。于电影、诗词、书法、金石、饮食之道，更可说是第一流的通达。”倪匡也赞他，“虽魏晋风流，犹有不及。”

这个好似生活在云端的蔡澜，在记者约定的日子，准时出现在他中环的旅游公司。浅灰色西服，翠绿搭配粉红的手绘领带，依旧挎着那个明晃晃的黄色和尚袋，头发花白，标准的微笑，并没有如他书中所写那般酒后的红光满面。他没有独立的办公间，办公桌和手下职员一起，排在最后，一角被毛笔和篆刻工具占据，另一角则堆着大小不一的五六盒雪茄，旁边的书架上满满地摆放着自己的文集。

燃起雪茄，蔡澜说刚刚带着一帮喜欢吃吃喝喝的朋友从马来西亚的槟城回来，这是公司目前的主要业务，策划和安排顶级旅游活动，不用登广告，几年之间参加人数已逾两千，可见“蔡澜”这个名字的号召力。

不可以做自己喜欢的电影

1941 年出生于新加坡，1963 年定居香港，从事电影监制 40 年，蔡澜是香港电影界的重量级人物。他曾是嘉禾电影公司的副总裁，一系列的成龙电影都曾打有“蔡澜监制”的标记。问他可有什么满意的电影，“没有！”回答干脆决绝。他说，在献身电影 20 年后，终于明白不可以做自己喜欢的电影，那种带着清新气息的电影，就如他的文章，有明人小品文的韵味。不过至今他仍爱看电影，尤喜法国电影。

忆起早年在日本的学习经历，仍兴趣盎然，“十几岁时，我很想去法国学画画，但妈妈不肯，我太喜欢喝酒了，她怕我变成酒鬼。那就去日本学电影，那个时候的日本是电影的黄金时代。妈妈说，可以，日本也有白饭吃。但她不知道，日本也有酒喝，清酒，我还是变成了酒鬼。”一连串的哈哈笑声。他还清晰地记得那间学校如何教他们剪接经典的蒙太奇镜头，但那是培养电影艺术家，不是培养电影商人，“学了也没用。哈哈。”

因为太喜欢电影，宁可不做导演，选择制片，可以同时拍五六部戏，用蔡澜的话说，制片的工作就是“校长兼敲钟”：制片是由一个主意的孕育，将它构思成简单的故事，请编剧写成分场大纲，再发展至完整的剧本。同时，制片接洽适合此戏的导演、演员和其他工作人员，计算出详细的预算。拍摄期间，任何难题都要制片解决。还有配音、拷贝，做海报也要参加意见，一直到安排发行，卖外国版权，片子在戏院上映，无一不亲历亲为。

我的正业是“享受人生”

放弃电影，蔡澜曾说，是因为老搭档何冠昌的辞世，还有泛滥成灾的盗版。白纸一张，随意发挥的写作，倒成为他的每日工作。现在，每天一篇700字的专栏，每星期两三篇的约稿，占据了他的头脑。他喜看书，看英文、日文畅销小说，连怎么做酱油的书都看。阅读的兴趣来自他的父亲蔡文玄。在他幼年的时候，父亲就喜欢买一大包书回来，放在地上，随他们兄弟姐妹挑自己喜欢的书看，观察小孩对哪样书有兴趣。年少时的蔡澜看了大量的《水浒传》、《三国演义》、《战争与和平》等古典小说和世界名著，现在反而喜欢阅读轻松的东西。唯一不变的是对明朝小品文的热爱，反复咀嚼，余味无穷。

“我受明朝小品文的影响很深，一点多余的字都没有。”蔡澜写作的严谨有些出人意料。沿袭父亲的习惯，修改3次，“写完之后，看一遍，改一次；第二天早上再改一次，就比较冷静；第三次，寄到报社去，排好之后送回来再改。”

和蔡澜聊天是件愉快的事，他吐着烟圈，妙语连珠，笑声不断。他精通书法，却从不认为自己是书法家，若有人请他写字，1万块1个。但他又会一时兴起，自愿帮街上的菜贩写招牌，分文不取。他学画画，称只要懂得画家对于色彩的运用即可。他会多种语言，英语、日语不必说，还有韩语、泰语、马来语、西班牙语，自嘲都是“点菜语”。

当然，现代科技他也很熟悉。“你问我最新的技术，我都知道。”他说学过各种各样的电脑输入法，但发现最方便的，仍然是“秘书输入法”，“我手写，秘书帮我输入，哈哈！”

做这么多事，哪来那么多时间？蔡澜认认真真地回答，没有人规定一天一定要睡8个小时，我每天睡6个小时，一个月就可以多出两天时间，很好用。虽已年过花甲，他却说，还是要争取，要赚钱，要学习。

蔡澜的才艺是多面的，每一项都做得有声有色，他却笑着说，做什么都是副业，正业是“享受人生”，人生的意义就在于吃吃喝喝。他很认真地告诉记者，以兴趣为工作的生活，是他一生的追求。

困难的事情自己一口吞掉

人物周刊（以下简称“问”）：金庸说您是一个真正潇洒的人，他的评价您觉得怎么样？

蔡澜（以下简称“答”）：都是好朋友的抬举，哈哈。尽量不要太烦恼，但是怎么会没有烦恼呢？现在也有。

问：您现在会不会遇到困难的事情？

答：碰到困难的事情就自己一口吞掉。到了这个年纪，已经不想讲给大家听，好像自己有多了不起，经过多少努力，这么讲没用的。我做电影监制的时候，每天有上百个问题等着去解决，不断地头疼，演员不出现了，下雨了，太多了。

问：您如何去面对？

答：有一次，我和李翰祥去泰国拍戏，那一天，老虎不听话，相机卡住了，天气又坏，人又迟到，所有的问题在那一刻同时发生了。几百个人围着我，怎么办？自己也很着急，忽然间觉得应该走开一下，然后看到一尊佛像，路边的小石像，面目已经被风雨侵蚀得不清晰，看着它，我突然觉悟了。回到现场的时候所有人问我该怎么办，我一点表情也没有，像石像一样，哈哈。我觉悟到可以像石像一样不去管它，反正问题也解决不了，还去烦它干什么？自己做出很悲哀很困扰的表情，也是没用的。大家看见我这样，到底怎么回事？疑惑了一会儿。之后麻烦的事情解决了，天晴了，老虎也听话了，相机也好了，事情总要过去的。

问：您信佛吗？

答：不信佛，我的欲望太深了，哈哈。

问：您要做很多事情，有没有心理压力？

答：有的，从年轻时代就有啊。考试不及格，初恋不成功，总之所有的压力都有。之后，回想以前给老师骂，担心功课交不出，觉得很好笑啊。所有的苦恼一定会经过的，那为什么不先笑笑呢？

金庸写尽了人性

问：金庸说：“论风流和才艺，我比不了蔡澜。蔡澜是我最信赖的朋友。”倪匡说：“如果我死了，蔡澜是第一个来凭吊我的人。”他们都把您当成知己，为什么您能让他们这么信任您？

答：人生总是漂浮不定的，我们为什么能够稳重呢？好像船上有一个锚，我们有最传统的信条，就是很简单的，父母教的——孝敬父母，对朋友好一点，对年轻人要好好教导，遵守诺言，遵守时间。我们遵守了之后，人生的目的就很清晰了，很难，但是要做到。那么我们就对得起自己，就不会有太多烦恼。答应朋友的事情一定做到，就能得到朋友的信赖。人与人之间互相尊重，那么人家以为他死了以后，你会来凭吊他的。哈哈。倪匡一向是口无遮拦的。

问：金庸、倪匡、黄霑、蔡澜并称四大才子，这个称号什么时候开始的？

答：我一直都不喜欢四大才子这种说法。金庸先生不是才子，有中国人的地方都有他的书，他是很厉害的，跨世纪的人物，他的作品一定会留下来，这样已经不能说是才子了，已经高我们好几倍了，他是大师。我们剩下的3个都七老八老，还算什么才子，才子应该是年轻的。

问：你们4个人的友谊是从什么时候开始的？

答: 和查先生很早就认识。另外两个人见面比较多是当时做一个电视节目，一个礼拜要见好几次。我们平常在吃吃喝喝的地方也能见到。倪匡后来跑到三藩市（旧金山），住了13年才回来。

问：您如何评价其他3个人？

答：黄霑留下了那么多歌词，这方面的贡献是不会被抹杀的；倪匡，他留不留世无所谓（笑）；金庸先生是我们佩服得五体投地的，我们认为是前无古人，后无来者。

问：您个人比较喜欢看金庸的小说，还是倪匡的？

答：（笑）当然是金庸的，这个我说了，他（倪匡）也不会骂我。好看呀，偶尔翻一翻，一翻又上瘾了，又要从头看。最喜欢《天龙八部》，查先生写尽了所有的人性，都写光了。这个人是岳不群，这个人是段誉，这个人是周伯通，差不多所有你可以在这个世界上遇到的人物，不管中西，都可以在他的小说里找到影子。

问：您刚刚提到的节目，就是1992年和倪匡、黄霑共同主持的《今夜不设防》，当时是什么样的情形？

答：那时候，倪匡爱上了一个夜总会的妈妈桑，就常常请我们到夜总会去，叫所有的女人都来了。结果我们3个人一直讲话，那些女的就一直笑，变成我们在娱乐她们。我们说既然要花这个钱让那么多人笑，不如搬到电视台谈同样的东西嘛。

《今夜不设防》是一个清谈节目，香港本来没有。很多人误解了，以为talk show就是准备很多问题，我问你什么，你回答什么，那个就很正经，很死板。我们是很轻松地聊天，有70%几的收视率，就是说10个看电视的人中大概有7个半人在看我们的节目。为什么那么受欢迎？他们打开电视，好像和我们在聊天，因为话题不是预先设定的，就是喝喝酒，然后开始聊天，谈人生，旅行，互相的苦恼，访问嘉宾的生活，谈时尚，可能比较坦率、大胆一点，语言也比较风趣。

问：您朋友甚多，在您心中，如何定义朋友？

答：我喜欢交开朗、豁达一点的朋友，有些人比较负面，想到的东西都是很负面的，这些人和他们聊天很辛苦的，会发现他把你所有精力都吸光了，很累。遇到这种人，我就避开了。我和年轻人也很聊得来，上次余华来，我们聊得很高兴。成龙以前在外国拍的片子都是我做监制，他蛮欣赏我收藏的家具，他自己也收藏，紫檀的收藏他比我厉害。

国内的朋友很多，作家，做生意的，旅行社的人都有。我和沈宏非也聊过，他是另类的美食家，写写吃的文字就会写到别处去了。我不会，我是很直接的，我的文字都很直白，浅显，没有什么象征性的。写文章要给别人看，我很反对那些香港人，像黄霑用广东话写，我和他讲过好多次，虽然很传神，但那是地区性的，台湾人就看不懂。我虽然在香港生活，觉得还是应该用国语来思考，不应该用方言来思考。

成熟女人知道我不会伤害她们

问：金庸说的风流，是指对女性的吸引力吗？

答：哦，对女性的吸引力那他比我厉害，到现在还有很多很羡慕他的小女孩，我没有了。哈哈。读过书的人都知道风流不指那回事，我们可能比较粗犷一点，吃东西大吃大喝，喜欢一件事情就要研究到底，金庸先生会拣比较精的东西来吃，哈哈，我们都很随便。

问：您说有很多女孩仰慕金庸先生，那您也有吧？

答：我的朋友常常笑我，说你的书迷都是老太太，我跟他开玩笑说，老太太也有女儿呀。哈哈。人生有很多不同的阶段，有些阶段会比较进取一点，有些阶段会比较被动一点，我现在比较被动。（笑）有些东西我们经过了之后，知道拼命争取也不一定争取得到，那就让它顺其自然。

问：但我知道您是很有吸引力的，李嘉欣不是说过，蔡澜是很让成熟女人心动的那种男人吗？

答：又是朋友的抬举，哈哈。成熟女人会比较喜欢和我们聊天，我们懂的事情会多一点，学会了不再伤害人家的感情，这是我们这个阶段的人比较明白的。年轻的时候没有这种生活经验，总要试试看，总要伤害到别人。我们经验过了，那就不必了吧，因为伤害人到底是辛苦的。成熟女人知道我们不会伤害她们，哈哈。

问：年轻的时候也有伤害别人的经历？

答：有。你喜欢一个人，你离开了，你就伤害了她。

问：是你离开，不是别人离开？

答：别人离开我，也有啊，呵呵。

问：您写文章，赞扬过花心万岁，既如此，为什么还要选择婚姻？

答：那时候，父母说年纪差不多了，整天唠唠叨叨，也觉得累了。我觉得婚姻是一种承诺，答应过人家照顾一辈子，就要做到，呵呵。到现在我仍然认为结婚是一种很野蛮的制度，为什么要死守着一夫一妻呢，有些人适合，有些人不适合。

问：你有这样的看法，却又遵守父母的意思，不会很痛苦吗？

答：接受了就可以了。当然我的思想还是照样（笑）。

问：那您太太会不会有抱怨？

答：不会，太太也比较知道我的脾气，了解我，不会有争吵。大家有大家的生活方式，都是很成熟的人，不应该有这种想法。如果你早知道这个女人会这样，你就不会娶她，哈哈。

王永年　我不喜欢“垮掉的一代”

吴虹飞　许正阳

王永年（1927 年—　）

著名翻译家。精通多种语言。翻译的欧·亨利小说，备受好评。是中国从原文翻译意大利文学巨著《十日谈》的第一人。翻译的阿根廷博尔赫斯诗文选集《巴比伦彩票》，是公认最传神、最精准的中译本。

王永年今年 80 岁了，身形依然高大。

他精通英语、俄语、西班牙语、意大利语；业务时间，他勤于翻译，译作等身，《欧·亨利短篇小说集》、《十日谈》、《约婚夫妇》、《在路上》，还有《博尔赫斯全集》中很大部分篇章，都译自他的笔下。退休前，他作为新华社西班牙语的译审，工作了 30 多年。

老人深居简出，不怎么与旧交故友走动，也没有花鸟鱼虫的爱好。除了翻译，据他说他还会针灸。在国外驻站时，他因为这一手绝活，被人戏称为“王一针”。

凯鲁亚克的《在路上》在国内再版以后，老人的平静生活起了些变化。此书过去曾是禁书，如今风行一时，成为无数文艺青年的“心头爱”。许多人问他是什么感受，他直摇头说不喜欢。作为有着浓厚基督教传统的圣约翰大学的毕业生，这个凯鲁亚克的同龄人对小说里的放纵不羁、毒品与性，有许多的不认同。网上有人不能理解，既然不喜欢，为什么还要翻译？他也无奈了：“青菜萝卜各有所好，我是不喜欢这样消极的小说。别人问我，我就

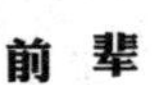

说了嘛。”

采访中间，摄影师来拍照。在陈设简单的屋子里转了一圈后，把王先生请到窗台边，问他，“我们拍张看风景的吧，您平时看风景吧？”王先生诚实地回答，“不看。”

圣约翰的学生，只上用英文讲的课程

我父亲解放前是国民党的大官，云南省盐务局局长，他是南洋工学院毕业的，那是上海交通大学的前身，他英文也很好。小时候我家藏书很多。我父亲从小教育我自食其力，我从来都没有伸手要钱，自己做家庭教师，给别人补习功课挣钱交学费，最后我从学校毕业出来了，没有衣服不行，他才给了我 30 块钱，买了一套衣服上班去了。

我 16 岁上大学，从高二直接考，高三下半学期就被录取了。那时候考试比较容易，上海好几所大学都录了我。圣约翰名气大，我就选了它。中学起我就开始挣钱，同时做几份家教，中学小学都教，外文更不用说了。但做这活儿精神上不太愉快，因为请得起家教的都是有钱人，他们把我当佣人看。有时候学生太笨，学不好，我也得跟着挨骂。一次我去上课，一进门听见一个学生在哭，他爸爸在骂他。一见我就说，你以后甭来了——好像他学得不好是我教得不好。我就灰溜溜地走了。

圣约翰是教会办的学校，但不一定要基督徒才能上，一般人也可以。通过教会找工作、出国比较有保障，所以有的学生也愿意加入教会。神学课是所有人都要选的，《新约》、《旧约》都学，两个学期。

这门课讲神的道理，像为什么耶稣把饼分给好几百人，大家都能吃饱，这都是有说法在里面的。搞翻译的人一定要熟悉《圣经》，像我翻译的书，都会注上根据《圣经》第几章、第几节。

那时连中文系的老先生，穿着长袍马褂的，也是一口流利的英语，要是讲不过来了，就用英语解释。所以出来的学生英语都挺好，即使中文系出来的学生，也可以用英文听课。甚至有学生把不懂中文认为是光荣。

有的课说好的用中文讲，有些学生不给老师面子，把注册卡交还给老师，说我不上你这门课，我到用英文讲课的地方去。

张爱玲也在圣约翰听过课，我们在一个班念过英文。她头发留得很长，长得比较清秀，很清高，一般的人都看不上。你知道南方农村小孩穿的虎头鞋吧，有两个耳朵的，她就穿着这种鞋，黄颜色带一点红的比较粗的布做成的那种，到学校上课，很特别。我不记得和她说过话，她看不起人，我干嘛要和她说话？你别以为她怎么样，她有时候考得不如我好的。

400 人报考出版社外文编辑，最后录取我一个

我中学时本来想学医，那时德文医学院很有名，就学了德语。英文属于非学不可，抗战时期日文一定要学，此外，当时对前途没什么希望，苏联是革命的启明星，业余时间又学了俄语。俄语是我到白俄的家里去学，每星期都去，晚上也去，一直到解放以后，我还在学俄语。所以我中学的时候就学了 4 种外语了。

后来日本投降，日文用不着了；抗美援朝，英语也不吃香了。找工作的时候，会英语非但不是一种资本反而变成一种负担了，尤其听说你是圣约翰出来的，资产阶级学校、美帝国主义教育的，对自己没好处。

最后我是靠俄语找的工作，在学校里做俄语老师。可又过不久，反苏修了，中苏关系不好了，俄文也不灵了，我就自学了西班牙语，那时全国懂西班牙语的也不多，大学里有西班牙语系但学校还没有毕业生。

我教俄语那几年是在云南，干得挺不错的，学生喜欢上我的课，好多工作人员也来听我的课。但我祖母、父母都在上海，希望我回去，我就离开了云南，那是 50 年代初，我那么走算是自动离职，工龄不能延续。回到上海后，一切从头做起。当时上海译文出版社的前身，新文艺出版社招考外文编辑，我就去了。400 人报名，初招 40 人考试，最后录取一个，我考外文当然不在话下。

在译文出版社做编辑的时候，我读了很多很多外文书，因为人家投来的稿，我们都要对照原文再看一遍，很多都是长篇，比如德莱塞的《美国的悲剧》、《天才》，一看就是几个月。

那是段美好的时光，我家里住的是公寓房，在淮海中路和淮海西路交界的地方，宋庆龄故居的对面，条件很好。上班的地方在上海市华东局，康平路，我办公室的房子在荣毅仁公馆的隔壁，他在 81 号，我在 83 号，房子的材料、建筑时间，都差不多的，很安静。

新华社的工资起码低了一级

50年代末，新华社要成立西班牙语对外报道组，找人找到上海。通过上海市委打听到译文出版社有个王永年懂西班牙语，结果跟我本人都没见面，就把我的关系转到北京去了。58年以后，“全国一盘棋”，“指到什么地方，就打到什么地方”，领导一句话，我就一个人到北京来了。来了之后，赶上三年自然灾害，吃还吃不饱，我的粮票还要往家里寄。那时候一人一个月5两油，一年下来攒6斤，每年春节探亲，就坐火车扛回家去了。你们可能不知道，原来还有地区差异，上海生活待遇是最高的。出版社收入也很好，而新华社的工资起码低了一级。一级是什么概念?

那时百十来块的工资，最少要差20来块，那时一个人的生活费，20块吃喝玩乐，足够足够了。那时我们吃一块猪排，一块大排骨加一点青菜才要一毛钱。直到1973年，我家人才调到北京。

在新华社的时候，我们每天下午六七点钟上夜班，上到第二天早上六七点很正常的，有时要等到第二天早晨8点钟，接班的来了才下班。每天工作12、13个小时，要翻译连同译审的稿子加起来至少6万字，很苦的。那时《人民日报》的社论每天要发，《解放军报》的社论要发，有时《人民日报》一天两个社论，一大一小，都要拼命把它发出去，不发出去就是政治错误。实在忙不过来，我们也请外面的人来帮忙，他们觉得我们新华社的人特别了不起，速度快，人民日报的社论是1万字，稿子放在这儿，嘎嘎嘎嘎一会儿就出来了。

以前工作真是如履薄冰，不能出错。

比方说下了班，回家躺在床上，突然想起来，哟！我那个字可能翻错了，可不得了，穿上衣服，偷偷摸摸，跑到办公室，拿出稿子来看，哦，没错，才放心地回去睡觉。

“文革”那些年，我过得挺安稳的。

不是运气好，是人好啊！俗话说，“害人之心不可有”，你平时没有害人之心，能帮忙的时候帮人家忙，人家也不会下手来整你。但有人不是这样。最典型的例子，我们那时出个小错字就不得了的事情。比如说外文毛主席的毛是“Mao”，打字机上“O”和“L”连在一起，你稍微手一滑，“O”变成了“L”，就变成“mal”了，“mal”就是坏的意思。真是不得了的事，反革命事件！造反派有一个头子，他就写成“坏”了，你是造反派也不行，这是对毛主席不忠，要开批判大会。在此之前，因为我和他是住一个宿舍的，我就说这种事，人家比较容易理解，一字之差，很容易打错。

他痛哭流涕地作完检讨后，反过来就把矛头指向我了，说，“我这么错，王永年还轻描淡写，说只是一个字母之差，没有什么了不起。”但是群众的眼睛是雪亮的，知道我只是安慰一下他。他可以把自己的错误检讨一下，然后就反对你，因为我进步了，你就落后了、反动了。

那时候都是军代表坐镇，姚文元就是管新华社的，在上海时我们就认识，他是上海市委搞宣传的，外文出版社属于新闻出版系统，他相当于我的顶头上司。那会儿时兴“表忠心”，有个小翻译给姚文元写了信，说你怎么正确，我怎么拥护你，后来有重要的会议就让他参加，一夜之间就暴发了。那时我要是写的话，姚文元一定也重视我，但我要真写了就不得了了，当时是好的，后来倒霉就不得了了。

我在新华社的地位属于中下，我也不是共产党员，可吃亏、可没面子呢！比如开个什么会，就会请你出去，说这会你不能参加。

这不是很丢脸吗？其实我的立场还是共产党的立场，如果有人动员我，发展我，我也会入的，只不过我不是削尖了脑袋往里钻。

翻译《博尔赫斯全集》，稿费不到两万

开始做翻译就是为了谋生，就这本事，不做这个做什么？那时候是业余时间干，有的稿子能用，有的稿子还不能用。你别以为翻译，以前翻译还是小生产，走资本主义道路，要批的啊，不是很光彩的事情。

我就偷偷摸摸地干，有些作品署笔名，像王仲年用得比较多，而雷怡是西班牙文国王的“王”字的发音，还用过杨绮，杨是我去世的老伴的姓，绮是我一个同事的名字。有时《世界文学》一期里有我四五篇文章，这时候就不能都署一个名，否则别人会有意见，认为你们搞小圈子，专门用自己的翻译，不用外面人的稿子。唉，做人很累的，各方各面都要考虑。

翻译稿费一般是千字 60 元，像我刚才签那个合同才千字 50 元，是《在路上》的订正版，翻译《在路上》也是按这个标准，翻一本书赚不到 1 万块钱。

从 80 年代起就是这个价钱，一直没变过，给翻译公司翻钱会多一点，一般都是商业文件，但要得比较急。翻译《博尔赫斯全集》，也就不到两万块钱，那本书用了不到两年的时间，每天译一点，定时定量，一点一点啃。

其实处理什么问题也都是这样的，烦得不得了的话，就先把它剖开来，分成几个部分，一部分一部分地做就不累了。

博尔赫斯对东方的东西很了解，很渊博。他写的东西很简练，他不简练不行，他失明了，眼睛看不见，不简练的话，他记不住啊。他没有写过长篇小说，要不写到后面，就忘了前面。

他也很有学问，懂好多外文，英文、法文、德文……有些文字现在很少有人懂，像北欧的文字，他也懂。文字掌握得多的话，能融会贯通，一种表现方式不行，换一种，绕过去就豁然开朗了，只懂一种文字，就一棵树上吊死了。

现在我眼睛不好了，有白内障，看东西模模糊糊的。《在路上》翻译了 10 个月，每天至少 4 小时。其实接这个活儿挺后悔的。你看这个书是没有空白的，密密麻麻，没有段落，扎扎实实，有多少字就是多少字，占不到便宜。有些书很占便宜的，比如说 30 个字一行，有的地方是对话，回答说“好”，前引号，后引号，加个句号，4 个字符就是一行。

这本书的初稿是一次性写完的，凯鲁亚克花了 3 个星期，在一张 30 多米长的卷筒纸上，连续打字打出来的。后来改的时候，有些朋友给他提意见，整段整段删掉或者整段整段加上去，次序也做了调整。这本书 80 年代就出过几个版本，目前为了研究他，美国那边把原稿拿出来重新出版，上海译文叫我把这个原稿翻译出来，做个校订本，哪段有，哪段没有，用个小册子标出来。

我没想到《在路上》卖得这么好。“萝卜青菜，各有所爱”吧，现在年轻人爱这本书。

凯鲁亚克这个人整天在东海岸、西海岸来回折腾，没有一个生活的目的，有工作不好好地干，有书不好好地念，性的方面也有点乱，还吸毒品，年纪很轻就死了，46 岁吧。

我这个人就是“御用文人”，你让我干什么就干什么。网上有人说，“你不喜欢，你翻译它做什么？”我不喜欢他，但可以介绍他是怎么回事。

孙道临　这样的男演员再也找不到了

李宗陶

孙道临 (1921—2007)

著名电影表演艺术家、导演。多次获国内外电影艺术大奖，曾任加拿大蒙特利尔等国际电影节评委。历任中国电影家协会理事、顾问，上海华夏影业公司艺术总监。代表作品有《渡江侦察记》、《永不消逝的电波》、《雷雨》等。

2007年12月28日，一向笑眯眯的沪上主持人曹可凡哭了。他听着一张叫《银汉神韵经典吟诵》的CD——7年前与孙道临先生合作朗诵的唐宋诗词专辑，泣不成声。

同一天，女演员车永莉在开往拍摄地的大巴里戴上耳机，听刚刚下载的孙道临先生朗诵的朱自清的《背影》。

孙先生念道："等他的背影混入来来往往的人里，再找不着了，我便进来坐下。我的眼泪又来了……我读到此处，在晶莹的泪光中，又看见那肥胖的、青布棉袍、黑布马褂的背影。唉！我不知何时再能与他相见。"那一声"唉"，那微颤的哀音，让车永莉也落下泪来。

一连几天，年轻人、老人，内地的、海外的，纷纷从MP3里听取孙先生的声音——从杜甫的《兵车行》到哈姆雷特的独白——那无可替代的嗓音。

12月29日晚19：35，央视电影频道临时插播汤晓丹导演、孙道临主演的《渡江侦察记》。一天前，住在同一家医院的98岁的汤晓丹由人搀扶着赶到9楼心脏病特护病区，直叹"不应该是他走啊"。

“黄河黄河，我是长江我是长江！”《渡江侦察记》中这句台词，连同那个英俊的、一脸正气的李春林连长，是60后、70后遥远巷战记忆的一部分；而《永不消逝的电波》里，地下党员李侠头戴耳机，神情峻急，赶在敌人闯入前吞下一小团电报，在几代人心中嵌入了英雄的必要条件：紧要关头务必咽下党的机密。

那时候的战争片，没有韩国爆破工程队加盟，也能隆隆声伴着尘土飞扬；炸不起房舍车辆，便炸倒一两棵大树，直挺挺倒在英雄面前；那时候的电影，好人坏人一目了然。好人牺牲前身子要挺一挺，坏人死得很难看；打在情报处长陈述先生脸上的光是半明半暗的；坏人的特写镜头一律斜着给。

50年代初，孙道临与铁牛、冯哲等演员赴朝鲜战场，跟战士们同吃同住同战斗，夜里行军百里，休整时下战壕为战士演出，他们相信，哪怕一段朗诵一段快板都会激励士气，而战士们反过来也会激发他们的创作激情。枪林弹雨向他展示了另一个世界，他在日记中写道：“当一名为国而战的战士该有多光荣。”他做好了捐躯的准备。

这期间，同时赴朝的演员范正刚同志牺牲了，当时他手里捏着竹板，袋里有一封没寄出的写给寡嫂的信，信上沾着血：“为使同志们此去有收获，我就是牺牲了也值得。”

孙道临带着这样的记忆从战场归来，准备开拍《渡江侦察记》。据汤晓丹回忆，因为孙此前在《家》、《乌鸦与麻雀》中的旧式知识分子形象，一开始上级领导有些踌躇。但孙道临已在战场上完成了洗礼，现在很像一名光荣的解放军战士了。2005年他在与曹可凡录制节目时说:“那不仅仅是一个《渡江侦察记》，他（范正刚）的牺牲和整个人生，是我记忆中最有力量的部分。”

曹可凡至今心酸。录节目时，孙道临对着他说：“我知道你对我好，但是你要知道，现在我已经不是我了，你们认识的那个孙道临其实已经死了。”他说，自己尚存的记忆大致到五六十年代。

黄蜀芹在接受本刊采访时说：“这对他，也许是个解脱。”

一个理想的中国男人的形象

80多年前，淮海西路一带是法租界，上海著名的法国梧桐最早从这里伸出枝椏并于夏初结出一颗颗“毛栗子”。1924年建造的武康大楼，是上海最早的古典立面外廊式公寓，因为一块“市保护建筑”的铭牌得以保全至今，它离正广和洋行大班旧宅、黄兴故居、宋庆龄故居都不远。五六十年代，这几条纵横马路之间囊括了大部分的南下干部及本埠名流，他们的家中，有当时令市民极其羡慕的细木地板和抽水马桶。孙道临的家，就在武康大楼内。

两三年前，黄蜀芹去过孙老家，印象是“老式公寓房子，住得一点不宽敞，采光、朝向都不是很好”。而穿过多户人家共用的走廊，从邻居张阿姨曾替孙先生熬过鱼汤骨头汤的厨房里望进去，这里的格局没有与时俱进。

黄蜀芹理解孙老就像理解自己的父亲黄佐临先生一样：“他们那辈人，从来不伸手的。”一起筹划拍摄《詹天佑》的导演翟俊杰则记得另一件小事：“在长城选景那天冷得不得了，又刮大风，道临老师当时已经76岁高龄，但他坚持让我们搀扶着爬上长城看景。回来后，我无意中看见他在楼道里打公用电话，手指都冻僵。我后来问他怎么不在房间里打，他说，我给夫人报个平安，私事，不能叫摄制组给我报销。“

50年代，黄佐临先生拿一级工资，每月365元，抚养5个子女仍显宽裕。孙道临当时已是电影明星，工资也不低，但听说毛主席工资只有300多元，就与其他几个明星一道向上级要求减薪。这工资到70年代末80年代初，一直没变过。

黄蜀芹记得，“文革”中，父亲的工资被扣发，每月只有15元生活费；等到70年底补发了工资，全家人高高兴兴去吃了顿大餐，就算过去了。而“文革”中，王文娟曾被人看到披散着头发在楼底下打公用电话，向上海电影局的造反派请示：不知哪部分的红卫兵又来抄孙道临的家了……

五六十年代是孙道临的黄金岁月，这时他已度过了电影生涯的两个阶段：旧社会，《大团圆》、《大雷雨》、《乌鸦与麻雀》；新社会，《民主青年进行曲》、《女司机》、《渡江侦察记》、《南岛风云》、《春天来了》、《家》、《不夜城》、《红色的种子》、《永不消逝的电波》、《万紫千红总是春》、《革命家庭》、《51号兵站》、《早春二月》、《李四光》。他的身高、体态、相貌、气质，在浙江省作协主席黄亚洲看来，是一个“理想的中国男人”的形象。黄蜀芹又加几条定语：都市的、儒雅的、知识阶层的，相对于金山公子气的油亮和赵丹市民阶层的热气腾腾。她尤其感慨：他的声音，特别美好。

2006 年 3 月 8 日，孙道临夫妇在上海和平饭店 100 年的纪念活动上

孙道临出生在北京的四合院，书香门第。父亲留学比利时专攻建筑，怀着科学救国的梦想回国修建铁路。儿时他曾与父亲同住北京西山，为父亲设计的图纸上色描线。这大约是他前后跨越 38 年，最终拍了一部《詹天佑》的情结所在。他用非常钟爱的詹天佑的一句话作为电影的结尾——“生命有长短、命运有沉升。”

孙道临就读燕京大学哲学系的 1938 年，正是抗日战争爆发的第二年，世道很不太平。1941 年他奉父亲之命辍学，在北京近郊租了间小房子放羊：一只领头的公羊，几只母羊。每天放羊归来，听肖邦、海顿和贝多芬，读孙中山——这就是他日后跟人笑谈的“羊倌生涯”。据说，当年他卖的羊奶远近闻名，校友黄宗江来探他，不喝三杯不过瘾。

1942 年的一天，他回到租住的小房子，看到母亲托人带来的两只茶杯，用红色的“吉祥如意”的剪纸覆着，顿时落下泪来。这段仅有的记述母亲的文字在 2005 年被曹可凡重新提起时，病况稍好些的孙道临皱了眉，痛苦地闭上眼睛，几乎是在喃喃自语：“那是母爱，她那时已经没有能力为我做什么了，只是尽她所能……”

1943 至 1944 年，孙道临先后加入中国旅行剧团、国华剧社、南北剧社，演过话剧《雷雨》、《日出》、《家》、《茶花女》；写过不少诗，比如《燕园集·细柳》中的这一首《风的预感》——今夜是低气压的夜 / 难道怪罪于我的敏感吗？我看见一个大风圈拥着湖水群树在月下睡眠着 / 可是我却独自醒来了……

1947 年孙道临从燕京大学毕业，由黄宗江引荐，加入金山创办的清华影片公司，参加拍摄《大团圆》，从哲人或诗人之路转向电影之路。为了电影，孙道临从北京迁居上海。“当时上海电影公司多。”他说。他先后加入过远东影业公司、昆仑影业公司。

许多年以后，谈到电影《家》时，孙道临说，“觉新生活的那个年代，我很熟悉。”

“他就像那个年代的人。这样的男演员，现在再也找不到了。”黄蜀芹说。

平日里，孙道临最喜欢的行头是白色皮鞋配白色西裤；弹得一手好钢琴，精通英语：改编过英国小说《呼啸山庄》、美国剧本《死路》，译过美国剧本《守望莱茵河》、捷克剧本《黎明前的战斗》；喜欢西餐、奶油蛋糕和冰激凌，像大部分上海人那样偏爱甜食；迷京戏，从绍兴戏的笃板一路迷到越剧，最后娶了几代人的偶像、越剧名旦王文娟……“文革”前，他跟于洋、于蓝、谢芳、赵丹、白杨、张瑞芳、秦怡、上官云珠等老一辈表演艺术家的大照片挂在全国各大影院里，名曰：新中国 22 大影星。

当时的上海电影局在淮海中路上。据说当年总有一位年轻女子痴痴地在门口徘徊，人们说，她在等孙道临。小孩子路过若多看两眼，会被大人一把拎走：“不要看！那是花痴。”

赶紧挪地方，赵薇、刘德华马上要到了

“手真凉，怎么不多穿点儿。我不在家，你能照顾海儿吗？”52 年前，电影《家》中，张瑞芳饰演的瑞珏一帘齐眉流海，温柔地向孙道临饰演的丈夫觉新道。

52 年后，90 岁的张瑞芳不忍回忆。

就在 2007 年 10 月，孙道临身体稍好一点，曾经走到她的公寓，爬楼梯，进门，跟张瑞芳说，他想拍戏……

上海文艺评论家毛时安说，孙道临从不为报酬高接片，“在他心里，艺

术是崇高的，而金钱的分量很轻。”黄蜀芹则说：“孙先生是我父亲的朋友，我知道在他们那辈人心里，艺术是最重要的。”

那一辈人，做事做人极其认真：孙道临当年，哪怕是一个小朋友要求合影，也要把扣子一粒一粒扣整齐了再照；当被问“您爱王文娟老师哪点”时，孙道临第一说出的是“她工作很认真”；他随身带一本《新华字典》，遇到拿不准的读音，即翻即查，以求“不读一个错字”，被传染的主持人叶惠贤现在包里也总有一本《新华字典》。

“文革”结束后，孙道临出演的第一部电影是1979年的《一盘没有下完的棋》。此后又演了两部：1984年的《雷雨》和1986年的《非常大总统》。再后来，导演了两部：1992年的《继母》和2000年的《詹天佑》。

黄亚洲就是在这段时间里结识孙道临的。12月28日孙道临去世当天，他接到好几个电话：“网上有你照片，跟孙先生一道！”

70年代，黄亚洲是浙江省桐乡县某厂负责宣传工作的干部，常听桐乡县文化馆的老王说起姐夫孙道临。1976或1977年某一天，王文娟与孙道临去桐乡看望弟弟，黄亚洲在王家第一次见到银幕之外的孙道临，“非常谦和，没有一点架子”。

一晃10年。有一天，黄亚洲接到邀约，到上海与孙道临谈剧本。当时孙道临已离开上影厂，成立了华夏影视公司，同一时期，上影厂冒出10个左右的电影公司。

“当时他好像在弄一个街头少年足球队的本子。他谈本子很敬业，很认真，待人还像从前那样诚恳谦和，隔了那么多年，他还记得我。”黄亚洲另一个印象是孙先生的叹气，叹公司实力不强，做不大。

“看得出，他努力想追上这个时代，小心地、顽强地想做事情。但他是忠厚老实的人，那样一个恶性竞争的环境，他肯定不会如鱼得水。他一面想找好的本子，一面要融资，受限又多，我感觉他在经营活动方面不是很得心应手，蛮累的。”

“人家有剧本来了，人家要投资了，他就去谈。有时候谈成了，已经在改剧本了，（对方）中途又变卦了，他就觉得蛮烦的……他不太有时间，好像在家里看看电视也是偶尔的，他就是一天到晚不停地忙。”王文娟在悲痛中告诉媒体。

南京市话剧团一级演员惠娟艳，1981 年参加电影《开枪，为他送行》试镜时结识孙道临，因孙老一句“这个孩子很端庄，长得挺像上官云珠”成为女主角，后来又在《詹天佑》中演唯一的女角，从此交往 20 多年。

一次电话中，孙老跟她说起一件“气人的事”：孙道临跟张瑞芳、秦怡等人去外地参加演出，组委会起先将他们安排在包间休息，忽然让他们赶紧挪地方，换到大厅休息，因为赵薇、刘德华马上要到了。

孙道临调侃了一句，“什么重量级人物来了，对我们这个态度啊……”然后走开。

惠娟艳说，孙老晚年过得并不开心，甚至有些苦闷，他的不服老在冷漠的现实中，难以得到回应。“主要是因为他觉得自己的很多价值没有发挥到极致，而好多人觉得他没有什么利用价值了，也不会再让他导戏演戏。”惠娟艳曾随孙老与投资方洽谈，总有人问“老爷子您年龄这么大还能导吗”，“可能他们是出于关心，但是老爷子会把这个看作是对他能力的怀疑。”

谈到中国传统对智慧的尊重，阿城曾以鸠杖为例：在古代，老人没有什么权力，但可以发言；现在是认为，老人在身体上衰老了，连他的经验也没有价值了。

惠娟艳说，除了尊与敬越来越稀薄，孙道临等老艺术家还曾被人“忽悠”。

2003 年 11 月，孙道临等人参加了上海某电视台与两家公司共同举办的观众见面会，事先没被告知这是一次带有广告性质的活动。事后，见面会的情况和图片作为其中一家公司的广告，分别登在沪、浙三家大报上。调解未果，孙道临、童自荣、曹雷、梁波罗、唐俊乔向法院起诉两家公司侵犯肖像权。

官司打了一年半，直到 2005 年 7 月，法院一审判决侵权成立，两公司在原刊登报刊上向 5 位艺术家赔礼道歉，并共同赔偿孙道临经济损失及精神损失费 45 万元，赔偿童自荣、曹雷、梁波罗、唐俊乔每人 25 万元。而其中一家浙江民营公司老总的传奇经历，曾是孙道临筹划中的一部电视剧的内容。据律师倪正茂说，官司打完，孙道临“心灰意冷”。

对于这样一个骨子里“很贵气”的人，惠娟艳说，身体上的病痛或力不从心是另一种负担。“年纪大了，洗澡需要别人帮扶，但是他不想给别人添麻烦，有好几次不叫助理小周，自己晕过去了，实在很危险。”2004 年一次在浴室摔倒后，孙道临一周后突然眼睛出血，送到医院后才知摔倒时已经脑溢血。

那以后，孙道临就正式退休了。

叶惠贤曾多次呼吁关注老艺术家晚年境况。陈述（2006年病逝于瑞金医院，孙道临去送行，坐在轮椅上，手中握了一枝小菊花）晚年病中曾几次试图自杀，由此而起的“老艺术家晚景凄凉”的说法被有关方面作为流言澄清了；而4年前，一篇反映上海5位老艺术家晚年境况的调查新闻一改再改，最终没能刊出。

难道人民全变了吗

2005年2月，某媒体报道了“孙道临受访索酬”的新闻。稍后接受另一家报纸电话采访时，孙道临承认确有其事，并讲了两条主要理由：“以前采访都是不收费的，近几年自己太疲劳，老这样接受采访也吃不消，应该拿点酬劳；如果采访时间很长，涉及专业内容很多（如电影百年之类的主题），也是知识产权，我们都应该维权。”

在这则新闻里，求证记者按照行业惯例与风气追问了几个问题，比如“随后进一步询问这种做法是否是他的一贯方式”，“这种做法是否和他目前的经济状况有所联系”，孙道临一一作答，其一是：“当然和我的经济情况无关了。你以为我现在吃不上饭了吗？再说即使我是为了吃饭也没什么错呀，不能你们一说采访，我们就都得让步。”

旧事重提，黄蜀芹说：“我觉得他很勇敢，说了许多人想说而没有说的话。”

惠娟艳则说，这件事过后，老人感觉很受伤。

年过八旬，孙道临在一次谈到中国电影面临的问题时说：“过去电影是计划经济，现在要转入市场经济，电影与其他商品生产不一样，他具有商品属性，同时也是一种精神产品。既受市场欢迎又利于精神文明建设的影片过去有很多例子，周总理早就说过电影要寓教于乐，现在全搞乱了。电影要发展市场经济，并不等于说过去在创作和制片上一无是处，以前的电影能够得到几亿人民的喜爱，难道现在人民全变了吗？”

一代人有一代人的“信”与“执”。就在孙道临最后一部电影《詹天佑》面市的2000年，一些聪明导演早已旗帜鲜明地走向寓教于乐的反面，操着从80年代中期一路成形的京腔痞腔；人民很累，已学会享用贺岁片，当年已是“贺岁”的第 4 年，院线飘红的是《一声叹息》。

孙道临此时想筹拍《三国演义》，他说，“不能把《三国》搬上银幕是中国电影人的耻辱。”然而，他没能拍成。

孙道临生前出版过的唯一一部诗文集《走进阳光》已很难找到；他也没有留下回忆录——当年他笑着说：“我从来没有把自己归入老人之列。我现在还很忙，我的艺术创作也没有停止，等我干不动了，我再去写。”

现在，在他的祖籍地嘉善，有一座孙道临电影艺术馆。

贺友直　现在人心太浮躁

李宗陶

贺友直（1922—　）

著名连环画家、线描大师。从事连环画创作几十年，创作了百余本连环画作品，对我国的连环画创作和线描艺术作出了重大贡献。代表作品有《朝阳沟》、《山乡巨变》、《十五贯》等。

木门的颜色是褪得不能再褪的旧红。

白净的贺师母同时旋开斯别林锁、圆把手的新式锁为我们开门。顺着窄而陡的木楼梯望上去，贺友直笑眯眯站着迎客。

此处原是“过街楼”（上海新式里弄搭在弄堂入口上方的阁楼），1955年贺友直携家眷搬进其中一间30平方米的一居室，从此没有挪过地方。58年大跃进时，楼下的弄堂被加砌两堵墙，几家人从此有了公用厨房。他向朋友们宣布：画画、见客、饮食、起居都在这里，真是“一室四厅”。

静安区政府和朋友都曾为他张罗过新房子，他不想搬。

“我觉得住这种地方人情味浓！我在画画，她们婆婆妈妈在灶披间（厨房）里烧小菜，声音哗哗上来：‘今朝上当，这点虾么哪能（怎样）……’我都听见；隔壁邻舍熟透，马路上打打招呼：最近好，人蛮神气嘛。这种乐趣！住在二十几层楼上跟蹲提篮桥（上海一监狱所在地）有啥两样？”他曾对好友陈村说。

现在，“一室四厅”旁边多出一个五六平方米的工作室，塞进一张写字台、一顶书橱和一堆堆画册之后，来客若多于两位，须到隔壁暂候。

贺先生正在画一个烫头发、穿短裤、趿着绣花拖鞋、拈根香烟的“旧上海品牌女人”。“这种女人老结棍（很厉害）的，碰不起的。”他说。

贺友直画自己

画家刘旦宅曾经赞叹：在连环画领域，贺友直是张乐平之外上海美术界的“另一只鼎”。他画的360行——黄包车夫、扦脚工、卖报童、白相人、押宝人、裱画师傅、兑币黄牛、拿摩温（工头）现在陈列在地铁的灯箱橱窗里；《申江风情录——小街世象》、《新石契老街风情录》里的石库门、百乐门、有轨电车、浑堂（浴室），都会让老上海心头一软，一下跌落到旧时或明亮或黯淡的回忆里。

贺友直画过自己，用连环画画他在镇海县城的童年：5岁没了娘，与父亲相依为命；小学读到毕业没有再上学，整条街没有人上过中学；父亲临终一句话他记得：“我没有让你读书。”画初到上海的学徒生涯：天不亮就被踢醒，晚上睡水泥地；上4年夜校学英文，想“吃外国人饭”，到头来“单词蛮多，就是组装不起来”。每天去夜校，从广元路走到雁荡路，步行一个多小时。2路有轨电车从徐家汇到十六铺，坐不起，只好张望头等车厢里的风景：三六九（警察）或巡捕房里的人上车向售票员点个头，就算买票了；洋行职员在看外文报纸，有人拿反了……

后来到印刷厂设计商标，手里有了几个钱，看循环放映的电影，逛游乐场，听京戏——“最高听到周信芳，没有听过梅兰芳。”

1948年结婚，与姐夫的堂房阿妹，从此“相濡以沫”60年。“我讨的这个老婆好，生得也比我好，是我福气。屋里厢的事体，养儿育女，都是她的，我可以专心搞创作。”

1949年画出第一本连环画《福贵》，从此在上海人美画了近百本。那个容纳了108将的大办公室里，有赵宏本、顾炳鑫、刘继卣等影响过他的同道，有呷三糊（聊天）的大愉快——他后来不爱去那种划成一小格一小格的新式办公室，比作“把人放进冰箱格子”，并画了一张《最没有人性的格局》。

问他怎么走上艺术道路的，贺友直只记得“从小就喜欢画”，此外说不出别的。

在他，生活就是一个结实的打包，哪里容得下拆解和分析，那些擅长自我筛选的记忆，对于想知道真相的人来说，是不可靠的。

贺友直保有那个年代过来人根深蒂固的谨慎：可能得罪旁人的、涉及名流闻人的、触及政治的，统统摇手摇头“不谈不谈”。但他心里有杆尺子，譬如“陈村是个好人”，“陈丹青善于思考、有骨气，我常跟他讲，不要人家一噱就开口”……在这个“下作事体多来兮”的时代，他说着宁波口音的上海话，穿插几句半个多世纪前的英文：I’m sorry，excuse me，stop，每天呷两口黄酒，吃着师母烧的“比饭店好交关（好多了）”的小菜，嘲笑那些花千多元进大剧院，散场时又无法将票根贴在头上炫耀的人——优哉游哉。

画小人书，我是比较聪明的一个

人物周刊（以下简称“问”）：约您采访不容易。

贺友直（以下简称“答”）：我现在不要他们来采访，有许多话上面不要听，所以他们回去一审查都剪掉了。有次电视台来访我，我就按我的想法讲了，播的时候一看，我讲的闲话都没了，就放了一张照片，话都是他们的。我看着那张照片就想，接下来要放哀乐来！

我讲了什么呢？就是书价和稿费。我一张新创连环画 50 元稿费，再版每张 30 元。我一天只能画一张，一个月 1500 元，还不如钟点工的收入。

问：在体制内，这是没有办法的。最近孙道临先生去世，写文章时发觉他退休后不如意。

答：没有体制，就没有现在的我，它为我提供了许多实践机会。我小学毕业，连中等教育都没有受过，画画也没有进过专业学堂，可以这样一步一步过来。

体制规定到一定年龄退休，既合理又不合理。合理的是，让年轻人上来；不合理的是，有的人还可以用的呀，啥事体硬劲叫伊退休。我 85 年退休只有 64 岁，可是我到现在还在画。当时我心里失落了半年，就恢复了。现在我比上班时还忙，我也没上网求职应聘，我坐在家里推都来不及，最好勿要来寻我。我看到有种老头拿根 stick（拐棍），花园里匐匐太阳；还有种退休老干部，手里拿只半导体听中央台新闻，一路走一路听，津津有味，实在是……也蛮伤心哦，过去是指挥人的人。

问：您的老同事顾炳鑫在评论《山乡巨变》的文章里讲过，您“在形式风格的探索上，已有门径”。

答：手法可以变，风格只有一种，这跟做人是一样的。像电影导演张艺谋，他的《红高粱》是一种手法，《大红灯笼》是一种手法，《秋菊》、《菊豆》各有手法，等等等等，但人家一看，这是张艺谋，万变不离其宗。其实多看之后，张艺谋就那一套东西，他已经玩不出花样来了。

问：每一个从事艺术工作的人都会碰到这个问题吧。

答：都会碰到：他定型了。最可怕的就是定型。为啥现在《老娘舅》（上海一档电视滑稽剧）人家不要看了？他老是那副腔调，定型了。

问：您在创作中是怎样求变的呢？

答：让我夸夸我自己哦。在画小人书这个行业，我是比较聪明的一个。我们是来料加工哎，不是原创。来的料不一样，就像裁缝师傅，今天给你的确凉，明天给你毛货，后天给你泡泡纱，不同料子不同做法。我就知道，小说都有基调的，小说家的文风也不一样的，你要根据小说的基调和文风定下你绘画的手法，这是我聪明的地方。你看我每一本小人书都不一样的，都有变化。

喜欢赵树理，难画鲁迅

问：您最喜欢谁的小说？

答：我欢喜赵树理的，因为他很朴实，很幽默，这跟我的性格是吻合的。如果作品中的人物很有趣的，很幽默，我画起来会很有劲。《福贵》就是他的，讲山西农村的故事。

问：小时候看过您画的《李双双》，印象很深，那些人物真活。

答：我创作有几个特点，一个是出手很快，但构思的时间很长，要找人物心理活动最微妙最深刻的部分。小说是一种语言，绘画是一种语言，电影戏剧是另一种语言，它是会动的，还有声音。但小人书的画是平面的，要画到跟读者在日常生活中的感受对得拢，他才能看懂。不要挖空心思，俏媚眼做给瞎子看。形象的特殊性跟表达语言的普遍性要统一起来。是这道理吧？

问：具体讲，从《白光》到《山乡巨变》，到后来的《朝阳沟》、《连升三级》、《十五贯》，这5部您比较满意的作品是怎样找到合适的绘画语言的？

答：画《山乡巨变》，曾经推翻过两次。

为啥推翻？感觉画出来的东西不像。为啥不像？因为用的黑白明暗的洋办法，画出来黑糊糊的，跟在湖南资江边上看到的山水田地、村舍景物、男女老少清秀明丽的感觉不相称。1961年开始，我苦画了3个年头，都不满意。突然我遇到了陈老莲的版画，找到了一条可走的路，前后一共用了4年。

《十五贯》里，尤葫芦被杀，最后娄阿鼠是判死罪的，我就明确一点：不把它作为悲剧处理，因为这出戏是周总理肯定的，强调要调查研究，然后下结论，所以许多细节我画得非常清楚、真实。

《朝阳沟》是根据舞台剧移植过来的，舞台是平面的，我就套用过来，每一幅画都好像在戏台上；还有一点，知识青年下乡是很苦的，我把农村尽可能画得美一点，这是一个基调。

《白光》用的是水墨，形式上变了一下，但我觉得不成功，因为白光是一种幻觉，不是真有一圈光。这是很可悲的一个作品，我到今天还没有想出怎么把鲁迅的本意画出来，怎么抓住白光的本质。我曾经想画鲁迅的小说《过客》，但想了很长时间，捉不住该用什么语言表达。鲁迅的小说，难就难在本质的东西非常深奥，有些比较容易，像《药》。

问：《阿Q正传》呢？

答：那个也难。首先阿Q这个形象难，我觉得严顺开演的阿Q，程十发画的阿Q，还有赵延年木刻的阿Q，都不是我心中理想的阿Q形象，这个人物太丰富了……人有一点阿Q精神不是坏事，因为许多事情由不得你啊，像社会上许多不平的事，没有办法，只好阿Q一番。

我们这种画画的太傻太傻了

问：我在一个卡通网站找到您的主页……

答：其实狗屁，我不是卡通。卡通跟我浑身不搭界。

问：我看了您的作品目录，您画过婚姻法。

答：我在单位里拿工资，上面派任务，叫画什么就画什么。

问：还画过《孔老二罪恶的一生》。

答：所以说中国文人不值钱哎。上头叫我画孔老二，上面的政治斗争我一个画画的哪里晓得。好，孔老二画好，隔手（不久）江青捉起来，马上叫我画《吕后篡权》……后来我想想，我们这种画画的太傻太傻了，有口饭吃，滴溜滴溜跟了人走……

讲讲讲讲又讲到政治问题了。

问：那时候是不是也可以这样：我不想画，我请病假，逃掉？

答：没那么大胆。那时候能让你活下去已经感恩不尽了，你还敢不三不四？北京来的红卫兵真凶啊，拿皮带抽人，皮带上这么大铜钉；有小青年吐口痰在地上，让人家舔掉……小朋友，你没有经历过“文化大革命”。

问：我看过不少资料。

答：看没有用的，隔靴搔痒，让侬到北大荒去蹲蹲（生活一段）侬就觉着了。厕所都在外面，外面零下廿几度，夜里要解决问题，只好到外面去，天寒地冻，小姑娘不要冻出毛病来啊……我那时候到黑龙江蹲了7个月，搞创作，就听到枪毙掉两个团长。一个连队里女会计，八月麦收，日里劳动一天已经相当疲劳了，夜里团长打个电话来，叫伊去。青年人都有这种心态，跟团长接近接近么好上调回城，结果被他折腾一夜天。第二天还要去劳动，黑龙江的田是一眼可以看到地平线的，吃力呀，她就睏在麦垛旁边睏着了。拖拉机不管，咣咣咣开过，从她身上碾过去了。

问：这故事是您听来的还是亲身经历的？

答：（听）拉线广播。所以我女儿去插队，我就担心被人糟踏……谁要是敢，我跟他拼命！那时候都是：儿子出去怕变成流氓，小姑娘出去怕被人家欺侮。

问：您有没有想过，什么原因让文人那么听话呢？

答：一个是不知道（政治），二一个是骨头软。反右的时候，文人整文人，比外界整文人厉害得多。“文化大革命”中我也是，写过很多对不起人的大字报。我有时候问自己：贺友直，啥原因？

其实是骨头软，脊椎骨非常软，才会干出这种事情来。“文革”中不是没有头脑很清醒的人，有的哎！

有人给中央写信反对江青、林彪，这种人有骨气，但是傻；有种人看清爽了，不响；像我们这种，属于小人，美其名曰“跟着毛主席走”……后来碰到（被写大字报的人），哦，对不起，上当上当（抱拳作揖），一句话就过去了。其实呢，是骨头软。

问：您这样讲，让我想到巴金先生的《真话集》。

答：是软。我常常讲，人家拳头刚刚举起来，我就趴下了。

上海沦陷时畸形的繁华

问：您讲沦陷时的上海有种畸形的繁华，哪里畸形哪里繁华？

答：日本人把上海四面都包围了，就剩下英租界和法租界，能够在上海生存下去的人都逃到租界里去了。抗战前上海就是中国的经济中心，解放前香港不如上海的。有这许多人进来、消费，当然繁华，戏院、餐馆、舞厅、妓院，这些行当都兴起了。穷人、富人、外国人，混在一起避难，造成一种畸形的发展。

问：您跟陈村老师讲起过四马路（今福州路）的妓院。

答：这一条福州路，从外滩到河南路，是外国洋行、公司多；从河南路到福建路，是书店多；从福建路到西藏路，是餐馆、妓院多，所以在旧社会，福州路是一条综合了色情、文学、饮食各方各面文化的街。

殖民文化呢，要属淮海路、南京路。

那辰光上海有好多游乐场，里面有电影、本滩（沪剧的前身）、昆剧、京戏、杂技、变戏法、小吃——油豆腐线粉汤啊，鸡鸭血汤啊，肉丝汤面啊，五花八门都有。在我印象里，永安公司属于比较高档的，接下来是大新公司、先施公司、新世界，小东门也有一个福安，大世界属于档次比较低的，里面放的电影也不入流。

我们那时主要看美国片，都是西部牛仔片，打的。看电影不需要几个钱，有时候门口检票的人跑开了，就溜进去，看白戏。它是循环放的，你跑进去只看到下半场，不要紧，隔个几分钟又重头放过，你再看全上半场。国泰、大光明是进不去的，进的是浙江、荣金、八仙桥恩派亚，那种放第三轮第四轮电影的。

问：那时除了电影，您还有别的娱乐吗？

答：没有了。到现在，凡是有输赢的东西，下棋、打牌，我都不会，我没赌性。

现在穿才（都）穿得老（很）挺括，骨子里厢老推板咯

问：您说过抗战时期，升斗小民关心的主要是衣食住行。几十年过来，您觉得人们关心的东西有没有大的变化？

答：你看现在上海，生意最好是啥人？是饭馆餐厅。多数是官吃，大老板吃，小老百姓谁去吃，我跟老太婆两个去吃？

一桌要上千啊。我到对过吃碗面好了，不，我到菜场买斤生面自己下下好了。

接下来是穿。陕西路上开了这么多小店，快变成服装一条街了，就是骗骗你们小姑娘钱的，阿拉老头子伊是骗不进的，伊也不想骗我们。现在最好骗铜钿（钞票）的，一个是小囡，一个是时髦小姑娘，从服装到化妆品。

我是苦出来的，所以我晓得升斗小民关心啥，晓得买一斗米和一升米之间的差别：假使这家人今天买了 5 斗米，米店有人送上门来，真是令人侧目啊。小辰光（小时候）我爷（父亲）失业，屋里 1 升米都买不起；买 1 升米，爷两个要过两天。我小辰光从来不晓得啥叫棉毛衫，啥叫绒线衫，也没穿过新棉花做的棉袄，冷天就一条夹裤，就是这样过来的。我现在都想不起那辰光冷冷到哪能（什么样），热热到哪能。我姐夫的小五金厂那时候在天平路，现在教育宾馆这一带，做捻凿，北方人叫改锥的。因为我是亲戚，叫我多做生活，没有月规钱的。睏了（睡在）姐夫厂里的水门汀地上，没有垫背的，盖的有，但不是很柔和的那种，油腻得一塌糊涂，但年纪轻，钻进去佝拢来马上就睏着了。那种苦……人真苦时，就想有个避风的地方。

后来在印刷厂里给人设计商标，有一笔生活（生意），就有两天饭好吃。那种收入极低，设计一个小图案，相当于现在给你 100 块、200 块，最多三五百，有几天好开销？所以有一顿，没一顿，长期处在半失业状态。混到解放初，好多厂都关门了，更没生活做了，日脚更难过了。那时候我已经成家了，住在南市区。

问：您觉得以前的商标好看，还是现在的好看？

答：当然是现在的好看。那时的商标也有要求，画起来水平有高低，但比现在简单，现在是一只月饼盒子的外包装都能吓死人。但是商标里厢的物什是以前的好，搭（跟）人一样咯，现在穿才（都）穿得老（很）挺括，骨

子里厢老推板（糟糕）咯。

问：您讲过老早亭子间里小老百姓打花会，早上起来脸还没洗，跟隔壁邻舍讲昨天晚上做的梦，梦见什么赶紧去打什么；现在呢，看自行车的老阿姨也在炒股。

答：每个时代不一样。过去人是不攀比的，顶多楼上楼下比比，不会去跟荣毅仁、跟住花园洋房的人比，现在日脚是好过了，但风气极坏，衣裳是越穿越讲究，心是越来越大，心态都不好，浮躁。就说知识分子圈里的事体，复旦剽窃人家成果的，还是 professor 来，多可悲啊，过去是不会有的。大环境不好，人心坏了，走在路上，一路能看到多少不堪入目的事情啊……我只好眼睛朝伊看看，我管不了，一管老头子被人家拷（打）煞来。

问：您觉得哪个时代比较好？就您经过的这几十年。

答：我觉得从解放到 57 年比较好，后来各种各样事情都来了，这个大家肚皮里都清爽。现在呢，我这个人是比较容易满足的，对生活的要求不高。收入高的人房子一套套在买，我此地蹲蹲蛮好，还想啥？有两样物什我是不会买了：房子，个是（那是）真买不起；车子，我年龄超过了，要是我现在六十几岁，肯定买部开开，哗啊，开到宁波去了。

我喜欢吃点黄酒，一天一瓶，下酒菜不讲究，随便什么都可以。我人缘还算蛮好，逢年过节有人会送咯，呵呵呵。我很坦率地跟你说，现在我跟老太婆到淮海路晃一圈，晃个 50 块 100 块，不在乎；或者今天要买件衣服穿穿，也不在乎。人能到这一步，可以了。

问：听讲您喜欢孵（泡）旧钟表店看劳力士手表，那您有没有一块好手表呢？

答：嗳，是的，看看反正不要钱的。

前几年我花 35 块钱买过一只浪琴表，其实是假的。哎，你不要看，戴在我手上别人就以为是真的。但是那根表带太差了，我就花 135 块配了根表带，蛮像样的。但是一个礼拜之后，它不走了。个么我到钟表店去，老师傅朝我看看，笑啊：“这种表你还修它做什么？”我想想反正也不上班，不需要戴表，就丢在家里了。但是，历史上我总算该（有）过一只浪琴表的！

（访谈以普通话穿插沪语完成，在不影响阅读的前提下保留部分沪语）

谢晋　他的电影曾有一亿观众

李宗陶

谢晋（1923—2008）

著名电影导演，内地电影界领军人物。其作品多次在国际、国内获奖，是目前中国获奖最多的电影导演。2010年获颁“金鹿奖”华语电影特别贡献奖。代表作品有《天云山传奇》、《牧马人》、《芙蓉镇》等。

2008年10月17日，谢晋先生回了趟老家，喝了点酒，睡过去了。照传统说法，算仙逝。妻子徐大雯后来说，谢晋回乡那天，她一晚上没睡好。

谢晋最放心不下的阿四，被他教会每天在4个罐里各抓一把、烧粥晚上喝的阿四，尚不晓得喝粥人又少了一位。

他被安置在别处，口袋里还有一张父亲写的纸条：“我是谢晋的小儿子。”

谢晋有3个儿子。阿三染病是个意外：乳母患有哮喘，等到发觉，已经喝了半年奶水，由此影响智力发育。1992年，40岁的阿三走了，哮喘并发症。

2008年6月12日，谢晋和阿二谢衍在沪宴请香港导演许鞍华。席间甚欢，谢衍还稍许喝了点酒，在去年初查出肝癌后这是被禁止的。他信佛，吃素，安静谦和，讲话轻声轻气，从不抱怨什么。

同年8月23日，他也先走了。前一天下午他说起要在郊区找块墓地，自己居中，左右留给智障的两个弟弟。电影《启明星》中，两个傻子受欺侮，被扔进垃圾箱，取自“文革”中阿三阿四的经历，造反派的作为……

谢晋连着4夜睡不着。像挨了霜打的茄子，怔怔地坐着，无话。第5天，陪了好几天的徐松子把深圳赶来的刘晓庆领进屋，他的眼泪流下来，说了些话，又说不下去了。

新疆插队后回沪的大女儿今年60岁。“文革”中因为父亲的关系，没有上过大学。谢家第三代，是唯一的外孙。

追悼会开过，要散的。满天下的桃李飞了来，要飞回去的。日子要过下去，唯由时间去熨平。像从前一样。

一份驳杂的菜单：从形势到思潮

从前，谢晋进牛棚的时候，每月只有5角津贴，一家三代六七口人要吃饭，两个孱弱的儿子要保证营养，徐大雯常常低了头到小菜场里去拣菜皮，顶着各种眼光。谢衍告诉朋友，父亲在被允许回家的时候，会像做化学实验那样，把母亲拣来的菜皮同猪血一道熬汤，大家说好吃他便像得了实验奖的中学生，到处炫耀。

有天造反派吆喝：“谢晋，出来出来。”谢晋从牛棚出来，问什么事。“爷爷死了。”谢晋回家，父亲趴在写字台边，人已冻僵。“我把他抱到床上，我扳，扳他的腿，想扳直，扳不动啊。”母亲跳了楼，被好心人盖了件东西。“我把她抱起来……我爸爸妈妈，都是我抱起来。”想料理父亲尸骨，造反派命令：“回去了回去了。”只好回去。“所以我爸爸后来入土没有，葬在哪里，都不知道。”

平反后，对厂里“文革”中待他不善的青年人，该用他照用，该提携照样提携。那些人对他心存感激，心怀愧疚。熟悉他的人说：他对政治斗争一窍不通，天性宽释，一派天真。

从18岁进国立戏剧专科学校算起，谢晋追随电影67年，比他党龄长（1984年入党）。他留下38部电影，一份略显驳杂的菜单。其中包括两部京剧：《原野》和样板戏《磐石湾》，两部指令暂离牛棚拍摄的“文革”电影：《海港》和《春苗》。

年过八旬，必须借助听器和大声嚷嚷才能交谈的谢晋回顾当年的许多影片，都会提到“形势”二字。在1957年之前，有过一段宽松岁月。譬如，据郑洞天回忆，并不是中共党员的金焰当过上影演员剧团团长和上海电影制片厂艺委会副主任。

从“反右”到“四清”到“文革”，主要报纸和《大众电影》上，都会刊发电影批判或争鸣文章。许多文章背后，蕴藏着路线斗争和运动前兆。1980年代以后，陆续创刊的《电影新作》、《电影评介》、《当代电影》乃至《读书》、《当代文坛》等等，则是各种思潮粉墨登场。

当时的上影厂已由于伶、钟敬之等第一代人传到徐桑楚手中。他回忆说，“文革”后上影合并了海燕、天马两个厂，职工总共1400多人，其中编、导、演、摄、录、美、服、化、道这些基本创作人员还有500多，里面不少八级技工，手艺好，经验也特别丰富。“我算了一下，当时厂里文艺六级以上的高级人才还有108位，号称上影厂‘一百单八将’，这就是‘文革’以后保存下来的家底。”

当时导演室有不少老导演，像汤晓丹、桑弧、沈浮、黄佐临、鲁韧、刘琼；一批很有实力的中年导演，像傅超武、岑范、黄祖模、汤化达、谢晋；青年导演则有吴贻弓、赵焕章、宋崇、李歇浦、于本正、杨延晋、黄蜀芹、石晓华等一大批。

2004年，黄蜀芹在接受本刊采访时讲述了从影第一部戏《啊！摇篮》的故事。1979年，《啊！摇篮》编剧到上海，指名要谢晋来导。在厂里扫地的谢晋被叫到厂长室，剧本递过来。谢晋看完提要求，说要两个副导演，厂长问谁，他说一个石晓华，一个黄蜀芹。

“就这样，本来也在改造的我们俩被解放出来。”黄蜀芹说：“我1964年从电影学院毕业分配到上影厂，15年里连电影的边还没沾上，谢导自己刚刚有了点转机，就想办法把我们也解救出来。这份恩情，我一直记着。”

现在的电影，文学基础太差了

1950年代起，各大电影厂都设置了文学部，上影厂文学部坐落在永福路52号，负责供应剧本。徐桑楚回忆说：“谢晋一天到晚东打听西打听，发现好剧本二话不说，拿回去一个通宵就看完。《啊！摇篮》、《天云山传奇》、《牧马人》、《秋瑾》都是厂里提供剧本，《芙蓉镇》完全是他自己找来的。”

浏览谢晋电影的文学班底：写《红色娘子军》后梁信又为上影厂写了《从奴隶到将军》；《青春》是当时海军一个20多岁的作家李云良写的；李准改

编了张贤亮的《牧马人》，鲁彦周写了《天云山传奇》，山东作家李存葆的《高山下的花环》，最早发在《十月》1982年第6期，古华的《芙蓉镇》首发在《当代》1981年第1期；1996年的《鸦片战争》，由大陆作家朱苏进、麦天枢，香港作家倪震等编剧。

《芙蓉镇》中令人刮目相看的“秦书田扫街”在小说中是这样描写的：

秦书田扫街还讲究一点姿态步伐，大约跟他当年当过歌舞剧团的编导有关系。他将扫帚整得和人一般高，腰杆挺得笔直的，右手在上，左手在下，握着扫帚就和舞蹈演员在台上握着片船桨一样，一摆一摆地挥洒自如；两脚则是脚尖落地，一前一后地移动着，也像在舞台上合着音乐节拍滑行一般。由于动作轻捷协调，他总是扫得又快又好，汗都少出。而且每天都要帮着胡玉音扫上一长截。胡玉音则每天早晨都是累出一身汗，看着秦癫子挥动扫帚的姿态感到羡慕。这本是一件女人要强过男人的活路。

经过编剧再创造，加上灯光、烟雾和华尔兹，它成为一个时代的经典场景。香港文隽说，尤其因为《芙蓉镇》，许多港人改变了对内地电影的看法。

谢晋晚年谋划着王安忆、叶辛、铁凝的作品。逝前爱不释手的，是胡思华的小说《大人物》。如果有人问他，他就亮开大嗓门：现在的电影，文学基础太差了！故事都是编出来的，一塌糊涂！宋朝的武打戏，怎么跑到九寨沟去拍啊！

爱情的眼神是剪不掉的

1959年文学部一位同志对谢晋说，“这个本子(《红色娘子军》)我们看了，不错。”谢晋一看，“不是光打仗，还写了人，而且有传奇性。”立刻拍电报给作者梁信：我们要了，速来沪。

祝希娟当时是上海戏剧学院二年级学生，谢晋去学校挑人那天，她正跟两个同学辩论。谢晋一看，那气质，正是吴琼花。

剧中可怜的吴琼花在革命过程中没能把住自己，爱上了党代表，并且雷了他一眼，眼神九曲十八弯。谢晋竖起大拇指：“这眼神非常好，祝希娟演得非常准确。”

“不行，统统剪掉。”组织的声音。

1987年谢晋和刘晓庆、刘利年、姜文、张光北合影

这是"反右"后第三年，余波尚在，剧本早因爱情戏被判"立意不高"。有人说，为什么文艺作品老是要描写英雄人物的爱情？我们有很多烈士，牺牲的时候只有十八九岁，甚至更年轻，从来没谈过恋爱，更没碰过女人，为什么不写写他们？

"组织决定"下，谢晋想了个办法，没回海南岛补戏，而是把这段戏修理了一下：眼神保留，台词改掉，重新配音。黄宗英看后专门写文章抱不平："再怎么剪，爱情的眼神是剪不掉的。"

戏中原先还有一段洪长青写日记，记的是吴琼花爱上了他，他思想斗争着。也剪掉了，因为组织上根本没批准他们动心。

《舞台姐妹》是在批判声中完成的。1965年，据说拍到一半时，张春桥发话说，务必照原剧本拍完——以便树成另一株"大毒草"。但从夏衍到袁雪芬都很支持，谢晋说这时候他已经有些"任性"了，"认了，豁出去了"，认认真真按原意拍完。

审片时却被莫名其妙改了台词。电影结尾，春花坐在船头讲起师傅传下的梨园训诫"我以后要清清白白做人，然后认认真真唱戏"，被改为"我要永远记住过去走错的路，一定要重新做人"。还有一段"我在想，以后要做什么样的人，唱什么样的戏"，被改成"我在想，今后要认真地改造自己，唱一辈子革命的戏"。

这部戏，让谢晋被归入"牛鬼蛇神"，进了牛棚。但"文革"结束后，"大毒草"又成了好电影。"戏没变，眼睛变啦？"

贺龙力挺《女篮五号》

在讲《女篮五号》的故事时，谢晋不自觉地流露了他身上承前启后的跨时代性。片中既有抽雪茄、穿皮氅的旧社会流氓，也有新中国的竞赛精神"友谊第一比赛第二”，譬如让球。

谢晋还首次起用非专业演员：16岁的曹其纬（曹汝霖的孙女，出身很成问题）当时是上海女排主攻手。借调时遇到困难，最后前国家体委副主任荣高棠很支持，帮忙敲定；“天津大学最漂亮的女孩子”向梅是群众来信推荐的。

重看此片，能在片头看到一串必须致敬的名字，譬如摄影沈西林、指挥陈歌辛；也能发现男主角刘琼出场时，脸上常有两坨红红的油彩，唇上还有朱色的口红。

“《女篮五号》差点枪毙，这个戏没有写党的领导，我们的球队总归要有一个党代表的，这个戏没有。第二，这个电影有锦标主义倾向，因为当时主张友谊第一，我们甚至还让球。”“后来周总理看了，说这个戏要送莫斯科青年联欢节的，哪些地方有缺点改一下就行，顶过去了。最后贺龙来了，贺老总一看这个戏说‘好极了’，其他人都不讲话了。”

在莫斯科，《女篮5号》得了银奖。1米78的曹其纬后来成为国家女排主攻手。为了给纪录片《大师谢晋》留一份史料，今年68岁的曹其纬特意从香港回了趟上海，顺便看望谢晋和秦怡。

1962年中宣部部长陆定一到上影厂视察，“你们老是拍些哭哭啼啼的戏，拍一点喜剧吧。”于是上影厂同时推出3部喜剧，《大李小李和老李》就是其一。其时，“三年自然灾害”已到后期，上千万人极度饥饿以致命赴黄泉。

好在谢晋一生偏爱相声和滑稽戏，沪上滑稽戏演员都是他的好友。谢晋说，当年拍这个戏特别开心，大家营养不良，笑声不断。他体贴地“包”下整个滑稽剧团——拍戏两三个月。小时候旷课听“小热昏”杜宝林起步的范哈哈在戏中演老李，他跟关宏达演的大力士误入冰库、眉毛挂霜那场戏，颇有卓别林喜剧味道。大力士敲敲猪，再敲敲自己，那“笃笃”的声音是专门制作的。

拍完还是受批判。审片组有人发话：怎么能把人和猪相提并论呢？

《天云山传奇》上映后也引起很大争议，批评如潮，焦点集中在老干部吴遥这个人物的塑造上。徐桑楚记得有篇文章说，“像吴遥这种人，根本就不是人，把他写成共产党的老干部，党内怎么会有这样的人？”潜台词不言而喻。在全国舆论几乎一边倒的情形下，孙冶方（著名经济学家）在《文汇报》上发表了一篇文章，对影片大加赞赏，成为舆论的转折点，反对批评之声由此渐弱。

徐桑楚说，80 年代初的政治环境，已经比六七十年代宽松了许多，那个动不动就帽子、棍子满天飞，上纲上线、政治陷害甚至人身摧残的时代，到底过去了。

人气和脾气一样出名

一次在法国的颁奖典礼上，主持人这样介绍谢晋：这里站着一位中国导演，他的电影曾有一亿几千万观众。略过长长的作品列表，略过各种政府或行业的荣誉奖项，以一个数字描述一个电影人的成就。

一亿多人，当年为什么喜欢看谢晋的电影？

作家孙甘露说，谢晋代表了一种传统审美：扬善惩恶的结局，细腻的欲言又止的爱情；命运的跌宕起伏被浓缩在几个特定时间点上，以此营造戏剧冲突。这也是当时主流文学的表现形式。古华的《芙蓉镇》就抽取 4 个年份来表现：1963 年、1964 年、1969 年、1979 年。

谢晋还擅长煽情。《天云山传奇》中，冯晴岚漫天大雪中用板车拉着罗群回家，罗群替她取下被雪花模糊了的眼镜，两个苦命人相视一笑，音乐起，引多少人泪下。老百姓的情，怎么煽？谢晋就是一个字：真，包括细节——为了守候一场真正的雪，他每天打电话跟东北通化的外景地联系。

饰演宋薇的王馥荔收到过一个男青年的来信，他母亲跟右派父亲离婚改嫁——跟片中的宋薇非常相似。父亲死后，男孩一直不能原谅母亲。这部电影让他理解了那代人的难处，母子开始通信，最后团聚。

他的“抠戏”是出了名的。许多人领教过他在片场的脾气。

《牧马人》中一场戏，要求丛珊将脸贴在朱时茂胸口，表现新婚的恩爱。一条，两条，三条，都不理想，谢晋冲丛珊吼：“你怎么回事啊？”丛珊“哇”地哭了。谢晋一挥手：“今天不拍了！”戏散后，副导演鲍芝芳赶紧问原因。“那儿有毛。”丛珊多么委屈。20 多年后，谢晋说起这段哈哈大笑：“可见当年的演员多么淳朴。”

丛珊说，谢导能敏锐地捕捉到大众的审美与价值取向。拍摄《大师谢晋》的石川说，谢晋的电影中，《舞台姐妹》和《芙蓉镇》最美。

一回到江南水乡，谢晋便回到他的童年。而一旦回到童年，许多艺术家都会有如神助地抒情。

抒情也有技巧。《芙蓉镇》中有个镜头，胡玉音给秦书田的米粉里多加一勺调料，秦心里一暖，不由抓了她的手，拿眼盯她。姜文看完这段样片说，谢导，我觉得这里演得好。谢晋说，告诉你吧，我在这里升了格。电影胶片 1 秒钟 24 帧画面，谢晋放慢一点，用 28 格去表现那个情感丰盛的眼神。

人道主义，是评论家归结出来的。在谢晋自己，不过是一个童年记忆：骑在长工肩膀上去听戏，看到戏班小孩子蹲在那里匆匆扒饭，没什么菜，真是可怜哦。

他的电影，从没有离开过他经验过的生活。真实，是他的艺术观念。超验，他做不到。后生晚辈把他跟黑泽明相提并论时，他说：我跟黑泽明不是一个路子的，那种叙事我做不到，我跟山本萨夫（代表作《啊，野麦岭》、《华丽的家族》等）比较接近。美学上讲，谢晋的风格跟台湾导演李行也较接近。78 岁的李行得知谢晋没了，顿时哭了。

黑泽明在 68 岁写完了自传《蛤蟆的油》，谢晋 85 岁也没觉得到了写自传的年龄，《大师谢晋》摄制组是在谢衍的鼎力支持下，连忽悠带哄，将他按定在摄像机前。他只留下一本文集，1998 年出版的《我对导演艺术的追求》。

两代导演一家人

儒生修齐治平、经世济国的情怀，或者说知识分子的社会责任感，谢晋身上也有。拍摄《鸦片战争》，是在 1996 年全国两会作为政协提案提出来的。谢晋说，香港回归这么大的事情，我们怎么可以一言不发、无所作为？

这年谢晋自筹资金近 1 亿元拍摄《鸦片战争》，此时他已 73 岁。摄制组拍过一组片花，记下了这位本该在家打太极拳、伺弄花草的老人如何戴着顶草帽，在片场任汗水洇湿前胸后背，记下了他如何立在饰演林则徐的鲍国安身边摄影机拍不到的地方，随着台词给手势、给眼神，屈膝、挥手，低喝“（把账本）扔给他”——这是观众看不到的谢晋，令人动容。

进行到一半资金出现缺口，谢晋把房产，包括上虞老家的房子都做了抵押。全国许多人在帮他，但这部片子还是亏了。跟当时行情比，谢晋自己拿的片酬极低。

儿子谢衍深深理解父亲这代电影人的幸福与痛苦。“现在商业社会整个都变了，他不会去拍那些武打的东西，还是一直想写人，写那些底层的人。但现在的电影投资人，包括电影厂、电影总局都不会来拍这种电影，他跟潮流不合。所以对他来讲现在机会是比较少。”说这话时，中国电影刚好走过100年。

两代导演的分野在谢家父子身上可见一斑。谢衍在美国接受电影训练，习惯严格遵守制片进度和预算，绝不像父亲那样为一个镜头的完美在现场磨个没完。谢晋每每让演员到现场排练小品，不到满意绝不开机；谢衍则笃信“灵感”，不看重事先的安排设计，也从不带演员到现场排戏。谢晋作息日夜颠倒，越是夜深越有精神，但擅长见缝插针，一有空闲倒头便睡；谢衍一向早睡早起，收工从不拖延。

1992年，谢晋—恒通影视有限公司在上海成立，虽然很大一块立足教学，也是谢晋的与时俱进。但两代电影人的不同道路，不仅是资本介入的结果——电影从没有离开过投资方的钱，不管是政府给，还是公司给；也不仅是电影理念传统与新锐的对峙、朱大可发起的“谢晋模式”讨论和谢晋批评华语大片“场面的恢弘与剧情的苍白”的对峙，而是这个国家的政治、经济、文化格局都发生了巨变。

谢晋经受过哪个领导都能对电影“讲话”的政治压力、体制束缚，也得益于体制认可下调度、拍摄、发行的诸多便利。最明显的，许多人都有看包场电影、受爱国主义教育的记忆。但石川说，如果没有当年电影创作的举国体制，许多片子是拍不出来的，譬如《南征北战》，没有部队介入（就像汶川地震救援那样）简直无法想象，那么多大场面，只用了40万元。

石川对谢晋充满敬意，交往10多年，近两年来录下他的最后音容及艺术生涯片断，但他也对学生说：不太同意把谢晋的作品奉为大师级经典，也不同意把体制的账算在谢晋一个人头上。谢晋电影是传统文化的一支余脉，所谓“谢晋模式”不仅是他个人的，也是中国传统电影的。谢晋电影有思想性，但他不是哲学家，不是电影界的莎士比亚，他身份单纯，就是一个艺术家。

石川还认为，谢晋的巅峰之作与1980年代文化思潮的支撑有关，当时整个文化界浪头一致。但80年代末以后，这种力量分崩离析，各归其位。谢晋晚年作品表现出一种思想的无序状态，最后只能回到“人道主义”，与此有关。

这不仅仅体现在谢晋一个人身上，“第五代”后期作品就是参考。

“昔人已乘黄鹤去，此地空余黄鹤楼。”这是姜文发回的短信。无论我们怎样地意外、不舍，谢晋以他的派头撒手归去。但愿天堂里有女儿红、他最爱吃的香椿炒蛋和臭豆腐，以及迷恋了一生的摄像机。

（鸣谢代琇、庄辛著《谢晋传》；古华著《芙蓉镇》；陆弘石、舒晓鸣著《中国电影史》、中国电影家协会编《论谢晋电影》；2004 年央视《相聚流金岁月》，2005 年央视《面对面》，2008 年上海东视《可凡倾听》，以及上大影视学院《大师谢晋》摄制组）

袁可嘉 落“叶”归根

徐 梅

袁可嘉（1922—2008）

著名诗人、翻译家。“九叶派”诗人之一，被认为是在中国新诗和西方现代派文学交融借鉴过程中，介绍最早、成果最多、影响最大的中国学者之一。代表作有《西方现代派文学概论》、《现代派论·英美诗论》、《论新诗现代化》等。

纽约时间11月8日，“九叶派”著名诗人、翻译家袁可嘉在女儿家中与世长辞，享年87岁。在北京，88岁的女诗人郑敏一声长叹，“我们‘九叶’很惨啊，又一片叶子凋落了，就剩下我这最后一叶。”

30年后“拉帮结派”

“九叶派”诗人是袁先生的重要身份。然而，“九叶”虽在1940年代就被视为群体，当年却并不相熟，“拉帮结派”是在30年后。

袁可嘉1921年出生于浙江慈溪，1946年毕业于西南联大。1940年代他和辛笛、穆旦、郑敏、杜运燮、陈敬容、杭约赫、唐祈、唐湜等先后在沈从文主编的天津《大公报》文艺副刊上发表了新诗。他们大多是校园诗人出身，深受西方现代主义诗歌的影响，在白话诗创作相对幼稚的年代，这批诗人的表达方式和诗学观念领一时风气之先。但解放后环境的变化，使他们中间的多数人归于沉默。

郑敏女士回忆，“1979年之后国内整个空气缓和了，大家都很活跃，我才又重新开始写诗。有一天我接到唐祈的来信，约我和杜运燮、袁可嘉、上海的王辛笛、唐湜、陈敬容，到曹辛之（杭约赫）家见面。”

唐祈、唐湜、曹辛之、陈敬容4人在上海办过杂志，相互间比较熟，穆旦当时已经去世了。“我是第一次见到他们。袁可嘉虽然是我校友，但此前并没有什么来往。其他的人我也都只是知道名字。曹辛之是一个非常聪明、有智慧的人，他觉得我们该把40年代的诗歌结成集，给孩子们看看。让他们知道，在40年代也有人写过和主流诗歌完全不同风格的作品。”

商议书名时郑敏说，“我们在《大公报》发表诗歌，不老被人说南北才子围绕着沈从文这个大粪坑转嘛，咱们做不了社会主义红花，不如就当片绿叶好了。咱们9个人就是9片叶子，干脆就叫《九叶集》。”

袁可嘉执笔按这个意思为诗集作序。诗集出版之后备受好评，“九叶派”由此得名。不过，据说袁可嘉所写的序言因为“思想消极”，受到了有关方面的批评。

《九叶集》出版后，大家又各忙各的，再没有大规模聚会过。郑敏说，“九叶派远没有大家想象的那样往来密切，独立地思考和创作才是九叶的真正精神。”回想同袁可嘉的交往，她印象最深的是一次应袁可嘉之邀去他们家吃饭，沈从文也在，“他们俩是很要好的”。饭吃到一半沈从文忽然问袁可嘉，“原来有个写诗的郑敏，她现在去哪里了呀？”袁可嘉哈哈大笑，“去哪里了？她就坐在你旁边呢！”

大规模引进现代派

《沉钟》是袁可嘉得意的诗作之一。

> 让我沉默于时空，如古寺锈绿的洪钟，负驮三千载沉重，听窗外风雨匆匆；把波澜掷给大海，把无垠还诸苍穹，我是沉寂的洪钟，沉寂如蓝色凝冻；生命脱蒂于苦痛，苦痛任死寂煎烘，我是锈绿的洪钟，收容八方的野风！

这首豁达中见苍凉的诗作，袁可嘉在“文革”中受到冲击时，曾无数次吟诵。

因为在西南联大时曾经给美国飞虎队做过翻译，他被打成特务。原本就不爱说话的他因为这些风波更加谨慎。“文革”过后，他依然谨言慎行。然而在治学时，日常隐匿的个性和独立精神似乎全都显现出来了。1980年代，袁可嘉和董衡巽、郑克鲁两位先生共同主编《外国现代派作品选》，大规模译介西方现代主义文学。

当时做现代派文学研究的人非常少，有人开玩笑说，为人低调谨慎的袁可嘉做的是最大胆、最前卫的研究。起初有些人对他热心介绍外国现代派不理解，甚至冷嘲热讽。但他抱定了青山，笔耕不辍，最终被认为是在中国新诗和西方现代派文学交融借鉴过程中，介绍最早、成果最多、影响最大的中国学者之一。

中国社科院外文所研究员傅浩是袁可嘉带出的第一位博士生。当年在北京大学读研究生时，他跟许多同学一样，“将袁先生编的书奉为经典，正是那一套《外国现代派作品选》打开了我们的视界，原来文学还有这么丰富多彩的样式！”

他怀着仰慕之心投考到袁先生门下，在先生的指导下研究英文诗歌。但即便是跟自己的学生在一起，先生的话也是非常少的，“我们每次见面都要隔上几个星期，坐在一起并没有太多话说，常常是说不了两三句话，两个人就静默地坐在那里了。但话少似乎也不影响我们之间的沟通，彼此好像始终有一种默契。”

“在学术上他非常果敢，他要拿出来的东西，绝对不会让步退却。”傅浩说，先生自己勤于钻研，对于学生，则给予极大的自由。“任我们自己去发展，极少干涉，我写的东西，他很少修改。”

尽管袁先生建国后转向翻译和理论研究，基本没有新的诗作，“但先生内心认为自己首先是个诗人。他非常在意这一点，认为创作是高于研究工作的。”

老同事高莽赞叹，“袁先生这人做学问成就很大，其实为人也是很潇洒的，凡事都看得很开，我觉得他其实是一个很豁达幽默的人。”

“我这个人喜欢画几笔漫画。有一次开会，恰好我跟袁先生邻座，无聊时就信笔画了一幅漫画头像。袁先生头发比较少，我画的时候又夸张了一下，就画了一个大大的光头，笑得也很夸张。照说一般人比较忌讳，有一些秃顶的人特别开不了这样的玩笑，但是袁可嘉一看，哈哈乐了，还拿起笔题了一行字：‘好一个脑袋！’”

译诗是艺术而不是技术

译诗是袁可嘉最钟爱的工作之一。美国诗人弗罗斯特曾说，“诗在翻译中丢失。”袁先生集翻译家、诗人和评论家于一身，似乎丢失得很少。爱尔兰诗人叶芝的名作《当你老了》，包括冰心在内的诸多名家都曾尝试翻译，袁可嘉的版本是流传最广、最受读者喜爱的。

> 当你老了，头白了，睡意昏沉，炉火旁打盹，请取下这部诗歌，慢慢读，回想你过去眼神的柔和，回想它们昔日浓重的阴影；多少人爱你青春欢畅的时辰，爱慕你的美丽，假意或真心，只有一个人爱你那朝圣者的灵魂，爱你衰老了的脸上痛苦的皱纹；垂下头来，在红光闪耀的炉子旁，凄然地轻轻诉说那爱情的消逝，在头顶的山上它缓缓踱着步子，在一群星星中间隐藏着脸庞。

1986年他应邀去香港讲学，香港记者问他：“译诗时，究竟有什么原则可跟随？又有什么地方要注意？”他回答说：“并没有什么特定的原则和标准，简单地说，就是忠实地把原文的精神、风格、内容传达过来。首先要明白是艺术性的翻译，不是技术性的，所以不是逐字逐句地译过来就算。一切要看对象。”

“翻译诗歌不是一种不可能的传达方式，而是一种不完美的传达方式而已，翻译工作者和文艺工作者一样，所追求的是要超越那不完美的境界。”

诗人、翻译家屠岸一再赞叹袁可嘉的译作。“他翻译了许多叶芝和彭斯的诗，非常精准、得体。彭斯是位农民诗人，你看，袁先生翻译他的作品，非常朴实到位。再看他翻译的叶芝的诗又是一种味道。而这所有的味道里都有他袁可嘉的风格。”

屠岸与“九叶派”早有神交，真正与袁可嘉相识相交却是在退休后。退休前，他在人民文学出版社担任领导，袁可嘉拜托他与出版社方面沟通，出版自己的诗文集。

“那个集子是《半个世纪的脚印——袁可嘉文选》，他非常看重自己的创作，为了出版还自己掏了好几千块钱。”

1991年，袁可嘉从社科院退休，不久便去美国探望女儿，一住多年。两年前，他应邀回国参加外文所一个纪念活动，屠岸特地去看望他。“那时候他身体状况已经不太好了，非常消瘦，坐在轮椅上。他拜托我再次为他联系人民文学出版社，出版自己的完整文集。”

他感叹道，“他的文集还没出版，这是他晚年最大的愿望啊！可是，上帝召唤他去了！”

白桦 “苦恋”三十年

李乃清

白桦（1930—　）

剧作家、诗人。曾任上海作家协会副主席。其作品包括小说、诗歌、话剧、散文、随笔、电影文学剧本等，主要作品有《妈妈呀，妈妈！》、《金沙江的怀念》、《鹰群》、《孔雀》、《白桦剧作选》、《我想问那月亮》等。

美琪大戏院地处上海繁华的南京西路，解放前是海内外公认的“亚洲第一剧场”。这座建筑对面有幢旧式大楼，79 岁的白桦与老伴王蓓已经在此居住了 20 余年。从《曙光》至《苦恋》，由浪尖到谷底，数载出没于剧作风波，今天，白桦依然正对着昔日的“大戏院”。

一张面窗的书桌，两把普通的沙发椅，还有整排倚墙书架，客厅陈设素朴，唯墙上数幅水墨吸引人，均是大师手笔：黄永玉的猫头鹰、黄胄的驴和吴作人的玄鹄。“我和画家关系都不错。”白桦浅浅地笑了。

当我们辨识画上字迹时，王蓓正饶有兴趣地听着，她时不时地应和，仿若好学的孩子。翻看白桦旧照时，她认真地冒出一句：“咦？你那时候怎么胖嘟嘟的？”

这位小老太太脸上总挂着纯真而疑惑的微笑。一旁的白桦半开玩笑地怜爱道：“你又忘记了。”为了提醒她带钥匙，白桦在门上用毛笔画了把惹目的大钥匙。

记者提到她参演的《武训传》受过批判，王蓓已不记得了——而她当时写的检查还在书架上。老伴回房后白桦告诉记者：“她现在的记忆力实在不行，什么事都想不起来了。快乐的事情忘掉了，悲哀的事情也忘掉了。她对苦难是一种抽象的记忆，就觉得受过些罪，但具体的都忘掉了。”

两人1953年结识，1956年结婚。之前，一人在上海一人在北京，鸿雁传书3年。如今两人相濡以沫，已走过了50多载春秋，白桦说，“因为我，她吃了很多苦。我一直和她开玩笑，你嫁给别人可能太平点。”

“您喜欢她什么？”

“她很内敛，到现在都不愿抛头露面。她从来不炒作自己，不愿意出席那些活动。从拍戏数量来讲，她可能比她同时代许多演员都多得多。她那个时候红得很呐。一到上海，第一部就是《武训传》，那时的大制作。从美国回来的孙瑜导演科班出身，使用的都是阮玲玉、王人美那样的演员。名导演找她，接着，很多戏都找她了，《乌鸦与麻雀》啊，《聂耳》啊，都找她。她比较低调，不像三四十年代的明星。那时候我也认识一些演员，相较之下，她含蓄、不张扬，家教很严。虽然最初并没想过会谈朋友，但我知道，她至少是可以理解我的一个人。”

妻子理解他，儿子不理解。儿子童年时承受的精神压力成人都承受不了，“文革”时他问爸爸：“为什么别人都可以当红小兵，我不能？”

白桦也不了解儿子。当年儿子考取上海交大的重点系船舶动力。白桦不大敢相信，“我说你再去看看那个榜，他说已经发榜了，我说你再去看一次——这说明我不了解他，他从不和我讲学习上遇到什么困难，我也不懂，所以他考取了我很惊讶。”

1980年代儿子去了美国，而白桦还未终止被批判的命运。儿子就懊恼：别人家的“文化大革命”都结束了，我们家的为什么没有结束？

他有时候会埋怨父亲：爸爸！您不能改变方式生活吗？

白桦说，你不了解我——我经历过日军的占领，经历过你祖父的被活埋，看见过扑来的日本狼狗，看见过尸横遍野，参加过战争，你没经历这些，你就不可能理解我。

儿子希望父亲能变一种活法，不要那么认真：很多事情，你可以不理睬它，这些事情你也管不了。为什么不犬儒主义一点呢？但白桦没法“不理睬”。

“我也可以去钓鱼，可以去游山玩水，这样的话，可能住的房子也很好，待遇也很好，级别也很高，但那又有什么意思呢？我根本不是要个名啊什么的。年轻时，在我们的传统教育里面，这是非常强烈的东西，包括鲁迅先生也是啊，他接受的传统东西很强烈，所以要承担社会责任。不知道社会责任，活着还有什么意思？”

因为3封信，关了8个月

1955年，“反胡风”运动开始了。在京的军内作家、画家和一部分编辑被集中在广安门外六里桥莲花池，若干年后这些过来人都把莲花池戏称为“莲大”，白桦亦是其中一员。

刚进“莲大”时，白桦只是个懵懂青年。“学习班”领导要求“所有人的日记、信件和武器都要上交”。他有恃无恐，甚至有些得意地回答：“我已经不记日记了，也不保留信件了。武器，只有一挺‘水机关枪’。”孰料召来严肃批评：“如果组织上一定要你交出一挺‘水机关枪’来，你怎么办？”

不久，莲花池的运动从“反胡风”过渡为全国性的“肃清反革命”。人人自危，白桦真正感觉到了死亡的气息。

开始审查是从我和胡风的关系入手的。其实我没说过什么话，就因为和胡风一起工作过，通过3封信，被关了8个月。其中两封是关于写作的问题，一封是说我送给他一个砚台。

我和胡风的相识，是在1953年5月。可能是因为我太年轻，第一眼就觉得胡风是一个三分沉闷、三分无奈、三分忧郁的老人，还有一分好像是愤懑，隐隐约约地觉察到他头脑里装着许许多多说不出的心思。

我们曾给一位身材修长的女记者偷偷起了绰号，叫鹭鸶。胡风先生微微笑着说：“在鹭鸶中间加一个‘依’字，鹭依鸶，不是很像一位外国女士的名字了吗？”事后想起来我才意识到，他和我们在一起除了说笑，什么正经话都没有交谈过。而那一段短暂相处，对于他，几乎是最后的轻松而快乐的时光了。

后来转入对我短暂而有太多“进步”活动历史的审查，开始长达 8 个月的“隔离”。那时所谓“隔离”，比起今天刑法意义上的监禁严酷得多，不许往外写信，不许往外打电话，甚至没有放风时间。有人写材料揭发：在我的家乡，当年和我发生关系的中共地下支部是“红旗支部”（指敌特打着红旗的假共产党支部）。

年轻的白桦难以接受，面对飘然的芦苇荡，他设计过一了百了的归宿：在去饭厅或上厕所的路上突然逃脱，溜进苇荡，切开手腕上的动脉，结束 25 岁的生命。谁知，事先写好的遗书被人发现，招来一场无情的羞辱和批斗，以及更加严厉的看管。直至 1956 年春，“审查”终于告一段落，白桦得以离开大雪纷飞的莲花池。

回忆这段经历，白桦经常提及岭南人吃猴的故事：传说一个北方人来到岭南某地的猴餐馆，店主带他到猴笼选猴，他闭眼随便指了一下，群猴见客来，惊恐万分，立即抓住一只被指认的猴子，用力向笼门前推搡。

1957 年 9 月，白桦赴昆明接受批判。1958 年春，他被定为右派分子，开除军籍，逐出文学界，被迫搁笔 20 多年。

可以革命的人都去革命了，没人做事，更没人养猪，就把猪交给了我这个没资格革命，只有资格劳动的人。我从接生到把它们养肥、杀了吊起来开膛，全都会。像奇迹一样，我离开养猪场去干别的劳动，那些猪就出现瘟疫。猪瘟是很难治的，他们又把我调回猪场，那些猪马上治好了。我做过很多事，是个很好的工人，种水稻也内行，钳工、电工、管工、锅炉工……而且是个好厨师。

1979 年中旬，白桦在北京参加第四次文艺工作者代表大会。《解放军文艺》编辑部转给他一封信。信比较厚，信封却很小，字迹流利，但很陌生。他小心翼翼地把信拆开来，开头是“白桦老弟”四字，落款：“胡风，11 月，14 日，1979 年。在成都。”

他收到的是 1961 年胡风在“公安部独身房（看守所）”写给他的 9 首五言旧体诗，第 9 首末句不乏担心和劝诫：“路有前车鉴，怀君善入时。”

牢房里的胡风当然不可能知道，白桦不“善入时”，他写此诗时，白桦已经在工厂里劳动改造了 3 年。

赶快把《曙光》撤了，人家批判文章都排好版了

10年浩劫终止，搁笔20年的白桦心生冲动，写下话剧剧本《曙光》。

我曾经在贺龙身边工作过，他跟我谈过一些过去斗争的情形。“四人帮”垮台以后，我马上联想到30年代初的场面跟“文革”很相像，一场内部斗争，以路线斗争名义，把所谓异己分子全杀掉了。其中洪湖苏区的创始人之一段德昌最触动我。他临死前说了3句话：一、红军不要离开洪湖；二、不要开除我的党籍；第三句话特别感动我：不要用枪弹打死我，留一颗子弹打敌人。

这个人物我记得非常清楚，我就以这个人物为主角写下了《曙光》。剧本我写了一个月，却读了一年，一对一地读，读了几百场。在北京，给艺术家；在军队，给将军，一个对一个。我们（武汉）军区的司令和政委杨得志、王平被我打动了，写了亲笔信让我到各大军区找军区司令员读剧本。很多老军人都不愿看，结果，我读得他们眼泪都控制不住。这个剧本能打动他们，是因为它真实。

当时的北京戏剧学院院长吴雪和人艺的院长欧阳山尊与电影艺术委员会副主任黄钢是朋友，把复印的剧本给了他一份，让他提提意见，结果他偷偷复印了一份，送到一位领导家，附上意见说这个戏写的是“共产党杀共产党”、“给党抹黑”。

所以，“文革”后开始批我，第一个是批《曙光》。

话剧在北京排练时，杭州有一位画家朋友，给我发电报：赶快把《曙光》撤了，人家批判文章都排好版了，你不知道？其实我是知道的。他说，你赶快撤下来，你考虑考虑你这几十年的坎坷，想想你的妻儿，赶快写个检讨。

后来事情发生了戏剧性的变化。北京青年艺术剧院和武汉军区话剧团合作，在京内部演出。演出3个月，演员情绪非常坏：观众反响那么好，老这样内部演出，大家很烦。我们当时请了些人，包括罗瑞卿等人都来了。但是，在位的都不来，请不来，那些敢来的都没职位。

结果，有一天，杨得志、王平来剧院看戏，看完戏上台宣布——明天登报公演！他们正巧参加三中全会，呼吸到新鲜空气，认为这部戏完全可以公演。

1978 年，白桦开始为八一电影制片厂创作《今夜星光灿烂》。1980 年，电影拍摄完成，预定 5 月初放映。然而，放映前一周所有影院贴出公告：因故停演。

先是总政治部看了，说戏有问题，要剪去一些镜头。第一个镜头：一个小战士被炸断了腿，腿的特写。他们说这个镜头宣传了战争的残酷，是在散播战争恐怖论。另一个镜头：战斗结束后，有一排躺在担架上的死者。他们认为这是不合适的，为什么会死这么多人？

我写的是几个参加淮海战役的年轻人，淮海战役我经历过，双方兵力总和超过 100 万，银幕上有 10 多个死者就受不了了？那时我们每攻进一座村庄，必须从死人堆上爬过去。我没写这些，我只写了几个小战士，他们在战争中的想法及对未来的美好憧憬。

这部影片剪过以后放映了，仍然被说成是《一个人的遭遇》式的修正主义影片。说真的，对于战争我真的希望我能有肖洛霍夫那样深刻的认识。

"这部电影很恶毒，对着红太阳打了 6 炮"

无论如何，修剪后的《曙光》和《今夜星光灿烂》最终都有一个"光明"的结局，但是《苦恋》却结出了"苦"果——根据剧本拍摄的电影《太阳与人》一直没在影院公映。

白桦创作《苦恋》剧本时，同样从事剧本创作的双胞胎哥哥叶楠（《甲午风云》、《巴山夜雨》的作者）并不知道他在写什么，甚至他妻子也不知道。"说实话，我当时根本就没重视它，拍出来是个什么样子，我也不知道。没想到后来会引起那样大的波澜。"

剧本发表在 1979 年 9 月出版的《十月》第 3 期上，写的是画家凌晨光一生的遭遇。旧中国出生的凌晨光家境贫寒，但很有才华。青年时他被船家女绿娘搭救，彼此相爱。后来，凌晨光因反对国民党被特务追捕，逃到美洲，在那里成为著名画家，享受着豪华生活，并与绿娘终成眷属。解放后，凌晨光夫妇回到祖国。轮船驶入祖国领海看到岸边的五星红旗时，女儿降生了，他们给她取名“星星”。不久，“文革”爆发，一家人被赶到没有窗户的昏暗斗室。星星无法忍受这样的生活，决定和男友出国。凌晨光不同意，女儿反问父亲：“您爱这个国家，苦苦地恋着这个国家……可这个国家爱您吗？”凌晨光无以回复。此后，他被迫逃亡，藏身芦苇荡，靠生鱼、鼠粮维生。剧终，雪停天晴，他命数将尽，用最后一点力气，在雪地里爬出了“一个硕大无比的问号”。

由剧本改编的电影易名《太阳和人》，导演是长春电影制片厂的彭宁，演员包括刘文治、黄梅莹、冷眉、许还山等人，电影于1980年底完成。拍摄期间，相关争论也一直在持续。

剧本首先引起了有关方面的注意。彭宁告诉他，上面派人到现场传达指令：别的地方暂时不管，结尾那个大问号不能拍。商量半天，把“问号”改成“省略号”。

结尾时，一切安静下来，一枝风中芦苇在日轮里飘，然后画外配以定音鼓的一声强击，一个点出现了。连续6声强击，6个点出现在银幕上。这也很有力量，但后来演绎出荒诞的结论。有些领导干部看了之后说，“这部电影很恶毒，对着红太阳打了6炮。”

1980年底，彭宁找到电影家协会，在外借放映间又播映了一场，看片的有700多人，座中有英籍华人傅聪。

之前，1979年，傅聪回来时，在我家我们两个人喝了两瓶茅台，谈了一个晚上，讲他离国这么多年的感触。所以那次在北京我请他看这部片子。他当然很愿意。

剧本他在英国已经看到了，觉得很奇怪：国内发这样的剧本，是不是一个信号？我说，那不一定，因为电影剧本没什么人注意。

傅聪说，“我在国外，最想中国的是什么？龙井茶、黄宾虹的画，或者我父亲的一切。”他说的是广义的文化的联系，这是祖国的概念，血缘、山河、文化传承。

我自己，70多年整个是颠沛流离的经历。很小国家就沦陷了，我父亲被日本人活埋了，抗战胜利后母亲就想把我送走，倾家荡产送到美国，我没去。“文革”以后，有很多机会，我从来没想过。

后来我也去过国外，总是一种失重的状态，没有归属感。其实，傅聪也没有归属感，他现在回上海买了房子，虽然是个外籍人士，但国内的事情也牵动他。前年，他突然要来找我聊聊，他说他很闷，聊的全是中国的事情。

是不是姚文元放出来了

1981年1月5日，《电影艺术》、《大众电影》两家杂志在北京体育学院留学生楼联合召开“电影创作和理论座谈会”，电影界100多位编剧、导演、评论工作者参加，会期两周，放映了多部新片。《太阳和人》成为会议焦点，引起重大分歧。会议后半段，已经有传闻说要批判《苦恋》。会期还有五六天才结束，主持会议的人却几乎不知道怎样收场。文化部的意见是：这部片子是有错误的。

面对毁誉参半的局面，白桦曾找过胡耀邦，邀请他观看这部片子。

我求见胡耀邦，请他看看片子。可能他是考虑到方方面面的情况，拒绝了我的请求。

他告诉我：“这部影片没有审查通过之前，我不看。昨天晚上在中南海放了这部片子，我没有去。听说有人反对，有人支持。我们家看过电影的就是两派。我的儿子是赞同你们的，我的秘书就不赞同。”他说：“我也不打算看，什么时候电视里放，那就是通过了。”

在此期间，主持编辑《时代的报告》的黄钢等人将《太阳和人》产生的过程写成报告，送给中央纪律检查委员会，要求中纪委介入。

4月20日，《解放军报》以近整版篇幅发表特约评论员文章《四项基本原则不容违反——评电影文学剧本〈苦恋〉》，称《苦恋》“不仅违反四项基本原则，甚至到了实际上否定爱国主义的程度”，它“反映了存在于极少数人中的无政府主义，极端个人主义，资产阶级自由化，以及否定四项基本

原则的错误思潮”。

随后，《北京日报》、《文学报》、《红旗》杂志、《长江日报》、《湖北日报》等相继发表批评文章。

至此，批判白桦和《苦恋》的声浪激起震惊国内外的轩然大波。面对上纲上线的批判，公车上的老百姓甚至有些惶惑：是不是姚文元放出来了？！

不少知识分子对此表示了反感。

贾植芳在5月11日的日记中写道：这两天为《解放军报》事，议论很多，据说学校也出现了一些学生的小字报，表示抗议，北京大学学生贴了三条标语，一曰“白桦是人民的作家”，二曰“白桦何罪之有？”三曰“《苦恋》万岁！”

中国文联机关刊物《文艺报》以及作协领导下的《新观察》等刊物也发出不同的声音。5月25日，文艺界众多人士参加优秀作品评奖会，《苦恋》风波成为议论中心，白桦的诗《春潮在望》获奖，青年诗人联名给他寄去长信。在白桦遭批判之际，《新观察》杂志主动向他约稿，白桦写下《春天对我如此厚爱》以示感谢。

> 我经常收到读者来信，但都没有这一时期这样多，每天傍晚通讯员小王就笑嘻嘻地给我送来一大堆，我仔细读着那些陌生人的函电，想象着他们的职业、性格和形象，并择其要者复信。常常感动得痛哭失声，不知晨往而昏至。

文艺界在媒体上对垒的阵势引起高层注意，领导人从大局出发，寻求解决途径。

1991年与冯牧

10月7日，《人民日报》第5版转载了《文艺报》的《论〈苦恋〉的错误倾向》，其后，白桦以给《解放军报》和《文艺报》编辑部的信进行检讨，该信刊登后，《人民日报》予以转载。至此，《苦恋》风波归于平息。

> 那年春天，全国报纸、电视台、电台都在批《苦恋》。我所尊敬的一位举世闻名的大诗人，曾请我去他家，关心我的处境。我向他说了件事：一位工学院的学生给我打电话，一定要见我，我当时怕使他受到牵连，婉言谢绝了。但他说步行了10公里，只见一面，转身就走。于是我就答应了。这位我至今都不知其名的大学生真的一句话没说，把怀里抱着的一块岩石放在我的桌上，泪汪汪地看看我就转身走了。岩石下压着一张纸条：“愿您像岩石一样坚强。”那位大诗人听得热泪盈眶，我认为这是他真情实意的表露。

但没过几天有领导指出这是一部反动电影，召集思想界、文艺界有代表性的著名人士开会，要他们表态。那位大诗人发表了一篇凶狠至极的讲话，使我完全不敢置信，因为几天前他那泪水淋漓的脸还没在我眼前消失。

“现在，莫斯科不相信眼泪了。”

迟暮的忧伤穿过白发，深深嵌进了白桦的皱纹。

“你现在成了个旗帜啦！”

人物周刊（以下简称“问”）：我读了您的几本文集，没有找到《曙光》的剧本，为什么？

白桦（以下简称“答”）：修改后的剧本我不太满意。我们首场演出请的都是老红军，最后当岳明华被杀时，一个在洪湖边战斗过的老将军捂着脸跑出剧场，他说接受不了这样真实的悲剧。为了解决这个问题，冯牧他们赶到武汉。军区的人说了，尾巴不改掉，这剧本通不过。

最后改成贺龙飞马赶到，刀下留人，变成了一个大团圆的结局。贺龙的前妻蹇先任就对我说：白桦啊，你对历史不负责任，从历史上来看，他是不可能不死的，谁也保不住他。她说我不敢面对现实。我说我没办法。

问：《苦恋》最大的争议，是女儿对父亲的反问：“您爱这个国家，苦苦地恋着这个国家……可这个国家爱您吗？”

答：这个影片怎么可能被误会成卖国主义呢？他们这样爱这个国家，把女儿的名字取为星星，结果遭遇那么坎坷，不只他们痛心，作者也非常痛心。前几年在韩国，我给他们中文专业的学生读这段台词，韩国从来不存在出国和回来的问题，但他们都哭了。

写剧本之前，听到很多五六十年代回来的老海归派的故事，他们的遭遇更加悲惨！一位朋友给我讲了一个故事，他有个朋友本来全家在美国，年轻美丽的女儿马上要拿博士学位了，父亲希望她拿了学位再回来。女儿说，回国还要什么博士学位？她急着为国家做事情尽义务。

回来以后，“文革”开始，这个家遭到冲击，女儿一下得了精神病。她父亲说：在精神病院里，那个穿得最破最脏、最疯癫的女人，就是我女儿。

问：《苦恋》引起风波时，《太阳与人》摄制组有没有受到冲击？

答：没有，后来剥离得很清楚。如果批电影，片子就得拿出来大家看啊。导演彭宁愿意人家批他，人家不批啊，其他演员也没挨批。很多批评是对着我来的，有些人也不是针对我个人，他真认为这是修正主义解冻文学的开始。

《曙光》在北京内部演出的时候，曾经开过诗歌座谈会，座谈会人不太多，我有个发言，里面有一句话：“诗人们！宁肯歌颂民主墙上一块砖，千万不要歌颂救世主。”这话触怒了很多老干部，他们认为毛泽东是救世主，不能怀疑。

西单墙马上有反应了，大字报连天，我都没去，就怕惹事。后来李准跟我讲，你知道不知道？你现在成了旗帜啦！像某将军，双目失明，看不见剧本，也看不见电影，但他激烈地介入了批《苦恋》。他作报告时，对我这句话进行了批判，说，“白桦说，不应该歌颂毛主席是救世主，那能不能说共产党是救世主呢？”没有什么救世主，《国际歌》里是这么唱的。

许还山最满意的 8 个镜头

问：《太阳与人》导演彭宁是个怎样的人？

答：一个很有想法，敢作敢为的年轻人。是干部子弟，父亲红军时期和胡耀邦共事。

彭宁在电影学院学习时，正赶上“文化大革命”，被推为造反派的司令，“毛泽东主义公社”一号勤务员，后来江青把他关在牢里，所以他对很多事明白得比较早一点。开始我对这戏不抱过高的希望，但是，他带着片子到上海，我发现，我们共同的想法他基本上都能落实。

他拍第一个镜头，也就是影片最后一个镜头，摄影师张松平就要罢工不干。彭宁要找一个理想的初升的太阳，好几个早晨起来等太阳，太阳前面有根摆动的芦苇，那时候的技术条件很差，而且没助手，他用手顶着摄影机的长镜头。失败多少次！而且天气那么冷。最后他找到了准确的艺术效果。85 年左右，他移民去了香港，拍不了想拍的东西，就弃影从商了。前年，突发心脏病去世。

问：说说电影中比较满意的演员？

答：许还山的戏份非常少，但演得很动人。我说一场戏。当时秋山被下放农村，请假回来，凌晨光到汽车站去接他，长途车都回来了，没看见秋山。最后从汽车的夹缝里走出一个穿着破棉袄，用根草绳捆着腰的人，他就是秋山。拥抱的时候凌晨光说，“你可回家了！”秋山回答了一个字——“家？”（颤抖）仅仅一个字，我的眼泪就出来了。许还山说出了许多意思：家在哪儿？哪儿是家？有过家吗？

许还山的父亲、姐姐都是右派。他当时很瘦，刚从大西北回来，直到去年他还说，“我，就那么 8 个镜头，但是我演电影以来最满意的。”这班子演员当时演得真好，很真诚。

我在美国看台湾摄制的《苦恋》，就觉得他们再用劲也演不出来，他们没有这种经历。审查这戏的人为什么那么紧张？因为在当时它的感染力非常强。我看了 7 遍，没有一遍不流泪的。那是我们的生活，它记录的是生活！

问：当时这拨演员都支持您么？

答：他们都是支持的，整个摄制组成员都自称“苦恋者”。说良心话，路人都是支持我们的。1981 年春天彭宁带着演员冷眉到武汉见我，我请他们上街吃豆皮。老板一听说是我们，马上打电话把那位给毛泽东做过饭的大厨从家里叫来。

所以，那时候香港的报纸报道，白桦又添新罪名——洋洋得意！实际上，我不是洋洋得意，我只是写了篇文章《春天对我如何厚爱》，我是隐隐约约地告诉大家，我其实并不像大家想象的那样，在那里痛哭啊什么的。

中国知识分子不愿意面对愧疚

问：文艺界也有不少人支持您吧？

答：不一定，文艺界名人都必须表示反对。除了吴祖光说了“温柔敦厚”4个字，其他的名人很激烈。当然也有不少作家专程到武汉来看我，如韦君宜、李德伦、舒婷等等，还有日本作家山崎丰子、法国电影评论家伊丽莎白等等。

像曹禺，再好没有的人，当时说了非常过头的话：“我从没见过这样攻击祖国的影片，我恨不得一头撞在银幕上。”就说这种话。这也是他们的弱点，他们很脆弱，胆小，就怕大祸临头，所以就赶快表态，甚至沉默一下都不愿意。

问：您说他是个“再好没有的人”？

答：曹禺内心不是那样想的，这是一个记者告诉我的。

头一天记者去访问他，说明天要说《苦恋》的问题了。他说，我从来不愿意参加这种会，老让我们表态，我现在不去了。结果第二天还是去了，因为这会议很重要啊，北京有 300 多人参加。他去了以后又很冲动，坚持批判《苦恋》。

所以，中国大知识分子和西方大知识分子不太一样，他们是把自由放在第一位的，我们那个自由，和真诚、虚伪，可以随便调来调去搭配，而且一点儿都不觉得有什么歉意，没有！“文革”后你至少有沉默的权利吧？但他们被吓坏了。一位大诗人事后跟我讲：“白桦啊，我当时骂了你。”他用了自嘲的方式，好像你就该理解他。

问：您理解吗？

答：我当然不能理解，他有沉默的权利，这不是“文化大革命”。后来曹禺见了我，表示很亲切，但没有表示过抱歉。他们都认为这是很正常的事情。中国的知识分子可怕就在这一点，他内心存不下这份歉疚，也不愿意面对愧疚。

问：在一篇采访中，您提及自己的性格迟早会出问题，“一旦我从虚伪走向真实的时候，那就是走向个人的灾难”，您对命运已有所预感？

答：因为我一生都是这样走过来的。我 1947 年参加革命，还是 17 岁的孩子，从学校出来参加解放战争，参军后我是没有任何杂念的，我认为完全是到了一个新世界，我们有了一种新的人际关系。但是，到了 1957 年……（停顿、哽咽）其实我没有任何不满，仅仅是为一些年轻战友讨个公道。

后来，反右的时候，有个诗人周良沛，诗人嘛，很容易动感情，要唱美声。那时美声唱法被看作怪异的东西，而且他唱《圣母颂》，因为他是教堂里抚养出来的一个孤儿，他在那个环境下出生，唱《圣母颂》有什么奇怪的？但当时有人就看不惯，说他思想不正确，也打成右派。

我就是为这类事情惹麻烦。我就觉得，知识分子有个性嘛，但是那时候不承认个性啊。

总要留几句真话

问：您说人性的尊严在当时是禁忌。

答：（颤抖着提了壶茶）这跟《苦恋》的剧本一样，你要看一看，你就知道它中间很多段，说大雁在天上排成“人”字，实际上强调人应该恢复人性和人的尊严，“人”字应该写在天上，而不是写在地上让人践踏的！今天，文学敢谈人性，过去敢谈人性吗？

我在反右的时候，仅仅向真实走了一步。20 年啊，我从 20 多岁一直到 40 多岁，我的妻儿作为右派家属，受歧视，没有任何权利。我能活下来已经很不容易了。当时对我已经特别优待，总政有位领导力争不把我打成右派，也没成功。我被打成右派时，我太太在上海突然之间得了癌症，住进医院，我在北京被开除党籍、军籍。我那时仅仅向真实走了一步，就造成这样的结果。接近真实是很危险的！但能够虚伪下去吗？不能！无论如何，不能再虚伪下去，文学总要留几句真话，这是最起码的要求。

问：这么多年走来，回想过去，最激动人心的是些什么事？

答：（良久）我觉得最激动人心的，还是和普通人的关系。一路走来，最支持我的是这些普通人。无论我到什么地方去，都有一些愿意和我交朋友的人。

前些年我经常去云南，我以前驻军在那里，那里很多人，都知道我是“敏感人物”，但他们都肯和我接触。我还是很感动，人和人之间还是有真情的。

我曾经到香格里拉找一个朋友，他是藏民，年轻时我们常在一起。我给他打电话，他在雪山深处做地名考察。接了电话他说，我现在就来，你借一个车我借一个车，我们就在雪山上碰头。那时正大雪封山，我到军分区找了一个司机，他说现在去根本不可能，过不去。我就说，我们走到哪儿算哪儿。

后来到了山顶，前面很多卡车停在那里，过不去，大雪封山，卡车司机都在那个小村子里，什么都吃光了。他们问我，你来干什么？有什么急事或者军务？不是，我说，我就是见一个朋友。他们奇怪，这么冷的天，这么危险，就为见一个朋友？他们都说，过不去的。

正在说这个话的时候，前面一辆拖拉机开了过来，跳下一个老头！我们年轻时候分开，30 年没见了，他已经很老了，我也很老了。他居然能够找到一辆拖拉机开过来，那是很危险的，雪地看不见路，可能一下子掉进万丈深渊。我们抱头痛哭一场，喝了顿酒，然后就分开了。

丁聪　讽喻世相百态

徐　梅

丁聪（1916—2009）

著名漫画家。擅长漫画、插图，为鲁迅、茅盾、老舍等众多作家的文学名著创作了大量插图作品。曾任《人民画报》副总编辑，中国美协漫画艺术委员会主任。出版图书《丁聪插图集》，精选了其各个时期的代表作。

5月26日中午11时，漫画大师丁聪因病医治无效在北京304医院去世，享年93岁。

丁先生“不设灵堂、不开追悼会、不留存骨灰”的遗愿令人惊讶，他的老友们却都表示理解。三联书店前总经理、《读书》杂志前主编沈昌文与丁聪先生相识多年，他说，“丁先生是个把一切都看得很开的人。”在他看来，正是对人生通达透彻的理解让丁聪做出了那样的决定。

“我们因为《读书》创刊而相识，这30年来，他一直很低调，留给我最深的印象是话不多，干活却很多。他在《读书》上发表漫画，大家都是熟知的。其实他还为《读书》画了几十年的版式，那样一个大家，能不辞辛劳地做这样繁琐基础的工作，很多人都是想不到的。”

4月中旬丁聪意外跌倒，加上吃饭时不小心呛到气管里，引起高烧，被送往医院。住院期间，丁老多数时间处于昏迷状态，由于高烧不退引发其他并发症，医院多次报病危。

“丁先生的太太沈峻给我打电话说，丁先生这次恐怕比较麻烦了！她说的‘麻烦’我知道，丁先生几次大难不死，这一劫恐怕逃不过去了。那时我就有心理准备了。”陈四益先生自1984年与丁先生合作，一个手著麻辣文章，一个笔绘世间百相，针砭时弊的“陈文丁画”有“纸上焦点访谈”之誉。

老友驾鹤西去，耿直的陈先生说了几句有人听起来不那么舒服的大实话，“丁先生是一个很不愿意麻烦别人的人，活着不愿意麻烦别人，死了还麻烦别人干什么呢。他知道自己的朋友们也都七老八十的了，这么热的天气折腾大家跑去吊唁追悼，不是他的个性。如果是一些不相干的人应景去了，活着的时候你也不关心，你也不帮人家解决点问题，你也不给点帮助，去世了跑来三鞠躬，完了跟家属握握手，又有什么意思？恐怕丁先生活着的时候就不愿见这样的人，所以我想不设灵堂、不开追悼会、不留存骨灰，这是他对人生看透了的一种处理办法。”

“小人物”的乐与苦

幽默、通达是丁聪留给大家的第一印象，在三联书店出版的《漫画小丁》一书里，茅盾、冯亦代、范用等好友一同为读者描绘了一个快乐的小丁、一个诚实的小丁、一个好吃的小丁，还有一个多才而又勤奋的小丁。

散文家、翻译家冯亦代这样写他：“我喜欢小丁，因为他是个实心人，不管生活上如何颠踬，他认定朋友后，便始终如一。安娜（郑安娜，冯亦代之妻）在心上给他写了个‘鉴定’：正直，可爱到不怕揭自己短处，不怕出洋相，该怎么办就怎么办。不走邪门歪道，对人对己有什么说什么，话不带刺，气不过盛。只有想不通才争得面红耳赤，想通了一定认输，决不文非饰过。”

作家冯骥才如此为丁聪“画像”：“生来一个矮胖健壮的快乐汉，无小无老，来而不去，表情中没有阴影，爱嚼肉的牙齿永不脱落，鸦羽般的黑发永不变色……他的快乐与厚道是流露出来的天性，他的尖锐与辛辣是着意表现出来的思想。”

丁聪自称“小丁”，起初是为了区别于父亲——老漫画家丁悚，其次是因为“小丁”亦有“小人物”之意，“这倒符合我这一辈子的基本经历，尽管成名较早，但始终是个‘小人物’，连个头儿也是矮的。”（见《转蓬的

一生——我的漫画生涯》）

恰如老朋友黄永玉所言，丁聪这个“小人物”一生在“慢”字上狠下工夫，“命数亦一切皆慢”，“四十岁方娶小丁嫂，一慢也；‘反右’多少年后方落实政策，二慢也；“文化大革命”多少年后方平反，三慢也；住小屋数十年才分配到楼房，四慢也。”

从来不为自己的事情“叫嚷”，是丁先生一路慢行的重要原因。为什么不争？朋友们都替他打抱不平，他悠悠说一句，“成天嚷嚷，没意思来唏！人有人的难处，该来就自然来嘛！”

1957年之前，他作为共产党忠诚坚贞的好朋友，为党的事业倾心尽力。1957年，他“忽然成为右派”，这顶帽子一戴就是23年，他从没有去找那些了解他而又身居高位的人，想法很简单：“不要给别人添麻烦”。同好搭档陈四益谈及几十年的坎坷，丁聪只有“淡写轻描”的一句，“希望以后再不要这样瞎搞……”

十分快活，十分看得开，这是朋友们对丁聪的印象，似乎也是一种“想象”。女作家叶文玲曾经问他，是否在受难岁月里也是一个苦中作乐的“侯宝林第二”，“他既不说是也不说不是，而是笑眯眯地圆起两眼，嘴里不住啧啧着，又一个劲儿地摇头，摇得我都不好意思起来，立时感觉自己说得太轻松，太没根底！”

2003年，他在一个雷雨天气里接受了《南方周末》的访问，苦难岁月里的悲苦无告他没有隐忍，照实说了出来。

“我当然有意识不让孩子画画，我爸爸不让我画，就是说画画养不活，做国画家可以，油画家也可以，画漫画基本工钱给你，要赚钱肯定不行。漫画是最容易出问题的。我就一个儿子还叫他画漫画啊？这是性命攸关的啊。他刚生出来我看一眼我就去北大荒了，我北大荒1973年回来之前，他都是娘管的。娘下放，他送托儿所，星期六接一趟星期一又送。”

从不愿意麻烦别人的他，唯一一次主动开口是为了自己的房子。令他没想到的是，曾经的老朋友、当时的大领导、主动开口问他有什么困难的人，当丁聪道出住房的具体困难时，竟然打了一声哈哈，“那你就画一所房子吧！”这件事伤了他的心，从此再不愿向什么领导谈房子。84岁那年，他的儿子、孙子从国外回来探亲，因家里住不下，老两口只好临时租了一间房子给他们住。

这些尴尬和苦恼，他甚少在人前提起，黄永玉称赞他，“人生在世，善于节哀，是一大修养也。”

陈文丁画忘年搭档

1979年之后，是丁先生的华彩章节。在太太沈峻的精心照料下，丁聪专心作画，产量惊人，自言“忙得没时间生病”的他，一口气出版了《丁聪漫画系列》、《我画你写——文人肖像集》、《Y先生语录》等多部作品集。他为老舍先生的众多著作画了插图，还为《四世同堂》、《正红旗下》、《茶馆》等作品设计了封面。在《读书》杂志上连载27年的漫画让更多年轻读者记住了他，2007年6月，“陈文丁画”结集出版，《百喻图》、《唐诗图》、《世相图》、《竹枝图》一共5大本。

“结识丁聪是我的福气。”当年捏着华君武的推荐便函去敲丁聪家的门时，陈四益心里并没有底。看过他写的那些文字之后，丁先生说了5个字，“有意思，我画。”

就是这短短5个字，把两个愿意为这个国家、这个社会、这个时代“瞎操心”的人连在了一起，展开了他们长达20多年的合作。

作家萧乾生前对“丁陈组合”一直非常关注，他盛赞两人“小中见大”的功力，“只差一年多20世纪就成为历史了，倘若有人要我列举这最后十年间，我们在文化上有什么特殊贡献，在我所举的众多成就中，会把丁聪、陈四益合作的这些漫画诗文列举进去。”

他不止一次问他俩，“你俩合作这么长时间，有没有吵过嘴？”得知没有，便感叹，“那可真不容易。文人的合作，善始的多，善终的少，往往因为双方或一方的固执己见，合作就告吹了。”

陈四益感叹，“一位久已成名的大漫画家，肯在十几年间始终不辍地为无名晚辈的文字作画，这是很少有人能够做到的。单是这一点，我也要说‘先生之风，山高水长’了。”

有意思的是，丁陈牵手时丁先生已年近70，而陈四益只有40出头，但因他写的小文多是文言文，常常有人问丁先生，“跟你合作的那个老头儿是谁？”

一生唯好“荤饲料”

丁聪去世后，丁夫人沈峻写了一封信揣在他胸前，老两口用这种浪漫温暖的方式作了最后的告别。

丁先生与夫人的情意一直令圈中人赞叹。丁先生尊称夫人为“家长”，也戏称她为“饲养员”。只吃肉不吃菜的他把蔬菜称为“青饲料”，把肉称为“荤饲料”。“青饲料”丁先生难以下咽，而“荤饲料”则来者不拒，红烧、白炖、冷拌、油炸，无所不好。

他曾画过一幅题为《笋烧肉》的漫画。画上有3个人物：一个是苏东坡，一个是郑板桥，两人在大快朵颐；还有一个服务员捧着一钵笋烧肉。在此画的题解中，丁聪“引经据典”，“苏东坡先生有诗云：‘无肉令人瘦，无竹令人俗。’若要不瘦又不俗，天天笋烧肉。”

他患有糖尿病，沈峻每天为他准备一根无糖冰棍。

糖尿病人需要控制饮食，太太每天早晨定量供应他一片面包、一个西红柿或者半根黄瓜。

这让丁先生很是郁闷，他跑到了老友范用那里诉苦，翘起嘴唇，说面包片薄得风一吹就飘走，还用手比划着。1983年，他俩的朋友李黎从美国来，听后随手画了一幅漫画《丁聪先生随风而去的面包》：丁聪笑容可掬，盘腿坐在面包上，仿佛坐着飞毯。

他跟范用约好，每周大老远从西城坐公共汽车跑到三联书店，下小馆子“反饥饿”。两人说好，以西单到西四这条马路为界，上路西的馆子，丁聪掏钱，路东的馆子，范用付。有时多几个朋友，就“远征”到丁府楼下的馆子吃烤牛肉；碰上叶浅予，那就吃叶老的。

后排右一为吴彬，右二为李学军，右三为陈四益

每次吃完饭，丁聪都要去王府井新华书店逛逛，“送两个钱儿给书店才心安。”由于家里都被书山占据，丁太太抱怨无法收拾，一度“恐吓”丁聪，再这样下去，她要“出走”了。

漫画家华君武戏言丁聪是“藏书发烧友”，特地为他画了幅漫画“小丁藏书票”。他问丁聪，“我的书没有你多，可是找的时候已经很困难了，真是‘书到用时方恨多’啊！你找书有什么窍门没有？”

丁聪回复他，“最好的办法是出去再买一本！”